在她看得到和看不到的地方
在她参与的时光和错过的岁月里
她的少年满怀雪色月明
鲜衣怒马，意气风发
浩荡百川流

纵历山河万千，独他天下奇绝
一如既往，光芒万丈！

今梧

魅丽文化 桃天工作室

梁风有意

上

令栖 / 著

江苏凤凰文艺出版社
JIANGSU PHOENIX LITERATURE AND ART PUBLISHING

图书在版编目（CIP）数据

梁风有意 . 上 / 令栖著 . -- 南京 : 江苏凤凰文艺出版社 , 2024.3

ISBN 978-7-5594-7051-5

Ⅰ . ①梁… Ⅱ . ①令… Ⅲ . ①长篇小说 - 中国 - 当代 Ⅳ . ① I247.5

中国版本图书馆 CIP 数据核字 (2022) 第 127965 号

梁风有意 . 上

令栖 著

责任编辑　张　倩
出版统筹　曾英姿
特约编辑　刘思月　戴　铮
装帧设计　黄　梅
封面绘制　阿　醒
出版发行　江苏凤凰文艺出版社
　　　　　南京市中央路 165 号，邮编： 210009
网　　址　http://www.jswenyi.com
印　　刷　湖南天闻新华印务有限公司
开　　本　880mm × 1230mm 1/32
印　　张　10
字　　数　308 千字
版　　次　2024 年 3 月第 1 版
印　　次　2024 年 3 月第 1 次印刷
书　　号　ISBN 978-7-5594-7051-5
定　　价　45.00 元

目录 Contents

第1章
玫瑰星球

春寒料峭，傍晚的四九城安眠在幽静的雾霭中，晚风裹着凉意见缝插针地往人怀里钻。

钟文秀打电话过来的时候，许昭意正和钟婷在逛街。

精品廊里十分静谧，偶尔有高跟鞋走过的声音。透明的落地玻璃墙折出一道道光柱，效果很奇特。室外冷气流窜，室内暖气充盈，长廊两侧的窗户边缘浮出一层虚白。

许昭意盯着屏幕恍惚了几秒，边接电话边往外走。

“最近过得习惯吗，昭昭？”

“挺好的。”许昭意正盯着眼前的玻璃发呆，上面映着虚影。

“这段时间先暂时住在舅舅家，家里只有保姆，你自己住妈妈也不放心。”

“行。”许昭意乖乖地应声，轻呵出一口气。

雾气迅速覆盖住不快的表情，她伸手，在上面画了个笑脸。

“转学手续这两天就会有人处理，生活费也不用你操心，我会定期给你打钱。”钟文秀的语速飞快，“还有什么需要的，要和妈妈说……”

许昭意本想说点儿什么，可惜电话另一端片刻不停。似乎她想什么并不重要，母亲也不需要回答。所以到最后，她只说了三个字：“知道了。”

一来一往，冷淡而客套。

意料之内，通话两端陷入沉寂。不过也就那么几秒，钟文秀的声音再次传来。

“好好学习，平时和婷婷好好相处。妈妈还有工作，等回国后去看你。”钟文秀微微一顿，“有什么事记得联系我和你爸。”

“呃……”

许昭意画画的手指忽而往下一折，抿了一下唇，抹掉了刚画好的笑脸。

这次她听明白了，该挂电话了。

许昭意是一周前来这里的。

这几年她一直住在临安，和爷爷、奶奶一起生活。从外人的角度来看，她过得很幸福。毕竟许家算得上书香门第，她自小衣食无忧且家庭和睦。可惜她自己心里清楚，她的父母很忙，忙到从小到大基本没有人管她。

许父是科研工作者，绝大部分时间都耗在实验室，闲暇下来也是在跟进各种报告和会议。许母是著名的摄影师，不停地满世界飞，年轻时就斩获哈苏国际摄影奖，《PND》和M国的《国家地理》杂志更是对她倍加推崇。

虽然许父和许母忙得脱不开身，但许昭意自己很争气，不需要家长耳提面命。从小到大，她拿奖拿到手软，是活脱脱的“别人家孩子”。她太让人省心了，所以父母并不怎么过问她的成绩。

也许是高中的分量在家长心里重很多，一周前，许母突然以临城师资力量和环境太差为由，二话不说给她转学。

其实也没什么习惯不习惯的，反正不管是在临城，还是在北城，她的父母都分不出多少精力给她。

也许是高知分子和艺术家觉悟高，像这种一年见不到几面的丧偶式婚姻，她的父母居然也能很好地维系下去——无出轨，无争吵，无故事。

但自始至终，许昭意都没能继承父母“大局为重”和“体谅人”的觉悟和精神。

印象里，她和父母每次通话的最后，都是这样。

她根本理解不了，虽然她习以为常，也从未抱怨。

许昭意自始至终没什么情绪波动，甚至能乖顺地说完“再见”才挂断电话。

她闭了闭眼睛，叹了口气。

“嘿！”她恍神间，钟婷冷不丁拍了一下她的肩膀，从她身后探出头，“您猫在这儿想什么呢？”

“你走路没声吗？”许昭意猝不及防地被吓到。

“是你自己想出神了好吧？”钟婷大大咧咧惯了，倒没看出她的反常，将手里的包装袋递过去，“我刚找不到你，替你结账了。”

“我转给你。”

许昭意刚解锁屏幕，钟婷直接伸手拽过她：“别管这些了，我带你去个好地方，有正事。”

许昭意其实还有点儿心不在焉，她“嗯”了一声表示在听，也没太在意。

在篮球场外站到第十三分钟后，许昭意的耐心彻底告罄。

早春的冷空气像是裹了雪粒，冷得彻骨。篮球撞击篮圈和地面的声音与嬉笑声混杂，嘈杂的声音直往人耳朵里灌，惹得人心烦。

“看到没？那个男生。”钟婷激动地扯了一把许昭意。

许昭意被她晃得难受，深吸一口气，忍下因周围环境撩起的火：“钟婷，你有没有发现自己挺特别的？”

特别无聊。

放在十三分钟前，许昭意绝不会想到，钟婷所说的“好地方”是附近的篮球场。

“谢谢，婷崽知道自己独一无二。但这不是重点，”钟婷根本不在乎她的嘲讽，“重点是你三点钟方向的23号！”

许昭意怪异地睨了她一眼，勉强把心底那句“有病”咽回去：“措辞委婉点儿，做人矜持点儿。”

“呜呜呜——太帅了。”钟婷立刻从善如流地改正。

得，没救了。

许昭意在心底默默地翻了个白眼。

原本她也懒得搭理，这熟悉的开场白，她都听烂了。跟钟婷一比，她完全没有发现美的眼睛。

可惜架不住钟婷的坚持，她还是顺着对方示意的方向，认真地看了一眼——场上穿着黑色球衣的“23”号背影劲瘦颀长，对手闪身而过时，过球的动作干净又漂亮。

短暂一瞬，她看清了他的侧脸——五官轮廓利落硬朗，下颌线条精致。他微润而凌乱的额发下，湛黑的双眸冷冰冰的，深邃如海。

少年逆光而来，像炙热夏天里一道清爽干净的风，有种让人无法抗拒的感觉。

确实挺扎眼的。

难得钟婷的审美在线，不过在外面冻了十几分钟的许昭意实在没心情欣赏。

“还算可以。”她十分敷衍地甩了一句，“其实也就那么回事。”

至少并不值得她在这个破地方站上十几分钟只为受冻。

“哎，你那什么眼光啊？”钟婷不满地“啧”了一声。

许昭意正要反唇相讥，场内先炸开一阵惊呼声。

有人捷足先登了。

“谁找死啊？没看到还没结束吗？”

离中场休息还有几分钟，有个女生直接过去了，篮球几乎擦着她的脸飞过去，打着旋儿撞在了铁丝网上。

“实在抱歉，我想找个人。”她长得挺漂亮，低声说了几句话，场内队员的态度明显缓和了。

虽然没挑明找谁，但她的视线直勾勾地落在“23”号身上。

为着这段小插曲，场上的人都散了。瘫在看台上转球的一个男生突然坐直身体，吹了声口哨。

“哥，是找你的。”

梁靖川抬了抬眼皮，不冷不热地打量了对方一眼：“有事？”

女生大概有些紧张，好半天才磨出几个字：“我……我其实也没什么事。”

“没事你冲过来，耍着人玩？”梁靖川勾了勾嘴角，轻嘲道。

刚刚险些酿成事故。

“不是的。”女生连忙否认，咬了咬唇，鼓起勇气说道，“我就是想问一下，待会儿你有空吗？”

“和你有关系吗？”

女生微微一愣。

梁靖川似乎并不想跟她继续耗，眼风都没掠过她，擦肩而过时，只撂下两个字：“无聊。”

女生的脸色一下子白了。

闹了这么一出，场内、场外顿时鸦雀无声，气压都低了几分。大概没人料到他半点儿情面都不留，原本打趣和起哄的几个人也都收敛了。

杀人诛心，够恶劣的。

“啧，劝你赶紧死心。”许昭意轻嗤，适时地泼了盆冷水，“你这小哥哥真挺绝的。”

照他刚才的态度，钟婷的想法就跟送人头似的。

“我的人生从来没有知难而退，只有越挫越勇。”钟婷压根儿听不进去劝。

许昭意瞥见钟婷摸出了手机，突然有种不好的预感：“你不会是想……”

她看钟婷的眼神微妙，就像在看无药可救的病人。

钟婷摆摆手，“想啥呢，我只是想调个焦距，起码可以看得更清楚啊！”

“我劝你赶紧把丢人现眼的想法掐死，”许昭意不冷不热地提醒道，“看看你的位置，你是嫌自己不够显眼吗？”

“我哪能被正主发现？”钟婷打开镜头，边说边对着镜头做出自拍的姿势，剪刀手比得那叫一个自然。

“你还挺专业。”

“唯手熟尔。”钟婷纤眉微微一挑，很得意地回答。

许昭意无言以对。

她摇了摇头，自顾自地看手机消息。反正劝说毫无效果，她也懒得跟钟婷多费口舌。

不过钟婷吹牛吹得飞起，翻车翻得也相当彻底。

“咔嚓——”

钟婷调焦距时手指误触了快门键，快门的声音突兀地响起，伴随着突然亮起的闪光灯，在凝滞的氛围下显得格外诡异。

周遭的嬉笑声骤然停了。

钟婷身经百战，随机应变，是个实打实的“惯犯”。坏事后，她一猫腰就窝到了矮墙后，动作迅速地脱了身。

可惜她虽然能从这出闹剧里溜得飞快，许昭意却反应不过来。

许昭意听到动静后，条件反射地抬头，拿着手机茫然地看向周围。

与此同时，梁靖川眼皮子一抬，微拧着眉，慢悠悠地偏头看过来。

四目相对，视线相接。

隔了半个篮球馆，他和她的视线无声地碰撞在一起，微妙的感觉淡淡地弥漫开。

飞来横祸。

许昭意勾了勾嘴角，骂一万句都不足以形容她此刻的心情。

梁靖川撇了一下嘴角，冰冷的视线里裹挟了淡淡的嘲弄，望进她的眼底。

他整个人笼罩着一种无法言语的情绪。

全场的注意力都集中在许昭意身上，诧异的、探究的，还有纯粹看戏的。

许昭意眼皮直跳，不爽地瞟了一眼罪魁祸首。

钟婷正弯着腰往安全处挪，在许昭意看向她时，警惕地扭过头。她生怕许昭意把自己推出来，双手合十，努力地揉着没有泪水的眼睛卖惨。

她边央求边做拔腿就跑的架势，似乎时刻准备着，让可能说实话的许昭意无法自证。

"呃……"

许昭意对钟婷不要脸的程度有了新认识。

她并不打算替钟婷背黑锅，可惜她刚才下意识的缩手举动，像极了心虚。不管她再说什么，都是徒劳。

而且现在已经失去了解释的必要——

交错的目光还没擦出什么火花，梁靖川便收回了视线。

没给她犹豫的时间，也没给她说话的机会，他连个眼神都欠奉。

率先打破沉寂的，还是他身旁的另一个男生："哎，妹妹，你也来找人？"

周围小范围地炸开了调侃声，压抑而微妙的气氛瞬间被冲淡。

"我有实践作业，户外场地设计的整体配置和合理化利用，取个景。"许昭意微微一笑，十分淡定地胡扯了一句，"打扰到了你们，不好意思。"

她的语调足够平静，一长串标题气都不带喘地说完，听着还挺唬人。

当然，也有人不买账，不怀好意地拿她打趣。

"是取景还是找人啊？我们在这儿，不会妨碍到你吧，要不要给你腾个地儿？”

他的话音一落，哄笑声此起彼伏。

许昭意被这笑声惹得有点毛。

“没关系的，我可以把你们都修掉。”她还算温言软语，只不过声音很凉。

那哥们儿被她噎得哑口无言，面子上挂不住，想把场子找回来，又觉得跟个小姑娘争执挺跌份儿，脸色很难看。

梁靖川忽然笑出了声。

许昭意因为气顺而愉悦的念头像紧绷的弦一样，清晰地断掉了。

“你笑什么？”她微微蹙眉。

梁靖川没搭腔。

他勾了勾嘴角，也没再关注她，捞起篮球砸向刚刚调侃的人：“话挺多啊，继续？”

对面那男生闪身避过，挠了挠头，讪笑道：“我就开个玩笑，活跃一下气氛。”

场上很快恢复了热闹的氛围，似乎没人把这出闹剧放在心上。

刚刚的一切发生得突然而短暂，他像是在为此轻嘲，又像是没什么用意，可能是她想多了。

这个人什么态度啊？

许昭意感觉喉咙里像哽了一口气，莫名有点儿气馁。

“你真生气了？理我一下呗。”钟婷拽着许昭意的袖子连摇带晃，变着花样地喊她，“姐，姐姐，我亲爱的姐姐？”

“表的。”许昭意不胜其烦，甩开她的手，“离我远点儿。”

离开了篮球场，在周边吃完晚饭，许昭意还是很不爽。任凭钟婷嘴皮子磨破，追了一路，她也没搭话。

果然是忍一时越想越气，退一步越想越亏。

“别这样啊，真的勇士，敢于直面惨淡的人生。”钟婷拍着她的肩膀安慰道，“没什么大不了的，对不对？”

“对什么？！”许昭意的心情有些差，“作孽的是你，丢人的是我。”

见钟婷还打算说个没完，许昭意面无表情地看着她。

“直说吧，你的棺材用翻盖的还是滑盖的，你才能闭嘴？”

钟婷终于噤声。

只是维持了没几分钟的安静，她又一惊一乍地惨叫一声：“我的天！”

“又怎么了？”许昭意头疼地按了按额头。

“老徐这个魔鬼，居然把我的寒假作业打回来了。”钟婷郁闷得手抖。

“你们学校的学业很重？”

“寒假作业啊，姐妹。”钟婷长叹一口气，“两天一夜啊。”

“两天一页？”许昭意微微一顿，“那你们学校挺人性化了。”

“清醒点儿吧，姐，我说的是夜晚的‘夜’，我光抄答案就抄了两天一夜，这两天手都快断了。”钟婷生无可恋地纠正她，“得，勒令重写了。”

“现世报，该。”许昭意轻哼一声，真情实感地落井下石。

这会儿的时间点很尴尬，一楼大厅在搞室内音乐节，声音嘈杂，人潮熙攘。许昭意拎着大袋小袋的东西，风风火火地往外挤。

半晌听不到钟婷的动静，许昭意估计她死性不改，还打算继续磨蹭。

她腾出一只手来，背过去拽了钟婷一把：“姐妹，我真服了你了，你自己的事能不能上点儿心？你还真打算跟寒假作业缠缠绵绵到明年？”

也不知道钟婷在想什么，她似乎很不情愿，抽了一下手。

许昭意这晚的忍耐力到达极限，手就是没松开，催了身后的人一句：“你能不能赶紧的？！”

话还没说完，她身后的人突然反握住她，牢牢地扣着她的手腕，朝自己的方向一扯。

许昭意一个趔趄。

疏冷而清冽的气息灌了过来，像冬日里的杉木，枝梢清雪消融。

“哎，你干吗啊——”

许昭意回眸的瞬间，稍稍愣住，懊恼的表情僵在脸上，尾音卡在喉管里。她拽着的压根儿不是钟婷，当然也算不上陌生人——

是下午那个 23 号。

少年换了一身黑色外套，浑身透着一股懒散，轻慢又浪荡。光线掠过他的眉眼，沉冷的感觉淡去了许多，余下的，全是戏谑。

周遭陷入死一般的沉寂。

钟婷被挤在几米开外，满脸写着“无能为力”。她似乎是没来得及提醒许昭意，这会儿都看傻了眼。

梁靖川倒是没说什么，自上而下地打量她一眼：“好巧。”

这话听着不太像为了缓和气氛，更像是嘲讽。

许昭意的心像是被不轻不重地掐了一下，猛地抽开了手。

这……这是什么孽缘？

许昭意微吸了一口气，觉得自己还是有解释的必要，尽管很离谱：“抱歉，我真不是故意的，我就是……就是……”

“就是想掩耳盗铃？”梁靖川抬了抬眼皮，懒散地接了一句。

“嗯？”许昭意没跟上他跳脱的思维。

“因为你之前的举动太丢人，所以你企图用一个更离谱的举动掩盖事实。”

“呃……”许昭意心里有无数句脏话想脱口而出。这绝对是她生平第一次因为丢人而感到万念俱灰。

“怎么都堵在这里？挤死我了。”一道声音突兀地响起，打破了僵局。

许昭意看了一眼，对对方还有点儿印象。下午她在篮球场见过，是他朋友中的一员，那个试图活跃气氛的男生。

那个人也在看她，还挺惊喜：“嘿，小仙女，好巧啊。”

那男生还挺满意这个称呼，看了一眼梁靖川，似乎期待得到认同：“你觉不觉得她长得特仙？”

许昭意生了一张漂亮素净的脸，眉眼精致，唇红齿白，入目便是惊艳。长发被她带到耳后，卡着一枚金色蔷薇的发卡，风衣里面裹着水手服，隐约露出纤细修长的小腿，让人挪不开眼。

梁靖川半敛着视线，轻嗤了一声。

他倒是很给面子地有了回应，只不过比没反应更让人恼火。

许昭意面无表情地偏开头，后槽牙无声地咬合。

这里太挤，出去的路上同行避无可避。整个过程中，那男生都在喋喋不休：“哎，小仙女，需要伞吗？”

许昭意没搭腔，被他喊得浑身不自在。

身后的钟婷跟小鸡啄米似的疯狂点头："要的，要的。"

尽管许昭意一百个不乐意，但外面的雨势有加大的倾向，她也就没拒绝："行，我把雨伞的钱转给你吧。"

那男生挑了挑眉，当然坚决拒收了。他直接把伞递过去，然后继续热情地开始单方面交谈。

许昭意根本不想听他说话，准确地说，她根本不想和他们扯上丝毫关系。仅仅半天的工夫，她已经在这位 23 号面前丢了两回脸了。

毕生之耻。

恰巧网约车的司机打电话过来，她耳边终于清净了。

司机一时半会儿赶不过来，委婉地表达了让她退单的用意。北城的交通向来一言难尽，本来就堵，雨天更是堵到让人怀疑人生，附近的交通基本瘫痪。

电话内容尽数落到别人的耳朵里，那男生又凑了过来，还是特别热情。

"小仙女，能等到车吗？需不需要送你们一程？正好顺路。"

听到"顺路"二字，梁靖川才抬头看了他一眼。

"当然不是我顺路了。"男生撞了撞梁靖川，道："你家不是在西城吗？让你家司机捎上啊。"

"不必了，用不着他。"先梁靖川一步，许昭意冷淡地拒绝，不假思索，十分干脆。

梁靖川微顿，眉梢轻轻一抬，一双幽深的眼自下而上扫过她，轻呵一声。

他倒没再说什么，转身就走。

"川哥，等等我。"刚刚还在絮叨的男生自然清楚气氛不太对，抱歉地冲她笑笑，追了上去。

"呃……"许昭意只觉得他恼火得莫名其妙。

钟婷为她"不明智"的决定在路边唉声叹气了半天。

许昭意被她吵得心烦，正要说什么，身后有辆车子驶来。

车子碾过路面的积水，停在了路边。后座的车窗降下来，露出梁靖川的侧脸。

“你上不上来？”

许昭意没吭声。

她实在摸不透这个人的路数，说实话，她没料到他会折返，更没看出来他其实很乐于助人。

身后蹲着的钟婷瞬间有如起死回生，点头如捣蒜：“谢谢小哥哥！”

许昭意正要反驳，钟婷已经以百米冲刺的速度钻进了副驾驶座。

“钟婷，你站住！”她挑了挑眉。

钟婷闻言，缩在车里坚决地摇头：“不可能，婷婷快冻死了。”

“下来。”

“对不起，婷婷情愿坐在豪车的后座上哭，也不愿意站在外面淋着雨假装快乐。”

对她的戏精式卖惨，许昭意毫无触动，拆台道：“钟婷，你的骨气呢？”

“骨气扛冻吗？”钟婷理直气壮地反驳。在许昭意怒其不争的视线里，她直接系好了安全带，“骨气扛不扛冻我不知道，反正车扛冻。”

梁靖川一直对两个人的戏精小剧场冷眼旁观，也不催促。

他没吭声，司机自然不会走。

许昭意看了看越来越大的雨势，又看了看手机屏幕，接单信息前面排着几十号人，便认命了。

她试探性地把手伸向车门，小心翼翼地看了梁靖川一眼。

气氛沉闷中透着一点儿尴尬。

后者并没什么反应，低着头玩手机，像是在彻底无视她。

许昭意因他的漠视态度，终于松了口气，轻手轻脚地拉开车门。

当她踏进去一只脚时，后座那尊“雕像”动了。梁靖川眼皮子一抬，不冷不热地看向她。

“干吗？”许昭意被盯得发毛，僵在那儿，心里直犯嘀咕。

看看，就知道他没什么善心，果然准备好找碴儿了。

梁靖川勾了勾嘴角，忽然朝她的方向微微倾身，刻意压低的嗓音有些哑，掺杂着戏谑。

“不是用不着我吗？骨气呢？”

搞了半天，他费尽心思地让她上车，就是为了把这句话奉还？

许昭意僵在原地，微微抿了下唇，目光有些复杂。

她就没见过这么记仇的人。在她看来，这种挑衅行为过于恶劣，也过于幼稚，怎么想都觉得难以置信。

他是小学生吗？

说他是小学生都抬举他了，说不定小学生单纯善良，根本不稀罕玩这一套呢。

许昭意的神色变了又变。

梁靖川以为她即将恼羞成怒，但他想象中她愤恨地摔上车门，然后冲入雨中的一幕并没有发生。

许昭意猫着腰钻进去，心安理得地在他身侧的空位坐好。

在他的注视下，许昭意偏过头去咬了一下嘴唇，忽然低声说道："我觉得她说得挺有道理，打脸了，可以了吗？"

梁靖川稍愣，这是他意料之外的示弱和让步。

有点儿意思，她不按套路出牌。

氛围瞬间变得微妙，车内的环境逼仄，往常话痨的钟婷完全处于"吃瓜"吃呆了的状态，难得老实地保持沉默。

车子已经摆脱了拥堵的交通情况，驶上高架桥。

一路沉默，也一路煎熬。

"你就没别的话想说？"对许昭意过于温软的态度，梁靖川微诧地扬了一下眉。

其实许昭意早在心底把他从头到尾问候了个遍，也消了气。她这个人活得通透，必要的时候能屈能伸，坚决不给自己找罪受。

许昭意还以为他想要自己道谢，面无表情地看向他。

她都打算翻篇了，他还没完没了？

虽然嫌弃他事多，但她还是尽量维持温和的态度。毕竟还要同行一路，念在"吃人嘴软，拿人手短"的分上，她决定不跟他计较。

"谢谢、感恩、劳驾您，小女子他日必当涌泉相报，来生做牛做马以孝犬马之劳。"

她啰啰唆唆地说了一长串，气都不带喘的。话音一落，她抬头看着他，微微勾了勾嘴角。

“兄台想听哪一句？”

“是不是漏了一种？”梁靖川懒散地道。

许昭意的心紧了一下，屏住呼吸。

她后背绷得笔直，从头到脚都僵了，瞪大眼睛直勾勾地看着他，活像是受了惊的兔子。

梁靖川看够了她窘迫的脸色，上下嘴唇一碰，要笑不笑地说：“我是说‘结草衔环永世不忘’，你以为是什么？”

许昭意偏头，被刺激得变了脸色：“你神经病吧？无聊！”

“再说一遍试试。”梁靖川听得不太舒服，皱了皱眉。

许昭意觉得自己的人生就是要敢于尝试。

她轻嗤一声：“这里是高架桥，难不成您打算把我扔下去？”

话音一落，她像是觉得自己的猜测很合理一样，神色沉重地看着他。

“我提醒你啊，高速上赶人下车是谋杀。”许昭意说道，“犯法。”

梁靖川眉梢微挑，觉得有点儿好笑：“还给我科普法律？懂挺多啊。”

她警惕的样子像在看一个法盲，还是个听不懂人话、随时可能发疯的法盲。

“那你可以继续讲讲量刑。”他继续说。

许昭意总觉得他不怀好意，并不想被他牵着鼻子走：“你什么意思？”

“如果量刑够重，也许能让我大发慈悲，忍你一路。”

许昭意感觉自己的脑袋上正缓缓地冒出一个问号。

她就不应该试图跟他交流。

到家的时候夜色已浓，许昭意愉快地撂下一句“后会无期”，伞都懒得拿，头也不回地冲进雨里。

讲真的，她一辈子都不想再见到这个人了。

许昭意冲完澡换了身干净的衣服后，坐在书桌前整理东西。

第二天是周末，她还要去一中，不过不是去报到办手续，而是参加摸底考。

北城的高中间一直广泛流传着这样的话：“嘉博颜值逆天，一中学霸遍地，京附‘非富即贵’预备役。”毫无疑问，一中十分重视抓学风、抓成绩，甚至重视到有些严苛的地步。

别的先不提，就“入学办手续前必须先摸底考”的这条规矩，闻所未闻，听着就没人情味。

许昭意的舅妈刚过来叮嘱了她几句，钟婷又从门口探了探头。

“明天考试紧张吗？”

“你又有什么迷信的说法？”许昭意对钟婷的套路了如指掌，依旧低着头整理自己的东西。

“还真有，比如说最重要的一条，就是考前要拜考神。”钟婷摇头晃脑地跟她解释，“一来保佑成绩，二来图个吉利。”

许昭意无语地睨了她一眼。

“当然，你就是考神，我们普通人的办法不太好使。”钟婷顿了一下，神秘兮兮地凑过去，“所以我想到了一个改良升级版。”

说着她摸出一面小镜子，递到许昭意面前：“你可以对着镜子拜拜自己。”

许昭意一巴掌盖在钟婷的额头上，把人推远了点儿：“你整天研究什么乱七八糟的？有这闲工夫怎么不琢磨琢磨学习？”

“宁可信其有。”钟婷捂着脑袋揉了揉，“你要是紧张，我可以陪你一起去。”

“没什么好紧张的，反正也没什么难度。”许昭意不太在意。

“没难度？”钟婷捂了捂自己的胸口，满脸问号，“我觉得我受到了伤害。”

许昭意确实没太当回事，摸底考范围无非是上学期的重点内容和一些基础，对她来说根本称不上问题。

所以整个过程她都心情顺畅，十分轻松。直到在考场门口，她跟梁靖川狭路相逢——

许昭意轻松愉悦的表情凝固了、僵硬了，彻底垮掉了。

梁靖川显然也很意外，抬了抬头，打量了她一眼。

他还没做出什么反应，许昭意已快步走进了考场。

教室内的地板被柔和的阳光切割出一半光亮，窗台上放着几盆三色堇，花和叶随风摇曳。

监考老师风风火火地发完试卷，严肃地读了一遍考试须知，再三强调严禁作弊。

“本场考试答题时间一个小时三十分钟，发卷后请尽快作答。”

许昭意完全不想面对现实，从进来找到自己的位子，就趴在桌子上装睡，一直到考试开始。

他跟她是前后桌，整个传卷过程，她连头都不想回，跟避瘟神似的。

梁靖川薄唇紧抿，神色冷淡，倒也没跟她计较。

摸底考的试卷他根本懒得答，只敷衍地填了几个选项，抬了抬头。

许昭意坐得笔直，手下片刻不停，往卷面上誊答案。

她跟之前的装扮不太一样，衣服中规中矩。如瀑的长发也被高高地扎起，只有几缕发丝凌乱地散在耳侧，半遮不遮地挡住白皙的皮肤，还有微红的耳垂。

不过梁靖川的注意力很快转移，不知道她刚才在哪儿蹭到了什么东西，脖颈后的衣领处有道灰尘的印迹。

一只小蜘蛛正缓慢地往上爬。

许昭意刚写到第二面，岁月静好的状态也就维持了十几分钟，突然觉得背后有人碰了碰她。

她身形微微一顿，没回应。

梁靖川其实想提醒她，可惜她忽然朝前挪了一下座椅。

她不动声色地将自己的试卷拢了拢，叠在草稿纸下面。

梁靖川：“呃……”

她以为他想让她通融一下，方便作弊？

哼。

梁靖川皱了皱眉，神色冷冽。

他的心里无端地升起躁意，像将熄未熄的火苗，说不清是为了哪件琐碎小事。

他迅速地填了几个选项后，将卷子往桌面一扣，面无表情地走出了考场。

摸底考并没有规定时间内不准交卷，监考老师看了一眼就知道他是什么水平，连卷子都懒得翻，更不准备劝。

“还有一个小时，其他同学请认真作答。”她扬声说道。

许昭意的肩膀僵了一下，也没抬头看他是什么表情，低头继续写。

出了个小插曲，虽然不至于影响她的发挥，但她一整场考试的心情都不太好。

许昭意刚踏出考场，便撞入一双幽深的眸子里。寒凉的视线像是裹挟着雪粒，冻得她肌骨皆寒。

她硬生生地在门口顿住脚步。

他还没走。

“哎，同学，你能不能让一下？”身后有人催她。

“抱歉，抱歉。”许昭意连声道歉，让开路，低头时飞快地用余光偷瞄了一眼。

他该不会是因为考场上没抄成，恼羞成怒想算账吧？毕竟他都被逼到提前交卷了。

许昭意心跳如擂鼓。

但她面上还是毫无波澜，像没看见他一样，从容而漠然地从他面前走过。

擦肩而过时，梁靖川冷不丁地开口：“你后背上有蜘蛛。”

“什么？”

梁靖川懒散地靠着墙，半敛着视线轻嘲：“就是知会你一声，刚刚在考场，你后背有只蜘蛛。”

许昭意看他不是在开玩笑，脸都吓白了。

说起来有点儿丢人，但她确实很怕虫子。如果不是顾忌自己在考场外，她很有可能失声尖叫。她哪儿还敢装没事人，想都没想就要脱外套。

梁靖川倒是没料到她的反应，身形微微一顿，略感诧异。

他直起身，拽了一下她的衣领，淡淡地解释了一句：“激动什么？我当时就抓走了。”

混乱中，许昭意回神，顿了一下，差点儿一口气没上来。

“你说什么？”

他就不能一次性说完吗？

许昭意被他折腾得要爆炸了，也没意识到自己被揪着领子的尴尬状态。

只是两个人话还没讲清楚，走廊尽头便传来一声——

“那边的同学，把手给我撒开！”

梁靖川抬了抬眼皮，看了对方一眼，不紧不慢地松开了手。

许昭意刚回过神，瞥见对方胸牌上“教导主任”四个字，瞬间反应过来。

坏事，被误会了。

“老师，不是你想的那样……”

“有什么情况去办公室说。”教导主任根本不给人解释的机会，脸色铁青，“但这里是学校，不管有什么原因，你们在考场外拉拉扯扯，不成体统！你们俩现在就去教务处等着！”

“呃……”

第2章
薄荷沙冰

闹了这么一出，再想想即将去办公室挨批，许昭意着实有点儿恼火。她辛苦维持了半天的乖顺老实形象，瞬间支离破碎。

进办公室前，许昭意停下脚步，转过身来。

她面无表情地看着梁靖川，压低了声音，没好气地骂他：“同学，你有病吧？”

许昭意骂完了也不解气，后槽牙无声地咬合：“你这是在摧残祖国的花朵。”

“祖国的花朵？”梁靖川眼皮子一抬，盯着她很灵性地停顿了两秒，才反问道，“你？”

——怎么了？您有事吗？不服气是吗？

许昭意正预备着反问，忽然听到一声低笑。

在空无一人的走廊里，这声轻笑刺耳又突兀。

梁靖川想起这天一系列的不痛快，半敛着眉，勾了勾嘴角，道：“清醒点儿，你顶多是祖国的鹤顶红、百草枯。”

许昭意哽了一下，倒吸了一口冷气，几乎要炸。

“梁同学，做人善良一点。”她勉强压下心底的不痛快，面无表情地说道，“我给你一个重新组织语言的机会。”

梁靖川挑了挑眉。

他回忆了一遍她试卷上的名字，懒洋洋地说道：“许同学，我这个人比较喜欢说实话，做人还是真诚一点。”

许昭意瞟了他一眼，勾了一下唇，很有个性地偏头不理。

可能是对他的打击免疫了，或者真是被他惹毛了，她罕见地没有反唇相讥，直接转过身去，敲开办公室的门。

“报告！”她道。

梁靖川跟在她身后，慢悠悠地踱步过去。

两个人刚踏进办公室，教导主任劈头问了一句：“你们是哪个班的？”

“老师，我今天摸底考，还没分班。”许昭意轻声说道。

身侧的梁靖川意外地挑了挑眉，看了她一眼。

之前她撒野的样子跟张牙舞爪的猫似的，进了办公室，就把那股张狂劲收敛干净了。

安静、沉稳又乖巧，十分完美的三好学生、乖乖女形象。

反差还挺大。

显然许昭意很擅长应对，三言两语就把问题的关键点出来了——转校的，不认识，是误会。

许昭意很清楚，转学手续还没办，他们不完全算是这里的学生，教导主任也不好处理。她在办公室里费了一番口舌，这件事才算说清了。

教导主任也没继续追究，象征意义地警告了一句。

“以后还是要注意，你们这个年纪的重心应该放在学习上，知道吗？”

许昭意很配合地点点头。

教导主任神色缓和地看着她：“好了，你先出去吧，下次注意。”

紧接着，他看向梁靖川，沉声说道：“你留下。”

意料之内。

教导主任酝酿了半天的怒气值，的确被她化解了。不过化解的，仅仅是对她的怒气值。

许昭意撇清自己的同时，还不忘坑梁靖川一把。

她描述前因后果的时候很客观，并没有任何歪曲事实和添油加醋，但她清楚听者有意。毕竟把梁靖川在考场前后的举动一联系，怎么看都像是——

作弊未遂，意欲恐吓同学。

“好的。”许昭意低垂着头应了声，强忍着心底的得意。

只可惜她表演功夫不到家，伪装得还欠点儿火候。转身时，她嘴角的那抹弧度被他尽收眼底。

梁靖川有些讽刺地勾了一下唇，轻飘飘地吐出两个字：“等等。”

许昭意眉毛一挑，突然有种不太好的预感。她无声地偏头，瞥了他一眼。

“许昭意同学，”梁靖川上下嘴唇一碰，将她的名字念得百转千回，

“明天开学，麻烦把我的伞还回来。”

许昭意的脸色直下三千尺。

这种心情就好比她费劲地游回岸边，眼看就要脱离苦海了，梁靖川一伸手又把她拽回海里。

梁靖川话音一落，教导主任的脸色果然沉了三分：“你们不是不认识吗？”

“呃……”

唉，功亏一篑。

一个人挨骂在线升级，变成两个人挨训，且长达四十分钟。

许昭意耳朵经受了大半个小时的煎熬，离开办公室时，连个标点符号都不想跟他说，视线冷漠地落在对方身上。

梁靖川被她盯得心烦，皱了皱眉，懒懒散散地说道：“好歹有点儿交情，能不能收敛一下自己怨恨的眼神啊，许同学？”

“交情？”许昭意面无表情地道，“一起挨骂的交情？”

“革命友谊就是要有同甘共苦的精神。”他胡扯得理所当然。

“你有点儿良心成吗？”许昭意瞪了他一眼。

“你有良心，同学？刚刚倒打一耙玩得很顺手啊。”梁靖川偏过头，短促地笑了一声，“以前我怎么没看出来，你还挺能装的。”

“此言差矣。读书人的事，怎么能叫装呢？”许昭意毫无愧疚感地说，“那叫演。”

“成，演技精湛，甘拜下风。”梁靖川挑了挑眉，顺着她的话说了几句，“就是心挺脏啊。”

“比不得您。”许昭意反唇相讥，“自愧不如。”

话音一落，两个人短暂地对视几秒。许昭意莫名生出一种古人彼此作揖，寒暄两句“过奖过奖”“承让承让”的感觉。

不过念头刚起，就被她狠狠地掐灭了。

她跟这个人哪来的客套？

他们连虚伪的友好都省了，就差直接动手干一架了。

许昭意出了明思楼，迎面撞上等得生无可恋的钟婷。

早春时节乍暖还寒，最近气温再次骤降，午后的天色也不怎么好，料峭的风从楼前穿过，吹得国旗猎猎作响。

钟婷穿得少，冷得直跺脚。

“可算出来了，不是十一点就考完了吗？怎么磨蹭到现在？”她在教学楼外等得都快发霉了，见到许昭意忍不住抱怨，“一中就是事多，摸底考还封考场，我又不考试，在外面快冻死了。”

许昭意不太想提刚才的事，扯开了话题：“说了不用跟着来。”

“那不成，你一个人来考试多没劲啊。”钟婷挽住她的手臂，“校门口有奶茶店，热可可特别好喝，快走，快走！”

许昭意应了声，没什么意见。

几分钟后，两个人抱着热可可，沿着街边走。钟婷突然伸手，扯了扯许昭意的手肘。

“对了，我跟你说，我刚刚打听到一个劲爆的消息。”钟婷神秘地压低声音，“就是那天送我们回家的男生，他是隔壁附中的。”

许昭意实在不想听到关于他的任何事，敷衍地“嗯”了一声。

钟婷看她没反应，还以为她不知道自己在提谁：“就是那天你牵了好几米的男生，你忘了？”

许昭意倒吸了一口气，后槽牙咬合：“您能不提这事吗？”

“这不是重点，”钟婷凑过去，压低了声音，“我听说他在原来的学校待不下去了才转校的。”

高中就是一个“中二病”盛行的时期，而青春不洒点狗血就算不上青春，反正每个学校的风云人物——总有无数个传说。

其实人云亦云的玩意儿，往往都跟事实有出入。所以随便听听就行了，不能当真。

“甭管传言真不真，反正都搞得我不敢接近了。”钟婷撑住下巴感叹。

许昭意轻嗤一声：“别㞞，迎难而上，越挫越勇。”

“我惜命不行吗？”钟婷翻了个白眼，自己缩在一旁哼哼，“就是可惜了，他那么帅的一张脸。”

听到这么一句，许昭意忍不住皱了皱眉，厌恶之情溢于言表。

“帅吗？”许昭意面无表情地自问自答，“哦，是挺帅的，就是颜值和人品成反比。”

她跟梁靖川结过梁子，自然不肯放过任何落井下石的机会。

“你挺讨厌他啊，他还送过咱们回家呢。”钟婷眨了眨眼，“人品没那么差吧？”

“那是你瞎。”许昭意当即又冷笑一声，“别的不说，他平时跩得跟二五八万似的，说的每一句话都证明他严重缺少来自社会的磨炼。”

许昭意说得正起劲，钟婷面上的表情突然僵住。

“跩得跟二五八万似的”的那人，此刻就站在许昭意身后。

他勾了勾嘴角，似笑非笑。

钟婷顿时觉得遍体生寒。

她张了张嘴，实在没敢光明正大地提醒，只轻轻地碰了一下许昭意的手臂。

后者正畅快淋漓，浑然忘我，完全没察觉到她的担忧，甚至借此机会放了句狠话：“下次他再惹我，我就……”

话没说完，许昭意只觉肩上一沉。

一只手搭在她的肩上，手指修长，骨节分明，不轻不重地拍了两下。

“你就怎么着？”梁靖川的嗓音低而沉，清晰地压在她的头顶。

许昭意的睫毛颤抖，声音卡在嗓子里。她蓦地回过头。

梁靖川态度轻慢，清冷幽深的眸子攫住她，按着她肩膀的姿势不变，漫不经心的模样仿佛在说：来，继续，让我看着你怎么吹牛。

如果不是他按着自己肩膀往下压的动作带有威胁性，许昭意都快怀疑自己冤枉了一个好人。

果然“腿长沾露水，嘴长惹是非”，老祖宗的话不无道理。

看看，多么悲壮的“翻车”现场。

不过许昭意并不怎么怵他。这两天她被他刺激到麻木，即便这一刻被当面撞破，她也生不出心虚感。

半晌没听到动静，梁靖川还以为自己态度不行，把她吓到了。

“说话。”他略松了手劲，嘴角勾了一下，“就怎么着？”

许昭意冷静地低下肩，抖开他的手，毫不避讳地对上他的视线：“我就去给你买几个橘子。”

一字一板，掷地有声。

梁靖川倏地笑出声，抬了抬头，似乎没恼，甚至有些愉悦：“谢谢。”

许昭意的大脑瞬间死机，看他的眼神都微妙起来。她一时间没反应过来，到底是他真文盲没听懂，还是暴风雨来临前的平静。

胡思乱想间，梁靖川上下嘴唇一碰，轻轻地撂下一句："不过我吃两个就够了，都是你的。"

"呃……"

果然是她太天真了，梁靖川不仅知道"买橘子"意味着"我是你爸爸"，他还知道反击"我是你爷爷"。

这么会接梗抖包袱，他怎么不去说相声呢？

胜负欲让许昭意极度不满，这么多年来，她就没在同一个人身上栽过这么多跟头。所以等同于"我是你太爷爷"的回撑，她几乎是脱口而出。

"哦？"许昭意面无表情地看着他，"你还吃两个？橘子皮泡点儿水喝喝得了。"

话音落下，周围的空气都凝结了。

高手过招，招招见血。

钟婷都想给许昭意鼓鼓掌，换成她死都不会跟他硬"刚"的。

看看，这才是真正的勇士！

其实许昭意第二秒就后悔了，可惜现实不是聊天软件，没有两分钟内撤回的选项。

只能说对手太绝了。

梁靖川说的每一句话，都能精准无误地惹毛她，步步都踩在她的雷点上。她的胜负欲完全被挑了起来，这才反击。

许昭意眨了眨眼，大脑飞快地运转，心说要不要缓和下气氛。

胡思乱想间，梁靖川向前踏了一步。

许昭意下意识地想要后退，又觉得丢人，最后硬生生地刹住脚，停在了原地。

"你想干吗？想打架吗？"她微抬起脸。

许昭意质问得认真，但她是南方人，平日养成的习惯，就算是跟人生气，说话的语调还是温婉清甜。

所以这种温软语气，在梁靖川听来，就变了性质。

不仅不像挑衅，还像是撒娇。

梁靖川低了低视线，打量了下这位女同学的细胳膊细腿，实在不像是能叫板的料。再想想她刚刚清软悦耳的声音，微叹了口气。

他的视线太过直白。

许昭意被他盯得浑身不自在，又听到他一声叹，莫名有些心烦，脾气也就不怎么好。

“你什么意思？”

“没什么意思。”梁靖川回答得很干脆，眸底依旧平静无澜，“你挡我路了。”

“什么？”

“我来买饮料。”他扬了扬下巴，示意她看身后。

许昭意身形微顿，沉默地往后看了看。

是挡路了，她就挡在果饮小店门口的正中间。

许昭意觉得自己刚刚戏多得像个傻子，恨不能当场找条地缝钻进去。

气氛微僵，鸦雀无声，压抑沉闷的空气中透着尴尬。

许昭意缩了一下肩膀，低低地“哦”了一声，往旁边挪开，看起来很气馁。

梁靖川突然觉得有点儿好笑。

她跟他还挺横，横完了还㞞，仿佛他把她怎么着了。

“你要喝汽水吗？”他低了低头，懒洋洋地问道。

对于梁靖川挨怼后不仅没生气，还要请自己喝汽水，许昭意还是有点儿触动。

毕竟她从没像今天这样与谁针锋相对过，口舌之争是低端局，在她看来很没劲——赢了输风度，输了是废物。所以放到往日，她连个标点符号都欠奉。

看在他大度的分上，她决定以后对他和善点。

结果她刚在心底感动完，梁靖川上下嘴唇一碰，轻飘飘地撂下四个字：“橘子味的。”

哼！她一定是疯了才会觉得他大度。

周一去学校的时候，许昭意的转学手续已经办好了。

一中的学习氛围比其他学校要浓郁，至少早自习已经临近尾声，朗朗的晨读声还气势不减。办手续的吴老师跟她母亲认识，带她参观了学校，才领着她去找班主任报到。

班主任五十来岁，是个斯文瘦削的男人。许昭意敲门进去的时候，他正在用电脑统计成绩。

简单地打了个招呼后，吴老师明示暗示过调座位等细节问题，才放心地离开。

等人离开后，班主任的注意力转移到她身上。

“你是临城人？”他戴着一副细边框眼镜，沉默寡言的样子不怒自威，看着似乎有些刻板。

许昭意稍愣，轻轻地“啊”了一声，而后反应过来：“是的，我老家在那边，前几天刚来。”

她不是没听清，而是没料到问题的内容。

她学习成绩优异，还不是普通的优异，年年是省级三好学生，大型比赛国奖拿到手软，书法、绘画也无可挑剔。

这种学生放在哪个学校、哪个老师手里，都是掌上明珠。所以大多数老师看到她的成绩单都笑逐颜开，第一件事都会先聊她的成绩。

退一万步讲，就算她的成绩不怎么样，在重视分数的一中，恐怕也是成绩至上。

但她这位班主任上来的第一句，居然在关心她是哪里人。

许昭意恍神间，他又问了一句：“在这里习惯吗？”

“还行。”许昭意说完，觉得自己好像挺冷漠的，对不起人家的关心，又补了一句，“我适应能力挺好的。”

班主任微微颔首：“你的书本在新课桌上，位子不太好，过段时间会统一调整，有没有问题？”

“没问题。”许昭意回答得挺干脆。

虽说跟吴阿姨打招呼时说得不一样，但她也不太在意座位在哪儿，反正她又不近视，不需要特殊对待。

班主任似乎对她的反应很满意，淡淡地笑了笑，简单地介绍了一下情况：“我姓徐，徐培林，以后教你的语文课，也是你的班主任。”

许昭意还以为重点要来了，但他只有这几句话：“今后在这里好好和同学相处，不要消磨时间，有什么不适应的地方告诉我。”

许昭意没想到他的话真这么简短，恍惚了两秒，点了点头："好。"

"去班上报到吧，顶楼西头，下节课我再过去。"班主任朝她摆了摆手。

直到从办公室退出来，许昭意都觉得不可思议。

她的这位班主任，和她想象中的截然相反。虽然看着严肃刻板，但他的性格其实很酷。

人还有点儿暖。

"川哥，醒醒，借根数据线？"

赵观良从前桌扭过头，撞了撞梁靖川的肩膀。

梁靖川昨晚几乎熬了个通宵。他现在睡得正熟，刚攒起来的那么一丁点儿睡意，被赵观良搅得烟消云散。

他闭着眼睛在背包里摸索了两下，将数据线丢过去。

"川哥，借个充电宝？"隔了不到半分钟，赵观良再次推醒他。

梁靖川眼皮子一抬，捞起充电宝撂过去，刻意压低的嗓音有些喑哑："滚。"

物件不小，和桌面相接，沉重的声音在静谧的环境里显得格外突兀，引来周遭人的注目。

教室里鸦雀无声。

高一20班这时候正在上自习，体育老师请假了，可能是刚开学的缘故，也没有其他科目老师占课。所有人都在规规矩矩地翻书写字，偶尔有交谈的，声音也压得很低。

这么安静的氛围当然不是一中学风浓郁的功劳，至少不全是，最主要的原因是最后一排睡着了的梁靖川。

梁靖川也刚来，他是十分钟前进教室的。

20班前一秒人声鼎沸，后一秒满座寂静。没别的，谁让这江湖遍地是梁靖川的传说呢？

所以在梁靖川推门进入、拉开新桌椅、丢下背包、趴下睡觉四个步骤的进行中，所有人都瞬间安静，甚至一直保持到现在。

只有从前就认识梁靖川的赵观良，还敢没事找事打扰人睡觉。

这种安静一直保持到第二位转校生进来。

在许昭意推门而入后，一片死寂的高一20班才有了点儿动静。

她是最近校内风云的另一号人物，只不过她是正面的。她品学兼优又长得漂亮，虽说女生不屑一顾，但男生格外激动。

许昭意没理会其他人的视线，四下看了看，在最后一排的角落里有两套新课桌。

外面还空着，里面有人了。

里面坐着的是梁靖川。

“呃……”许昭意突然就淡定不下来了。

她生平第一次因为“总撞上某个人的孽缘”而感到绝望。

许昭意在门口站了很久，虽说进教室之前班主任就给她打过“位子不好”的预防针，也承诺过段时间会调整座位，但她还是十分抵触。

教室里的同学面面相觑，还以为新来的转校生也畏惧梁靖川的威名。虽然大家十分同情，但没人打算自我牺牲，提议换位。

忍忍，再忍忍。

许昭意深吸一口气，背着包平静地走过去。

她想假装他不存在，但是走到座位前，看到他的东西还没整理，新书乱七八糟地堆在她的桌面上，冷笑了一声。

行吧，还是忍不了。

许昭意面无表情地伸手，戳了戳梁靖川的胳膊。

梁靖川没反应，一言不发且一动不动，像一尊僵硬的雕像。

许昭意耐着性子，再次戳了戳。

这次梁靖川动了，不过反应十分暴躁。

“赵观良，你还没完没了了，是吧？”梁靖川微皱的眉间透着点儿不耐烦，喉结没忍住上下滚动，“你什么毛病？”

周围的人连大气都不敢喘，恨不能把自己的存在感降到最低。

前桌的赵观良无辜地回头，举手投降，朝旁边扬了扬下巴，示意不是自己。

梁靖川抬了抬眼皮，视线触及许昭意。他沉默了两秒，再开口时，语气意外平静：“不想坐外边？”

梁靖川没生气，还在和新同学商量——这个诡异的认知让教室里的气氛微妙起来。

可惜新同学不给面子。

许昭意没有搭腔，只垂了垂眼睑，迅速将桌面上不属于自己的东西清出来。

然后她拢着多余的新课本，“哐哐哐”三下码齐，放回梁靖川的桌面上。

整个过程她的动作干脆利落，一气呵成，毫不拖泥带水。

周遭的气压又低上三分，前面几排终于有人忍不住，低下头来小声地议论。

“牛，学神就是跟我们普通人不一样。”

“你懂个啥？这就是来自学神的决心——”

前排八卦的声音虽然被刻意压低，但教室就那么大，大家基本都听到了。

那个人脱口而出后，也后悔了，胆战心惊地把头埋在书里。

多什么嘴？

梁靖川无声地勾了一下嘴角，眼皮一抬，懒散地看她：“你没话说？”

许昭意倒没在意，眨了眨眼，纤细的手指在两个人桌沿之间做了个划分的动作。她还真就敢顺着他的话认真回答。

“我不喜欢别人占我的地方或者碰我的东西，以后别放我桌子上。”

场面太劲爆，前排窃窃私语的声音刚刚被刻意压低，又忍不住高了起来。

“我的天，真牛，现在是互放狠话环节吗？我是先点赞还是先点蜡？”

“我有些看不透了，学神是在玩挑战极限吗？”

“不，挑战底线。”

…………

“没了？”梁靖川似笑非笑。

“没了。”许昭意点点头。

梁靖川嗓音里带着笑意，说了句“行”。他好耐性的样子像是错觉，分不清他是没睡醒，还是真的没脾气。

这场面，气氛很微妙。

周遭看戏的同学都愣了，实在想不透这两个人，前一秒还不对付，后一秒怎么就友好地交流上了。

许昭意的太阳穴突突地跳。

说不上哪里不对，但她就是浑身不自在，莫名有种被他戏弄的感觉。反正不管她是不是生气或者挑衅，他都当她闹着玩。

他就跟……哄小孩儿似的。

好在下课铃声及时响起，她转移视线，忽略那点儿别扭感，当成什么也没发生。

许昭意刚落座，前排赵观良伸手在她面前挥了挥："哎，小仙女，还记得我吗，小仙女？"

赵观良指了指自己："上次没自我介绍，赵观良。"

许昭意对"小仙女"这个称呼几乎敏感，身形微微顿住，抬了抬头。

周末撞见赵观良的时候，他看着还是个吊儿郎当的酷哥，现在看着规矩多了。

形象上虽然差别很大，但是他话痨到让人心烦这一点儿，令许昭意记忆深刻。

"记得。"许昭意应声，实在受不了他的称呼，"不过你别这么喊我，听着别扭，我叫许昭意。"

"好的，小仙女。"赵观良点点头。

他是不是脑子不好使？

许昭意彻底放弃交流，偏头看了梁靖川一眼。

其实这是个无意识的动作，但后者似乎看懂了她的意思，懒洋洋地撂下一句。

"早上被门挤过了。"

"川哥，你能不能善良点？！"赵观良捶胸顿足，"小仙女都要跟你划清界限了，你还同仇敌忾？"

许昭意的睫毛轻轻一颤，不动声色地垂下了眼睑。

"少贫。"梁靖川不耐烦地摆摆手，趴下继续睡觉。

趁着课间，许昭意闷头整理东西。她推开书本的时候，铅笔从桌面滚落，掉到桌子缝隙里。

许昭意往外拖了一下桌子。

她刚挪了一下，一只骨节分明的手就搭在桌沿上，牢牢地卡住桌面，力道很大。

“过分了啊。”梁靖川抬了抬眼皮，低沉的嗓音散漫，“你几岁了，还玩‘三八线’？”

他的嗓音很抓耳，还带着初醒的倦意。

许昭意抓着桌沿用力地拽了一下，可惜他的手劲太大，桌子硬是没什么反应。

纹丝不动。

“你也挡到我了。”许昭意也没撒手，面无表情地抬头，就这么跟他僵持着。

“嗯？”

“我的笔掉缝隙里了。”她勾了勾嘴角，朝他微微一笑，“我就是捡支笔。”

像是在介怀饮料店前的那一碴儿，她将他的话原样奉还。

“呃……”梁靖川感到有些意外。

他忽然低笑出声，很轻、很淡，似乎并不在意被她噎了一句。

隔天清晨，许昭意一回教室，就扫到自己的课桌似乎被动过。没太变样，但桌上的课本往里挪了点儿，桌洞里的考试袋也滑了出来。

“谁来过我的座位了？”许昭意有些反感，微微蹙眉。

“隔壁班的何芊芊来过吧。”前排有人犹豫了几秒，好心提醒道，“可能她没太注意，才撞到了。”

许昭意看到对方微妙的表情，心里就有底了——

十有八九是为了早读后的开学典礼。

她压根儿没见过何芊芊，不过昨天钟婷就逮着她预告过。开学典礼有学生代表演讲，按往年惯例，名额应该是去年的榜首何芊芊，结果昨天敲定了空降的许昭意。

虽然许昭意不在意，但对其他高中女生来说，这是个出风头的好机会，心理不平衡在所难免。

用不着她确认，赵观良就不怕事大地挑明了。

“才不是没注意，估计是看咱们小仙女不爽，趁着堵川哥送东西的机会，没事找事。”赵观良低着头在桌洞里玩游戏，冷笑道，“不就是个演讲吗？宝贵得跟什么似的，又不是咱们小仙女抢的。”

直白的话滚出喉管，赵观良才觉得有损自己的形象，回过头来咧嘴笑了笑。

“小仙女不用管她，何芊芊全方位被你吊打，气到只会撞桌子挠墙。”

这么点儿鸡毛蒜皮的事，许昭意没打算计较。正好上课铃响了，梁靖川踏着铃声进了教室，话题到此为止。

早读课被化学老师占了。

20 班的单元测试成绩不理想，化学老师气势汹汹地进门，把试卷往讲台上一砸，火气还是不断地往上冒。

原本期待借开学典礼摸鱼的学生都收敛起来了，一整节课老老实实，拖堂都没敢吱一声。

等化学老师前脚踏出去，教室内瞬间怨声载道。

“快走，快走，刚被骂了一节课，去晚了报告厅，教导主任还得逮着你立典型。”

班里的学生风风火火地往外冲，几乎是拎起笔记本就走，连桌面都没心思清理。就连平时毫无时间观念的几个人，也变得积极起来。

“咱们教导主任，批评人的时候有多可怕呀，”赵观良边说边翻自己的桌洞，“哪天见识到你就知道了。”

许昭意心说自己太知道了。

前两天拜某位梁姓热心市民所赐，她在教务处被骂了大半个小时，耳朵都快起茧了。

说话间，赵观良终于倒腾出一个笔记本，磕碜得跟被狗啃了似的。

“我先走了啊，你们也快点儿吧。”他朝门口方向扬了扬下巴，“上次 5 班那谁，迟到就收获了全校通报批评，我都快窒息了。”

说话间，门口有人喊了句——

“许昭意，门卫那边家长找你。”

许昭意稍愣，略微诧异地抬起头。还没看清是谁在叫自己，人已经跑得没影儿了。

几乎没有思考，她就跑下了楼。

可惜门卫处的接待室空无一人，保安从监控室里探头：“有什么事吗？”

“有人跟我说家长在这儿，让我过来。”许昭意往校门口看了一眼。

“今天没有家长探访，你的同学是不是搞错了？”保安也很奇怪。

“应该没搞错，我打个电……”电话拨出去的瞬间就被掐断，许昭意蓦地清醒过来。

她父母都忙，母亲甚至在国外，怎么可能现在过来，而且连电话都没打。

她被耍了。

她刚刚心底那点儿兴奋和雀跃突然就被冷风吹散了，失落全然盖过了恼怒，她甚至没心情追究是谁搞的恶作剧。

许昭意深吸一口气，将情绪压了回去。

快迟到了。她来不及思考这些乱七八糟的，抱着演讲夹就往回赶。

学校的小礼堂在最西北角，还隔了操场和篮球馆，许昭意几乎是一路跑过去的。

隔了很远，她就看到不紧不慢的梁靖川。

“你怎么还在这儿？”许昭意边跑边诧异地看着他。

“没劲，不着急。”梁靖川短促地笑了笑，“至于吗？”

“至于。”许昭意面无表情地看着他，“我的学生生涯就没被通报批评过，还是为了迟到这种低级错误。”

“那你刚刚怎么不着急？”梁靖川懒洋洋地问了一句。

许昭意的表情僵了一瞬，没搭腔。

看她陷入沉默，他也没再追问。

“其实也挺好，没犯过低级错误的学生生涯不完整。”梁靖川眉毛微微一挑，“今天破个例，丰富人生阅历，增加老来谈资。”

许昭意本来跑得就很累，一口气卡在喉管里，心底的躁意被他燎得直往上蹿。

“你闭嘴，梁靖川，你快闭嘴吧。”

听听，他说的是人话吗？

她觉得自己迟早会被他满不在乎的态度，还有没完没了的歪理给气死。

“别着急。”梁靖川扫了一眼她郁闷的样子，轻轻一哂，“今天能不能混过去，主要看你。”

这话说得含糊不清，不过许昭意没心思听他瞎掰扯，也懒得再问。

迟到三分钟，报告厅内的学生已经坐好，激昂的进行曲盘旋在礼堂上空。许昭意基本能想象到，他们一进去就会是重点目标。

许昭意微叹一口气：“报告。”

话音刚落，她腿弯的某个位置，猝不及防地被人碰了一下。

力道很轻，但位置好巧不巧是个穴位。酸麻的感觉瞬间从腿弯蹿到脚心，瞬间蔓延整条腿。

许昭意差点跪下去。

一句脏话几乎要滚出喉咙，不过在众目睽睽之下，许昭意忍住了。

梁靖川清朗的声音格外清晰：“报告老师，她身体不舒服，刚去医务室，来晚了，真的不好意思。”

许昭意突然会意，就着蹲在地上的姿势，表情虚弱地捂住了腹部。

也不全是靠演技，她一动也不敢动，现在都没缓过劲来。

生病的理由加上好学生的光环加持，确实有效果。前一秒还在门口训人的年级主任，果然忽略了他们迟到的问题。

“要紧吗？”

“没事的，老师，我坐着休息一会儿就行。”许昭意勉强地笑了笑，眼刀冷冷地往梁靖川身上戳。

虽然装病的主意可行，但他明明可以提醒她配合演戏。她越想越觉得，对方有蓄意报复的嫌疑。

察觉到她的视线，梁靖川身形微顿。

他略略垂眸，睨了她一眼。

小姑娘正气恼到快要质壁分离，面无表情地回视他，无声地做了个嘴型：浑蛋，梁靖川！

梁靖川半垂着视线，隔了一段距离，修长而骨节分明的手悬在她的发顶，往下轻轻地压了压，像是在安抚性地摸头。

许昭意全然不吃他那套，嫌弃地哼了一声，歪了一下头躲开他的隔空安抚。

“滚！”许昭意起身，反驳时含讥带诮。

第3章
年少轻狂

梁靖川低低地笑出声，也不反驳，跟在她身后，懒洋洋地回了自己的位子。

他们来得晚，两个人的位子还挨在一起。梁靖川像是自带消声功能，所到之处一片死寂。刚刚还有人在低声议论，这一刻却鸦雀无声。

许昭意落座，打算临场前熟悉一遍演讲稿，再去后台。只是刚翻开演讲夹，她就愣住了。

演讲夹内空空如也，事先贴好的稿件不知何时不翼而飞了。

“怎么了？”梁靖川的视线顿了一下，目光停留在她的脸上。

“演讲稿丢了。”许昭意抿了一下唇。

“落在教室里了？”

“不可能，我没碰过。”许昭意微微蹙眉，垂下眼睑，隐去了眼底的情绪。

她突然想到课间的那点儿小插曲。

这天早晨到校，她就把稿子放在演讲夹里固定好了，中途只出去了一趟。她回来后化学老师突击补课，直到现在都没来得及看。

照前桌的说法，就一个人到过她的位子，隔壁班那个何芊芊。

除了丢稿，还有差点儿害她迟到的恶作剧，她并不相信会有这么多巧合。

不过没证据的事，而且她马上就要上场了，现在追究也于事无补，毫无意义。

“要不然……”梁靖川正要说什么，偷听了一耳朵的赵观良从前排探头。

“真找不着了？”赵观良忍不住提议道，“要不我现在去老徐办公室，给你随便打印一份应应急？”

莫名被打断的梁靖川勾了一下嘴角，面上非常温和，近乎微笑。

“来不及了，我得去后台了，就这样吧。”许昭意压下嘴角，语调冷淡。

她十分平静地合上了演讲夹，随手撂到身侧，什么都没拿，直接起身朝后台走去。

“她真的不要了？”赵观良晃了晃正在搜索演讲稿的手机，看傻了眼。

梁靖川没搭腔，懒散地朝他身后的方向扬了扬下巴。

“怎么了？”赵观良不解其意，回头的瞬间差点儿被吓掉魂，安静得像被命运扼住了后脖颈。

年级主任司空见惯，连当场批评都省了，直接将他的手机抽走：“散了会去教务处。”

等人走远了，赵观良立刻奓毛：“我仿佛看到了半个小时起步的批斗在向我招手。”

“还有两千字的检讨。”梁靖川眼皮子一抬，声音散漫地补了一刀。

“哥，我没得罪你吧？”赵观良从头到脚像被雷劈了一样。

说话间，进行曲终于随着渐暗的灯光停下来。“吧嗒”一声，演讲台上的灯光亮起。许昭意站在那里，周身像镀了一圈毛茸茸的光。

她伸手轻抬了一下话筒，干净的声音从音响里清晰地传出来：“尊敬的各位领导、老师，亲爱的同学们：大家好！我很荣幸——”

开学典礼八百年不变的流程让人昏昏欲睡，但许昭意这天的演讲内容和大家听惯了的“劝学”版本不太一样。

“人生如棋局，每一个挑战都是博弈的过程。结果有无限可能，请不要放弃任何一次制胜的机会。

“顺境之时，就该抓住时机，一招制敌；逆境之时，不要消减你对生活的激情，要坚持到底，才能置之死地而后生……”

不得不说，许昭意游刃有余的时候，实在夺人眼球。短短一分钟，她便吸引了全场的注意力。

“小仙女厉害啊，临场脱稿一样出风头，难怪招人嫉妒。”赵观良“啧啧”感叹，“现在的女生怎么那么小肚鸡肠啊？”

“谁？”梁靖川抬了抬眼皮。

“何芊芊，巧了，就是刚出去那个。”赵观良指了指往过道这边走的女生，简略地说了一遍过程，“哎，我估摸着稿子丢了也是她做的没跑儿。”

20班的位置靠近后门，旁边的过道是进出礼堂的必经之路。

梁靖川扫了一眼何芊芊，朝她勾了勾手指。

何芊芊有些意外，暗暗地捏了一下衣角。但明显，她是有所期待的，走过来时笑容甜美又温柔：“你好，你是在找我吗？”

梁靖川抬了抬眼皮，低声说了句话。很简短的一句，全程不超过十秒。何芊芊僵在原地，咬了一下嘴唇，脸色惨白。

她在原地欲言又止了半天，直到他冷淡又不耐烦地摆了摆手，才回了自己的位子。

与此同时，台上许昭意的演讲到了尾声。

“最后，送给大家一句话——《菜根谭》中有言，‘乾坤未定，你我皆黑马，莫以一时得失定天下’，请不断攀峰，不断前进吧！

“祝各位前程似锦，不坠青云。

“愿你我巅峰相会！”

掌声如雷鸣，梁靖川跟着鼓掌。隔着大半个礼堂，两个人的视线猝不及防地对上。

有那么一瞬间，周遭像是安静了下来。和篮球场外她茫然抬头时的无措截然不同，此刻的她游刃有余，自信而从容。

许昭意微顿，顷刻间移开了视线。

“牛啊，老徐是昨天放学才给你演讲稿的吧，小仙女居然背下来了？”等许昭意回到位子上，赵观良非常卖力地吹“彩虹屁”，“您是什么神仙大脑！”

宇宙第一“意吹”出马，许昭意的光辉事迹已经在全班传开。正抽查人数的班长徐洋凑过去，羡慕的语气里带着微酸：“学霸都是这么拉仇恨的吗？”

“你听他胡说。”许昭意摇摇头，“我就拿到手的时候看了一眼，一遍都没看完，怎么可能背下来？”

“那你刚刚在台上背的是什么？”徐洋不太能理解。

“现场瞎扯。”许昭意无可奈何地笑了，“你就当写命题作文，反正大家不会细听，不可能逐字逐句挑刺，没什么难度。”

“但是这更拉仇恨了。”徐洋的嘴角微微抽动。

整个流程下来，底下的学生听得头昏脑涨，回到教室里还要开班会，一个个趴在桌面上直打哈欠。

徐培林端着自己的小水杯，前一秒还跟隔壁班主任说笑，后一秒便面无表情地走进教室："耽误大家的自习时间，简单地说几件事。"

内容无非近期的纪律和学习，徐培林跟大多数班主任不太一样，话十分简短。

他用秋风扫落叶的速度强调完，就将话题引到了欢迎新同学上："剩下一点儿时间，认识一下新同学，你们互相熟悉熟悉。"

徐培林也不掺和，开了个头，就端着自己的小水杯慢慢地走了。

本就安静的教室气氛又沉寂了三分，有同学用余光偷偷瞄了一眼后排，往桌子上趴了趴。

没人敢起这个头。

许昭意倒是猜得出来，偏过头盯着梁靖川看了几秒，后者不动如山，完美地发挥了"女士优先"的风度。

她微叹一口气，也不指望他主动，率先起身上去讲台，很快地写下自己的名字。

"我叫许昭意，白日昭只的'昭'，意义的'意'。"许昭意停顿了两秒，实在没什么好说的，便结语，"请大家多多关照。"

在一片掌声里，她扫了一眼梁靖川。

后者连讲台都懒得上去，上下嘴唇一碰，冷淡地念了一遍"梁靖川"，比她还言简意赅。

但是20班的同学似乎十分感动，特别捧场地鼓掌。

许昭意回到位子的时候，甚至听到了一句发自肺腑地感叹——

"你有没有觉得梁靖川比想象中平易近人？"

这也叫平易近人？疯了吧？

许昭意觉得难以理解。

其实这两天20班同学对转校生的好奇心只多不少，虽然看着似乎跟想象中一样温和，但没人敢过来瞎凑热闹。

"我叫徐洋，是班长，"徐洋挠了挠头，"以后有什么事可以问我，一定帮忙。"

“我叫姚岁岁……”一个小个子女生站起来。

气氛还有些诡异，不过自我介绍一开始，教室里的氛围就活络了一点，持续到下课。

趁着梁靖川出去，许昭意拉住徐洋，朝墙上指了指：“班长，我还真有问题，墙上贴的那张小组计分表是什么？”

徐洋看了一眼，笑道：“哦，那是互助小组计分表。”

他怕她听不懂，多解释了几句：“咱们班有‘结对子’的传统学习方式，就是互帮互助小组，学习好的带学习差的。因为就你跟梁同学是转校过来的，所以直接被安排到一组。”

“互什么？什么助？我跟谁？”许昭意选择性失聪，冷笑着叹了口气，“哎，我怎么突然就失去了听力跟理解能力？”

“不用如此绝情吧，小仙女？”赵观良从前桌回头，忍不住笑了，“我觉得你应该对川哥有什么误会，同学之间还是要乐于助人的，都是朋友。”

什么朋友？

谁的朋友会挖空心思捉弄人，连迟到这个机会都不放过？

之前的事还历历在目，许昭意对梁靖川实在不爽，冷哼一声：“姐姐向来自私自利，乐意独来独往。反正我没时间，也没心情，更没精力。”

许昭意回绝三连的时候，折返的梁靖川抬了抬头，也没说什么，面无表情地回了座位。

徐洋小心翼翼地最后提醒一句：“不过互助小组考核记入评优评奖标准。”

许昭意觉得难以置信：“这是什么规定？”

“本校奇葩传统之一，虽然我也理解不了。”徐洋无奈地耸了耸肩，摇摇头。

说出去的话不好收回，不过许昭意越想越觉得，她的同桌可能是个拖后腿的。她把下巴搭在手臂上，慢悠悠地偏过头，忍不住瞄了一眼。

几乎是瞬间，她就被他桌上的摸底考试卷吸引了注意力。大片空白的试卷上，一个十分刺眼的分数——37。

许昭意无声地做了个深呼吸，差点心肌梗死，她觉得自己有必要收回刚才的想法。

不是可能，她的同桌一定是个拖后腿的。

三十七分，多么不可思议的分数！在“满分一百五、选择占大头”的情况下，她的同桌是热衷创造奇迹吗？

就算把答题卡扔地上踩两脚，分数也不至于这么惨好吗？

许昭意难以接受现实，神色复杂地盯着刺眼的“37”看了半晌，咬了一下牙。

“梁同学？”她脸上挂着微笑，戳了戳梁靖川。

后者显然还沉浸在她的连声拒绝里，连眼皮都没抬一下。

“梁同学，我想过了，”许昭意尽量用亲切的语调，苦口婆心道，“本着同学间团结友爱的精神，我觉得我有责任、有义务，也有必要把你的成绩……”

面对她如春风般的温暖，梁靖川严冬一般冷酷无情地打断了她的话。

“不需要。”

“话不能说得太绝对，”许昭意勉强维持着耐心，循循善诱，“免费课后辅导了解一下？”

“没时间、没心情、没精力。”梁靖川将她的话原样奉还。

许昭意被噎了一下。

“忠言逆耳，你怎么能这么固执呢？”她深吸一口气，继续忍辱负重，“你看啊，如果学习不好，有的人露宿街头了，有的人沿街乞讨了，有的人……”

“有的人，比如我，”梁靖川眼皮子一抬，打断她的话，“学不好就只能继承家业。”

许昭意面无表情地撇开眼，深吸一口气压住情绪，在心底骂了句：算你狠！

许昭意默默地记仇，趴在桌子上，一整天都懒得搭理他。

临近放学，学委往大屏幕上投影了作业整理，教室里的埋怨声此起彼伏。

“苍天啊，化学老师是把一周的作业布置上去了吧？不就是考试不理想吗，也不用这么残忍吧？”

“化学课代表呢？出来挨骂！”

许昭意还在奋笔疾书，抽空往旁边瞟了一眼。

梁靖川只带了一部分作业，背包相当单薄，就快把“不想写、写不完、随便吧”的意愿写在脸上了。

看看，果然存在即合理——

难怪他会考三十七分。

梁靖川前脚一走，后脚就有人过来送东西。许昭意不胜其烦，有些无语。

其实自同桌以来，两个人还算相安无事。一个不主动招惹，一个不主动搭话，平时全靠眼神交流。

虽说学校贴吧和匿名群已经起了高楼，“许昭意和梁靖川关系恶劣”的传闻闹得一中尽人皆知。但是许昭意乐得清净，甚至想给梁靖川的表现鼓鼓掌。

唯一让她烦的，就是每个课间给梁靖川送零食的女生实在太吵了。

为着传闻对他避之不及的很多，但为着颜值趋之若鹜的也不少。

梁靖川压根儿没收过，每次直接往垃圾桶里送。后来在他“孝敬”垃圾桶以前，赵观良就很自觉地直接抱走了。

许昭意不理解送零食的行为，毕竟每次都被梁靖川“贡献”给了垃圾桶。

难道真有人觉得，成年累月送就会有效果？

是参加“感动中国”吗？

许昭意胡思乱想间，倒是记起清晨发生的事了。

“对了，早晨那个谁，是叫何芊芊对吧？”许昭意推了推前桌，“她在哪个班哪个位子？”

“就咱们班隔壁，中间第三排。”赵观良以为许昭意是因为早上的事不爽，“你还想把人打一顿啊？”

许昭意勾了勾嘴角，轻笑一声，“没有的事，我认识一下新同学。”

“别了吧，”赵观良有点儿于心不忍，“川哥刚跟她友好交流完，我看她已经快哭了。你要是再去认识她，妹子该多惨啊。”

许昭意稍愣怔：“什么时候的事？”

“就你上台那会儿。哎，说曹操曹操到，门口那个。”赵观良眼尖，示意她看身后，“她怎么又来了？”

许昭意还没去找何芊芊，后者倒是先找上门来了。

她并不是来找碴儿，而是道歉，而且一上来就直奔主题。

“对不起，今早的事是我做错了，我给你道个歉行吗？或者你想怎么解决都行，就是这件事能不能……”何芊芊咬了一下唇，声音低了点，“能不能别闹太大？”

“我跟你不认识，更谈不上有什么恩怨。说实话，我觉得你这个人挺匪夷所思的。”许昭意并不是个计较的人，“这次你道歉了那就算了。但是同学……”

她平静地看了对方一眼：“没有下一次。”

许昭意本以为这种素不相识也能害人的，应该会很难缠。结果对方连敷衍都不敢，全程小心翼翼。

意料之外，事情解决得出奇地顺利。

许昭意回到座位上左思右想，也没猜出里面的门道。她已经开始考虑屈打成招的可能性了。

“梁靖川跟她说什么了？”

“这我哪儿知道啊？”赵观良刚拿了“五杀”，满足地打了个哈欠，“可能是——放学后别走？”

“呃……”

许昭意的困惑持续了整整一夜。

她实在太费解了，昨天记仇的事也就抛诸脑后。梁靖川一进教室，她的心就揪了起来。

她自己安静地写了一会儿笔记，最后冷漠地输给了刨根问底的心。

“同桌？”许昭意偏过头来，拿笔轻轻地戳了戳他的手臂，“亲爱的同桌，亲亲亲爱……”

“亲几下都没用，有事说事。”梁靖川眼皮都没抬一下。

许昭意微顿。由于实在太好奇，她对他占便宜的行为自动免疫：“你昨天把何芊芊叫住了？你找她做什么？”

说完她又觉得自己抓错了重点：“哎，不是，我的意思是，你没把人怎么着吧？”

梁靖川将背包撂下，懒散地回了一句：“哪儿能啊？我是遵纪守法的好公民。”

许昭意无言以对。

前排的赵观良“啧”了一声，怎么听都觉得，梁靖川这句话和许昭意昨天的“没有的事，我认识一下新同学”有着异曲同工之妙。

他们怎么不组合去说相声呢？

“怎么，难道我看上去不友好？”梁靖川的眼风掠过她，问得还挺认真。

其实他真算不上凶残，他就夸了何芊芊一句：你监控里的身影真漂亮。

无威胁、无把柄，但耐不住对方做贼心虚。

“友好，友好，您可太友好了。”许昭意很给面子地附和两句，总觉得太扯，“所以人家快哭了，是被你的友好给感动了？”

梁靖川似乎挺认同她的胡扯，勾了勾嘴角，轻飘飘地撂下一句：“你说得很有道理。”

“呃……”

——我信了你的邪。

跟一个人唱反调唱久了，会养成习惯，对方说一句就忍不住想反唇相讥。

许昭意懒得回敬，轻哼一声表示不稀罕听，抱着自己的小板凳往旁边挪了挪。

她刚挪了一步，赵观良就从前排回头，双手合十央求道：“江湖救急，太多了，实在编不下去了。”

“又想抄作业？”刚拒绝施以援手的同桌宋野嗤之以鼻。

“读书人的事怎么能叫抄呢？那叫借鉴！”赵观良怒而拍桌，义正词严地说道，“不懂你就别瞎叨叨。”

说完，他恳切地看向许昭意：“共享作业了解一下，小仙女？”

昨天布置的化学作业确实超标了，成绩好的熬夜勉强做完，成绩差的连抄带编。

许昭意将作业丢给赵观良，后者眼尖地从梁靖川桌上拎起两套卷子，幸灾乐祸。

“川哥，你昨天也落作业了吧？除了习题册，还有卷子呢。”

“写不完，懒得带。”梁靖川言简意赅。

“化学老师的课你也敢不完成作业？”赵观良照着许昭意的作业奋笔疾书，“你要不要一起抄？建议你连抄带编也得填上，不然她肯定当你故意找碴儿。”

“连抄带编有什么意义？”梁靖川懒洋洋地反问。

许昭意记笔记的手一抖，这话听得她有些震惊。

敢情他还是个有底线、有追求的学渣？

——但是大哥您看看自己的卷子，看看上面刺眼的“37”，这是您的台词吗？

“别怪兄弟我没提醒你啊，咱化学老师就是看着年轻漂亮，她平时可太暴躁了。”赵观良好心劝解道，“反正你敢不写她的作业，她一定会在线教做人。”

赵观良一语成谶。

课前几分钟，化学老师就把作业检查了一遍，查完面无表情地把课本往讲台上一摔：“你们都以为自己是为我学的吗？”

全班同学大气不敢喘。

“自己考出什么成绩自己不清楚吗？试卷上最后一道大题，我讲过三遍，就在这个位置。”化学老师敲了敲右边的黑板，冷笑，“我告诉你们，如果黑板能成精，它都能上一本。”

她喝了口水，继续炮轰：“就在这种情况下，你们居然还敢不完成作业。你们是要上天吗？”

没人敢应和，话虽然是对全班说的，不过意有所指。毕竟全班只有梁靖川一个人这么“实诚”，写到哪儿算哪儿。

果然，化学老师的矛头第二秒就指向了他：“梁靖川同学，请起立。你卷子上的大片空白，是留给老师做的吗？”

梁靖川慢悠悠地站起来：“作业太多，没写完。”

许昭意手指微抖，黑色签字笔在书页上画出一道难看的痕迹。

“那怎么其他同学都完成了，就你完不成？”化学老师脸色铁青。

她执教生涯就没遇到过这么敢接话茬儿的学生。

梁靖川的神色依旧平静，嗓音依旧清朗：“因为熬夜影响效率，抄作业和题海战术毫无意义，浪费时间，不如不写。”

许昭意屏住呼吸，在桌子底轻轻地扯了一下他的校服衣角。

梁靖川低了低头。

也不知道他是没领会她的暗示，还是故意找碴儿，又不咸不淡地补了一句："而且老师，你昨天布置的作业有很多重复的题。"

"行，效率。"化学老师被气到发笑，"那梁靖川同学，你来念一遍答案，告诉老师什么叫'效率'。"

"老师，我还没做。"梁靖川抬了抬头。

"我知道你没做，我让你念答案。"化学老师冷着脸重复道，"读一遍题意，念一道答案。"

化学老师是铁了心让他现做现答，空书念答案了。

虽然有点儿为难人，但闹了这么一出，她面子上不好看，有心借此机会杀一儆百。

许昭意做好的卷子还没掀开，先听到一声厉喝："同桌把自己的卷子收好！"

这声断喝成功地把底下所有施以援手的小心思给绝了。

万众瞩目下，梁靖川漫不经心地拿出自己的空白试卷，平静地开始读题意。

"第一题，《本草纲目》记载——'烧酒，其法用浓酒和糟入甑，蒸令气上，用器承滴露''凡酸坏之酒，皆可蒸烧'。这里用到的实验方法可用于分离……"他扫了一眼选项，几乎没思考，"选D，溴苯和苯。"

答案正确，虽说他有瞎猫撞到死耗子的嫌疑，但所有人下意识地跟着松了口气。

梁靖川继续往下念。

这场面可太刺激了，周遭鸦雀无声，心都跟着他读题、做题起起落落，时刻等待着他出错，化学老师情绪大爆发。

不过梁靖川的运气似乎很好，从开始后就没给化学老师批评的机会。直到从第三道题开始，底下传来异议。

"这道题是不是错了，我的选项怎么跟他的不一样啊？"

"我更绝，我跟你们的都不一样。"

"他的答案是正确的，"化学老师僵着脸冷声道，"继续。"

教室里窃窃私语声不绝，引起小范围的骚动，开始又擦又改。

许昭意略微诧异地抬头。

从她的位子可以看到他清俊的侧脸和漂亮的下颌线。他半垂着眼睑，漫不经心地拿着试卷，手指修长，骨节分明。

“第七题，莽草酸可用于合成药物……”

渐渐地，不仅是许昭意，基本教室里所有的同学都发现不对劲了。

一两道蒙对那叫运气好，这都蒙到第七题了，居然还没出错。

他是“欧皇”吗？

化学老师显然也有这样的困惑，神色凝重地站到他身边。

她拿着梁靖川的其他作业翻看了半晌，也没叫停。

全班鸦雀无声，渐渐陷入死寂。尽管难以置信，但梁靖川整套试卷的正确率实在是高到离谱。

从头到尾，万无一失，游刃有余。

梁靖川的字迹确实不尽如人意，但答案的正确率太绝了。化学老师翻了几页基础练习，脸色稍霁。

教室里悄无声息，视线有意无意地往最后一排瞟。

“很好，请坐。”化学老师倒没有故意刁难，只是笑了笑。

意料之外，又在情理之中。

维持了半天噤若寒蝉状态的20班同学，差点儿就克制不住激动的心，给梁靖川鼓掌了。

他们刚蠢蠢欲动，化学老师就转过身来，依旧疾言厉色，适时地泼上一盆冷水：“我说的‘很好’是他很好，不是你们。”

“你们要是有这种本事，上课抱着毛毯睡觉我都欢迎。不过既然都是凡夫俗子，那就拿出红笔，我们继续上课。”

同学们嫌弃地“嗯”了一声，不情不愿地继续学习。

等到下课铃如愿响起，化学老师前脚踏出教室，赵观良率先一声哀号。

“川哥，说好的好兄弟同甘共苦、共同进退呢？你居然叛离了，游手好闲组织今天就要开除你！”

高一20班同学的内心近乎沸腾了，但明面上依旧没人敢去套近乎，只有群内消息刷得飞快。

“梁靖川牛啊。”

“川哥居然在化学领域封神了，天啦，是我今早起床的方式不对吗？”

“我算是看出来了，化学老师本质‘双标’，上次课上挑衅的，三十圈长跑加五千字检讨。”

“你错了，化学老师介意的不是上课挑衅，她只介意上课挑衅的是个废物。”

班级群里静默了一会儿，底下爆出一长串的“+1”附和。

气氛高涨时，班长徐洋在讲台上晃了晃手里的表格。

“走读需要申请，麻烦走读的同学在名单上签个字，放学前要交。”

周围的视线和话题中心终于被转移了，许昭意单手托着下巴，偏头看向梁靖川：“同桌，你的化学成绩好像挺不错？”

“嗯，还行。”梁靖川转了转笔，在走读统计单上签了字。

他平时的字迹的确让人不敢恭维，一把狂草，勉强能辨认得出。但他的签名挺绝，瘦劲疏朗，侧锋如兰竹。

许昭意将“还行”这两个字在心底品味了一遍，默默腹诽：梁靖川装的方式都跟普通人不一样。

“那你怎么不努力一点儿？”许昭意摸出一瓶 AD 钙奶，边戳吸管边试探性地问道。

“努力什么？”梁靖川睨她一眼。

见他没有太多抵触，许昭意考虑了一下措辞，企图不动声色地给他灌输“好好学习、别拖后腿”的思想。

“你看啊，你化学那么好，理科是相通的，肯定差不到哪里去。文科多记多背，也还是有救的。”她委婉地暗示道，“虽然英语只有三十七分，你看着不行……”

许昭意的话没说完，梁靖川果断地打断她的话：“我行。”

一字一板，字正腔圆。

许昭意：“啊？”

梁靖川眼睛一眨不眨地凝视她，咬着字：“我觉得我的每一科都很行。”

许昭意咬住了吸管，深吸一口气。

这是门门成绩低空飞过的人该说的话吗？他就没半点儿心虚、心痛、心累的觉悟吗？

“行。”许昭意面无表情地点了点头，“那请拿出你的摸底考试卷。”

“嗯？”

“请睁大你的眼睛，伸出你的双手，摸摸试卷上的‘37’，也摸摸自己的良心。”许昭意跟他瞎扯，“你重复一遍，你刚刚说什么来着？”

梁靖川笑了，他算是听出来了，他的这位小同桌对他有误解，并且误解还挺深的。

“你还别不信，许同学，在任何领域我都能秒杀你。”

许昭意的嘴角微微抽动。

平心而论，她现在心情极度不愉快，但懒得反唇相讥。

她趴在桌面上，从桌洞里摸出一瓶新的AD钙奶，又拿出黑色记号笔，在商标名字母之间圆润地画了个“C”。

然后她将瓶子放倒，朝着梁靖川的方向，推了推。

瓶子滚了两圈，磕到梁靖川的手背，停了下来。

梁靖川动作微顿，意外地挑了挑眉：“贿赂我？”

许昭意“啪”的一下，将瓶身摆直，在桌面立好，纤细的手指轻轻地点了点瓶身：“看到没？看到这个偌大的‘C’了吗？”

她冷冷地说道：“AD之间加个C，你没发现自己少了点什么数吗？”

“呃……”

面对许昭意越来越明目张胆的嘲讽，梁靖川挑了挑眉。

“我说，我真的觉得我每一科都很行。”他慢悠悠地朝她的方向倾身。

许昭意手一抖，捏得瓶子都凹陷了一块，被刺激得要爆炸。

“梁靖川，你闭嘴吧！”

她冷不丁地爆出一声，周遭的声音戛然而止。

许昭意噤声，慢悠悠地往回缩了缩，没好气地瞪了梁靖川一眼。

下午，体育课。

天气晴朗，薄云游弋。八百米长跑后自由活动，跑道上还有练习的学生。人群渐渐散开，三三两两地散在体育场上。

许昭意和钟婷的体育课撞在了一起，二人正沿着路边慢悠悠地踱步，往看台走。

后者缠着她八卦，围绕着梁靖川飙了几百字的赞美。

“又开始了，”许昭意不胜其烦，绝望地看了她一眼，“你追星的时候都没这么吵。”

“那没办法。”钟婷捂脸，“梁靖川是什么神仙？他还缺迷妹吗？拎包递水、陪吃陪玩的那种？”

“你真的刷新了我对你的认识，钟婷，正常一点儿好不好？”许昭意接过手机，漫不经心地扫了一眼，视线被绊住。

校园表白墙九宫格小论文，放大字效的长标题非常醒目，内容也极其劲爆——

梁靖川化学课一战成名，因威胁学霸地位遭嫉恨，学霸公然表态与他势不两立。

“这是谁造的谣？”

许昭意万万没想到，外面已经以讹传讹到这种地步了。她平生第一次克制不住地想吐脏字。

“我什么时候表态了？不对，我什么时候嫉恨他了？”

“淡定，小标题不都是这么搞才能博人眼球？”钟婷“啧”了一声，“再说了，你们的关系看着确实不大行。”

表白墙上九宫格小论文的作者，十之八九是梁靖川的小粉丝，还跟她有仇。全方位地赞美梁靖川的同时，也不忘抨击她一下。

许昭意对这种“捧一踩一”的“双标”拉踩行为十分无语。

“我不管，发小论文的就是跟我有仇。”许昭意气极反笑，“别让我知道是哪个睿智的人，不然我一定手撕了他，让他知道花儿为什么那么红。”

说话间，有人惊呼了一声：“小心！”

从场内飞出来的篮球打着旋儿，不偏不倚地砸中了人。对方没防备，一个趔趄，撞到了迎面过来的许昭意身上。

两个人都疼得弓起身子。

“岁岁！”

“昭昭，你没事吧？”钟婷扶了许昭意一把，愤怒地看向四周，“手贱吗？会不会打球？”

“对不起，对不起。”撞许昭意身上那女生连连道歉。

许昭意抬头看了一眼，对这个同班同学还有印象。

姚岁岁，是班上的学习委员。她每次收作业时一副唯唯诺诺的样子，让人急得上火。

“跟你没关系，你道什么歉？”许昭意淡淡地说道。

姚岁岁身边的朋友也很气，想替她打抱不平，可看到场上的人后，又生出怯意。

“算了，咱们赶紧走吧，那个人在高二挺出名的。”

“喂，那边那个。对，就是你……”篮球场上的一个高个子擦了擦汗，指了一下姚岁岁，不耐烦地招招手，“把球捡回来。”

这个人没有丝毫道歉的打算，却也没人敢质疑。

姚岁岁咬了一下唇，一声不吭地捡起了篮球。

许昭意微微蹙眉，不等姚岁岁直起身，就从她手中夺过篮球：“我去送吧。”

姚岁岁稍愣。

她还没来得及说什么，许昭意已经走过去了。

场上还是热闹非凡，嬉笑声不绝于耳，没太注意这边的动静，直到许昭意站到对方面前。

“道歉。”

场内诡异地沉寂了片刻，她冷淡的声音清晰地传到周围人的耳朵里。

“什么？”为首的男生皱了皱眉。

“道歉。”许昭意平静而耐心地拼了一遍读音，“听不懂是吧？”

许昭意勾了一下嘴角，笑意未达眼底。在对方的视线里，她不冷不热地问了一句：“您的教育水平停留在胎教吗，学长？”

第4章
与子同袍

许昭意拉仇恨的本事真不是一星半点儿。

为首的那个男生直接被撩拨得上火，脸色微变：“你胡说八道前也不打听打听，知道我是谁吗？”

“那我确实不清楚。”许昭意摇摇头，“我是刚转来的，以前没见过。”

没见过把以多欺少、以长欺幼、以男欺女统统做绝，做错了事不仅不道歉，还身坚志残放狠话的九级傻子。

那个男生以为她服了软。仗着身高和体重的差距，他上下打量了她一眼，盯着她纤瘦的身形，轻嗤出声。

“你自己清楚就行，以后注意着点儿，让你捡球就利落点儿。”他肆无忌惮地讽刺道，“我的嘴有自己的想法，它不愿意给不知天高地厚的人道歉，听懂了吗？”

“行。”许昭意点了点头，垂了眼睑轻笑。

许昭意站在原地，单手持球，压腕、拨球、投篮。

动作标准又干净，但打着旋儿的篮球砸上了篮球架，离进篮圈相去甚远，那个男生看了一眼就将悬着的心放下了。

搞笑，他还以为是个多牛的人物呢！

他在哄笑声中扭头，阴阳怪气地调侃道：“哟，不服气啊，你这技术不太……”

话未说完，只听“砰”的一声。

反弹后的篮球砸上了他的后背，力道其实被削弱了不少，但同样振得他趔趄了一下，差点儿没站稳。

篮球弹跳着落地，连带着周遭的声音渐消。

许昭意面无表情地拍了拍手上的灰尘：“偏了点儿，看来是手生了，准头也没以前好了。”

“你还来劲了？故意找碴儿是不是？别以为自己是女生，我就不敢收拾你！”

那个男生瞬间就爹毛，指着她破口大骂。众目睽睽之下，他周围的朋友都怕事情闹大，连拉带拽地把他挡住。

“话不能乱讲啊，学长，怎么就变成我是故意的了？失手懂不懂？”许昭意后退半步，看着特无辜，“你的小学老师没教过你讲文明、懂礼貌吗？”

她看着对方铁青的脸色和握得青筋暴起的手背，满不在意地勾起嘴角，低眉冷笑道：“而且我想过了，可能我的球也有自己的想法，它不愿意进篮圈，只想砸你，听懂了吗？”

“呸！”这下旁人拽都拽不住，他就疾速冲了过去。

“记好了啊，是你先动的手。”闪躲避开的同时，许昭意抓肩扣腕，狠狠地将其一甩。

扑通一声——

上一秒还气势汹汹的男生，下一秒就以极其不雅的姿势，四仰八叉地摔在了地上。

动作实在太突然了，他意想不到，甚至还僵持着单臂高举的动作，难以置信地仰躺着。

好半晌，场上都保持着一片死寂。

其实许昭意不太想在学校闹事，搞不好还要通报写检查。说实在的，平时鸡毛蒜皮的小事她都懒得搭理，也不太想计较。

就比如开学典礼拿她演讲稿还骗她差点儿迟到的事，换个脾气暴躁的估计头盖骨都给对方掀了，但对方道歉后，她说翻篇就翻篇了，再也没提过。照理说她就算称不上温柔，也算得上和气了。

但是有些人，行为恶劣，嘴巴还不干净，根本不值得她和气。

所以许昭意在认真考虑自己“过于恐慌导致正当防卫过头”的可信度。

不过并没有后续，场上都还没有进一步动作，就被人叫停了。

之前跟许昭意撞在一起的小个子女生姚岁岁，大概是怕她出事，喊了人过来，还是唯唯诺诺地站在场边。

徐洋等几人从许昭意身后走来，皱了皱眉：“怎么回事？我是她的班长，你有问题跟我说。”

“学长了不起啊？有事冲我们来，欺负我们班女同学算什么本事？”赵观良骂骂咧咧地擦了把汗，绕着许昭意转了个圈：“小仙女，你没受伤吧？”

“地上那个谁，躺在那儿等着碰瓷呢？”

看看他们班小仙女弱柳扶风的身姿，是要当林妹妹供起来的好吧？

再对比一下对方人高马大凶神恶煞的样子，她能是那种寻衅滋事的人吗？

班上男生的逻辑简单又自然。

那个男生还没从地上爬起来，本来就没从被揍的状况里缓过神，又被这帮人的话刺激得火大。

什么叫欺负女同学？

也不看看到底是谁欺负谁？！

他又发蒙又憋屈又恼火，结果刚起来又被赵观良狠狠地撞了一下肩膀。

“怎么着，想打架是吧？”赵观良边撸袖子边上前一步。

“行了，这是学校，你又想被通报扣分？”徐洋皱着眉上前拉了他一把，“有话就在这里说明白。”

20 班没全程围观的，死活不信是许昭意动的手。那个男生被一小姑娘揍了，觉得丢人现眼，也没拿出来说事。两边友好协商后达成了共识——

放学后别走，比一场篮球。

中途换衣服准备的时候，赵观良还清了清嗓子，一本正经地跟许昭意苦口婆心：“小仙女，以后出了事叫我们啊，见义勇为也要量力而行，万一受伤了怎么办？”

同桌宋野翻了个白眼，拆他的台：“充什么大尾巴狼，这是你的台词吗？”

其实许昭意没他们想的那么乐于助人，纯粹是对方招惹到她了，她压根儿没想过替谁出头，也不太爱多管闲事。

但是他们在替她出头，仅仅因为她跟他们同班。

意识到这一点，许昭意勾了一下嘴角，特温软也特给面子地点点头："行，我以后会注意。"

说完，她想起了重点："对了，咱们班的篮球实力很强吗？"

"妹子，我就这么跟你说吧，上学期篮球赛，咱们班和1班勇夺第一。"跟赵观良勾肩搭背的宋野伸出一根手指，比了一下。

"那咱们班的实力还挺……"

夸奖的话还没说完，宋野慢悠悠地将食指调转一百八十度，补充道："倒数第一。"

他连声"啧啧"："讲真，当时老徐观战的背影都苍老了不少。"

许昭意无言以对。

所以他们刚刚是哪儿来的自信约战的？以为在玩快乐篮球，还是上赶着找虐啊？

"小仙女，你不懂，'英雄救美'是男人的尊严问题，别低头，王冠会掉。"似乎看得出来她在想什么，赵观良摸了摸下巴，"再说我们都打赌了，输了剃光头，一想到那几个傻子下周会从刺头变光头，哥就很兴奋。"

这赌约挺"秃然"的，本来高中生就没多少头发了。

许昭意几乎是瞬间脑补出一整排发光发亮的脑门儿，沉默了一会儿，委婉地说道："行，尽力而为，不要紧。"

赵观良爽朗地笑了笑，被徐洋催着从看台上拉走。

"班长，我川哥呢？他技术挺好的，我得把他拽上。"

"别耍贫嘴了，老徐找他有事……"

"你们班男生好啊，"钟婷碰了碰许昭意的手臂，"一经对比，我们班男生就是一帮㞞货。"

"嗯。"许昭意敷衍地应了声。

"哎，人家替你出头，你居然还有心情玩手机！"钟婷谴责道，"你也太不懂得珍惜了吧？"

"不是，"许昭意淡定地点开某宝，"我先给他们挑挑帽子。"

"呃……"

小道消息传得飞快，尤其是在高中这种日常三点一线，枯燥乏味至极的地方。放学后跑到体育场围观的人不少，体育老师担任裁判，原本的约球基本演变成两个年级的对决。

落日熔金，天边一大片绚烂的火烧云，光线从体育馆的玻璃外折进来，洒在看台座椅和球场上，切割出一大半炫目的光明，像泼了大罐的蜂蜜。

发球哨吹响，比赛开始了。

率先拿到篮球的徐洋被严防死守，向右做了个假动作，破开防线后并未投篮，猛地左切传向斜前方。

赵观良后仰跃起和投球的动作几乎是在接到球的瞬间做出的，观众还没回过神，篮球已经精准无误地落入篮圈中。

场上瞬间炸响欢呼声。

许昭意后知后觉地反应过来，当时班上的男生在场边说的都是玩笑话。

20 班男生打篮球的实力都不弱，团队配合意识和三分投篮水平也可圈可点，分数领先得自然而然，优势渐渐往高一这边倾斜。

不过也就在这种时候，场上开始频频撞人。

之前嚣张的那个男生就是个刺头，手脚不干净，除了他这个“4 号”，还有一个“1 号”也不规矩，借着机会就往人身上招呼。虽然打篮球磕磕碰碰在所难免，但在这二人的刻意关照下，已经受伤换下去两个人了。

“那个人好像不是他们班的，叫了外援吧。”钟婷坐在她旁边，划了划手机，“我刚刚问了，那个 1 号就是个惯犯，打球不规矩，好多人都在他手底下受过伤。”

赵观良第一个忍不了。

他在场上被徐洋勉强拽住，中场休息时就动了手，最后被生拉硬拽地弄到了看台：“你看不出来对方是故意的吗？你把他打死有个屁用，找谁替补？”

“要帮忙吗？”一直默不吭声的许昭意起身，突然开口。

“什么？”徐洋有些诧异。

“我看这群人就想找碴儿，实在不行我把他揪出来，揍一顿拉倒……”话音未落，许昭意突然感觉衣领一紧。

她生平第一次被人拽住后脖领提溜起来，然后像只小鸡仔一样被拎到身后。梁靖川手劲太大，愣是没费多大功夫，看着特轻而易举。

“梁靖川，你想干吗？”许昭意反手拍他，“你把手给我撒开。”

“你去哪儿了，怎么才来？”赵观良激动得跟中奖了似的。

梁靖川单手将许昭意按到看台座位上，半垂着视线笑了笑：“你老老实实坐着就行，瞎添什么乱？”

“什么叫添乱啊？梁靖川你别瞧不起人了。”许昭意认为有必要替自己说两句，淡淡地看着他，“就场上这些人，不仅学习成绩在我眼里是垃圾，其他方面也只有被虐菜的份儿。”

“我信，我信，”梁靖川从善如流地附和她，看着无可奈何，跟哄小孩儿似的，“不过你一个小姑娘，就别在这种时候瞎积极了，坐在这儿安心看着就行。”

许昭意觉得他对自己有偏见，正想反驳，梁靖川眼皮子一抬，低着嗓音说了一句“放心”。

冶艳的光线给他的身形镀了一层釉质般的晕影，梁靖川大半张脸埋进阴影里，五官更加立体，双眸更加幽深，姿态轻慢又懒散。

他抬头时微妙地勾了一下嘴角，笑意顷刻间穿透了早春清寒的空气。

他说：“这是我的领域。”

许昭意的睫毛微微一颤。

体育馆内人声鼎沸，看台上有越来越多的人闻讯赶来。许昭意也不再坚持，正要回自己的位子，再次被梁靖川扯住了校服。

“既然这么积极，那许同学，有没有兴趣参与一下南水北调工程？”

“什么？”许昭意稍愣。

梁靖川微微扬了扬下巴，示意篮球馆南边的自动贩卖机。

“替你出气，你就不表示一下？”他自上而下扫了一眼许昭意，勾了勾嘴角，“连瓶水都请不起？”

“呃……”

许昭意环视了一圈，面无表情地拨开他的手：“想给你送水的小姑娘多了去了，不差我这瓶。”

看台上的小姑娘正明里暗里地往这里瞟。就这种虎视眈眈的架势，这晚刷爆表白墙的同时，可能还要再抹黑她一遍。

说着，许昭意突然眨了眨眼，勾起嘴角笑了笑：“不过如果你需要帽子，我还是买得起的。”

“什么帽子？”

“我们打了赌，输了剃光头。”赵观良在一旁插话，连声“啧啧”，“小仙女看不起你啊，川哥。”

梁靖川挑了挑眉。

她莫名生出一种心虚感，不动声色地挪开了视线。

好在休息时间已过，梁靖川没时间逗留，撂下外套后入了场。

从梁靖川加入开始，20 班士气高涨，场上、场下的氛围都跟打了鸡血似的，很亢奋。

体育馆内一度像是在举行什么奇奇怪怪的仪式。

发球局被对方取得先机。

宋野夺球后遭到围追堵截，切不开防线，被包夹前他将球就近传给了赵观良。

后者反应不及，砸过来的篮球撞了他的肩膀，疼得他破口大骂：“宋野，你是敌国派来的细作吧？”

宋野边跑边举高双手投降：“反应迟钝是老年痴呆的倾向啊，同桌，注重防患。”

“等我下场后收拾你！”

篮球落入对手手中，只是还没在他那里焐热，就被梁靖川截走了。

包抄紧随而来，梁靖川被堵在一个犄角旮旯。他就站在那儿，漫不经心的模样似乎连防守都懒得突破。

下一秒，修长的手压腕、拨球，他在一个刁钻的角度，以一种不可思议的方式，朝着篮圈的方向随手一丢。

篮球应声入圈。

女生的尖叫和男生的喝彩瞬间在馆内炸开，席卷着回声，震耳欲聋。

梁靖川还是懒洋洋的，视线穿透大半个场地，落在许昭意身上，无声地说了句话。

震耳欲聋的声音还未停下，不短的距离让许昭意听不清也看不清他在说什么。但某一瞬间，她福至心灵——

他说的是：“说了，这是我的领域。”

“帅死了！梁靖川！啊啊啊——啊！”钟婷激动得抱着许昭意的胳膊晃了晃。

许昭意难得没反驳。

上场仅仅三分钟，球进、得分，的确是很漂亮的技术。

三分线外连续命中，梁靖川单手控球，又秀了把飞扣，稳稳地落在地面上。在掀顶般的喝彩声里，他冲着对手挑了挑眉。

不得不说，他的动作成功地把人惹毛了。

如果说之前对方对他有所忌讳，在见识到他的水平后，场上就开始不管不顾了，防守目标集中在了他身上。在 20 班换掉两个人的情况下，严防死守还是起了效果，得分一度僵持不下。

20 班并非只靠梁靖川得分，宋野和赵观良的实力也不弱，只是在宋野灌篮时，出现了事故。

突如其来的一记狠撞直接磕在了他的腿骨上，他失去平衡，落地时站不稳，趔趄了一下便摔在地上，站都站不起来。

场上瞬间混乱一片，裁判吹哨暂停，20 班的人围了过去。

梁靖川扫了一眼情况，视线冷下来：“你打球规矩点。”

“说什么呢？”对方的 1 号也不是善类，挑衅似的笑笑，“我就是不小心，又不是故意的。”

“你是不是想死？！”赵观良忍了大半场的火被撩拨起来，冲上去狠狠地揪住对方的领子，眼看就要动手。

梁靖川一只手把赵观良拽开，忽地轻笑出声：“说实话，我不介意你搞小动作，但就你玩的那点阴招，我不建议你拿出来丢人现眼。”

“哟，您这是在威胁我啊？”1 号的脸色越来越沉。

“我在劝你道歉下场。”梁靖川抬了抬眼皮，淡淡地道，“不然你可以试试。”

他的态度平静，甚至算得上温和，只不过幽深的眸底笑意全无，冷得骇人。

多少有些忌讳他，对方心虚地挪开视线，冷哼一声，转身就走。

宋野死活不肯去医务室，坚持要留下来当观众。

再次换人，20 班的主力被替换得差不多了，新换的替补一上场就只有找虐的份儿，无异于送人头。

梁靖川神色沉郁，拧开瓶盖喝了几口，水瓶被他捏得咔咔作响。

“你确定撑得住吗？”许昭意扯了扯他的袖子，道，“其实我惹的事，我自己就能摆平，要不你让他们下来？我陪他们玩一局斗牛好了。”

玩一局一对一斗牛，是最简单粗暴的方式，也最节省时间。

可她刚过问了两句，话便被他截断了。

“你老实坐着，想都不用想，就算少个人也无所谓。”梁靖川说话的口吻很少这么严肃，甚至有点儿不容置喙。

这是摆明了不准她掺和。

“我说我把他们揍一顿拉倒，你不乐意。现在我提议单挑速战速决，你还是不同意。梁靖川，怎么管那么多？”许昭意吸了一口气，不满又费解，“还是说，你对女生有歧视？”

“不是。”梁靖川抬了抬头，淡淡地道，“只是告诉你现实一点，坏人不会因为你是小姑娘就收敛的。”

许昭意稍愣。

“如果你对斗牛感兴趣，以后我可以陪你玩玩。”梁靖川不太走心，“但不是现在。”

“你想说自己是好人吗？”许昭意没好气地反问了一句。

“算不上，”梁靖川微妙地勾了一下嘴角，“不过我可以让让你。”

“省省吧。”许昭意轻嗤。

短暂的休息时间很快过去，比赛重新开始。兴许是威胁起到了效果，重新开始后对方收敛了不少，但江山易改本性难移，规矩也没坚持太久。

只是刚起念，看台上突然传来扩音器的声音——

“看，他来了，他来了，他带着自己的无敌铁腿走来了！”

高呼的是宋野，他看战况看得心痒痒，偏偏又上不了场，很快就坐不住了。不知道他从哪儿摸出了扩音器，充当起了解说。

“让我们把视线交给场上高二的 1 号球员，动一动你的小脑筋，猜猜看，他下一个撞伤的目标会是谁呢？”

周遭的看台上传来一阵哄笑声。

许昭意只知道赵观良有时候特话痨，没想到自个儿班里还有宋野这朵奇葩。

比话痨还可怕，他专戳人痛点，简直字字诛心。

在梁靖川三分扣篮后，他甚至在看台上飙起了歌："无敌是多么、多么寂寞！无敌是多么、多么空虚……"

"啊，宋野你还是闭嘴吧，我快笑岔气了。"赵观良边跑边往台上笑着骂道。

对家的两个刺头一度暴怒，恨不能冲到看台席上揍他。

他不仅不害怕，还冲着场上比了根中指："不要以为你们的迫害会让小宋屈服，一个小宋倒下了，会有千千万万个小宋站起来！"

如果不是裁判叫停，他真有可能被围殴一顿。

不过真正结束这种不干净打法的，是又一次有人受伤。

当徐洋将球传到梁靖川手中，梁靖川将球抛起，冲刺的速度未减，跃起的动作却有些延迟。

眼看有脱手的趋势，许昭意微微蹙眉。

失误了？

看台上的观众屏住呼吸，心也跟着揪起来，不由得为犯这种低级错误而感到惋惜。

梁靖川作势跃起的同时，1 号起跳，直接朝他撞去。和宋野的情况几乎一模一样，看台上的宋野甚至来不及提醒。

梁靖川勾了一下嘴角。

两个人"砰"的一声撞在一起，裁判再次吹哨暂停。

重重地摔下来的不是梁靖川，是想故技重施的 1 号。上一秒还以为得手的他，正疼得蜷在地上。

这简直是自作自受的典型，所有人心知肚明。

看台上的许昭意微微一愣，突然明白了梁靖川之前的意思。

在其他人冲过来以前，梁靖川微微倾身，半垂着视线，压低了嗓音："上场前就提醒过你，挺不小心啊。不知道殊途同归吗？"

"你什么意思？"1 号本来就疼得冷汗涔涔，又被他的举动刺激得脸色铁青。

"你不乐意道歉下场，结果以更难看的方式下场了，这就叫'殊途同归'。"梁靖川拍拍他的肩膀，轻嘲道，"你看，玩球也要点儿体面，是不是，朋友？"

“你还挺狂啊，是不是想找……”另一个人冲上前，辱骂的话还没说出口，就疼得说不出来了。

“场上不打架，更不支持偷袭。”梁靖川卡着他的关节反拧钳制住，懒洋洋地看了他一眼，“你要是想换个较量方式，可以等到散场后。”

他松了手劲后，对方还疼得直抽冷气，脸色难看地站在一旁，没敢多事。

“我说了，你可以试试。”梁靖川淡淡地说道，“五犯下场前，爬不起来的人，绝对是你。”

20 班的男生简直佩服得五体投地，宋野在看台上激动得跳起来，下一秒就疼得龇牙咧嘴。

再没有任何磕磕碰碰的现象，所有人都规矩起来。

分数在不断地追回，但前面因为事故和替换队员频繁的问题，扯开的差距还是太大了。对方的战略重心放在了拖时间上，对着梁靖川围追堵截。

仅差两分，结果还是很悬。

在最后几秒，梁靖川躲开前后包抄后，一路将篮球带到对方的篮板下。他纵身跃起，对手的拦截紧随而来，被夺球几乎没有悬念。

眼看胜负已定，他突然将篮球狠击向地面。

完全没料到他的动作，所有人的反应慢了半拍。对手突然失去目标，同样恍惚了一瞬。

梁靖川抓住反弹后的篮球，回旋半圈后，在两名对手的头顶，狠狠地将篮球扣入篮圈，球架被砸得发出剧烈的响动。

空接灌篮。

绝杀！

意想不到的反转让现场所有人愣了几秒，陷入死一般的沉寂。

梁靖川抬了抬眼皮，在万众瞩目中以手为枪，轻轻一吹。就像战场上扣动扳机后，在枪口硝烟味未散时镇定自若，不驯也轻狂。

压哨球，极限三分抢断加绝杀。

裁判吹哨，比赛结束，得分表最后一次刷新，五十一比四十九。反应过来后的尖叫声铺天盖地，震得人耳膜疼。

“赢了！ 20 班赢了！”

“啊啊啊——啊啊啊——梁靖川！”

“优秀啊！两秒压哨绝杀啊，梁靖川是什么神仙？！”

吹枪动作无意间带起一截黑色球衣，露出了他紧绷劲瘦的腰腹线条。

尖叫声又飙高了几个分贝，几乎掀翻了篮球馆的屋顶。

“这帮女生也太现实了吧，以前怎么没这么热情？”场上有人发声，“好歹哥也是种子选手，就算看不到我飒爽的英姿，也该看到我高超的水平吧？”

“跟川哥一比，你有个屁水平？！”赵观良专业拆台一百年，“拳打南山敬老院，脚踢北海幼儿园？”

混乱中，20 班有人激动地喊了一句：“咱们班的口号呢？没口号也太没排面了吧！”

“谁说没有？”宋野一把捞起扩音器，扯着嗓子大吼，“我现场给你编一个——我赢我牛，你输你垃圾，高一 20 班，必让你跪安！”

中气十足的吼声回荡在体育馆内，现场安静了两秒，氛围再次被点燃，高涨到了顶点。

钟婷尖叫完直咳嗽，瘫在看台上激动地说道：“我今天才发现，梁靖川跟我想的不一样，他人特别好。”

“你今天才发现吗？”许昭意嗤之以鼻，“说得好像你哪天没对他发表小论文一样。”

“我以前只是外貌协会，外貌协会不论人品。但我今天发现，梁靖川就是个宝藏。”

许昭意看了一眼对面看台的 1 号，心说都被他关照得站不起来了。

恍神间，梁靖川已经站在了看台附近，随手拧开一瓶水。

周围是小范围的窃窃私语，许昭意神色复杂地盯了他两秒，伸手轻轻地揪了揪瓶底，僵着动作将另一瓶水递过去。

梁靖川也没搭腔，深邃的眉眼埋在阴影里，像是在无声问询她的用意。

“哥，这是我的水。”许昭意语气微顿，“这瓶才是给你的。”

“有差别吗？”他视线下移，在一模一样的两瓶水之间过了个来回，挑了挑眉，“这瓶开过光？”

——是的，大哥，我刚给开过光。

——我还喝了一小口呢。

“没，”许昭意默默地将真相咽了回去，若无其事地摆摆手，“算了，我就看它顺眼。”

梁靖川正要说什么，突然皱着眉，冷不丁往身侧的看台席上扫了一眼。

旁边那个女生本来拍得挺光明正大的，而且在学校里拍几张篮球赛的照片也没什么，但她硬是因为这一眼感到心虚。

她捏着手机往身后藏。

“照片。”梁靖川话都懒得多讲，朝着她的方向扬了扬下巴，有些不耐烦地示意她删除。

班里的体育委员正在查看宋野腿上的瘀青，后者笑嘻嘻地挠挠头说“没事”，眼尖地扫到跟着人群往外走的那帮人，神色顿时冷了下来。

“学长，这就要走了？咱还立了个赌约，您是不是忘了啊？”

扩音器不仅成功地叫住想脚底抹油的人，还引来一群“吃瓜”围观群众。

对面高二的脸色并不好看，隐隐有赖账的意思。本来在场上不规矩就挺下作的，谁知道最后输得这么惨，面子里子都丢干净了。

“几个意思啊，历史遗留问题不先解决一下？”赵观良撂下毛巾，单手一撑就跳过了看台栏杆，几个箭步冲过去，“输不起了，是不是？”

这几个人平时都没有好脾性，稍微撩拨几句就容易打起来。剑拔弩张时，许昭意突然踏进一触即燃的氛围里。

“学长不是那样的人，不会因为玩不起而载入校史。”

没等人反应过来，许昭意按了一下手机，声音突然传出来——

“老规矩，打个赌，输了剃光头。”

“谁赖账谁是孙子！”

是之前打赌时放狠话的音频，没人注意许昭意是何时录的音。

“我们呢？脾气好，不打算计较被篮球砸的事。”许昭意特别宽容大度地提议道，“不过学长是不是该客气一下，不说愿赌服输，总得表个态吧？”

对方的脸都青了，就差没破口大骂了。

梁靖川突然想笑。

其实初次见面偷拍的事，他就知道不是她，他当时就看到了。后来还有交集，纯粹是他觉得这个女生挺有意思。毫无疑问，她的外表极其具欺骗性，她本人也十分懂得如何利用自身优势，并不遗余力地发挥了装乖扮巧的能力。别看她沉默不语的时候温温软软、纯良无害，但是计较起来，她能折腾得人哭着喊爹娘。

就像现在。

“当然，如果不行我也没有办法。不过我手机里还有点儿别的。”许昭意拖长了声音，很有灵性地停顿了两秒，“这个周末花点儿时间搞个视频，就能送你们中间位出道。”

“没事，学长也就剩一年半毕业，学长可以不上网、不出门。”徐洋轻嗤一声，难得没劝班上的同学冷静。

从场上频繁出现撞伤开始，他就对这帮人彻底没好脸色了。

“我能免费配乐。”宋野兴奋地举了一下手，清了清嗓子，“在山的那边海的那边有一群小屎人，他们又老又垃圾，他们扯淡耍赖皮。哦，可怜的小屎人，可恨的小垃圾……”

梁靖川没多少兴致跟这群人耗，嗓音低而沉，带着点儿慵懒的戾气，不难听出语调里压抑着的不耐烦。

“快点儿。”

这帮高二的算是看出来了，高一这个班分工明确，十分有默契。有唱红脸的，有唱白脸的，好话坏话全说完了，捅刀子的动作迅速又娴熟。

他们还要不要脸？

“我想起那帮孙子道歉的样子就解气，瞧瞧他们那憋屈的样子，真是笑死我了。”

半个小时后，宋野在烤肉店里乐得不行。

周五没有晚自习，散场后差不多就到饭点了，他们索性就一块儿出来聚个餐，就在学校周边新开的一家烤肉店里。

店里的装修和烤桌的小板凳很独特，原木和金属混搭出工业风，特有怀旧情调。店里的包浆豆腐据说是云南特色，入口即化，五花肉和烤牛油的香气隔得老远就飘出来了。

宋野还瘸着不敢动，像个皇帝一样安稳地坐在座位上，看着别人忙前忙后。

赵观良端着一盘五花肉和卷心菜过来，嫌弃地踢踢他：“腿不疼了？笑得跟咱学校门口的老大爷似的。”

“我是病号，这是工伤，勇者的勋章懂不懂？”宋野嗷嗷直叫，说完摇头晃脑地感叹道，“哎呀，乐归乐，就是许妹太善良，要我说就该让他们剃光头，改成平头多没劲啊。”

许昭意的小视频太绝，下午高二那帮人愣是被气死了也没敢吱声，最后挺规矩地弯腰道了歉。

场面极度舒适，甚至是解恨。

“我没那么好心，主要是真剃光头不好解释。”许昭意推门而入，“今天的动静闹得有点儿大，如果明天年级主任过问，也好交差。”

“怎么说？”徐洋正刷着酱料，好奇地看了她一眼。

“万一老师问，我们可以说师兄弟以篮球赛交流感情，促进学校运动文化精神传递，打的赌也合情合理，是为校容校貌着想。”许昭意勾起嘴角笑了，“反正年级主任除了寸头，看哪种发型都‘非主流’。”

“牛。”

一桌十多个人，听得目瞪口呆。

说话间，梁靖川走进来，前一秒还跟老大爷似的宋野弹了起来。

他拎起一瓶饮料，“哐当”一声放在了桌上。

“川哥，今天真是见识到了您的仗义和技术！您以后就是我的偶像，是我的哥们儿，是我……”

“是你的祖宗你也得排队，”激情小论文还没说完，赵观良就把他按回座位上，“我跟你同桌一年有余，怎么没发现你那么肉麻？”

梁靖川觉得这帮人挺有意思的，笑道：“行。”

嗡嗡——

说话间，梁靖川刚丢在桌面上的手机突然振动起来。

他漫不经心地扫了一眼，有人从陌生人列表里发消息过来，大概是从群里找过来的，能看到备注，但他没印象。

就一张图，两个人，他和许昭意。

是下午拍照的那个女生发过来的，她会错了意。梁靖川当时是在示意删除，她理解成要照片。

照片里，许昭意坐在看台上，微仰着头，伸手去揪他握着的瓶子，长发从肩上倾泻如瀑。落日余晖刚好从头顶的那块玻璃折射进来，衬得整个画面暖暖的。

还挺好看的。

虽然他一直觉得，未经他人允许动不动就拍照的行为很傻，但这张照片的构图和角度的确很巧。

许昭意就在他面前，慢悠悠地摆盘，斯文又安静。她的侧脸漂亮素净，肩颈线条优美，卷翘浓密的睫毛轻轻地眨着，在脸颊上打下鸦青色的阴影。

大概是他的视线直白到难以忽略，许昭意似有所察，偏头奇怪地看他一眼："怎么了？"

"没什么。"梁靖川淡然地锁掉屏幕，敛了视线。鬼使神差地，他留下了那张照片。

料峭的晚风穿过，微凉，角落里斑驳一片的光与影，似乎在晃。

第5章

南风过境

散场的时候夜色渐浓，从长廊的窗口向外远眺，街边泛起璀璨的灯火。

担心回去后解释起来很麻烦，许昭意也没玩太晚。出去接电话的空当，她去了趟柜台，正巧撞见先行一步的梁靖川。

也不知道梁靖川哪来的闲心，打量了她半晌，莫名轻哂："你一个小姑娘，结账还上赶着啊？"

许昭意有些漠然："你哪来的封建糟粕思想？"

前台的赠品小盒子里放着各式各样的小精品，梁靖川原本懒得看，无意间扫到一个物件，眉毛微微一挑。

"归你了。"他勾了一下嘴角，抬手扔过去。

许昭意条件反射地接住，摊开手心才后知后觉地问："什么呀？"

是一串亮晶晶的手机吊坠，最底端坠着两颗橘子，小巧又别致。

等等，橘子？

唉，买橘子这个梗过不去了。

许昭意不爽地吸了一口气，抬起手就捶他："又开始了是吗？你就是欠揍吧？梁靖川。"

梁靖川也没躲开，收敛了笑意问道："你平时住校吗？"

挺没头没尾的一句话。

许昭意绵软地"嗯"了一声，也没丢掉，低着头将吊坠收起来："怎么了？"

"以后周末离校我跟你一起。"他淡淡地说道。

许昭意手一抖，抬头时茫然地朝他眨了眨眼。

这提议也太诡异了。

许昭意在心里快速转了一下："怎么，你怕下午那些人以后会堵我？"

话说三分，她就能猜出个大概，只是她并不在意。

“用不着这么麻烦，要是真敢来就随他的便。只有千日做贼的，哪有千日防贼的。”

梁靖川忽然笑出声。

许昭意有些莫名其妙，偷瞄了他几眼，忍不住问道：“你是不是在心里骂我啊？”

“嗯？”梁靖川抬头。

“就‘别人求我都要排队，我跟你说那么久你却不珍惜，不识好歹的东西’那种。”许昭意好奇地眨了眨眼。

梁靖川看着她，目光平淡。

许昭意估计他在腹诽，脑子里模拟了诸如“我看你戏更多”十几种呛回的话，结果半晌没听到回应。

他根本懒得开口。

“没有就好，我没别的意思，也不是故意跟你装什么。”许昭意轻咳一声，“我是真不觉得这算什么事，我也没你想的那么好拿捏。”

她的视线真诚到不能再真诚，虽然这话听着比刚才还装。

许昭意歪了一下头，认真地凝视他：“总之，谢谢你提醒我，不过真不用替我担心那么多。如果出了问题，我是能处理好的。”

话音刚落，梁靖川冷不丁地出声：“小心尖。”

他嗓音低低的，有些嘶哑，带着难以言明的语气。

许昭意的声音直接卡在了嗓子里，微诧地抬头看向他：“什么？”

这三个字太过荒谬，不可思议的程度让她怀疑自己是不是幻听。

回眸的瞬间，梁靖川长臂一伸，虚圈住她的肩膀往回揽去。

许昭意猝不及防。

料峭的夜风掠过耳畔，捎带着不知名的花香。

许昭意愣愣的，脑子没转过来，直到看清前面确实有东西，甚至差点刮到自己——

傍墙的树枝从窗口横进来，长廊里的壁灯光线有些昏暗，她之前没注意。

行吧，原来是“小心肩”。

前一秒她还帅气地撂话什么都能解决，后一秒就差点“自挂东南枝”，打脸迅速得让她想咬舌自尽。

“不撞‘树枝’不回头，你还挺有性格。”梁靖川要笑不笑，眉梢很轻地挑了挑。

“我那不是理解错了，”许昭意面无表情地反驳道，“所以你能不能闭嘴？”

梁靖川稍顿，突然笑着“哦”了一声。

恍然大悟，又意味深长。

许昭意的喉咙被哽住，果断地将所有道谢的话收回去，忍不住瞪了他一眼。

“梁靖川，你做个人吧。”

回去的路上，许昭意心不在焉，从第一次见面开始，丢人这种事，总是她单方面的，最可恨的是回回都落入他的眼底。她总忍不住期待从哪儿冒出来砖头、树枝之类的，让他也撞一下子。

可惜没有。

周末返校的时候堵车，下午最后一节自习她错过了一大半。地理老师占课赶进度，底下学生的心都没收回来，对着课本昏昏欲睡。

许昭意从后门进来，轻手轻脚地拉开座椅。

“有点卯吗？”

“没有。”梁靖川眼皮都没抬一下，跟着进度翻了一页课本。

如果不是因为他的课本一片空白，跟崭新的别无二致，许昭意都想给这位专心致志的好学生鼓鼓掌了。

她勾了一下嘴角，收回视线时，无意间掠过他的手背，稍稍愣住。

他的手背上有一道细长的划痕，已经结痂了。看着不深，但显得触目惊心。

许昭意莫名有些心虚。

几乎是不由自主的，她联想到聚餐那天晚上的事。以至于落座后，她的余光还是不由自主地瞟向他。

在不知是第几次偷瞄后，梁靖川终于眼皮子一抬，淡淡地睨了她一眼。

“有事？”

“你的手，”许昭意尴尬地停顿了两秒，“不会是那天晚上划伤的吧？”

梁靖川还没搭腔，赵观良光速地扭过头，不怀好意地“啧”了一声：“哪天晚上？什么划伤？在哪儿？”

一连串的八卦问句直接把许昭意后续的话杀了回去。

她不太想继续聊这个话题，偏巧下课铃响了，讲台上的老师不容置喙：“时间到了，再讲几句就下课。”

全班同学不情不愿地拖长声音“啊”了一句。

地理老师对这种态度十分不爽，刚讲了没几句，一眼扫到底下窃窃私语的三个人。

“某些同学，老师还是希望你们有点儿自觉，别不把副科当回事。就你那惨不忍睹的成绩，天理地理都难容！”

得不到回答的赵观良心痒痒，完全没意识到危机。

“说的就是你，赵观良，把你偏过黄赤交角的脑袋给我转回来。”地理老师突然拔高了声音，“你们三个都会了，是吗？”

“报告老师，我在问问题。”赵观良随口胡诌。

地理老师根本不吃这一套，关掉课件时冷笑出声：“那行，晚自习前去办公室找我背重点，不然一单元的知识点罚抄十遍。”

拖堂彻底被终结了。

地理老师劈头盖脸一顿骂到愤然离开不过两分钟，全班同学感恩戴德。

“我可真是谢谢您啊，赵同学，以一己之力牺牲咱们三个人拯救全班。”许昭意面无表情地看着他。

左右罚写是家常便饭，赵观良很看得开，期待地看着许昭意和梁靖川，说：“多大的事！反正要被罚写了，晚自习干脆逃了，我请你们去吃火锅怎么样？”

“不必了，我前天刚整理过笔记，现在就可以去背。”许昭意平静地回绝，“我的人生没有罚写。”

赵观良嘴角微微抽动，继而将殷切的视线挪向梁靖川。

“用不着，我记性还行，听她复述一遍就可以了。”梁靖川懒洋洋地抬头。

“清醒点儿，老赵，你跟人家有结界。”宋野在旁边幸灾乐祸，“学霸成绩逆天，老大过目不忘，你有什么？”

“我……”赵观良下意识地想反驳，但憋了半天，实在没什么可以跟这两个人炫耀的，愤愤然。

赵观良受到了一万点暴击。

没得到答案，许昭意到底心虚，吃饭时惴惴不安半天，打算花钱买安慰。

二十多分钟后，许昭意抱着四种口味的奶茶，和五份小甜点盒子慢悠悠地回来了。

她对自己为维系塑料同桌情做出杰出贡献而自我感动。至于梁靖川是否会孝敬垃圾桶，她根本不在乎。

不过还没拐出那条街，她就被人叫住了：“你叫许昭意是吧？”

许昭意微顿，抬了抬头。

周遭已经围过来几个人，她被堵了。她严重怀疑梁靖川的嘴巴开过光。

冤家路窄，为首的还是体育场那个，她连名字都没记住。

“聊聊吧，学妹？”那男生睨着她哼笑，“前几天你不是很嚣张吗？”

许昭意扫了一眼空旷的街道，前不着村后不着店，再看一眼自己怀里抱着的奶茶和小点心。

她腾不出手来，微微叹了口气：“这样吧，我找地方把东西搁下再回来？”

“真当别人是傻子啊，谁知道你想搬救兵还是想溜回去报警。”那男生身边的人阴阳怪气地嗤笑，“不如你叫声‘哥哥’，跪下求个饶，看看我们老大能不能放过你？”

“看到没？”许昭意微微朝上扬了扬头，眨了一下眼，“天都黑了呢，白日做梦有点儿晚。”

她激怒人的本事向来好，那个人骂了一句，就不客气地动了手。

许昭意是真没当回事，轻而易举地闪身掠过，不过袋子里的奶茶和小甜点被狠狠地撞了一下。

东西洒了。

许昭意扫了一眼洒出来的奶茶，闭了闭眼睛，好耐性突然就被磨光了："真、行、啊。"

她气笑了。

刚刚还温温柔柔、和和气气的小仙女，突然变得冷淡又暴躁，前后反差实在太大。对方愣了几秒，没反应过来。

"找茬是吧？"许昭意面无表情地抬头，朝对面勾了勾手："我也不介意花点时间，给你们上上课。"

那帮人压根儿没当回事。

态度横的硬骨头不是没有，照样被收拾了。再说对方只是个身形纤瘦，算得上弱柳扶风的小丫头，企图硬碰硬未免太搞笑了。

"你一个小丫头片子狂个什么劲？我真是要笑死。你出来混过几天社会，也敢学人放狠话？"对面黄毛不怀好意地笑了笑，说话不干不净，实在不堪入耳。

"别废话，来，靠近点说。"许昭意压下嘴角，神色晦暗，不爽的情绪昭然若揭。

她确实恼了。

天知道这是她第一次为别人排队，足足耗了二十分钟。

放到往常，她还会挽救一下自己岌岌可危的风度，毕竟她性子还算沉静，良好的家教不允许她做低劣又愚蠢的事。而且折腾人于无形的手段有很多，争论、动手绝对是最蠢的一种。

可惜一切都毁于一旦。

故意挑衅她可以无动于衷，毕竟高中盛行"中二病"。但是毁掉了她二十分钟的成果，她真的忍不了。她仅剩的耐性跟着被撞洒的东西一起分崩离析。

许昭意甚至想教教这群不带脑子出门的货色，"节约粮食，珍惜时间"到底怎么写。

所以她也没打算给留面子。

临近晚自习，大多数学生已经赶回教室，街道上只有稀稀疏疏几个人。美食街有各种气味混杂在一起，街道的灯光昏黄，地上的人影虚晃。

这群人摆明了是有备而来。

在这种鬼地方，别说求救了，仔细看看只有一个年久失修的摄像头，估计连监控都没有。

只可惜现在他们搬起石头砸了自己的脚，自作自受了。

从头到尾，不到十分钟。

“就这点儿本事？”许昭意面无表情地抬了抬手，盯着最后一个人冷笑一声，“是不是该你了？”

就剩一个人。

为首的那个，也是三番五次找碴儿的那个，正孤零零地站在许昭意的对面。他吃过教训，挨过一次过肩摔，但他当时只觉得是意外。

眼下他倒是彻底认清了现实，并不敢轻举妄动。可惜当着自己小弟的面，他也不能撒腿就跑。

进也不是，退也不是。

“你想怎么样？”那男生的脸色很难看。

“什么叫我想怎样？”许昭意眨了眨眼，听得想笑，“搞清楚，是你砸了我的东西，还教训我，我只是个无辜又可怜的受害者。”

到底不能丢了面子，可就在他要冲上来的时候，预备铃打响，许昭意叫停了。

“打住。”许昭意微叹一口气，揉了揉自己的长发，看着像是在征求他的意见，“这样吧，以后再说怎么样？我要上课了，不想迟到。”

许昭意又是在好声好气地商量，但这次再没有人敢说一个“不”字。

她也没打算征得谁的同意，在一触即燃的氛围里，她弯腰将袋子捡起来，顺手丢进垃圾桶。

“你们这儿的规矩我不懂，但我这里没有再一再二。”她忽地笑了笑，语气微冷，“别说我不给你机会，你要是不服气，约个时间、地点，一次清算干净。不然再犯我手里，你大可以试一试。”

她的声音平静，甚至算得上温和。

那男生的脸色沉了又沉，其实憋着一肚子火，没地方发，也实在不敢发。

“哦，对了，记得赔我甜点和奶茶啊，学长。”许昭意顿住脚步，勾了勾嘴角，笑吟吟地扫了他一眼，“高一 20 班，许昭意。”

梁靖川刚踏进教室，就被赵观良火急火燎地拽过来。

“川哥，我刚听别的班同学说，小仙女让人给堵了。”赵观良的脸色不太好看，“高二那几个混球儿，就是个说大话使小钱的，专挑妹子欺负，真不要脸。”

“尤其是那个刘浩，小肚鸡肠，还喜欢耍阴招。真记恨上了，估计跟狗皮膏药似的没完没了。”宋野骂了一句。

班上的男生义愤填膺。

班长徐洋本想“根正苗红”地劝一句“别闹事、别打架、别给咱班添罚单”了，但听完也嗤之以鼻：“真是欺软怕硬啊，我还是头一回听说江湖寻仇专挑女孩子下手的。”

“在哪儿？”梁靖川抬了抬眼皮。

“就咱学校附近的美食街。”赵观良撸了撸袖子，冷笑道，“我这就去叫人，今晚给他们上上课，让他们长长记性。”

梁靖川挑了挑眉，情绪倒没什么波动，抄手转身往外走去。

不巧，走廊里有人走得飞快，冒冒失失地在教室门口跟他撞了个满怀。

“我——”许昭意心情有点儿炸，几乎要骂人，心思转了好几转，才把脏字压了回去，“梁靖川，你走路不看道吗？”

万籁俱寂。

教室里的声音戛然而止，门外的噪音隐隐约约地撞进来，所有人的视线齐刷刷地往她身上转。

许昭意吃痛地揉了揉额头，眸底起了层水雾，抬眸时身形微微顿住：“都看我做什么？”

就这架势，就他们把自己堵在门口的架势，要不是她跟这群人熟，都要怀疑他们是上门约架的了。

梁靖川无声地打量着她，有些意外：“你去哪儿了？”

许昭意费解地回视他，勉强把“与你何干”咽回去：“吃饭去了，有什么问题吗？”

可能刚刚耐心耗得差不多了，见梁靖川纹丝不动，她忍不住提醒：“哥，你看看时间，快要上课了。你要是打算逃课，能不能行行好别挡道？”

挡道也就算了，他还不偏不倚地挡在门口。

一旁的赵观良看着她的模样也很蒙，大脑死机了好几秒，终于没忍住问她：“哎，你没事啊？那帮混子没堵着你？”

“撞到了，谈完了，要上课了。”许昭意被这群人盯得莫名其妙，无语了半晌，“所以你能不能也让下？”

梁靖川半垂着视线，无声一哂，慢悠悠地挪开了。

氛围在不知不觉中变得微妙，赵观良的视线在两个人间晃了个来回，丈二和尚摸不着头脑。

许昭意还真没别的意思。

她纯粹不喜欢站在门口备受瞩目，而且教室里鸦雀无声的状态，总让她有种“自己刚挑衅完谁马上要打起来”的错觉。

其实她什么都没做。

她回到座位刷完两页题，这种怪异的氛围还持续着，直到她被老徐叫出去。

趁着这空当，赵观良扭过头来，绘声绘色地跟梁靖川叙述了遍刚打听到的版本。不过课间的一会儿，他就从别人嘴里撬出来了。

“我刚打听过了，咱们小仙女有点儿猛啊，直接撂话再不服就约战，很有当人大哥的气势。”他诧异到有点语无伦次，“不是，她就一小姑娘，还是一南方漂亮妹子，难道真的有这能耐？”

输给一小姑娘这种事，没人愿意声张，但天底下就没有不透风的墙，多多少少有消息透出来。

这版本可太玄幻了。

赵观良不怎么信，甚至怀疑有胡编乱造的嫌疑。

梁靖川冷淡地“嗯”了一声，并不意外。

也不知道赵观良是认准了“南方妹子温柔”，还是认准了“许昭意是小仙女”，愣是给许昭意脑补出了一个弱柳扶风林黛玉的形象。然而一直以来，他这个小同桌远没有看上去的“乖”，就照她平日的秉性来看，她不需要别人掺和，掺和了她也未必领情。尽管听着挺惊喜刺激，但他的内心没什么触动。

“所以这事怎么办啊？事情发展已经超出我匮乏的想象力了。”赵观良问道。

“你直接让人看着点儿，让他跟许昭意道个歉。”梁靖川眼皮都没抬一下，淡淡地说道，“明面上不用让她看出来。”

“搞得这么麻烦做什么？”赵观良有点儿无语。

他可是头一回听说，收拾完别人还要求对方配合演戏的，这是什么魔鬼爱好？

满足自己的虚荣心？

“她要是有本事解决，可能更喜欢自己虐着玩。”梁靖川懒洋洋地朝后靠去。

许昭意被叫出去的时候，就有种不好的预感。

“被班主任找准没好事”是学生生涯一大铁律，成绩差的一准儿挨批，成绩好的那就是有任务。

等她看到桌上一小摞材料，太阳穴顿时隐隐作痛。

“咱们班团支书请假了，这几天的课外活动和班会你来组织，记得做好记录。”徐培林抱着那个土里土气的小水杯，慢悠悠地喝茶，轻描淡写地布置任务，“下周三‘教体局’来学校检查工作，班里需要交的材料要提前整理一遍。”

许昭意严重怀疑，老徐如果不是喝酒上头了，那就是没睡醒。

他这上下嘴唇一碰，艰巨的任务就砸下来了。也不想想她才刚转过来一周，又不属于活泼好动到广交好友的学生，人都没认识几个，怎么组织活动？

难道对着一张张陌生面孔说“喂喂喂”“你你你”吗？

“老师，我才来，而且严重‘脸盲’，现在人还没认全呢，可能胜任不了。”许昭意努力地表现出自己的真诚和歉意，拒绝完还不忘找好冤大头，“您要不要考虑一下班长？”

“那不是挺好？班长还有别的工作，正好给你个认人的机会。”徐培林四两拨千斤，两三句话就给驳回了，“你刚刚也说‘可能胜任不了’，那就说明还有无限潜力可以挖掘，借着这个机会好好锻炼锻炼。”

行，她确实说不过一个教语文的班主任。

漏洞抓得如此精准，逻辑理得如此清晰，他怎么不转行当律师呢？

许昭意还想抢救一下自己，可惜她这位班主任不仅清醒而且严肃，根本不好忽悠，全然没有回绝的余地。

她刚起头喊了句“老师”，台词都没酝酿好，徐培林掌心朝内手背朝外，朝她摆了两下。

最后，她认命地抱着材料回了教室。

许昭意坐回自己的位子，看了一眼梁靖川。他正懒洋洋地斜靠着窗台，五官轮廓埋在大片的阴影里，专注地看物理卷子。

卷面一片空白。

如果她没记错，他至少对着这张试卷看了十分钟，都快看出一个洞了。

许昭意腹诽完，视线在他的试卷和自己的材料之间挪了个来回，心里微微一动。

“桌儿？”她戳了戳梁靖川的手臂，轻声唤道。得不到回应，她就坚持不懈地吸引同桌的注意力，“亲爱的桌桌？桌桌桌桌桌桌？”

“你是啄木鸟吗，许昭意？”梁靖川眼皮都没抬一下，勾了一下嘴角，将“把天聊死”的技能发挥得淋漓尽致，“有事说事，是不是想求我？”

——我的天，神啄木鸟啊。

“梁靖川，你这样可就没劲儿了。”许昭意面无表情地看着他，“心里话留着自己听听就行了，不用说出来吧？”

“那成，”梁靖川轻笑出声，配合地微微颔首，模仿她先前的口吻重新问道，“怎么了，昭昭？”

许昭意怒火中烧，可毕竟有求于人，她轻咳一声，假装没听到。她挪开闪烁的视线，手指点了点他的卷子：“我帮你做卷子，你帮我组织课外活动怎么样？”

怕他回绝得太快，她也不忘说好话：“你看啊，我人生地不熟的，组织能力远不如你，这么光荣的任务我胜任不了。材料也不用你写，你只要组织个活动就行。”

“我只是懒得写字，不需要代笔。”梁靖川不为所动，似笑非笑的样子有些邪气，“而且我也人生地不熟的。”

“那怎么能一样啊？大家都怕——不是，都敬佩你，虽然都是刚转来的……”许昭意说到一半，突然感觉不对劲儿，“对啊，都是刚转来的，老徐怎么不找你？怎么事情都是我的，清闲都是你的？”

“能者多劳呗。我成绩不好，首要任务是学习，”梁靖川懒洋洋地转了转笔，回答得理所当然，“请你有点儿照顾弱势群体的自觉啊，学霸同学。”

被这声“学霸”刺激，许昭意倒吸一口气，趴回桌面时冷哼了一声。

瞧瞧，就这脆弱的友谊小船，才经历一点儿风浪就被掀翻了。

许昭意写了几行字后，枕着手臂歪了一下脑袋，郁闷地偏头。

她悄悄地伸出手，并拢手指模拟成枪。她绕到梁靖川身后，朝着他的方向压下拇指的同时指尖一挑，无声地做了个唇形——啪！你凉了。

解气和窃喜的情绪冒了冒头，她还来不及收回自己的小动作，梁靖川突然抬头看了她一眼，嗓音有些低：做什么？”

他幽深的眸子映着她纤细的手指和受惊愣住的模样。

许昭意蒙了一下，眨了眨眼，全然想不通他是怎么看到的。她硬着头皮，特无辜、特小心翼翼地往回缩手。

对面清晰地传来一声低笑。

许昭意瞪他一眼，正要说什么，教室里骤然陷入黑暗。

几个班的尖叫声和欢呼声同时炸开——

停电了。

许昭意的大脑嗡的一声，浑身僵直，整个人的感觉都不怎么好了。

不过底下学生的兴奋劲儿并未持续多久，年级主任的厉声呵斥就从走廊传来。

“吵什么？都给我滚回自己的位子去，各班班长组织好纪律，谁敢逃课明天升旗时通报处分。”

徐洋拍了拍桌子，从讲台的柜子里拎出一捆蜡烛：“安心学习吧，各位同学，本校建校以来，从未因停电不上自习。”

“咱们学校不至于吧？情愿发蜡烛学习，也不肯放放假？回去休息不美吗？”宋野不死心。

“你可醒醒吧，咱学校最高效的时候就是抢修电路。”正在发作业本的物理课代表摇摇头，“估摸着十分钟内就能来电。”

教室里的唉声叹气连成一片，几支蜡烛发下去，渐次被点燃。

许昭意的睫毛颤了颤，捏紧的手指略微松开。

“学什么习啊？要爱护眼睛。都听我的，我说了算。”有人不情愿地抗议，“反正都停电了，干脆玩故事接龙怎么样？”

“光故事接龙有什么意思？”赵观良轻嗤一声，伸了个懒腰，“要搞就搞最刺激的，要讲就讲鬼故事。”

许昭意抿了抿唇，刚放下的心因为“鬼故事”三个字再次悬起。

她的每一根头发丝都透着“拒绝”二字。

可惜教室里的其他同学似乎都对此兴致勃勃，有一两个抗议的声音，也没坚持太久就倒戈了。

简直是见了鬼了，难道就没人害怕吗？

“我先来，我先来！”宋野自告奋勇地举起手，清了清嗓子，“某天，有一个独居的女子，她的朋友来到她的住处玩。两个人聊到深夜，就在她打算睡觉的时候，她的朋友突然说……”

何止是见了鬼了！这群人对编故事的浓厚兴趣怎么没体现在作文里呢？

许昭意硬着头皮坐了一会儿，不管她怎么分神，恐怖故事都直往她的脑海里钻。

本来怕鬼就不是一件值得炫耀的事，她不可能挂在嘴边。这下好了，连班里平时最胆小唯诺的女生都兴致勃勃，她彻底不用提了。

她突然站起身来，默不作声地走出去。

教室里的其他人都沉浸在故事里，没人注意，只有梁靖川抬了抬头，看了她一眼。

走廊里也是漆黑一片，偏巧赶上她手机没电，她头皮发麻地站在外面。

她眨了眨眼睛，靠在稍有光亮的窗边，想了想，小声地开始念经。

许昭意怕黑，从小就怕。

小时候她的父母忙，没多少精力陪她，她基本都是跟保姆住在别墅里。偌大的房子里十分空旷，本来就容易让她产生联想，十岁那年家里还进过小偷。当时保姆睡得熟，她晚上起来喝水撞见了，撞到警报器后引来了保安，才躲过一劫。

她倒是没哭也没闹，但后怕是真的。万一当时不是个胆小的贼，而是准备绑架的亡命之徒，她而今未必能周全地站在这里。

学散打和格斗就是从那时开始的。但是因为怕黑，她连单独睡觉都要开灯的习惯是再也改不掉了。

教学楼一直没恢复供电，时间在黑暗中被无限拉长。许昭意压不住心底的躁意，机械地念念有词，连背错了都没注意。

“你是在集五福吗？”黑暗中冷不丁传来声音，许昭意猝不及防被吓到，身子僵了一下。

她的声音卡在了喉咙里，条件反射地一拳挥出去，结结实实地打在了对方身上。

“哼！”梁靖川没防备，嘴角挨了一下都没反应过来，有些发蒙地低骂一句。

而始作俑者许昭意，倒打一耙似的惊呼出声，掉头就跑。

梁靖川扶着下巴动了动，在黑暗中精准无误地握住了她的后脖颈，单手将人捞回来：“你跑什么？前方是男厕所。”

“谁让你突然出声？我被吓到了好吗？”许昭意急促的呼吸渐渐缓下来，语气还有些生硬，尾音甚至微微颤抖。

“那你刚刚叫什么？挨打的人是我。”梁靖川嗓音低哑，听着格外不爽。

淡淡的血腥味在空气中弥漫，她动手的力道着实不轻，他的嘴角磕到牙齿，直接破了。

许昭意没有回应。

梁靖川诧异地抬了抬头。

他看不清她的神色，但能听得出她的不安。

“许昭意。”梁靖川忽然笑出声，在黑暗中微微倾身，低沉的嗓音在夜色的衬托下格外悦耳，“你是不是怕黑啊？”

许昭意的心像是被不轻不重地掐了一下。

这种坐等看好戏的口吻简直明目张胆到有些迫不及待了。

许昭意深知他的秉性，但还是想堵上他的嘴。毕竟他每次主动开口都又痞又坏，恶劣到了极致。

“梁靖川，我脾气不好，尤其是害怕的时候。”她面无表情地张了张唇，三百六十度无死角暴躁。

“嗯？”

“我掐指一算，你五行缺打，命里欠揍，今晚必有一劫。”许昭意的语调毫无起伏，“你再刺激我，我就帮你活动活动筋骨。”

回应她的是他压低嗓音后意味不明的一声笑：“停个电而已，真的这么害怕吗？”

“当然害怕，怕鬼伤害我不行吗？”许昭意的注意力回笼，心里不自觉地发毛，语气也变得生硬。

话音一落，梁靖川屈起手指，伸手敲了敲她的额头。

“你做什么？”许昭意抬手捂住额头，诧异地看他。

“就是想告诉你，事实证明，人也会伤害你。”梁靖川懒散地搭了一句话。

许昭意忍无可忍：“君子动口不动手，你就不能只说话，不动手动脚吗？”

说话间，走廊尽头有手电筒光晃了晃，突然传来声音：“今晚的晚自习结束，请各班有序地离开。”

迟迟没有来电，学校百年难得一见地取消了晚自习。漆黑的环境里，学生的胆子都大了起来，几个班的喧闹声熙熙攘攘地掺杂在一起。

原本在开会的班主任陆续回到班级，喧闹的声音才降了下去。

“我得回去拿样东西，我的校服外套和橱柜钥匙都在教室里。”毕竟有求于人，许昭意勉强不跟他计较。

梁靖川淡淡地“嗯”了一声。

“哥，我是想说这么黑，我怎么一个人回去？”许昭意含混不清地说道。

不清楚他是故意的，还是真听不懂，她对他的理解能力着实感到绝望。

“刚刚还有本事威胁我，现在没本事自己走回去？”梁靖川在黑暗中挑了挑眉。

“梁靖川，你说话小心点儿，”许昭意被气笑。

难得没有等到反唇相讥，梁靖川突然后退半步。他的手搭在她的肩上，按住她的肩膀掉转方向，而后松开了手。

“行了，你走前面，我就在你身后。”

许昭意的睫毛微微一颤。她摇摇头，朝着教室的方向折返。

教室里的人此时走得七七八八了，格外安静。许昭意简单地清理了一下桌面，拎起外套。

“吧嗒”一声，钥匙掉在了地上。

她摸摸口袋，微叹了口气，对自己这天的点背程度有了新的认识：“你等会儿，我捡一下东西。”

许昭意猫下腰，拿着蜡烛在桌子底下照了一圈。想要起身时手撑了一下桌面，不经意间碰到一个微凉而柔软的物体。

怎么感觉不太对？

她下意识地摸索了两下，稍稍愣住，视线慢慢上移。

入目是他修长的手，指骨匀称有力，隐隐能看到淡青色的筋脉。清冷的气息像是潮湿季节里冷杉木的气味，清冽如雪。

丢人的次数太多，许昭意懒得算这是第几次了，也无所谓他怎么想了。这次她不等他开口嘲讽，直接抱着外套跑了。

外面人群熙熙攘攘，不断有人经过，聒噪的声音不绝，但并没有人发觉黑暗里的一幕。

世界像是静了下来。

梁靖川莫名想笑。

第6章
青梅煮酒

辗转反侧整整一夜，许昭意整个人都是轻飘飘的，无精打采地晃荡回教室。回去的时候，撞上钟婷，后者诧异地看了她一眼。

“你昨晚没睡好吗，精神这么差？”

许昭意敷衍地“嗯”了一声。

钟婷看她心不在焉的样子，自动联系到最近的第一阶段考试：“你最近是不是压力挺大啊？”

许昭意麻木地点点头。

她压力是挺大的。

只要想想梁靖川是自己的同桌，要低头不见抬头见，她就要窒息了。

“你行行好，别刺激我了。我这种成绩都没压力，你有个鬼的压力？”钟婷的嘴角微微抽动，拉了她一把，“不过我可以告诉你一点儿开心的事，阶段考试后就是清明节了，咱们学校估计会组织踏青。”

许昭意跟她不在同一个频道上，没什么心情地摆了摆手：“再说吧。”

教室里还没有几个人，她回到座位上，扫了一眼桌面上摆着的点心和奶茶——是高二那几个人原样赔偿的。她心底的躁意又被无声无息地勾了出来。

许昭意拎起纸袋，在梁靖川的桌面和垃圾桶之间来回比了两下。

算了，本来就是给他买的。

她面无表情地把东西推到他的桌面上，缩回手的瞬间，好巧不巧地跟对方撞上视线。

诡异的沉寂中透着几分尴尬。

梁靖川刚进教室，漫不经心地扫了一眼，淡淡地问道：“送我的？”

许昭意闷声“嗯”了一下。

“投毒了还是贿赂我？”梁靖川的眉梢微微一挑。

“呃……”

“想收买封口还是杀人灭口？”梁靖川继续笑。

“你爱喝不喝！”许昭意的眉心跳了跳，忍无可忍地拎起袋子就要扔，“我这是孝敬垃圾桶的。”

“算了，我收了。”梁靖川伸手将东西夺走，垂下眼睛，心情似乎还不错。

许昭意正在气头上，轻嗤一声：“敢情您立志当垃圾桶啊？”

“毕竟不能浪费了你一大早买东西的孝心。”梁靖川勾了勾嘴角。

“别，”许昭意觉得有必要澄清一下，皮笑肉不笑地道，“别多想，东西又不是我买的。”

梁靖川动作微顿，抬了抬眼皮，面无表情地睨她一眼。

许昭意被他盯得浑身不自在，心说谁买的能有什么区别，反正最开始都是她花的钱。

结果没等她说什么，梁靖川抬了抬手。

“咚”的一声，教室后面传来闷响，纸袋被他抛出一个优美的弧线，精准无误地进了垃圾桶。

许昭意稍愣，反应过来后心里有一万句话要讲。

什么毛病？什么混账玩意儿？

这少爷脾气还不小。

许昭意在心里骂了他几句，左右这袋零食不是自己买的，她也不心疼，也就懒得再搭理。

陆陆续续进来的同学全被吓了一跳，落座后默默地把书包放好，都没胆量窃窃私语，只交换了一个眼神。

嗡——

背包里的手机振动个不停，许昭意扫了一眼，是班级群。

在快要窒息的氛围里，班级群聊刷得飞起。

前几天徐洋就把她拉进群了，只不过她懒得修改备注，也不爱凑热闹，没发过言。

这会儿跟梁靖川闹得不愉快，她正心情不好没事可做。她百无聊赖间，将手机放在桌洞里，点开了“99+”的消息。

“我太难了，我就是坐在附近的池鱼，整天惴惴不安。”

“战战兢兢，相依为命。”

“什么情况？第三次世界大战的导火索被点燃了？”

“没，幸亏学霸是女的，老大估计下不去手啊，不然怎么只扔东西不动手啊？”

许昭意翻了不到两页，无语了，彻底折服于班上同学的想象力。她改掉备注，发了进群后的第一条消息。

许昭意：“……”

刷到如潮的消息骤然停下，安静不过半分钟后，群里再次刷屏，一连串的骂声和感叹号。

“学霸您在呢？”

“大白天诈尸了不是？见到真身了，吓死我了。”

“还好是学霸，要是被老大抓个现形，我是不是应该连夜退群？”

“是应该连夜逃跑吧？”

有人发了个狗头的表情，后知后觉地问了一句：“等一下老大不会也在吧？”

果然智商不够，情商难凑。

许昭意一言难尽地扶额，用余光瞄了一眼坐在自己身侧的梁靖川。后者半垂着视线，默不作声地看完全程，懒洋洋地摸出手机，改备注，翻了张图发送。

梁靖川：[您可真是个小机灵鬼]。

教室里陷入死寂，群内瞬间安静。

这都是一群什么智商欠税的玩意儿？

许昭意微微地叹口气，退出了后台。

阳春三月，草长莺飞。

下午课外活动时，一行人浩浩荡荡地出发，地点是艺术楼附近的空地。

植树节将近，打完报告，领完小树苗，许昭意将实践活动主题敲定为“三九四九，栽杨种柳”。

户外活动的吸引力自然不是枯燥的学习能相提并论的，所以组织起来不算太麻烦。许昭意简单地做了个讲解，徐洋组织人将树苗、工具以及小木牌发下去，而后分组合作。

等许昭意刚回到自己的组，宋野已经率先完成了。

宋野拍了拍手，看着自己的劳动成果，兴奋地吟诗一首："庭有枇杷树，吾妻死之年所手植也，今已亭亭如盖。"

许昭意扫了一眼，一言难尽地闭了闭眼睛："我看你是想把我气死，好继承我的蚂蚁花呗。"

"怎么了，难道你看不到它蓬勃的生机吗？"宋野拍了拍自己的小树苗，"看看，多茁壮。"

"种反了，宋大诗人，"许昭意面无表情地指了指，"它只是底下长了叶子，你有点常识好不好？"

"是吗？"宋野难以置信地看了两眼，"那成，我重新种。"

许昭意摇摇头，也没空看着他，就被叫去了另一组。

宋野费劲地将小树苗从坑里刨出来，摇头晃脑地继续吟诗："今伐之，为博小娘子一笑，小娘子——哎哟！"

梁靖川就面无表情地站在他身后，踹了他一脚。

"哼！"宋野差点儿一个趔趄栽进坑里，被赵观良拎起来的时候还蒙了一下，"君上，臣冤枉啊，臣何错之有？"

"挡道了。"梁靖川淡淡地说道。

赵观良幸灾乐祸地拍拍宋野的肩膀："该啊。"

"多么脆弱的情分啊。"宋野张了张嘴，"戏精"上身似的号叫，"微臣忠心耿耿，却被君上视为绊脚石。"

梁靖川被这两个"戏精"吵得不胜其烦，抬了抬眼皮，"看到那边新挖好的坑了吗？再乱说话，我就把你埋坑里。"

宋野一个激灵，讪讪地干笑两声，从善如流地闭嘴。

北城这几日回暖，刚降过一场雨，地上湿漉漉的，户外的空气混着青草和泥土味，潮湿又清新。

木牌的位置周围满是泥泞，许昭意忘了换鞋，原本想让梁靖川搭把手递一下，突然记起早上那笔账，懒得跟他搭腔。

她看着自己"一步一个泥印"，心说鞋子算是报废了。不过在她继续挪动前，梁靖川突然伸手，把她拎到一旁。

"你还是在旁边安心歇着吧。"

感动的话许昭意还没说出口，梁靖川上下嘴唇一碰，轻飘飘地撂下一句：“看着像迈不动腿的小企鹅。”

许昭意刚积攒起来的粉红泡泡被无情地戳破了。她勾了一下嘴角，皮笑肉不笑：“梁同学，我真诚地希望你的话能跟你的分一样少。”

大概是摸底考时，他“自暴自弃提前交卷”给她留下的印象太深刻，已经到了根深蒂固的地步，再加上那张三十七分试卷的迎头痛击——

许昭意对他的成绩有心理阴影，总觉得这就是耽误自己评奖评优的拖油瓶、绊脚石、肉中刺。

所以她隔三岔五地拎出来，想劝他好好学习，早日改邪归正走上学习巅峰。

可惜后者体谅不了她的苦心。

“你对我似乎误解不小啊，许同学。”梁靖川挑挑眉，似笑非笑道，“要打个赌吗？就赌谁拿第一名。”

“无聊。”许昭意面无表情地看了他一眼，伸手夺过小木牌，“还是我自己写吧。”

老徐天天在班上强调练字，说什么一个人的字就是他的第二张脸。

不得不说，梁靖川的字跟他那张脸天差地别，除了写自己的名字，其他时候实在让人难以恭维。

许昭意将木牌垫在树枝上，低头工工整整地写好组号和取的名字。

“赌不赌？”梁靖川还在循循善诱，视线落在她身上，“赢了随你，输了我也不为难你，亲手给我买一个月早餐，怎么样？”

许昭意没搭理他，将记号笔丢给他，转身要走。

“那你得等等我，我去问问还能不能再领一棵树苗。”

“什么意思？”梁靖川伸手拽住她。

“当然是给你种一棵了。”许昭意忍不住翻了个白眼，“谁让植树节种树，都没在你心里种下点什么‘数’。”

梁靖川低声笑了笑，姿态轻慢：“给句痛快话，敢不敢赌？”

许昭意实在没料到他会对早餐这件事耿耿于怀，无言以对地盯了他半晌。偏偏他兴致盎然，同样一眨不眨地凝视着她。

似乎她不点头，他就绝不罢休。

“那成，赌就赌。”许昭意点点头，微笑说道，“趁着植树节告诉你，迟早让你栽在我手上。”

早自习检查背诵，教室里的诵读声有些混乱。

铃声的最后一秒，梁靖川优哉游哉地从教室后门进来。开学以来他都是分秒不差地卡着点进来，不迟到也不积极。

许昭意翻了一页课本，想起昨天打赌的事：“我还以为你会从昨天开始立志勤奋点儿。”

“学霸这么勤奋，有没有在书桌上刻一个‘早’字？”梁靖川抬了抬眼皮，嗓音淡淡的，听不出来是嘲讽还是纯粹叙述事实。

许昭意不爽地偏过头来，不太想在上课时间和他互怼，也没反唇相讥，继续检查背诵。

“长太息以掩涕兮，哀民生之多艰……”赵观良反反复复地卡在第一段，怒而拍桌，“民生哪有我艰？”

“赵观良你是鱼的记忆吗？”许昭意单手托住下巴，有些无奈地看了他一眼，“接下来还要检查《孔雀东南飞》，就照你目前的水平，我真诚地建议你找根绳子，自挂东南枝吧。”

“要不您还是放弃我吧，”赵观良烦躁地撂下课本，“大不了下午的卫生我包了，不拖累你们。”

“这话我可录音了啊。”宋野打了个响指，笑得落井下石，“你废物啊，老赵。”

赵观良都快无语了：“真不是我不努力好吧，不看读音我字都认不全，再背两遍我就成结巴了。”

20班班规之一，每周的大扫除由语文任务不合格的两个组进行。

可能老徐的出发点是好的，有意培养集体精神，但许昭意觉得这主意很不靠谱——被组员拖累到打扫卫生，没反目成仇都得谢天谢地了，还指望相亲相爱一家人？

就赵观良的金鱼脑子，许昭意并不指望他能在四十分钟内创造奇迹。

果不其然，下午的大扫除名单上，他们组位列其中。组员站在桌子上，扫把在屋顶一划拉，积攒了有段时间的灰尘和蜘蛛网簌簌地往下掉。

“能不能打声招呼？灰尘砸我一身。”赵观良握着拖把跳开，拍了拍发顶。

许昭意抬手在眼前挥了挥，避之不及地后退一步。

眼前突然落下一道阴影，梁靖川将黑色帽子扣在她的头顶，单手按着帽檐压低。

许昭意条件反射地抬手，直觉想取下来，搭上帽檐的时候微微顿了一下，垂下手臂。

她从讲台上抽了张报纸，纤细的手指灵活地翻折了几下，折出一顶纸帽子。

梁靖川低头睨了一眼：“丑。”

“所以是给你戴。”许昭意一踮脚，动作迅速地扣在他的头顶，“你小时候没玩过折纸吗，在家大扫除的时候？”

“玩过。”梁靖川拿开那顶纸帽子，声音淡淡的，“但我家不需要我大扫除。”

“当我没说，少爷。”许昭意没忍住，翻了个白眼。

梁靖川一眨不眨地看着她，微微皱了皱眉。他突然朝她迈步过来，慢吞吞地拉开了校服拉链。

“你做什么？”许昭意看着朝自己靠近的梁靖川，眨了眨眼，“哎——”

梁靖川长臂一伸，不由分说地拿校服外套环过她的腰身，松松垮垮地打结围好。

在许昭意下意识地想扯开时，他朝她身后扬了扬下巴，目光淡淡的，缓缓开口：“你的衣服脏了。”

许昭意稍愣，反应过来时脑子“轰隆”一下，声音直接卡在喉咙里，烧灼感从脸颊蔓延到耳垂。

梁靖川顿了顿，缓声问道：“要提前回家吗？”

“用不着。”许昭意摇摇头，抓着他的衣服尴尬地抬头，不太想继续这个诡异的话题，“那什么，要不然我还是还给你吧？”

她的声音越来越低：“万一我再……”

“那就直接扔了。”

“谢谢。”许昭意轻咳一声。

“说什么谢谢？”梁靖川倏而倾身，刻意压低的嗓音里透着说不出来的意味，“叫声‘哥哥’。”

许昭意没忍住手指微抖，抹布差点儿从手中脱落。

“你还挺会乘人之危。”她抿了一下唇，面无表情地抬头看他。

“成年人的世界只有等价代换，这是哥哥给你上的人生第一课。”梁靖川勾了勾唇，漆黑的瞳孔里掠过一丝戏谑。

“无耻啊，梁同学，”许昭意轻嗤一声，“你这么棒，要不要我给你鼓鼓掌？”

“愧不敢当。”梁靖川挑了挑眉。

许昭意懒得跟他逞口舌之快，低低地唤了一声：“哥哥。”

“许昭意。”梁靖川微微眯了一下眼，目光微沉。

听出他嗓音里的危险，许昭意立时远远地躲开他，毫不留情地轻笑出声。

“成年人的世界还要有来有往啊，梁同学。”她戏谑地勾了一下唇，“我的哥哥可没那么好当。”

从某种程度而言，许昭意和梁靖川其实有种独到的默契，那就是胜负欲。永远受不了劣势，即使一分一毫的侵犯也要原样奉还。

她没打算留下来任他宰割，挑衅完连还击的机会都没给，果断地走人。

许昭意理了理凌乱的发丝，还没出洗手间，咄咄逼人的声音先从外面飘了进来——

争执的声音嘈杂又混乱，前因后果听不分明，最后她只听清了一句：“我没有。”

有些颤抖但毫不让步的女声飘了过来，听着有点儿耳熟。

许昭意微微蹙眉，脑海里对上一个内向的身影。似乎是上次篮球场的那个小女生，叫什么姚岁岁。

她安安静静地擦完手，平静地摸出手机，调到最大音量后，按下了录像键。

外面有人放肆地笑出声：“没有？做了不认呗？那我……”

话音未落，洗手间的门被许昭意推开了。

“哐当”一声。

突如其来的声响吓了对方一跳，压下了所有人的嬉笑和议论，挑衅声也戛然而止。

正盛气凌人的女生化着淡妆，看着就挺不好惹。她身后跟着几个人，有男有女。在许昭意出来时，不善地睨了她一眼：“你有事？”

姚岁岁正被人拉扯着拽进来，狼狈不堪。她听到声音时慌乱地抬头，看了许昭意一眼。

许昭意往外挪了半步，特意回头看了一眼洗手间的标志，轻声问道：“这是洗手间吧？”

她看着挺和气，态度良好，总之不太像找碴儿的。

那女生晦气地摆摆手，也不想多生事，但口吻实在不怎么好：“你眼瞎啊，没看见这里在处理事情吗？还不快滚？”

许昭意转了转手机，还站在原地，纹丝不动。她打量了这群人几秒，低声笑了笑：“同学，我刚说过这是洗手间，女士洗手间。”

她的口吻格外和善，话却说得不客气：“要不还是你们换个地方？”

许昭意一直理解不了这种乱七八糟的地方到底有什么吸引力，促使这票人格外喜欢在这里犯二。

可能真应了那句臭味相投，物以类聚，学校厕所简直是垃圾品聚集地。

“让你滚就赶紧滚，”其中一个女生不耐烦地骂了一句，“你见义勇为算错日子了吧？”

“没啊，就是好奇这年头什么都在涨价，连猪肉都涨得飞起，怎么有些人就越来越贱呢？”许昭意抬了抬头，冷冷地打量着对方，“在学校不好好学习，专门找茬。还真是做了人类想成仙，生在地上要上天。”

那女生没料到会有人敢不识相，脸色有些难看：“你说什么？”

“是我说得还不够清楚吗？你刚刚不是挺会抓重点的吗，专挑枪口往上送？”许昭意淡淡地说道，“那我再说一遍，麻烦你们出去，离这儿远一点儿。”

她向来是“你什么货色，我就什么脸色”的态度，左右这帮人执意要溅人一身血，她也没多少好耐性奉陪。

周遭的气氛瞬间低到了零点。

为首那女的骂了一句，撂下软水管上前一步，扬起手就要打她。

巴掌还没落下，许昭意轻易地便钳制住了她的腕骨，狠狠一扭。

“你别找碴儿啊，我们好学生不参与你们打架，今天也没空陪你过家家。”

许昭意稍稍用力，看着她疼得面目扭曲，一只手将手机屏幕递到她面前：“给你两条路，要么道歉走人，要么我勉为其难教育你们一顿，视频和你，我都转交给学校。”

手机屏幕正在播放，将他们咄咄逼人那段录得很清楚。许昭意倒是自始至终一句狠话没撂过，干干净净的路人一个。

在场的人都没注意她刚刚录像了，脸色僵了僵，看到有证据他们就站不住了，交换了一下眼色。

那女生正要不依不饶，许昭意微微蹙眉，手上的力道更重，冷道：“既然做错了事，老实地跟人家道个歉，不过分吧？”

剑拔弩张之间，地面上的软水管因为水正在流，狠狠一甩。许昭意有意避开，倒是安然无恙，但手臂上挂着的校服被淋湿了大半。

许昭意的视线落在梁靖川的校服上，盯着大片水迹无语了好半晌。

本来她就特殊情况不便动手，而且她一个好学生当然是“好好学习，天天向上，不打架”。这下正合她意。

“您可真厉害，这可是您自找的。”她看向对方的目光极其同情和怜悯，“要不我给你个机会跑吧？”

可惜没人明白她话里的用意，后面几个人的注意力都在她录好的视频上。

在他们做出反应前，许昭意拽了一把姚岁岁，转身就跑：“快走。”

“别让她跑了！”

“赶紧把手机抢回来，不能落在她的手里！”

根本用不着跑几步路，距离最近的教室就是20班。

许昭意迎面撞上刚出教室门的梁靖川，想都不想，利落地拽住对方的手臂，往人身后一躲。

“同桌，她往你的衣服上泼水。”她弱弱地伸手指向对面的人，把自己摘了个干净。

梁靖川身子稍稍顿住。

他垂了垂眸，视线落在她素净的面容和搭过来的手上。

许昭意纤长弯翘的睫毛轻轻一抖，在脸颊上落下鸦青色的阴影，挽住他的手指纤细白皙，指甲根部生着白色的半月牙，指尖到手腕的线条流畅。

“就是她，”许昭意一只手抱紧了他的手肘表示害怕，一只手还倔强地指着对面，委屈地控诉，“看上去最凶的那个。”

搞事和坑人，向来是许昭意的拿手好戏。

前一秒在洗手间，她还一副“我胖虎今天抡上几拳，就叫你返祖归宗”的嚣张架势；后一秒往人身后一缩，秒变“单纯善良又无辜，可怜弱小又无助”的“小白花”。她变脸速度之快，不亚于川剧变脸的手艺人。

对面的“社会姐”赵琳突然收到控诉，脑袋还蒙了一下，抬头就撞见梁靖川，脸色微变。

得，撞上了一个瘟神。

别人可能不认识梁靖川，但赵琳不一样。

“这事跟我有什么关系？我根本不知道这不是你的衣服。”

赵琳话没说完，许昭意就轻声说道：“同桌，你听到没？她承认了，失手泼的水。”

她一字一板，掷地有声，“捅刀子”、“递柴火”的姿势极其熟练。

“你……你胡说八道什么呢？”赵琳有些气急败坏。

“同桌，你看到没？她真的很凶。”许昭意缩在梁靖川身后，温暾地露出小脑袋，一副小心翼翼的模样。

“黑锅”突然从天而降，赵琳的脸色很难看：“你这人讲不讲道理？你出来把话说清楚。”

“同桌，我好害怕，她在威胁我。”许昭意扬了扬脸颊，抬头看向梁靖川时，无声地眨了眨眼，俨然一副怯怯弱弱的模样。

“你刚刚在洗手间里咄咄逼人的时候怎么不是这副姿态？”赵琳又气又急。

“我没有，你不能仗着人多就乱说话吧，小姐姐？”许昭意轻声否认，尾音都带着一点儿颤抖，委委屈屈的。

她装得还挺像那么回事。

梁靖川无声地勾了一下嘴角，也没拆穿她。

许昭意哪里需要小心翼翼，别人才应该“小心昭昭”。

教室里的其他人注意到动静，还没出去看一眼，就被赵观良挡了回去：“看什么？别瞎搅和别人相处的机会了。”

“说得对。”宋野点点头，“根据电影套路，看到太多不该看到的事，容易‘领盒饭’。”

教室外，赵琳快要被气疯了：“你还要不要脸？明明不是……”

话未说完，梁靖川抬了抬眼皮。毫无征兆地，他敛了笑意，冰冷的视线扎得人遍体生寒：“你可以啊。”

赵琳的喉间哽住了。

许昭意略微诧异地抬头。

其实她没真指望他出手相助。按往日的相处状态来看，他们压根儿不会为对方两肋插刀，没在关键时刻插对方两刀，就算念及同窗情谊了。

而且走廊里有监控，这群人不敢轻举妄动，不然也不会挑在洗手间堵人。

她只是想看热闹，并且看热闹不嫌事大。

结果梁靖川还挺配合的。

“你用不着吓唬她，”梁靖川懒洋洋地睨过去，“既然跟我同桌没关系，那你打算告诉我，是水自己动的手？”

虽然听着扯，但真是水动的手啊。

赵琳没再辩解，心里跟明镜似的，根本没人在意发生了什么。甭管这天许昭意说什么，梁靖川都乐意信。

众目睽睽之下，她有点儿挂不住面子，勉强压下心底的怯意，梗着脖子僵持了一会儿：“那你想怎么处理？”

“校服的事我不计较，不过你吓到她了。”梁靖川眼里的情绪很淡，嗓音不冷不热，“做错了事至少该道个歉。”

他伸手将许昭意带到身侧：“这点儿规矩你都不知道？”

赵琳的表情难看得像生吞了一只苍蝇。

“琳姐，不就是视频吗？”后面的男生觉得憋屈，先忍不住了。

“你闭嘴！”赵琳的心凉了半截。

梁靖川微微蹙眉，伸手将许昭意按回教室，并带上了门。

“跟他们废话那么多做什么？咱们人多，还怕他们不成？”

那男生叫嚣的话说到一半，突然戛然而止了。许昭意诧异地回头，完全没看到发生了什么，就看到那男生态度一百八十度转变，似乎在忌讳什么。

“让你道歉，没让你说别的。”梁靖川半垂着视线，懒洋洋的，嗓音里没多少情绪。

“牛。”坐在桌子上看戏的赵观良“啧”了一声，鼓了鼓掌。

许昭意稍愣，同样没有料到。反应过来后，她在心底骂了一声，推开门，扯了扯梁靖川的衣角。

梁靖川瞟了她一眼，似乎并不在意，抬头时嗓音依旧不冷不热的：“私人恩怨我不感兴趣，也不想掺和，不过以后你有事就换个地方解决。”

赵琳几乎没有迟疑地让步，很低地说了一声：“明白了。”

这次是真没人敢吭声了，规规矩矩地道完歉，还有些心悸。

许昭意同样惴惴不安。

她倒不怕这群人日后找碴儿，她是怕这祖宗脾气上来了，忘了校规校纪怎么写，万一在这儿直接动手就不好了——所幸没有，她同桌妥妥的“遵纪守法好公民，乐于助人好学生”。

“哥，我得提前通知你，走廊里有监控。”许昭意一言难尽地看着他，“我们好学生可不能打架斗殴啊，你要是非得违反校纪，就得有个心理准备。万一你被通报批评了，可别赖上我啊。”

“你还挺绝情。”梁靖川轻笑出声，态度依旧轻描淡写，似乎并不在意。

“这不叫绝情，梁同学，”许昭意一本正经地胡说八道，“我这叫明哲保身。”

“行，下次我注意点儿，尽量作壁上观。”梁靖川懒散地睨了她一眼，顺着她的话点点头。

“那不行，”许昭意改口，“你的同桌比较弱小，需要保护。”

“你还挺‘双标’。”梁靖川微微眯了一下眼。

“我只是具体情况具体分析。”许昭意理直气壮地继续瞎扯，“你想想，如果你同桌我受欺负，你忍心眼睁睁地看着吗？”

“当然不忍心。”梁靖川勾了勾唇，“所以下一次，我会直接闭上眼睛。”

许昭意：“呃……”

“不过我这个人耳根子软，说几句好话听听，我可以考虑以后保护你。”梁靖川嗓音疏懒，带着一贯的漫不经心。

许昭意的嘴角微微抽动，无语地盯了他半晌，面无表情地问道：“你有没有觉得，自己的要求挺不要脸的？”

“再叫声‘哥哥’也可以。”

“这要求好像更不要脸了吧？”许昭意忍无可忍地推开他，“做你的黄粱美梦去吧，梁靖川。”

许昭意懒得继续和他耍贫，转头看向姚岁岁：“你跟那谁，”她顿了顿，“就刚刚那个叫赵琳的，有过节？”

“嗯。”姚岁岁点点头，似乎不想解释，只压低了声音，“今天谢谢你，不过他们可能会找你的麻烦。”

“怕什么？她真敢来找碴儿也无所谓。”许昭意轻轻地笑出声，“她真敢来，我有她好看的。”

她看着姚岁岁欲言又止的模样，有些无奈：“你别这么老实啊，岁岁同学，忍一时得寸进尺，退一步变本加厉。”

听完这番话，梁靖川略感意外地看了她一眼，短促地笑出声：“看不出来，你做人还挺硬气。”

“那是，昭昭凭实力硬气。”许昭意轻哼出声。

“你刚刚不是还凭实力证明了自己的弱小吗？”梁靖川挑了挑眉。

“去你的，”许昭意偏头瞪了他一眼，“我那叫战术。”

说完，她回头打量了一下面前怯弱的妹子，突然觉得说了这么多没用，让她一朝改掉柔弱的性子本就不现实，所以口径转了一百八十度。

“算了，你要实在怕她，以后撞上这种事推我身上也行。”许昭意云淡风轻地说道，“反正我不在乎她找碴儿。”

“不是，不是因为怕她，赵琳家很不好惹。”姚岁岁欲言又止。

赵琳本身长得漂亮，仗着家里有点儿背景，在学校为所欲为。平时她就算惹了事，也就是念个检讨，不痛不痒的，所以没人敢惹她。

许昭意心里略感诧异，回想起赵琳的态度，不动声色地偏头看向梁靖川。

看来她这个同桌挺牛啊。

赵琳肯卖面子，必然是那点儿背景底牌在他面前不够用，甚至是不值一提。

大约是她的视线太过直白，直白到难以忽略。梁靖川似有所察，抬了抬头。

“你的校服怎么办？”许昭意轻咳一声，举了一下他的衣服。

本以为就是被洒了点水，结果晾干后的校服上有一块明显的污渍，也不知道沾上了什么东西。

“当然是你洗了。”梁靖川眼皮都不抬一下。

许昭意坚决抗议：“又不是我洒的水，为什么是我洗？”

“许昭意，”梁靖川不满地“啧”了一声，视线自下而上地掠过她，“你求人的时候不是这种态度吧？”

“不好意思，同学，您哪位？”许昭意微微一笑，“我记性不太好，突然想不起来了。”

“想过河拆桥？”梁靖川气笑，“我是不是应该写副对联给你裱起来？”

上联：有事哥哥救我。下联：无事我们不熟。横批：人间真实。

“别拿这种眼神看着我，不知道的还以为你又想去教务处走一趟了。”许昭意冷哼一声，嫌弃归嫌弃，还是没把他的校服塞回去。

她检查了一下校服口袋，摸出了一些现金，朝他递过去：“你的钱。”

“自己留着吧。”梁靖川手背朝外挥了挥，眉梢微微一挑，“不是记性不好吗？买点核桃补补脑吧。”

许昭意没什么表情地看着他，薄唇中吐出一个字：“滚！”

第7章

梨光夜曲

临近周末放假，课代表誊完作业布置，徐培林难得来了段冗长的现代版《劝学》。

“下周一第一阶段考试，周末回家大家还是好好复习，认真备考。临阵磨枪，不快也光啊。不到最后一刻，就不能放弃自己，临时抱抱佛脚学点儿东西……”

考前动员的台词总是大同小异，听得台下的人昏昏欲睡，学生勉强打起精神听着这个痛苦的消息。

第一阶段考试说白了就是月考的替代词，上面年年说减负减压，年年毫无作用。这年强硬地取消了月考，结果上有政策下有对策，底下马上翻着花样搞出各种新名称。

许昭意同样没兴趣听，她戳了戳梁靖川，在桌子底下将一个纸袋子递过去：“你的校服。”

梁靖川难得来了兴致，压低了嗓音笑道：“你还真洗了？”

“一首《梦醒时分》送给你，女生宿舍有洗衣机。”许昭意在心底翻了个白眼，“我有必要采访采访你，你对奴役我是有什么独特的执念吗？”

先是打赌让她买早餐，再是费尽心机让她洗衣服，哪个正常人能干出这种丧心病狂的缺德事？

“那倒不是。”梁靖川懒洋洋地勾了勾嘴角，也没解释。

他随手打开看了一眼，纸袋里的校服干净整洁，叠得一丝不苟，似乎熨烫过了，边缘处没有丝毫褶皱，不是有洁癖就是有强迫症。

梁靖川无声地一哂。

讲台上老徐的动员大会终于告一段落：“等到第一阶段考试结束，学校会组织踏青活动，到时候有机会放松。”

众人的注意力随着“踏青”两个字瞬间回笼，20班学生的兴趣被调动起来，欢呼声几乎要掀了屋顶。

“又去扫墓？我初中年年去公园，路都背下来了……”

“少挑肥拣瘦了，能出去玩我就烧高香了，天天宅在学校里上课，我都快发霉了。”

“林总，我们什么时候出发？”

“别高兴得太早。”老徐捧着土里土气的水杯，微笑着做了个转折，“踏青后出成绩，学校会召开家长会。”

底下默契地“啊”了一声，听着十分痛苦。

“想不想玩得痛快，玩得安心？选择权在你们手里。”老徐扶了扶眼镜，“收拾一下东西，十分钟后放学，有秩序地离开。”

班主任前脚出去，后脚教室里就炸开了锅——

“我就说学校没这么善良，考个月考还开家长会，太阴险了！”

“老徐怎么不早说？还剩两天，别说氪肝了，我氪命也来不及了。”

“别低头，假发会掉。”

唉声叹气连成一片，赵观良回头，试探性地问道：“小仙女，周末有空没？我请你吃顿饭怎么样？”

梁靖川的手指微微一顿。

“有事相求？”许昭意正往小本子上抄布置的作业，头也不抬地问了一句。

“你周末闲下来的时候，我有不会的问题能不能问问你？”到底不好意思得寸进尺，赵观良把“补习”两个字换得委婉了点儿，“我爸妈上次就威胁过我了，要是我成绩再倒数，他们一定断我的零花钱。”

他平时完美地演绎了“上课睡觉觉，下课蹦跳跳，考试死翘翘”式的学渣模式，课本一片空白，现在想临时抱佛脚也够呛，看什么都跟看天书似的。

指望自学成才，无异于上天。

“原来你还怕家长啊？”许昭意“扑哧”一声笑出声，“我还真看不出来。”

赵观良这人平时挺狂的，如果不是因为混熟了，也是个“刺头”。

“那怎么办？金钱面前，不得不低头。”赵观良咬了一下牙，“跟谁过不去我也不能跟钱过不去啊。”

"唉，可怜的老赵，一首改编版《不再见》送给你。"宋野清了清嗓子，"原谅考试的我冥思苦想却只配垫底，目送学神下笔淋漓我对她说伤不起。"

"宋野，你找揍吧！"赵观良扬了扬拳头，"你再啰唆几句，嘴给你撬开。"

"成，浪子回头金不换。"许昭意答应得痛快，"周末找家咖啡馆，我就当日行一善了。"

"谢谢学神，"赵观良激动地抱拳，"您真是仙女下凡，我这就把您的照片供起来，每天三叩九拜，鲜花、果品供奉。"

"别，我还活着呢。"许昭意越听越觉得不对劲，摆摆手，"麻烦你正常点儿，明早约个地点。"

一直默不作声的梁靖川突然抬头，清冷的视线落在了赵观良身上。

赵观良浑身一个激灵。

他意识到自己有点儿得意忘形，立即"求生欲"十足地双手合十，话都快说不清楚了："我……我都是为了学习，一切为了学习。"

梁靖川无声地勾了下嘴角。

"要不，要不我还是自己看看吧？"赵观良毛骨悚然，扭头就改口，"小仙女，我觉得我有潜质，可以自己努把力。"

"你们到底在搞什么？"许昭意莫名其妙。

"没什么。我就是突然觉得，"梁靖川的薄唇抿成了一条线，看向她时目光深沉，"我好像也需要补习。"

"你凑什么热闹？"许昭意震惊了。

平时他连作业都懒得动手，放学后绝不加班加点，她天天软磨硬泡都不上进，这一天居然主动学习。

简直是见鬼了。

"什么叫凑热闹？"梁靖川平静地看着她，"你以前不是经常看不起我的成绩吗？借此机会我努努力，也能少拖后腿。"

"我没有看不起你的意思，我那是鞭策你好好上进。"许昭意神色复杂道，"不是，梁靖川，你吃错药了吧？这是你的台词吗？"

"你是不是怕我抢走你的第一，不敢给我补习？"梁靖川答非所问。

"你甭跟我来这套，激将法对我不管用。"许昭意越想越觉得不对劲，“你是不是琢磨着怎么捉弄我？”

“你是我同桌，你的互帮互助对象是我，你有义务、有责任带着我进步。”梁靖川面无表情地问，“你忘了对我说的话了吗，许同学？”

“怎么着，你后悔了？”许昭意眨了眨眼睛，好笑地说道，“曾经有一份补习的机会摆在你的面前，你没有珍惜，失去后才追悔莫及？”

“是，后悔了。”梁靖川顺着她的意点了点头。

“那好呀，那您就自个儿后悔吧。”许昭意很轻地笑了笑，略微停顿了一下，“反正……”

她直勾勾地看着他，捉弄的心思再也藏不住：“考不好也没关系，您可以回去继承家业啊。”

梁靖川抬了抬眼皮，沉默地看了她一眼。漆黑的瞳孔像深湖一样，望不到底，看不出他什么情绪。

许昭意被他盯得有些发虚，脱口而出的畅快淋漓就持续了短短几秒，她忍不住反思了一下自己的言行。

“对不起，虽然好欠揍但我还是要笑。”许昭意不管不顾地笑弯了腰，“你是不是没被人撑过？就你刚刚那种表情，我真应该录下来，每天给你播放个百八十遍。”

同桌以来，许昭意不断用实力证明，什么叫胆子越来越肥。她笑得肩膀都在抖，就差捶桌子了。

左右她每天都在作死的边缘伸出小脚脚，也不怕多这一次。

赵观良和宋野交换视线，不约而同地从对方眼底看到一种名为“惊恐”的东西。

宋野压了压声音：“我真服了许妹，每天用生命花式作死。”

“算了吧，平时我战战兢兢不敢招惹他，还不是一样被捶！”赵观良痛苦又愤恨不平地隔空捶桌面，“这是人过的日子吗？是吗？！”

“别问，问就是‘中国驰名双标’，问就是你不配。”宋野同情地拍了拍他的肩膀。

梁靖川看她眼底起了一层雾气，有些无可奈何地收回了视线。

他也没计较，懒洋洋地收拾着东西。

许昭意半晌没等到他反唇相讥，有些奇怪地偏过头：“你怎么了？”她不安地朝他的方向挪动一点儿，“你不会是生气了吧？”

对于她奇怪的脑回路，梁靖川有些意外地挑了挑眉。

“我开玩笑的。”许昭意眨了眨眼睛，放低了声音，“你这么容易就当真了？”

梁靖川没搭腔。

“不至于吧，开个玩笑就生气了？”许昭意拔高了音量，典型的底气不够音量来凑，“那你每天撺我千百遍，我不一样没计较吗？能不能不要这么小气？”

梁靖川眼皮子都没抬一下。

“我请你吃东西行不行？”许昭意伸手从书包里摸出来一盒百奇饼干，“牛奶味的，特别好吃。”

梁靖川依旧没反应。

看他没反应，许昭意又摸出一小盒蔓越莓饼干：“手工烤的，口感很好。”

梁靖川扫了一眼，无动于衷。

“那都给你吃怎么样？”许昭意这人脾气算不上好，在耐心告罄之前，她勉强继续委曲求全。

她把小背包一抖，哗啦啦倒了一桌面，果冻、饼干、薯片、杧果干，还有AD钙奶，各式各样的零食堆得跟小山似的。

“敢情你是来学校聚餐的？”梁靖川微微一哂。

许昭意看着“一家人就要整整齐齐被送出去”的小零食，实在心疼，忍了又忍，没好气地冷哼一声：“都给你了，你还笑？”

“我其实不喜欢吃零食。”梁靖川的视线从那一小摞零食上掠过，答非所问。

那敢情好，不要拉倒。

许昭意还没什么动作，他的手在她面前一横，直接全部划拉走了。在她复杂的目光里，他勾了勾嘴角：“不过看你不舍得，我也就勉强收下了。”

什么毛病？

“你可真是我祖宗，以前求你学你都懒得搭理。”许昭意脸上微微笑着，“周末一起复习？”

梁靖川想也不想，淡淡地应声。

看他答应得那么爽快，许昭意莫名生出一种被卖了还帮忙数钱的感觉：“你刚刚是不是压根儿没生气？”

“我就是好奇我的同桌会不会哄哄我。”梁靖川也不否认。

许昭意的第一反应其实是想骂人，好在仅存的理智让“神经病”三个字在脱口前咽了回去。

“做人真诚点儿，梁同学，少套路我。”

早起推开窗，邂逅一场大雾。

约好的地点是附近新开的清吧，白天客人寥寥，很安静。赵观良拉了个小群，大雾让约好的时间后推了一会儿。

不过许昭意向来起得早，索性按原来的时间，慢悠悠地步行过去。

面前突然有道黑影蹿了过去，似乎是什么宠物钻进了浓稠的雾气里。

“什么鬼东西？”许昭意分神回消息，没注意脚下，差点一脚踩上去。

“你说什么？”低沉的嗓音冷不丁从她身后传来。

许昭意猝不及防，再次被吓到。她条件反射地转过身，额头和他的下巴撞在了一起。

“你走路没声吗？”许昭意捂着额头弯下腰，倒吸了一口冷气。

梁靖川扶着下巴动了动，淡淡地垂眸看了她一眼，语调戏谑玩味：“你这见面方式还挺别致。”

“要点脸吧，梁靖川，”许昭意抬手捶了一下他的肩膀，面无表情地将他推远，“你站在我身后吓唬我？”

“我又不是故意跟着你，”梁靖川漫不经心地回道，“可能是上帝安排的缘分，我家离你这儿就两条街。”

“缘分？”许昭意轻嗤，“那上帝可能瞎了吧？”

她不动声色地打量了他一眼：“你怎么也来得这么早？”

“遛狗。”

“大雾天遛狗，你确定不是想毒死它吗？”许昭意诧异地抬头，“你家狗跟你多大仇？”

“它是自己跑出来的。”梁靖川懒洋洋地朝雾色中唤了一声：“来，二哈，过来。”

一条萨摩耶犬从大雾中蹿了过来，抖了抖雪白的茸毛，乖巧可爱地围在梁靖川的脚边，愉快地打转转。

“哥，你能不能有点儿常识？”许昭意一言难尽地看了他半晌，“这明明是萨摩耶犬。”

“我知道。”梁靖川懒懒地解释道，“它有点儿缺心眼儿，所以名字叫‘二哈’，以毒攻毒。”

许昭意的嘴角微微地抽动一下：“你怎么不干脆叫它‘六个核桃’？”

“二哈很乖，不跟你抢。”梁靖川勾了勾嘴角，摸了摸那条萨摩耶犬的头，丢出一颗羊奶酪。

许昭意意识到他在拐弯抹角地骂自己，没好气地瞪了他一眼：“你才缺心眼儿，你全家都缺心眼儿！”

“别闹，”梁靖川跟拎小鸡崽儿似的将她带到身前，“走了，核桃。”

“撒手，”许昭意反手拍他捏着自己后脖颈的手，“梁靖川，你就是欠揍吧，什么习惯？”

“地方在哪儿？”梁靖川也没躲，淡淡地问道。

“不远了，就前面那家。”

清吧长得像家中药铺子，店门招牌就叫“药到病除”，店门是一格一格的药柜小机关，里面别有洞天。

许昭意翻了翻背包，递给他一沓材料：“哦，对了，这是我整理的知识点，你今天背一背。”

梁靖川半垂着视线翻了翻，是她手写打印的。

从政治、历史、地理、生物的知识点到语文字词的整理和阅读模板，再到数学、物理、化学的公式和预测题型，甚至英语单词和范文——一应俱全。

“你还挺敬业。”他微微一哂。

“我平时记笔记，费不了多少时间。”许昭意摆摆手，“虽然我一直管这玩意儿叫‘傻子速成法’，不过拿来临时抱佛脚够用了。”

等到人来齐，许昭意半点儿时间都没耽搁，直奔主题。

文科类内容不着急背，默完公式后，她挨着讲预测题型，翻了几道例题让他们练习。她粗略地浏览了一遍交上来的答案后，揉了揉太阳穴。

“梁同学，有没有人说你的想象力和创造力不错？”

“嗯？”

“我在夸你物理学得好，要不然你怎么有本事自己造呢？”许昭意的手指点了点卷面，“计算题公式全写错了。”

赵观良扫了一眼卷子，轻咳一声，神色有些复杂。

“不用替他说话，考试前的毒打总比发卷时的迎头痛击温柔。”许昭意看着卷面，很有挫败感，“反正我一时之间不知道该说什么，这算记忆上有漏洞，还是漏洞上有记忆？”

“这是我的卷子。”赵观良心痛地捂住胸口。

许昭意沉默了几秒：“不是，你别灰心，其实我的意思是……”

“她的意思是按照这种水平，别人考试叫重在参与，你那叫重在掺和。”梁靖川懒洋洋地补了一刀。

“太过分了，”被双杀的赵观良心痛地按住胸口，“我觉得我跟你们分分钟待不下去。”

“你别对他那么凶残，能不能委婉一点儿？”许昭意看了梁靖川一眼。

“那你对你的同桌是不是过于凶残了？”梁靖川对她“双标”的态度很不满。

“因材施教，你这种缺少来自社会的教育。”许昭意堆出假笑看着他，“不过老师很有耐心，你还有问题尽管问。”

梁靖川的眉毛微微一挑。

他挑了一道步骤烦琐到能讲很长时间，且问起来不侮辱智商的题，用手指点了点：“这题怎么算？”

“我看看。”许昭意快速地看了一遍他的步骤，连贯又细致地理了一遍思路，“你第一步的向心力就算错了，受力分析不对，小球在斜面上应该……”

许昭意讲完一遍后偏头看向他：“你还有没有听不懂的地方？我可以再给你捋一遍。”

周遭像是突然安静了下来，光线穿透稀薄的空气从他身后劈落，他清俊的眉眼埋在阴影里。

许昭意的睫毛微微一颤，慢慢地挪开视线，还算平静地开口：“你能不能认真点儿……”

“嗯？”梁靖川懒洋洋地抬了抬头，嗓音低缓悦耳，“怎么了？”

许昭意捏笔的手微顿，状似不在意地撇开了视线。

一旁的赵观良沉浸在悲痛中，半晌没听到动静，才抬头诧异地看了一眼：“咦，你的脸怎么了？”

许昭意薄唇微动。

还没想好说得过去的措辞，梁靖川垂了垂视线，懒懒地朝后靠去，微微一哂：“热的。”

许昭意毫不客气地在桌底踹了一下他，无声地剜了他一眼。

“热的？现在才三月底，很热吗？”赵观良莫名其妙地环视了一圈，“好像也没开空调啊……”

“你再把这道题做一遍，我去点杯饮料。”许昭意忽地截断了他的话头，撂下手中的笔，起身。

“扫个码就能下单，不用跑一趟。”赵观良扭过头来，莫名其妙地说道，“不是，她怎么跑得那么快？”

看到许昭意的身形明显僵了，梁靖川的嘴角翘了翘，薄唇再次掉落两个字：“渴的。”

许昭意在心底翻了个白眼，脚下像生了风，片刻都不想在此地停留。

“跑慢点儿，”梁靖川看着她的背影，骨节分明的手将手机掉转了个方向，语调是一贯地散漫，“帮我带杯柠檬茶。”

新开的小店白天客人寥寥，足够冷清而安静。店员正趴在柜台追剧。

许昭意点了点菜单，随意道：“冰美式、杧果班戟，还有柠檬茶。”

这会儿难得都消停下来，三个人安静地继续复习。赵观良本来闲不住，可惜梁靖川和许昭意认真专注于一件事时话都不多，看着态度就挺冷。他刚冒出点儿放松的念头，就被强大的求生欲按了回去。

效率史无前例地高，再加上内容不多，他脑子又活络，一天下来确实有成果。

“我觉得我的银行卡有救了，甚至能提提额。”基本解决重点题型后，赵观良激动到千恩万谢，就差三叩九拜了。

“那就为了你的‘钱途’，这两天多用点儿功。”许昭意很有成就感，慢悠悠地收拾东西。

“你现在就要走啊？要不让川哥送你吧？”赵观良怡然自得地转了转手机，“这几天不算安生，不是说晚上有尾随的，都上社会新闻了，我觉得还是小心点儿好。”

许昭意无语地抬头看他。

就他阴魂不散的特质，她还真有点儿分不清，社会新闻是真的还是他随口瞎扯的。

“不早了，你一个人回去真的不安全，”赵观良挡住了许昭意的去路，“你们的家不是离得近吗？顺路啊。”

“用不着。”许昭意压了下嘴角，“你挡道了。”

赵观良没挪开，趁着梁靖川出去，忍不住问了一句：“我一直想问，你是不是看川哥挺不顺眼啊？”

“想多了，算不上，我们相处得其实挺好的。”

许昭意干脆利落地否认三连，似真似假地轻笑出声。

赵观良一点儿都没勉强，左右人走了也不是他最着急。他看着许昭意的背影，不紧不慢地喝了口饮料，怡然自得地等着梁靖川进来。

“人呢？”梁靖川看了一眼空掉的座位。

赵观良耸耸肩：“刚走。”

梁靖川抬起眼皮淡淡地睨了一眼，挺平静的，难以捉摸的平静。

“我可拦了啊。”赵观良摊手。

梁靖川淡淡地应了声，拎起外套，抬腿就走。

夜色浓稠，灯火璀璨。

距离不算太远，许昭意打包了一盒热腾腾的关东煮，捧着小纸盒，慢悠悠地踱回去。

街道上川流不息，橱窗玻璃上映出虚影，许昭意的视线微微顿住。

也不知道是赵观良的乌鸦嘴显灵，一语成谶了，还是她这晚太过敏感——她总觉得身后似乎真的有人跟着自己。

她微微蹙眉，加快了脚步。

路过街角时，突然横过来一只手。有人搂住了她的脖颈，在她出声前猛然捂住了她的嘴。

关东煮的纸盒从手中掉落，许昭意心里咯噔一下。

她根本没注意这个人是什么时候绕过来的，几乎没有思索，屈起手肘狠狠地向后击打他的腹部。

可惜身后的人思维快上一步，料到了她的反应，紧紧裹住了她的手肘。

力道太大，她挣脱不开。

许昭意当即狠狠地朝后踩去，在对方侧身闪避、手劲略松时，她旋身一个侧踢，又准又狠地击向对方的太阳穴。

下一秒，许昭意稍稍愣住。

梁靖川就站在她面前，长身玉立，骨节分明的手卡着她的脚踝，稳稳当当地钳制住。

空气中还残留着他身上的气息，清冷而凛冽。

许昭意的大脑瞬间死机，直勾勾地盯了他半晌。

两个人大眼瞪小眼。

“你下手还挺狠。”梁靖川半垂着眼眸掠过她，率先出声，尾音里勾着点儿笑。

她刚才的动作可真标准啊。

许昭意没忍住骂了一句，心悸还未完全消散：“梁靖川，你无不无聊啊？”

她脑子里的恐怖小故事在疯狂地滚动，“歹徒深夜挟持”都快飙出几千字了。她甚至在认真地考虑，孤身一人手刃歹徒。

“还行。”梁靖川敛了敛视线，勾唇笑了笑，“不放心你，所以跟过来看看。”

“不放心你大爷！不放心我你还吓唬我？”许昭意像被踩到尾巴的猫，铆足了劲儿骂他，“你简直是愚蠢的土拨鼠、破了皮的虾饺、被门夹过的核桃，你是故意的吧？！”

不过几句过后，麻意就从脚心钻上来，细细密密地让人抓狂，许昭意倒吸一口冷气：“先把手撒开，我再僵着就抽筋了。”

梁靖川无声地一哂，松开她。

“有吓唬我的工夫，你还不如回家学习睡觉打游戏。”许昭意轻轻地踢了踢脚，被气笑了。

梁靖川淡淡地笑："我送你回家？"

"用不着。"许昭意后退半步，面无表情地指着掉落的纸盒，"你先赔我关东煮。"

空气中还残留着食物的香气，香菇和小鱼丸都洒了出来。

满地狼藉。

"要不赔你一份夜宵吧？附近有家小龙虾很好吃。"梁靖川凝视着她，懒散地接了一句。

"那行。"许昭意点点头，答应得挺爽快。

梁靖川意外地扬扬眉："你还挺好收买的，一顿饭就买通了？"

"吃小龙虾不积极，一看脑子不太行。"许昭意一本正经地看着他，"我从不跟美食过不去。"

复古造景的小店闹中取静，进门就是老街铺、老家具，留声机咿咿呀呀地流淌着戏曲，很有二十世纪七八十年代的韵味。炭烤鱼乔和文和友虾是这里的招牌菜，蘸酱是自己调的。

许昭意满足得像一只等待投喂的小仓鼠，安安静静地调好蘸酱，将散着的几缕发丝别到耳后。

"你有没有什么忌口？"她偏头看他一眼。

"无所谓。"梁靖川纳罕，似笑非笑，"你今天态度还挺好。"

"你我本无缘，全靠你花钱。"许昭意从善如流。

美食当前的情况下，她的态度能拐上一百八十度，和善地跟他维持一下"塑料同桌情"。

"你够现实的啊。"梁靖川被气笑了。

"是你不懂享受美食的快乐。"许昭意敷衍地"嗯"了一声。

她的全部兴致都放在菜单上，压根儿没什么心情反唇相讥。

"再说了，可乐是凉的，中和热量；口味虾是辣的，燃烧脂肪。四舍五入我就当减肥了。"许昭意一本正经地胡说八道。

梁靖川微微一哂，视线从她身上掠过。

她半垂着视线，侧脸素净明艳，肩颈线条优美。她微红的眼尾工笔水墨一般勾翘着上扬，安静柔软的样子像是印在油画里。

她这么能吃，竟也没见她长胖。

说话间，身后突然有小孩子跑过来，冒冒失失地撞过去。许昭意躲闪不及，被撞得一个趔趄。

“啊——”

梁靖川扶了她一把，许昭意手一歪，调好的蘸酱浇了他一手，顺着他的手腕往袖子里流。

“不好意思。”许昭意撂下餐碟，匆忙抽了几张纸巾。

“没事。”梁靖川撸了一下袖子，几下卷到手肘，眉眼慵懒。

小孩子得意地抬头，一边鼓掌一边幸灾乐祸地笑。

许昭意无语地低头，轻轻地扳过他的肩膀，弯了弯腰说道：“过分了啊，小朋友。”

话没说完，一直假装没看见的中年女人突然冲过来：“你要干什么？你把手松开！”

她牵住了孩子的手，阴阳怪气地说道：“他还是个小孩子，你们上了这么多年学，老师没教你们宽松大度点儿吗？居然跟一个孩子计较。”

小孩子有恃无恐地躲在中年女人身后，探出头来，扮了个鬼脸。

梁靖川微微蹙眉。

许昭意不动声色地拽了一下他的衣角，声音清晰可闻：“小的时候不把他当人，大了以后也做不了人。长着一张人畜无害的脸，生着一颗牲畜不如的心。”

“你说什么呢？”中年女人的神色陡然变了。

“没啊，阿姨，您误会了。”许昭意往梁靖川身后躲了躲，无辜地晃了晃手机，“我在背名人名言，考试要用的。”

中年女人欲言又止好半晌，脸色变了又变，瞪了她一眼，冷哼一声后就拉着小孩子走了。

“哇哦，生气了啊。”许昭意若有所思地看着对方的背影，满不在意地轻哼出声，“谁还不是个宝宝了？”

“这话是哪位名人说的？”

“当然是鲁迅先生说的了。”许昭意耸了一下肩膀，看起来很无辜。

“后半句我怎么没听过？”梁靖川的眉毛微微一挑。

“买一赠一，后半句是我说的。”许昭意眯眼笑了笑，嘴角漾开一个小梨涡。

梁靖川垂眸，好笑地勾了勾嘴角。他抬起手摸了摸她的后脑，压了压她的长发。

“找揍是不是？”许昭意往一侧偏了偏身子，“不准摸我的头。”

恍然间她然想到点儿什么，压了一下嘴角，不满地抬头：“哎，你今天早上摸狗头是不是也是这动作？”

他刚刚摸头的动作，跟清晨他拍“二哈”脑袋顺毛的方式太相似了。

简直如出一辙。

夜色渐深，晚风捎带着草叶的香气掠过。

出了菜馆，两个人慢悠悠地走回去，开始还有一搭没一搭地聊天，后来梁靖川接了个电话，安静了一路。

许昭意隐约能听出通话内容不算愉快，放缓了脚步，刻意跟他隔开一段距离。百无聊赖间，她的视线掠过地上的影子，看着它随着灯光远近时大时小。

许昭意探出脚尖，踩在影子的肩膀，轻轻地碾了碾。

梁靖川毫无所察。

许昭意勾起嘴角，快步跟了一会儿，从影子的肩膀一路踩到他的头顶。

她突然从中得了趣味，眯眼笑了笑，有些出神。

“你在做什么？”梁靖川挂断电话，视线掠过地面走走停停的影子，似笑非笑地扭头看了一眼。

冷不丁传来一声，许昭意没设防，顿住脚后，慌乱地抬头看了他一眼。她手忙脚乱的无措模样，就像是做了坏事被当场抓包的孩子。

有些好笑。

“没事。”许昭意硬邦邦地回了一句，视线心虚地往周围瞟，而后指了指前方，“前面就是了。”

别墅区附近灯火通明，周遭树影幢幢，隔壁栅栏里拴着的藏獒敏锐地竖起耳朵，低吠了两声又趴了下去。

“谢谢你的夜宵，谢谢你送我回来。”许昭意背着手，歪了一下脑袋，“今后有吃的可以叫上我。苟富贵，勿相忘。”

"就这样？"梁靖川眉毛略挑，散漫的尾音拖长一瞬便陡然落下。

"不然呢？"许昭意环视四周，视线落在别墅区的假石林泉上，"难道临走前要我背一段《小石潭记》？"

"背哪段？"梁靖川懒散地睨她一眼，"以其境过清，不可久居？"

又来这套，他还挺会接话茬儿。

"你想得美。"许昭意轻轻嗤笑道，"小石潭不可久居，所以快滚。"

"过了河就拆桥？"梁靖川自上而下打量她，"你刚不是说'苟富贵，勿相忘'吗？"

"我有必要纠正一下，"许昭意郑重其事地咬字，"我关照你，那叫'一人得道，鸡犬升天'；你关照我，才叫'狗富贵，勿相忘'。"

"你还挺伶牙俐齿。"梁靖川气笑了。

"承让，承让。"许昭意"啧"了一声，抱拳拱手。

梁靖川此刻脸色不太好。

安静了两秒，许昭意看着他："我是开玩笑的，改天请你吃饭。"

"哪天？"他竟然很认真地问了一句。

许昭意无语地盯了他半晌，莞尔："要不干脆现在？"

梁靖川眉毛微微一挑，没有说话。

"考完试吧，什么时候你有空，叫上我就行。"许昭意略微思量，摆了摆手，"时间不早了，我要回去了，晚安。"

梁靖川看着她的背影，无声地勾了勾嘴角。

"晚安。"

许昭意刚进门厅，就听到意味深长的一声感叹。

"哇哦，有情况？"钟婷痛心地捂了捂胸口，"说好了势不两立？"

"不会用成语就不要勉强自己，"许昭意看了一眼钟婷兴致勃勃的表情，一言难尽，"有毛病？"

"都杵在家门口聊了半天了，关系还不好？"钟婷拿毛巾轻轻擦拭着湿漉漉的长发，"咱们学校有姓名的男神，就你们班的梁靖川，我们班的颜宴，和高二的岑舟野。你不是有个同学叫姚岁岁吗？她就是因为跟颜宴走得近，天天被人找碴儿。"

她上下打量了许昭意一眼，啧声道："姐，要不是你们俩关系看着不好，你铁定是女生里的头号公敌。”

许昭意想起先前大扫除时的不愉快，淡淡地吐出六个字：“纯粹脑子不好。”

“没辙，女生就弯弯绕绕那点儿破事。”钟婷翻了翻消息，“前两天交流群里还有人分享照片，疯魔程度跟‘粉圈’有一拼。”

“交流群？”许昭意若有所思地眯了眯眼，“快拉我进去，我也是梁靖川的忠实粉丝。”

她对别的不感兴趣，但她对别人怎么挖空心思编派自己感兴趣。

“你不是特讨厌梁靖川吗，也算‘粉丝’？”钟婷诧异地看着她。

“‘黑粉’（网络流行语，粉丝类型，指基于利益对特定明星实施抹黑作业的群体）也是粉。”许昭意一字一板道。

“呃……”

“瞧不起谁啊？”许昭意说得理所当然，“我是‘黑粉’，那你还妥妥的‘私生’（网络流行语，指追星追到了不给明星留任何隐私，干扰明星正常生活工作的程度）呢，谁比谁高贵？”

夜色逐渐浓郁。

旁边匝道有辆车子亦步亦趋地跟着他，在他走出这里时适时地停在他的身侧。

梁靖川的目光冷了下来。

“何特助，真巧，你遛弯儿遛到我这里了？”他嘴角微微一挑，有些讽刺。

“少爷，您可能得回去一趟。”何特助恭恭敬敬地弯腰，声音里没什么情绪，公事公办的态度。

“怎么，我爸今天有时间跟我叙叙父子情？”梁靖川漫不经心地转了转手机，微微眯了下眼，吐出两个字，“没空。”

“您这样我真的很为难……”话说得客气，何特助半步没退开。

“你这样我真的很不痛快。”梁靖川抬了抬头，勾了一下嘴角，“他要是不想自己的心头肉被我剜了，就不该让我回去。”

这大概是个微冷的笑意，没多少情绪，但顷刻间洞穿了先前的散漫和温和。

身后的人不再跟着，也不敢轻易离开。

梁靖川心底无端地觉得烦躁，扭过头来看了一眼，嗓音淡淡的：“明天我回老爷子那儿，我会回去，别再来我眼前晃悠。”

第8章

丹青浓彩

周末那天梁靖川并没有出现。

许昭意再见到他是在考场，周一第一场考试开始前的五分钟。

他早上连教室都没来。

转校生虽然参与了摸底考，但并没有上学期期末的成绩，所以统一归入最后一个考场。

两名监考老师一前一后，冷淡地重复了一遍考试规则："请各位同学再次核对试卷信息，考试铃前不要着急答题，认真填写信息……"

梁靖川从身侧经过时，许昭意难得分神，抬头看了他一眼，看着他的侧脸稍稍恍神。

他的心情不好，她突然意识到。

倒不是她有多敏锐，或者多关注他，而是他都快把"我现在很烦，滚远点儿"写在脸上了。

许昭意伸手轻轻地扯了一下他的校服。

梁靖川偏过头去。

许昭意想说些什么，身后监考老师的声音冷冷地响起："考试马上开始，请各位同学严格遵守考试秩序，不要让自己没脸。"

许昭意微微抽动嘴角，安安静静地将手缩回去。

阶段考试持续了一天半，时间安排得紧凑，她没机会问他，一直磨蹭到最后一门结束。

教室里的学生都在搬回课桌椅，乱糟糟得像炸了锅。体育委员在讲台上拍了拍桌子，清了清嗓子："同志们，这是考试与拔河的双重洗礼，是智慧和体力的接连较量，有没有兴趣参加今下午的拔河比赛，为班级争光？"

"没——有——"底下的学生有气无力地拖长了声音，像奄奄一息的咸鱼。

“哪儿凉快哪儿待着去，无聊无趣无味，学校应该好好反思一下自己的行为。”

“刚经受了脑力的摧残，又要我们经受体力的折磨，这是人性的扭曲还是道德的沦丧？”

“我就一个字，滚。”

体育委员省却花里胡哨的台词，直接扔出撒手锏：“老徐说了，过了初赛今晚就放电影。”

宋野率先原地回血复活：“早说啊，扶朕起来，朕能给你拿个第一。”

“拔河比赛居然还要强调统一着装，不准携带物品。”许昭意诧异地看着游戏规则，“难道学校以为我们会拿手机作弊？”

“这得问咱们上一级的学长、学姐，他们开创了‘头戴表情包’拔河的先河，用笑死敌人的方式取得全面胜利。”赵观良摸了摸下巴，“由于效果太显著，一夫当关，万夫‘笑抽’，今年这方案就给毙了。”

“绝。”许昭意轻笑出声。

为比赛相对公平，每班固定人数三十五人，男女间隔开。前排的签名表传了过来，许昭意签好后推给了梁靖川：“给。”

梁靖川抬头看她一眼，没什么反应。

“看我做什么？难道你不参加？”许昭意单手支颐，若有所思地偏头看向他时，嘀咕道，“不参加可就自动归到啦啦队里了。”

她勾了一下嘴角，轻声笑了笑：“怎么？要不我去拔河，你去啦啦队？”

梁靖川半敛着视线签了名，冷淡又沉郁的情绪覆盖了周身。

低气压持续两天了，许昭意无声地在心底叹了口气。

她一直没来得及问他怎么了，刚想开口缓和一下气氛，教室门口就传来声响：“服了，又是24班。”

初赛抽签回来，宋野生无可恋地晃了晃手里的字条：“怕不是要‘开门红’啊，咱们班去年就是死在24班手里。”

“不要泄气，去年的体重能和今年相提并论吗？”许昭意偏头看了他一眼。

“好像不能。”宋野深以为然地点点头。

就是听着好心痛，长胖了得意个鬼啊？

难道值得炫耀吗？

“不对啊，”宋野扬了扬下巴，示意不远处的几个人，“你看看，隔壁班的体重也不容小觑。”

“你说谁班胖呢？”过来串门的钟婷不满地瞪了他一眼。

“朋友，看开点儿，”宋野循循善诱，“当一个人说你胖的时候，可能是他看走了眼，在骗你；但是当一群人都觉得你胖了，就印证了问题的严重性，说明……”

“说明骗子和瞎子越来越多了。”钟婷面不改色，冷冷地回了一句。

“行吧，”宋野的嘴角微微抽动，甘拜下风地抱拳拱手，“逻辑缜密，想法奇特，我竟无力反驳。”

“网宣部的面试过了？”许昭意拎起钟婷胸前的工作牌看了看，“你是什么时候去的？”

“周五，今天刚出结果。”

“早日混成部长，整顿整顿贴吧，”许昭意慢悠悠地咬了一小口苹果，“我看他们不顺眼很久了，一群不干人事的小垃圾。”

“放心，就算你是黑煤球我也能给洗成白的，这可是我的强项。”钟婷打了个哈欠，“要不是高一上学期不允许掺和，我早就混成老大了。”

“敢情你的脑容量都用在这儿了？”

“不提成绩咱们还是好姐妹。”钟婷吸了一口气，“我就是过来跟你通个气，别跟我妈说开家长会的事。她可真心不能来，脾气太暴躁了。”

许昭意比了个“OK”的手势。

下午的拔河初赛在操场进行。

几个班分散在操场上，做准备运动，三三两两地凑在一块儿聊天。

“咱们老徐的小身板根本就没法跟隔壁班主任相提并论。”赵观良用手比了一下两个人的身材，“啧啧”两声，“物理老师这种重量级人物，一个顶俩。”

“你少说点儿物理老师的坏话吧，嫌自己挨罚少了？”许昭意好笑地摇了摇头。

原本老师也可以加入，但老徐大概自暴自弃，丢下破破的小水杯，站在旁边自动加入了啦啦队。

“全体准备——”裁判一声哨响，拔河比赛开始。

绳索上的红布条在分界线处僵持不下，拉锯战持续了好一会儿，老徐突然起身，几步走到自己班旁边。

“拉，把绳子往下压，往下压！一、二，一、二，使劲儿！腿往后挪一挪，加油，加油！”

老徐抓着虚无的空气卖力，充分演示了遍量子力学式拔河。

“老徐这是在干吗？”旁边的啦啦队成员一脸茫然。

“可能……老徐想把敌人的空气抓过来？”有人嘀咕了一句，然后肯定似的点点头，“欲让其灭亡，先让其窒息，让我们趁敌人头晕目眩，一举取得胜利！”

“您这是‘哥的拔河猜想’？”

大概是老徐滑稽的表演给了班上同学动力，后排几个男生突然爆发一声大吼，猛然带动绳索后挪。

“来，来，来！加把劲！”老徐的表情难得丰富起来，“赢了减一张语文卷子！”

“赢了我就给20班加作业，两张物理卷子！”24班物理老师中气十足地吼了一声。

“无耻啊。”

20班的抗议声和24班的幸灾乐祸声此起彼伏。

对面的老师虽然反应过来加码，可惜拔河比赛一旦松动，基本就成了定局。尖锐的哨声响起，操场上爆发出欢呼声——

胜负已定。

前排的人多米诺骨牌一样仰了过来，许昭意脚下一歪，差点儿没站稳。

梁靖川托住她的手肘，稳稳当当地扶了她一把。

感觉到自己的后脑撞到了对方的下巴，许昭意捂着脑袋回头。

“你没事吧？”

她撞入他幽深的眼底，视线相接的瞬间，声音不约而同地响起。

梁靖川压低视线：“脚受伤了吗？”

许昭意站在原地转了转脚踝，跳了两下：“没有。”她抬头，若有所思地看着他，“伸手。”

"嗯？"梁靖川不解其意，但还是按她说的摊开手心。

"给你的。"许昭意捏着小铁盒，在他的掌心倒下两颗糖。

"我不吃糖。"梁靖川的视线落在手心，无声地笑了笑。

"这不是普通的糖。"许昭意很坚持，"是能让你铭记许久的糖。"

梁靖川无可奈何地笑了笑，在她的视线里倒入口中。下一秒，他的眉头紧紧地拧在了一起。

"这是什么玩意儿？"

味道太酸涩，刺激着味蕾，难吃得他差点儿直接吐出来。

"是不是很独特？"许昭意不客气地笑出声，"有没有很惊喜、很刺激？"

"没有，就是很想收拾你。"梁靖川面无表情地看着她。

"别，我不太高兴的时候，喜欢找刺激。"许昭意将小铁盒塞到他手里，远远地躲开了，"不知道对别人管不管用，反正能转移注意力。"

"你在关心我？"梁靖川忽地笑出声。

"给个机会。"许昭意勾了勾嘴角，忽然问道，"还记得咱们打了个赌吗？"

她说得挺拗口："虽然我也不想打击你，但我估计我赢了，反正不管怎么着，我要提前收取赌注。"

"想要什么？"梁靖川挑挑眉，也不在意。

许昭意歪了一下头，认真地抬头看着他："希望你开心点儿。"

梁靖川稍愣。

许昭意一眨不眨地看着他，重复了一遍："我希望你能开心点儿。"

是他没料到的一句。

"我感觉……你这两天情绪不太对劲，我平时是不关注这些的，都能感觉到了，那你肯定真的心情不太好了。"许昭意轻咳一声，"但是吧，真没什么大不了的，很多东西过几年回头看，你会发现在你生命里真的不值一提。不是有句话吗？人生除死无大事。"

她的视线忍不住往旁边瞟："总之，开心点儿。"

梁靖川还没给出什么反应，许昭意突然就破功了。

"打住，"她比了个手势，后退几步，"你别说话，千万别说话——我受不了了，这真不该是我的台词，反正意思就是这么个意思，你能听明白就好。”

梁靖川看她警惕地跑远了，无可奈何地垂下视线，勾了勾嘴角。

初赛三场，赢得畅快淋漓。

晚自习20班如愿以偿地结束了作业大战，准备放电影。

许昭意翻了一页课本，面前突然落下一道阴影，一大袋零食被放在了桌面上。

梁靖川就站在桌前，屈起手指在她的桌面上敲了敲。

“嗯？”许昭意抬头看着他，反应了两秒，眨了眨眼，“啊，都是给我的吗？”

不等梁靖川回答，她“嘴上拒绝，身体却十分诚实”地将大袋零食抱入怀里，道：“那真是太不好意思了。”

梁靖川微微一哂。

赵观良闻风而动，扭过头来“啧”了一声：“怎么回事啊？怎么就只有小仙女的份儿啊……”

梁靖川抬了抬眼皮。

声音戛然而止，许昭意奇怪地看了赵观良一眼。

“你要吃吗？”梁靖川淡淡地道。

“别，别，别！我没命消受。”赵观良连忙摆手，“我是个没得感情也没得食欲的NPC（非游戏玩家）。”

前排有同学听到动静，小心翼翼地回头瞄了几眼，凑在一块儿窃窃私语。

“我没看错吧，老大给学霸买零食？这比老徐在讲台上挥着小扇子载歌载舞还不靠谱。”

“拉倒吧，我早说他们真势不两立就出去干一架了，你不是也没信过吗？”

前排像是发现了新大陆，一阵唏嘘。好在绝大多数人的注意力在大屏幕上，没多少人关注。

“电影还在办公室下载，你们先放会儿别的。”讲台上的徐洋交代了一声，匆匆出了教室。

“哪有别的？就一部破纪录片。”前排的同学翻了翻，抱怨了一句。

“纪录片就纪录片，总比数学题好看，先放着。”

灯光尽数被关掉，只留下了多媒体屏幕的光亮，随着画面的变动忽明忽暗。

似乎是一部韩国片子。

许昭意收拾了一会儿桌面，也没刻意抬头看。直到听到音乐不太对劲，才漫不经心地看了一眼。

抬头的瞬间，她的眼前突然压下一片黑暗，修长而骨节分明的手严严实实地挡住了她的视线。

“别看。”梁靖川就在她的身侧，刻意压低的嗓音低沉悦耳，萦绕在耳际。

她似乎看到了一闪而过的画面——

是个极度俗套，却也极度惊险刺激的恐怖片经典镜头。

与此同时，画面中女鬼的脸贴上屏幕，教室内的尖叫声随着电影镜头炸开了。

“啊啊啊——啊！鬼啊！”

“是谁放的恐怖片？”

“不是说纪录片吗，怎么是恐怖片？”

“虽然但是，《昆池岩》还真是纪录片。”

周遭的环境有些喧闹，讲台附近的灯被按开，前排的同学骂骂咧咧地切换电脑屏幕。

梁靖川收回手。

教室里重新陷入黑暗。

第二天清晨，学校组织春游。

昨晚的小插曲跟小电影似的，不呼即来，挥之不去，只要她一闭上眼睛，就反反复复地在她眼前回放，没完没了。

许昭意克制不住地胡思乱想，结果辗转反侧了大半宿。她趴在桌子上，一动都不想动。

像一条咸鱼。

“你没睡好？精神这么差。”隔壁同学把承诺签名单递过来时，诧异地看了她一眼。

许昭意"嗯"了一声，懒洋洋地给自己翻了个面。

老徐还在讲台上喋喋不休地强调出游的注意事项："出了校门一定要注意安全，除了自由活动时间，无特殊情况尽量不要……"

底下有学生无聊地嘀咕道："老徐的台词我都快背下来了，这都快相处一年了，怎么就没点儿新鲜花样？"

"相互理解吧，老徐都一把年纪了，在他眼里我们可能是定了时的炸弹、行走的炸药包、随时扣分罚他工资的小浑蛋。"

"再说了，注意事项能有什么新花样？"

似乎感受到了学生内心的渴望与召唤，老徐离开教室前，话锋突然一转："好了，话不多说，大家出去站队，回来记得交一篇八百字的游记。"

"刚是谁提议的新花样？嫌日子太好过了吗？"

各班的大客车相继停在了校门附近的马路边，整个校园里热闹非凡。体育委员整队后，老徐再次强调了安全和纪律问题，跟着前面的班级浩浩荡荡地往外走。

许昭意脚下打飘，上了客车还有些头昏脑涨。她坐在自己的位子上闭目假寐了一会儿，怎么都觉得不舒服。

"同桌？"许昭意偏头看向梁靖川，轻声问道，"我能不能跟你换换座？"

"你求人的时候态度真是良好。"梁靖川轻嘲。

"又开始了，是吗？"

许昭意闻言，在心底翻了个白眼。她解锁了手机屏幕，打开摄像头，掉转后对准了他的胸口。

"做什么？"梁靖川懒洋洋地抬手，遮住了摄像头。

"我拿摄像头放大看看，我怎么就找不到你心底的啥数了呢？"许昭意拇指和食指往外划拉了两下，放大了画面。

"无聊。"梁靖川微微眯了眯眼，不满地"啧"了一声，动作却顺了她的意。

许昭意道了声谢，偏头靠着里侧，合上双眼："到了记得叫我。"

梁靖川淡淡地"嗯"了一声。

没过一会儿，赵观良从前面兴致勃勃地扭过头："哎，川哥，我忘了问你……”

梁靖川眼皮子一抬，冷淡地看了他一眼。

许昭意枕着车窗玻璃，睡得正熟。

玻璃窗上映出她漂亮素净的脸颊，和煦的风从窗户缝隙里钻进来，将她耳畔的一小缕发丝吹起，在空气中荡开。

“睡了？”赵观良往他身侧的位子看了一眼，讶异了一会儿后忍不住笑道，“不是我说啊，你怎么能让妹子坐里面呢？”

客车突然经过减速带，不轻不重地晃了一下。许昭意贴着内侧车身，被惯性带动着晃悠了一下。

梁靖川手疾眼快地扶了她一下，轻轻地拨过她的脑袋。他僵持着这个别扭的动作将她扶正，另一只手关上了车窗。

耳边恢复了清静，梁靖川低头看着她。

她的睡颜沉静，浓密的睫毛在脸颊上垂落鸦青色的阴影，有种说不出来的乖巧温柔。

许昭意一觉睡到目的地，额头被玻璃压出一道不太清晰的印迹。

钟婷溜过来找她的时候，她揉了揉眼睛，嘴里还念念有词：“我的小钱钱呢？”

“在找什么？你东西掉了？”钟婷诧异地看着她。

“我刚刚左眼皮跳了，”许昭意抬手打了个哈欠，“我觉得今天可能会有笔意外之财。”

“我看不义之财的可能性更大点儿，”钟婷嗤之以鼻，“那你右眼皮跳的时候，是不是要请位道长驱个邪？”

“不，”许昭意一眨不眨地凝视她，正色道，“那说明封建迷信不可取。”

钟婷无语地翻了个白眼，拉了她一把：“走啦，你的东西还在我这儿呢。”

山麓间风雾沉沉，林间的光线刚刚好，对面是悬崖峭壁，两山之间是条湍流的河，依稀能听到山间的回响。

各班的起始路线并非完全相同，不过四楼班级的第一个目标就是爬山，一群人浩浩荡荡地往上走。

说话间，前方有人爬到石头上喊了一句：“教导主任说了，为了鼓舞士气，率先到达山顶插小红旗的班级，本月量化分加十分，免三次课间操。”

“又出来忽悠人了，要免就免跑操，课间操有什么难度？”隔壁班有人不屑一顾。

“拉倒吧，你那是《舞动青春》吗？你都快自创一套广播体操了。”宋野清了清嗓子，骚气十足地模仿了一遍隔壁班的动作和播音腔，“第四套广播体操《群魔乱舞》，现在开始。”

“你们班的宋野嘴怎么那么碎？他是不是欠揍？”

“习惯习惯就好，”在前面领队的体育委员扬了扬下巴，“生死看淡，不服就干啊。”

“你是真不怕挨抽。”钟婷对这个人有印象，挽着许昭意的手臂，偏头看了他一眼。

“Who care（谁在意）？哥的人生座右铭就是‘死亡如风，常伴吾身’。”宋野勾了勾嘴角，无所谓地摇头晃脑道，“妹子，想不想听听哥的传说？”

“有命回来再讲吧。”钟婷对着一脸茫然的宋野同情地笑了笑，“你再不跑，可能要被人揍成一个传说了。”

宋野扭过头看了一眼，24 班有几个同学已经不爽地挽袖子了，气势汹汹地往这边走。

他骂了一句，撒腿就跑。

“我太难了，我上辈子可能是一道高数题。”

嬉闹间，爬山比赛就此开始。

起初都走得飞快，爬到半山腰时，间距渐渐就被拉开了。许昭意倒没刻意拔头筹，她前面还有人，却也甩开了大部队。钟婷赖在饮品店懒得走，她便独自上山。可能是她选的路线有些偏，一路上也没遇到熟人，倒是看到了梁靖川。

没刻意一起，但还是撞上了。

两个人一路前进，早已远远地甩开大部队。梁靖川不着急，也不曾停下来等她，跟她隔着一段不远不近的距离。

许昭意带了单反，偶尔看到漂亮的风景或者走累了，就会停下来拍两张照片。

等到查看时，许昭意才惊觉，有好几张照片把他入了景。

她认真地看着画面里他的身影，抱着单反迟疑了一会儿。

“累了？”意识到她停了下来，梁靖川看了她一眼。

“没。”许昭意若无其事地将单反收了起来。

不知不觉走到了吊桥，铁索“嘎吱嘎吱”地响，人走上去就会剧烈地晃动。这是最近的一条路，隔远一点儿还有看着更安全的石桥。

许昭意有些犹豫，没想好是否绕路。

“不敢？”梁靖川在铁索桥上站定，侧身看了她一眼。

许昭意听得出他嗓音里带着点儿笑，瞪他一眼，语气毫无波澜地说道：“北城一中 20 班小许同学提醒你，装有千万种，安全第一条，不走寻常路，迟早两行泪。”

梁靖川笑笑，突然朝她这个方向走过来，向她伸出手：“来。”

许昭意抿了抿唇，拍了一下他的手，从他身侧绕过去：“我自己能走。”

梁靖川挑了挑眉，也不勉强。

逞强的后果就是，她还没走出两步，就因为铁索的剧烈摇晃想要折返。

“梁靖川，你别动！”许昭意拔高了音量。

“我没动，刚刚是你在走。”梁靖川站在她身后，无可奈何地喊道，“你等等。”

这次真的是他朝着她走过去。

脚下的桥面一晃，许昭意轻呼出声，慌乱中死死地抓住他的手臂：“你是故意的吧！”

“害怕你还上来？”梁靖川有些好笑地低头，“你恐高？”

“不是，”许昭意抿了一下唇，有些烦躁地将手挪回锁链上，“我平衡感不好，所以不太喜欢这种摇摇晃晃的东西。”

换成攀岩、滑索，绝大多数人都不是她的对手。但是过独木桥、吊桥，真的让她窒息。

“而且，”许昭意抬头，定定地看他一眼，“我是个女孩子。”

梁靖川促狭地笑了一声。

“过分了，笑什么笑？”许昭意咬了咬牙，眼睛一眨不眨，“有病是不是？”

也不知道哪儿戳到了他的笑点，他当着她的面，突然笑了。

许昭意忍无可忍，伸手指了一下山路边缘：“看到那儿了吗？”

“嗯？”梁靖川懒散地应了声，嗓音里还带着未散的笑意。

“走两步，没病去悬崖边走两步。”许昭意面无表情地道。

“你的良心不痛吗？”梁靖川看着她紧紧抓着链条的手，似笑非笑地吓唬她，“你不说两句好听的，我今天可能就把你扔这儿了。”

事实证明，她的良心不仅不会痛，还活蹦乱跳。

“您听听，自己是不是也没好到哪儿去？”许昭意堆了满脸假笑，反唇相讥，“您说的是人话吗？”

“回去吧。”

“什么？”许昭意没反应过来。

“老徐看到了，估计会心肌梗死，不着急走近路。”梁靖川淡淡地说道。

这个理由其实有点儿扯，偏偏他面上没什么情绪。

不过他给了个台阶下，许昭意也没想不开非要挑战自我。

“我的胳膊可以借你。”梁靖川似笑非笑地看她一眼。

许昭意不想提刚刚丢人现眼的一幕，也没矫情，拽住了他的袖子，口吻生硬：“快走。”

即使绕了远路，他们到达山顶的时候，20 班的大部队离这里也还有一段不短的距离。

山顶有座寺庙。

林间的空气清新而潮湿，寺庙森严肃穆，檀香和木叶的清香交织，渺渺梵音伴随着沉闷的钟声散入风中，飘荡在云雾缭绕的深处。

闲来无聊，两个人往寺庙里逛了逛。

梁靖川抽出三支檀香，点燃后上下轻摆几下熄灭火头，拇指与食指轻夹，三指张开伸直，轻抵香尾平举至眉齐，平视佛像敬拜了三次，而后插香、礼佛。

“你是没什么想求的，还是愿望短？”许昭意见他礼数做得这么细致周全，低念的步骤倒是省了，微微诧异。

“我不信这些。”梁靖川半敛着视线，懒懒地说道。

他素来浑蛋惯了，不过老爷子喜欢钻研佛法，小时候被带在身边耳濡目染，来这里时往日秉性也有所收敛。

“我就不一样了，我常怀虔诚和敬畏。”上香礼佛后，许昭意跪在蒲团上，闭上眼睛抱着签筒轻轻地晃了晃。

“吧嗒”一声，一根签文掉在了地上。

许昭意捡起签文，看了一眼最下端的“半吉”，连内容都懒得掠过去，直接将它放回了签筒。

“不去解签？”

“我不喜欢半吉，解了不是平添烦恼吗？”许昭意回答得理所当然，“再掷一次。”

“你的虔诚和敬畏还挺另类。”梁靖川挑了挑眉，没料到她能把强盗逻辑说得这么理直气壮。

“你没听人说吗？牢牢掌握在手里的才是自己的，包括命运。”许昭意跪在蒲团上偏头看向他，勾了勾嘴角，“我命由我不由天，这是原则。”

梁靖川轻笑出声，有些意外。

竹签声声响动，重新摇签掷杯后，许昭意从地面上捡起一支新的签文，是上上签——

旭日升天，鸾凤相会，名闻天下，隆昌至极。

群山在云雾缭绕间连绵不绝，层峦叠嶂，山林间蝉虫相合，鸟鸣声悠长悦耳。从寺庙里出来，其他人已经陆陆续续地赶过来。

寺庙外面有小女孩儿在放风筝，一边用手拉扯着线轴，一边倒退着撞进许昭意怀里。

“姐姐，我的风筝漂亮吗？”小女孩儿扯扯许昭意的衣角。

许昭意弯下腰，笑吟吟地摸了摸她的脑袋：“漂亮。”

许昭意四下环视，问小女孩儿：“你的爸爸、妈妈呢？”

“他们在庙里呢，我常来，可以自己玩。”小女孩儿仰着头，乖巧地说道。

说话间，山顶有风突然掠过。

风筝摇摇晃晃地往一旁倒，线倒是没断，不过风筝不偏不倚地落在了后面的山壁上，被钩住了。

“我的风筝！”小女孩儿惊呼一声，跟着风筝就跑。

“慢点儿。”许昭意追了过去。

梁靖川不紧不慢地跟在后面。

山顶突出来的一块壁面，山壁间有棵古树横生出来，拔地两栋小楼的高度，风筝就挂在上面。

小女孩儿在地面跳了两下，挫败又委屈地哭道：“够不着了。”

许昭意正要安慰她再买一只，梁靖川看了一眼距离，不太在意地拉开校服拉链。

“我去取下来吧。”

“算了吧，挺不安全的。”许昭意扯住他，“又不是什么重要的东西，不值得攀岩。”

“我徒手攀岩的时候，选的都是几百米，将近垂直的峭壁。这种……”梁靖川上下打量了一眼面前的壁面，挺无所谓的，“顶多算爬墙。”

许昭意默然。

“想什么呢？”梁靖川朝着她的方向微微倾身，无意间拉近了距离。

“我就是觉得，我仿佛在养儿子，像个老母亲一样操碎了心。”许昭意微叹一口气。

“你占我便宜。”梁靖川淡淡地凝视她。

许昭意：“呃……”

她重新审视了一遍两个人的距离——近在咫尺，她动都不敢动一下，感觉自己的脑袋上缓缓地打出一个问号。

“哥，你再好好看看，现在到底是谁在占谁的便宜？”

梁靖川沉声笑了笑。

他将校服随手丢给她，衬衫袖子挽到了手肘处，从较缓的一处壁面抠着凸出来的石头攀了上去。

显而易见，他的身手确实不错，甚至比她想象中的还要好，攀上壁面的过程敏捷又迅速。

轻而易举。

嘶嘶！

古树的翠叶间藏着一条蛇，和褐色的嶙峋枝干颜色相近，不细看分辨不出，大概是受到惊动，吐着信子逼近。

“树上有蛇，你当心点儿。”许昭意的心都提到嗓子眼儿了。

梁靖川偏头看了一眼，倒是不慌不忙，淡然地摘了被钩住的风筝，试着缓慢往下。

刚一挪动，那条蛇骤然扑过来。

“小心！”许昭意的瞳孔微扩。

梁靖川又快又准地捏住了蛇的七寸，劈手往深渊狠狠地摔去。

他看了一眼下方壁面，三两下从壁面上滑下来。

“有点常识，学霸。”他勾起嘴角笑了笑，“这种花纹不明显的圆头蛇速度慢，一般没毒，真被咬了也没事。”

许昭意忍不住翻了个白眼：“我白当一回吕洞宾成了吧，您怎么没给咬死呢？”

“这就恼了？”梁靖川懒散地将风筝递给小女孩儿，“你骂我我都没说什么。”

小女孩儿抱着风筝高高兴兴地跑开了。

“我出去买水喝。”许昭意扫了一眼他抓过那玩意儿的手，退避三舍，“你快去洗手。”

“害怕？”梁靖川挑了挑眉。

“是恶心。”许昭意嫌弃地摆摆手，“我对颜值低的生物实在养不出好感度。”

山顶小店外面就有自动贩卖机，许昭意投币买了两瓶饮料，刚打算转身离开，无意间扫到瓶身的小字——花有什么好种的，来和我种草莓。

许昭意的手微微一抖，差点儿没拿稳。

这都是什么鬼东西？

她复杂地盯了一会儿饮料瓶，微叹一口气，将饮料扔进垃圾桶，进小店重新买了两杯奶茶。

她抱着热腾腾的奶茶走出小店时，只觉左肩一沉，有人拍了拍她的肩膀，叫住了她：“同学。”

许昭意回眸看了一眼。

一个陌生的男同学站在她的面前：“不好意思啊，我能加一下你的微信吗？”

“有事吗？”许昭意不动声色地婉拒，“有事的话你直接说就可以了。”

“不是，我关注你很久了。”他不太好意思地挠挠头，“有空的时候，我约你吃个饭、看个电影行吗？”

“不用了，无功不受禄。”许昭意淡淡地道。

“我没别的意思。”偏偏对方还是不依不饶地道，“我想我们可以先接触一下。”

“同学，你不如想想学习。”许昭意绕开他。

结果刚走出一段距离，许昭意的右肩又是一沉，她不耐烦地回头看了一眼。

“同学，我也没你的微信。”梁靖川就站在她身后，似笑非笑。

“无聊。”许昭意快无语了，面无表情地奉上两个字。

梁靖川解锁屏，还僵持着这个动作，扬了扬下巴：“快点儿。”

“你自己来。”许昭意微叹一口气，打开二维码递给他。

结果梁靖川眉毛微微一挑，嗓音里带着点儿笑，手机在掌心掉转了方向。

“说吧，转多少钱才能加你？”

“嗯？”许昭意没反应过来，莫名其妙地低头看了一眼，“啊，我点错了，不好意思。”

她刚刚没留神，手误点开了收款。

大部队基本到齐，赵观良格外突出，背着一大堆杂物上来，皱了皱眉将之扔在地上。

“百年难得一遇，居然是你背上来的，这么勤劳？”许昭意改完备注，抬头看赵观良，跟看稀有动物似的，“可以啊。”

“怎么说话呢？”赵观良逮着机会给自己正名，“我是活雷锋，多年做好事不留姓名，行走在乐于助人的最前锋。”

“呸，”宋野跟在他身后，反驳道，“明明是你的无极玄功拳输给了我的黯然销魂掌，化骨绵掌又败给了我的拈花指和无相劫指并用。”

“他们打了一架？”许昭意略微诧异地问。

“少听他们胡说八道，成天整得花里胡哨的。”徐洋无语地摆了摆手，“其实就玩了个剪刀石头布。”

“呃……”

惠风和畅，天气正好。

下山后几个班级的学生在空地野餐，风纪委员强调了一遍卫生，在周围查分，众人则凑在一起玩游戏——真心话大冒险。

许昭意不爱凑热闹，低着头玩了一会儿手机，听到附近有人争吵。她原本不太关注，无意间看了一眼，扫到了钟婷。

她微微蹙眉，起了身。

起争执的是钟婷和何芊芊。

从开学典礼演讲开始，就有不少人拿何芊芊跟许昭意对比。何芊芊被推搡着跳了一段舞，出了不少风头，她的好姐妹就拿她踩了许昭意一句。

钟婷跟好脾气完全不沾边，眼睛里揉不得沙子，直接就上去质问：“不就跳了一段舞吗，有什么了不起的？从颜值、身材到成绩、才艺，你哪样比得上昭昭？”

她打量了何芊芊一眼，冷笑道：“真当所有人都是聋子啊？背后吐槽人这么有底气，怎么不敢当面说？”

“你怎么说话呢？！”何芊芊的姐妹大声道。

何芊芊咬了唇，低头拉了一下身侧的姐妹：“好了，算了吧。”

“省省吧，你是个垃圾袋吗，这么能装？”钟婷完全不吃这一套，“真无辜你刚刚就叫停了，惺惺作态给谁看啊？”

事情其实不大，不过许昭意过来的时候，两边已经闹得不可开交，甚至已经打过赌了——

斗舞。

输的当众道歉，蛙跳爬山阶。

钟婷的成绩虽然让人头疼，但打小练习舞蹈，也乐意在舞蹈上下功夫，水平不低。在这种领域打赌，她并不需要别人操心。

周遭的人渐渐地凑过来，胜利的天平也正在往钟婷这边倾斜。

小女生之间的争斗往往特无聊，特幼稚，许昭意其实懒得去搅和，结果她刚过去，钟婷突然轻呼出声。

“怎么回事？”许昭意的脸色微变。

"抽筋了。"钟婷痛苦地皱眉，抱着小腿坐在地上。

"哟，你行不行啊？"对面何芊芊的朋友松了一口气，叫嚣道，"不就是骂了句许昭意吗，碍着你什么事了？上赶着找碴儿？要不就认输呗。"

"她不行，我行。"许昭意冷冷地睨她一眼。

何芊芊对她还心有余悸，只是来不及提醒，朋友挑衅的话已经脱口而出："你谁啊？"

许昭意上下打量了她一眼，若有所思地点点头："看来有句话说得挺对，牲畜咬人的时候是不认主的。"

"你什么意思？"

"因为不巧啊，我就是许昭意。"许昭意似笑非笑道。

事情闹大了，何芊芊这才着急了："你可能误会了，我没别的意思。"

"不是因为我打的赌吗？那就用不着废话了。赢了我当你没说话，输了你就照做。"许昭意连一个眼风都没掠过她。

何芊芊被噎了一下。

凑热闹和八卦是所有人的通性，围观的人越来越多，钟婷已经被扶到一旁，紧蹙的眉头缓了下来。

趁着没人注意，钟婷惬意地咬了一小口苹果。

宋野偶然扫到她的神色，睁大了眼睛："你不会是装的吧？"

"小点儿声。"钟婷瞪他一眼，手指抵在嘴唇边，做了个噤声的动作，"让昭昭听到她就不跳了。"

"这样不太好吧？"宋野神色复杂。

"我那是善意的谎言！"钟婷反驳他，"什么垃圾都敢在我姐面前指手画脚，我看她们小人得志的样子就不痛快。"

"还是不太好吧？"宋野有些为难。

"反正我赢了也没意义，当然应该让我姐出尽风头了。"她说得理直气壮，恶狠狠地威胁道，"你要是敢胡说八道，后果你自己掂量。"

"行吧。"宋野做了个封口的动作。

班里几个人把手里的卡牌都扔下了，探究的、质疑的、看好的，各种目光都落在许昭意身上。

她回到自己的位子，将外套放在了餐布上。

“会跳吗？”梁靖川懒散地抬了抬眼皮。

“还行，参加过一点儿比赛。”许昭意平静地点了点头。

“小区广场舞大赛？”梁靖川似笑非笑地挑了挑眉。

许昭意觉得自己受到了侮辱。

她抵了一下牙齿，勉强忍住想骂人的心情，僵硬地转过头来，皮笑肉不笑：“Super Street Dancer（超级街舞）2019年那一场，我是冠军。”

“那就预祝顺利。”梁靖川懒懒地偏过头来，“走之前我还得告诉你一句话。”

“嗯？”许昭意没太在意。

“我喜欢你。”梁靖川定定地看着她，嗓音低哑。

周遭安静下来，几个人不约而同地停下手中的动作，交换了一个眼神，大气都不敢喘一口。

许昭意身形微顿。

她看了一眼他餐布上的卡牌，心下了然，忍不住在心底翻了个白眼。

“真心话大冒险输了？又是要找个异性表白？”她面无表情地看着他，脚尖轻轻地碰了碰，“你也真有勇气。”

百年不变的套路，找异性表白这条真是又老土又损。

“只有告诉你是大冒险。”梁靖川单手撑了一下身后，似真似假地纠正她。

许昭意气笑了：“所以说，这有什么区别？”

许昭意拢了拢长发，用手腕上的发圈缠了几下，扎高了马尾，在何芊芊面前站定。

“你想怎么来？”何芊芊被当众下了面子，早就没了什么好脸色。

“速战速决，少扯这些有的没得。”许昭意无所谓地道，“你挑曲子，我奉陪。”

她鲜少有这样锋芒毕露的时刻，偏偏这股嚣张又不羁的劲儿最得人心。

摇滚音乐带着金属质感响起，对决正式开始。

何芊芊踩着鼓点，从肩膀颤到指尖，秒针动作的节奏和张力都没得挑剔。

她确实有点儿底子，不过许昭意并不着急。

直到何芊芊的动作引来小范围惊叹后，许昭意无声地勾了勾嘴角，原样重复了一遍。

明明是同样的动作，但她带来的技巧和视觉冲击是碾压性的。斗舞本身就需要较高的技巧，但这已经不是简单的舞蹈炫技——

是挑衅，是侵略，也是反击。

许昭意背旋起身后，一缕发丝凌乱地垂在她的眼尾，艳绝的媚态横生。她看着何芊芊惨白的脸色，勾了勾手指。

周遭的惊叹声瞬间炸开了。

越来越多的人赶过来，在不知不觉中围成圈，口哨声混杂在窃窃私语里，气氛燃到鼎沸。

吉他里藏着的鼓点声渐急，许昭意身上那股散漫劲儿骤然收敛。

节奏上的变速带来气场上的极大反差，无意的撩拨也远比有意的勾引让人欲罢不能。

只要她站在那儿，就让人挪不开视线。

“So sexy（性感）！”

四周的尖叫声猛然飙高了几个分贝。

“你同桌是个什么神仙？”赵观良吹了一声口哨，啧啧称奇，“平时仙女下凡，跳舞的时候像个妖精。”

“咱们学校的校花人选今年铁定换人了。”宋野已经在跟帖讨论了，“我终于明白周幽王那个二百五为什么要‘烽火戏诸侯’了。”

梁靖川意外地抬了抬头，视线直直地落在她身上。

她卡点精准，动作干净，每一个力度都恰到好处，每一个动作都收放自如，撩或不撩全掌控在手里。

不同于从前的每一次对视，她的目光沉静、双眸清亮，带着动人的光。

直如星火璀璨，疾疾燎原。

毫无疑问，何芊芊放在许昭意面前就不够看了。没有不分伯仲，也没有势均力敌，只有压倒性的胜利。

输赢一目了然。

在聒噪的欢呼声中，许昭意抬了抬头，看着面如土色的何芊芊，冷不丁提议道。

“要不蛙跳爬山的赌约就算了吧？”

“嗯？”对她好商好量的语气和主动给台阶下的态度感到讶异，何芊芊愣了一下。

钟婷一听就急了。

她几乎是从地上弹起来，一个劲儿地给她使眼色，从头到脚透着“反对”两个字。

何芊芊正要顺着台阶下，许昭意意味深长地看着她。

“我看你舞蹈的力度和动作还欠火候，估计体力也不怎么好。”她笑意盈盈地说道，“可别一会儿摔倒了、崴脚了、难受了，我承担不起。”

只一句话，她就把对方要赖装可怜的可能性统统堵死了。

“用不着。”何芊芊的脸色很难看，“我愿赌服输。”

“那就好，就不用我监督你了吧？”许昭意微笑着点点头，“加油，我相信你有自觉。”

何芊芊直觉一口血卡在了喉咙里，被刺激得脸色又难看了三分。

这些人还是不够了解许昭意，她也就看着好脾性。不算过分的她确实懒得计较，也称得上随和。但非凑过来挑衅的，她也不会手软。

钟婷第一个叫好。

她看何芊芊不爽很久了，不假思索地叛变自己班，鼓掌鼓得格外卖力。

“吓死我了，我还以为你脑子一抽，打算心慈手软呢。”钟婷捂着自己的胸口，轻轻地拍了拍，“她这个人最会装了，指不定什么时候装可怜摆你一道。”

“反正她今天是没机会了。”许昭意不太在意地抬头，看着何芊芊跑步的身影，“她如果还想出门，今天就算用爬，也得爬上所有的山阶。”

说完，她垂了垂眼睑，冷不防地开口：“你原地回血了是吧？”

“嗯，好多了。”钟婷笑容一敛，虚弱地抱住自己的小腿坐回去，“我肯定是吃太少了缺营养。”

“少来。”许昭意没好气地用脚尖轻轻碰了碰她，“下次再耍我，你就自个儿绕山跑，我给你喊加油。”

“别这样，咱们是团结的闺密，是有爱的姐妹。”钟婷四下瞄了瞄，确认没有老师后，摸出自己的小化妆镜，“反正互帮互助是应该的。”

许昭意懒得搭理她，隔了好一会儿，才看着钟婷补刀：“果然一白遮百丑。”

“胡说，我本来就漂亮好吧，你有没有眼光？”钟婷瞪了她一眼，收好化妆镜，从背包里摸出一盒菠萝莓。

“好不好看我不知道，不过我知道……”许昭意垂下视线，“有些人在美食的诱惑下，终于忘记了一胖毁所有，也忘记了自己也曾有个两位数体重的梦想。”

会心一击。

钟婷微僵，忍不住翻了个白眼：“说吧，你怎样才能停止人身攻击？”

“闺中素无大事，方才一舞体力不支，又恐妹妹多食而体态渐腴，愿分担一二。”许昭意捏着甄嬛体的腔调，不疾不徐道。

“说人话。”

“我也要吃。”她勾了勾嘴角。

“行，行，行！都给你了。”钟婷忍无可忍地将零食推给她，“你平时比我能吃多了，怎么没胖死你呢？”

许昭意也没反唇相讥，抱着菠萝莓，心满意足地回教室。

对这种吊打其他班的情节，大家乐见其成，高一 20 班的同学不约而同地爆发出欢呼声。

“您以后就是我女神。”宋野率先抱拳，“意姐惊才绝艳。”

“意姐天下无双。”

“意姐风华绝代。”

“意姐无所不能。”

围在餐布前的同学一个人一句成语，玩得不亦乐乎。

“打住，”许昭意浑身不自在，“不觉得别扭吗？我真是怕了你们了。”

徐洋爽朗一笑，转了话题：“还有班费，咱们去烧烤吧？我看那块空地有租地搞烧烤架的。”

基本没人有异议，几个男生就跟着去搬东西了。

第9章

空降第一

嗡嗡——

餐布上的手机振动着，许昭意垂了垂视线。

是梁靖川的手机。

也不知道他去了哪儿，她回来后就没见到他，只是手机还撂在这里。她四下环视，也没见到他的影儿。

她低着头，自顾自地追剧。

梁靖川不在，倒是有不少来找他的，送零食的、塞小纸条的，还有旁敲侧击问手机号码的。

初时许昭意的态度还行，只是架不住来的人越来越多，耐心被消磨得所剩无几。

她终于不胜其烦，抬头上下打量了对方一眼："你没张嘴还是没长腿，不会自己去找他问吗？"

"不就是要个手机号码吗？不想说就不说，什么态度啊？"对方被噎了一下，涨红了脸回嘴道。

许昭意听得想骂人，站起身，正要说什么，肩上突然一沉。

梁靖川扣着她的肩，将她拨到身后。

"有问题怎么不直接问我？"

他的视线清冷，不耐烦的语调里还透着点儿戾气，没什么温度地刮在人身上。

只一眼，就彻底断了别人往上凑的念头。

"没事，没事了。"对方也不知道怎么就尿了，嗫嚅了一句就跑开了。

"绝了，行走的制冷机。"许昭意摇了摇头，小声吐槽了一句。

"嘀咕什么呢？"

"没，你手机响了。"许昭意将手机递给他，转移了话题。

梁靖川懒洋洋地"嗯"了一声，低头查看消息时，顺手摸了一下她的头发。

刚安静老实下来的许昭意像是被踩到尾巴的猫，几乎要跳起来。

“你就是故意的吧？梁靖川，”她反手拍开他，推了他一把，“我说了不准碰我的头。”

“摸一下头又不会少块肉。”梁靖川好笑地抬了抬眼皮，对她过激的反应很意外。

许昭意暗骂一句，踮了踮脚，向前探身的同时，飞快地摸了一下他的头发。

还未收回手，她的手腕就被紧紧地扣住。

“做什么？”梁靖川湛黑的瞳仁攫住她，目光沉降下来。

“只许州官放火，不许百姓点灯啊？”许昭意勾了勾嘴角道，“不是你说的，摸一下头又不会少块肉。”

手段已然得逞，她全然没意识到现下有什么不妥，甚至感慨了一句：“不过意外地好软啊。”

“软？”梁靖川微蹙着眉，松了手劲。

许昭意敷衍地“嗯”了一声，有些郁闷地抱怨道。

“我觉得你平时应该对我好点儿，但凡我无情一点，就能靠倒卖你的照片和信息发家致富了。”

“你是在暗示我交保护费？”梁靖川半垂着视线，似笑非笑。

“本来我没这个意思，”许昭意一本正经地点点头，“现在我觉得你说得有道理。”

其实只是说笑，她也没当真，偏偏他还真打开对话框转了个红包。

“我不是真想让你给我转钱。”许昭意的手微抖，也没点开，抬头神色复杂地看着他，“你听不出来我是在开玩笑吗？”

梁靖川顺着挑眉的痕迹，淡淡地瞥她一眼，说：“就当给你过节了。”

“过节？”许昭意嘴角微动，脑袋僵硬地转向他，“最近只有清明节，你打算给我过？”

梁靖川垂眼笑出声。

很低，但她听得很清楚。

“有什么好笑的？”许昭意抬头瞪他，踢了踢地上的石子，“你再过分点儿，都可以出本自传了，就叫《坏蛋是怎样炼成的》。”

“对不起，我有罪。”梁靖川从善如流道。

“滚吧，一点儿诚意都没有。”许昭意好气又好笑地推开他。

和煦的清风拂过杨柳，贴着地面的青草徐徐地掠过，混杂着泥土的气息。不远处已经将烧烤架支好，20 班往空地那边挪。

许昭意刚拎起背包，钟婷就戳了戳她：“你快看。”

手机页面停在贴吧，首页还飘着几个标题劲爆、扎人眼球的帖子——“决战春游之巅”“拆我‘惊艳组合’的心机女人”……

“这群人有病吧？”

许昭意随便点开一个帖子翻了翻，无非是一些无聊又八卦的调侃话，也就没了兴趣。

“都闲得胃疼，有八卦的时间怎么不好好学习？就他拍狗一样的动作，到底哪里‘苏’了？”她嫌弃到一言难尽，将手机丢还过去，“赶紧把照片删了，万一年级主任逛到，我死不瞑目。”

最扎眼的，就是首楼的摸头照片。

许昭意本来没觉得有什么，现在越看照片越觉得不对劲，心也跟着跳得飞快。

这要是落在教导主任手里，妥妥的通报批评和两千字检讨一条龙服务啊。

“我已经在努力删帖封号了，不过今天春游，带手机的人多。”钟婷耸耸肩，“而且这张摸头照片一出来，很多女同学少女心碎一地。”

“这群人太闲了吧？”许昭意手指微抖。

“反正斗舞和摸头照之后，你的粉丝和‘黑粉’要对半开了。”钟婷“啧啧”感叹，“我觉得你有望在校园中间位出道。”

“我这么出名不是拜你所赐吗？”许昭意冷笑出声。

“又不是我发的帖子，”钟婷干笑两声，往旁边挪了挪，“我这就去后台删除。”

“你说什么？”梁靖川站在她身后，低哑的嗓音还透着点儿不耐烦的意味，周身笼罩着说不清道不明的情绪。

许昭意有些头疼。

有那么一瞬间，她怀疑梁靖川在自己身上装了窃听器。不然怎么会那么巧，每次逞口舌之快，他总能掐着点赶上。

这是什么孽缘？

“其实，我就是想给她举个例子。”许昭意费劲地扯出一个微笑，“你可以当没听到。”

“以后少举例子。”梁靖川眉毛微挑。

“你能不能别老撑我？”许昭意面无表情地抬头看他，“和平相处不好吗？搞搞商业互吹模式不好吗？”

梁靖川不置可否：“说两句听听。”

“比如，我现在说‘我同桌长得很帅’，你是不是也应该夸夸我？”许昭意耐着性子，循循善诱。

“我同桌眼光很好。”梁靖川勾了勾嘴角，从善如流。

“哼。”许昭意心里缓缓打出一个问号，又好气又好笑，“你以后也别叫我同桌了，直接叫我‘敢敢’算了。”

“嗯？”梁靖川眼皮子一抬。

“跟你这个逻辑鬼才相比，我不过是个心碎的憨憨罢了。”许昭意嘴角堆了慈爱的假笑。

她就地坐下来，似乎懒得再搭理他。

梁靖川无声地勾了一下唇，垂眸看了看她：“去吃烧烤吗？”

“不去。”许昭意低头划拉了一下手机屏幕，“我懒得动。”

“你打算一个人待在这儿？”梁靖川微微蹙眉。

“鲁迅先生曾经说过，野兽离群索居，牛羊才成群结队。”许昭意不动如泰山，一本正经地胡说八道，“我自个儿待着就挺好。”

“少断章取义，你是不是说不过我，就计较啊？”梁靖川微挑了眉。

“我不想凑热闹和计不计较有什么关系？”许昭意费解地抬头看了他一眼，“你那是变形虫逻辑。”

“别欺负我读书少，单细胞生物没逻辑。”梁靖川抬了抬眼皮，轻嗤一声，“你仗着自己是学霸，就想歧视自学成才的天才儿童？”

许昭意微诧。

她确实以为他不知道。

恍神间，许昭意的衣领一紧。她轻呼出声，忍不住抗议：“哎，你别拽我！”

梁靖川手上使了巧劲，单手将她从地上拎起来。就这熟悉又自然的举动，真把她气笑了。

敢情他是把她当成小鸡崽啊！

许昭意挣扎了一下，愣是卸不掉力道，根本挣脱不开。

她咬了一下后槽牙，弯腰掬了一捧身侧的溪水，朝他的方向甩过去。

梁靖川侧了侧身。

他反应虽快，但躲闪不及，校服外套的下摆被淋了一大片水迹，颜色跟着深了好几度，好像还溅了几个泥点子。

“哇哦。”

挺作死的，但她彻底痛快了。

“许昭意。”梁靖川眉头微皱，嗓音低沉而平静。

他看着特温和，近乎微笑，保不齐就是被她给气的。

“洒偏了。”许昭意降低声音，无辜地往上举了举小手，“本来目标是你的脸。”

这下梁靖川真被气笑了。

他前脚一走，许昭意就觉得身后灼灼的视线正紧追着自己。钟婷围观了整场，全程安静得像雕像，一言不发也一动不动。

“我怎么觉得梁靖川对你的容忍度简直高得离谱啊？”钟婷神色复杂。

“你眼睛没用就趁早捐了吧。”许昭意歪过头去。

“你在死亡边缘载歌载舞了都能安然无恙，还想怎么？”钟婷一拍大腿，指了指烧烤架，“这如果都不能算特殊对待，我就把肉生吞了。”

许昭意怀疑钟婷只是想找借口，好搁浅减肥计划，名正言顺地吃肉。

不远处的草地上，同样有人在困惑。

宋野一边扒拉着手机上的帖子，一边看得出神，若有所思地摸了摸下巴。

“老年痴呆提前了？没病过来搭把手。”赵观良不爽地箍了一下他的脖子，“你还挺清闲。”

“不是，我好像发现了一件大事，你看那边，”宋野撞了一下赵观良的胳膊，“你说他们在干吗呢？本来我看帖子还不觉得有什么，现在越看越觉得……”

宋野说着说着忽然感觉有股凉意。

他机械地转头，看到刚回来的梁靖川，如坐针毡，如芒在背。

“我这就去把开话题的训一顿，瞎造什么谣不是？”他干笑着道。

梁靖川抬了抬眼皮，倒没搭理他。

宋野却感觉从头到脚仿佛被雷劈了一遍，紧张得吞咽了一下口水。

“你还是跟我混吧。”赵观良幸灾乐祸地拍了拍他的肩膀，“只要有哥一口饭吃，就有你一个碗刷。”

“士可杀不可辱。”宋野抖开他的手，摆出一副铁骨铮铮的模样。

说完，他像急着找救星似的，朝许昭意招招手：“许妹，快过来吃烧烤啊。”

周遭几个人嗤之以鼻。

松软的草地散落着不知名的野花，星星点点缀成一片，空气中带着潮意。烧烤架上发出悦耳的声响，附近几个班的学生被吸引了，聚在凉亭周围的草坪上烤肉。

参观完烈士陵园，有段自由活动时间。回去后还有一篇作文，许昭意抱着小本子在展示厅瞎转，简单地记录了几位烈士的生平。

路过某个展厅的时候，许昭意顿住脚步。

这里的3D特效逼真到以假乱真的地步，她刚刚参观就想知道，角落里的布景到底是真是假。

出于好奇，她伸出脚尖轻轻地探了探。

“你在做什么？”

头顶冷不丁地传来声音，许昭意身子一歪，就要往下栽。她轻呼出声，慌乱间胡乱抓了一把，拽住了对方的衣领。

得，这下不光知道布景是真的了，她一只脚还被卡住了。

在这种滑稽又尴尬的“翻车现场”，许昭意的大脑转得飞快。只是她还没想出“如何为自己挽个尊、正正名”，忽然听到对面传来一声笑。

“你那学霸是假的吧，上赶着为医疗事业做贡献？”梁靖川垂眸看着她，轻嘲道。

“你那威名也是假的吧，老欺负我这种单纯小姑娘？”许昭意瞪了他一眼，反唇相讥。

梁靖川抬了抬头。

“你这么跟人说话，不害怕吗？”

“嗯？”许昭意闻言，还蛮认真地思考了一下，“难道你一生气就会放火烧山？”

梁靖川微顿，似乎被她的脑回路镇住：“不会。”

“摔东西？”

“没有。”

“见谁打谁？”

“不是。”

连续三个回合后，许昭意无所谓地摊了摊手：“那你期待我怕什么啊？”

梁靖川看她的眼神特无可奈何，笑着朝她伸出手：“来。”

可能近朱者赤近墨者黑，跟梁靖川待久了，许昭意也就懒得玩客气矜持那一套了。

她扫了一眼，抓住他的手臂。

梁靖川稍一用力，就把她拽了上来。

踏青的愉快被老徐一句“晚自习下课前收作文”彻底终结了。

傍晚时分，落日熔金。

班里同学抱怨完，陆陆续续地去吃饭了。许昭意写了一半，坐在座位上奋笔疾书。

“你怎么没去吃饭啊？”钟婷从后门溜进来。

“没胃口。”许昭意言简意赅。

“给你带的，过一会儿饿了吃。”钟婷把一盒寿司放在她的桌面上，看她在写作业，就特有眼力见儿地没打扰，“那我先走了。”

许昭意“嗯”了一声，摆摆手。

“不对，我不是来给你送饭的，正事差点儿忘了。”钟婷走了没两步，又折回来，“我还有个非常扯的消息要跟你说。”

“知道扯就不要再说了。”许昭意头都没抬，不太关心。

“不行，你一定得听。”钟婷很执着。

许昭意面无表情地抬头：“能有多扯，扯到我偶像明天跟我‘官宣’吗？”

“扯过头了，姐妹。”钟婷翻了翻手机相册，然后递了过去。

许昭意低了低头。

她还没看清楚内容，钟婷就突然捂住屏幕，一把夺回去。

“等一下，你要不要先做几个深呼吸？”钟婷的表情格外严肃。

许昭意对她一惊一乍的反应十分无语：“你有毛病？”

她快被钟婷烦得没耐心了，就差写张“爱咋咋的，有事说事，没事快滚”的字条拍对方脸上了。

“我是为你好，我想让你有个心理准备。”钟婷欲言又止，再次将手机推给她。

许昭意无语地拿过来。结果刚低头看了一眼，就愣住了。

手机屏幕上是最近考试的成绩单，钟婷拍得有些模糊，但成绩她看得清清楚楚。

许昭意——一千零二十二分。

阶段考试没分科，试题难度不小，但她的成绩十分卓越，硬是拖开后一名二十多分。可惜即便如此，上面依旧有个更逆天的。

“别吓唬我，你还好吧？”钟婷小心翼翼地戳了戳她，“所以我才说，你得有个心理准备。”

“是从哪儿拍来的？”许昭意心情复杂地深吸一口气，有点儿怀疑人生。

“我刚在教务处偷拍的，”钟婷看着僵到快要石化的许昭意，以为她是接受不了打击，“哎，你这样我要后悔了，早知道就先不告诉你了。”

许昭意没搭腔，默默地低头看了一眼，最上方的一行成绩深深地刺痛了她的双眼——

梁靖川，一千零二十三分，年级第一。

一分之差，许昭意屈居第二。

从某种角度而言，她的学生生涯很传奇，至少从小到大，她就没跌出过第一的位置，各种奖项尽数被她收入囊中，向来难逢敌手。

欠抽又装地说一句，时间长了，她其实觉得很无聊，她还是挺期待有个强劲的对手当目标的。

好了，可能是她的想法开了光，现在对手真的出现了，还以一种最打脸、最意想不到的方式闪亮登场了。

许昭意真的有点儿怀疑人生。

钟婷观察着她的脸色，弱弱地问了一句："我还以为像梁靖川那样做派的学生成绩都不怎么样呢，你知道你同桌的学习成绩那么好吗？"

"不知道。"许昭意心里有些燥，"我要是知道，我怎么可能——"

话说了一半，她的声音戛然而止。

"你同桌骗你了？"钟婷看她脸色微变，抬手在她眼前晃了晃。

"也不是，是我自己会错意了。"许昭意微微抿了一下唇，懊恼至极。

梁靖川以前是怎么说的来着？

他没骗她，他很认真地纠正她，说自己每一科都还行。

她又是怎么回答的来着？

哦，她不仅不以为意，还以各种方式教育他，让他停止装。

天哪，这都是什么事啊！

一旁的钟婷并不能感同身受。毕竟她想想自己惨不忍睹的成绩，再看看许昭意的年级第二，怎么看都觉得学渣跟学霸有壁。

这根本不算考砸好吗？年级第二也是别人无法企及的高度啊！换成她的家长，可是要烧香拜佛放鞭炮的啊！

但她看得出来许昭意很郁闷，所以手忙脚乱地安慰她。

"其实也没啥，不就是考了一次第二吗？"钟婷小心翼翼地开导她，"没什么大不了的，下次咱们就超过他，把他狠狠地踩在脚下。"

"可我跟他打赌了，赌了一个月的早餐。"许昭意很丧气。

"没事，谁还没个失手的时候啊？"钟婷继续安慰她，"你别着急，一个月的早餐钱我出，你要是不高兴我帮你跑腿都行。"

"我还每天絮絮叨叨地劝他学习，话多得都能出一本《劝学》了。"许昭意脸色难看地咬了咬下唇。

"也没事，"钟婷一拍大腿，"劝同学学习不叫多此一举，那是乐于助人啊。"

"我还在他面前装，给他补了一天的课，又是画重点又是讲题的。"

许昭意的声音越来越弱，细若蚊蚋。

“这个就有点儿……”钟婷的嘴角微微抽动，一时之间不知道该说什么。

“我还跟他放狠话，”许昭意几乎想哭，“说了他好几次做人心里要有点儿数。”

钟婷彻底服气了。

她无言以对地看了许昭意半晌，抱了抱拳，挤出来一句：“看不出来你们的同桌生活还挺丰富。”

许昭意的心情糟透了。

其实第一名换成谁她都能坦然接受、奋起直追，下次考试把他拉下马。

除了梁靖川。

联系一下过往，这已经不是憋屈的问题了，而是面子和尊严的问题，都可以载入她“人生最难堪时刻”榜首，名垂千古了。

她并非输不起，只是不想输给他而已。不然她从前的行为算什么？

多此一举、班门弄斧、愚不可及。

反正太丢人现眼了！

“我真傻，真的。”许昭意睁大茫然的眼睛，接着说，“我单知道他摸底考试成绩差，却不知道他的水平其实很高。”

钟婷用手指头戳了戳许昭意的肩膀：“你别这样，我害怕。”

“算了，你不用管我了。”许昭意闭了闭眼睛，还算平静地翻开课本，“让我一个人待一会儿就行，我想静静。”

钟婷本想劝两句，又不知该怎么说，最后微微叹了口气：“那你记得吃晚饭，放学我再来找你。”

“嗯。”许昭意心不在焉地摆摆手，低头继续写字。

暮色沉降，落日的余晖透过玻璃窗折进教室里，一寸寸地下移，暖烘烘的温度缓缓降下来。

钟婷的脚步声远了。

许昭意写字的手微微一顿，视线慢慢地挪向身侧的空位，脑子里乱成一片，有些恍神。

她伸手轻拍了一下脸颊。

有感觉，不是梦。

许昭意捂住脸，郁闷地晃了晃脑袋。

预备铃响到最后一遍，许昭意面前落下一道阴影，修长的手停在她的桌面上，微弯的手指轻敲了两下。

“我进去。”

许昭意抬头看了一眼。

梁靖川半垂着视线，微润的碎发有些凌乱。他额角的水珠没擦干净，顺着轮廓分明的侧脸滑到下巴，透着一点儿倦怠。

不用想也知道他去哪儿了。

他又是掐着点回来的。

意识到这一点，往日的细节被不断放大，在许昭意的脑海里挥之不去——

他卡点进教室、不肯记笔记、懒得做作业、从不加班加点、摸底考的卷子也只随便涂了两笔……

就这样，他居然是年级第一。

真的，好气。

许昭意轻勾嘴唇，不动声色地收回视线，往前拖了一下座椅。

“你怎么了？”梁靖川敏锐地捕捉到她突如其来的坏心情。

“没事。”许昭意态度轻淡，连个眼神都欠奉。

梁靖川略感诧异，微微蹙眉。

赵观良紧接着从后门溜进来。

“我的天，老徐居然表扬我了。”他有点儿飘，走出了六亲不认的步伐，“我刚路过办公室，还以为被他抓到把柄了。”

“表扬你拉低量化管理，还是为平均分拖后腿啊？”徐洋拍了拍桌子上的罚单，“这周扣分有你一半的功劳。”

“瞧不起谁呢？老徐刚透露了，我的成绩提了两百多名。”赵观良嘴角笑出了括号，“我仿佛看到两万元的提额在向我招手。”

说着，他转身朝许昭意一拜，活像只虾仁：“小仙女，我能取得这种成绩，那都是拜您所赐。”

“打住，”许昭意打了个叫停的手势，“‘拜您所赐’是贬义词。”

“我受不了了，以后‘贱圣’的名号就归老赵你了。”宋野抖了抖身子，“你这是想溅人一身血啊，还是想‘贱’人一身血？”

“不收儿子收孙子，也不是不可以啊。”赵观良看许昭意就跟看财神爷似的，“我以后还有跟你一起学习的机会吗？”

许昭意还没回答，身侧冷不丁传来淡淡的一句：“没机会。”梁靖川的视线凉凉的，“她要跟我一起学习。”

“什么？”许昭意动作僵硬地转向他。

“你是我同桌，跟我一组，应该跟我一起学习。”梁靖川转头看她一眼，嗓音懒洋洋的。

“你？”许昭意笑了，差点儿拍桌而起。

好在质问的话在脱口而出以前，她及时咽了回去。

也不知道是出于什么心理，许昭意还温和地问了一句：“你觉得自己最需要补习什么？”

本来醉翁之意就不在酒，梁靖川无所谓补哪科，随口扯了一句：“数学吧。”

许昭意无声地咬了咬牙，好半晌才挤出来两个字：“数学？”

如果没有记错，课前她看到的成绩单数学一栏，梁靖川一百五十分，她一百四十九分——

他比她还高一分。

许昭意做了个深呼吸，想平复一下心情，可心里还是有一万句话想骂。

补习？他怎么好意思提补习？

到底谁该给谁补习啊！

“行，挺好的。”许昭意依旧神色温和，近乎微笑，“不过我这种普通人真教不了你这种天才。”

梁靖川能察觉出她的情绪波动，她的语调虽然平静，可他听出了咬牙切齿的意味。

他的疑问还没说出口，教室后门突然有人喊他的名字：“川哥，主任让你去教务处。”

“什么情况？不会又被他逮着什么了吧？”徐洋几乎要跳起来，一脸生无可恋。

“我也不知道，好像是说什么成绩。”数学课代表耸了耸肩，不胜唏嘘，“看脸色还挺凝重的，咱们好几个任课老师都在呢，吓我一跳。”

梁靖川闻言，心中微微一动，起身时看了一眼许昭意，隐约感觉到了什么。

不过他没时间在这儿聊了，拎着校服外套就向外走去。

他一走远，教室里三五个人扎堆，窃窃私语。

“既然任课老师都在，不会真是因为考试成绩吧？我听说成绩出来了。”

“不可能，年级倒数第一都没这阵仗。”有人伸出食指摇了摇，“你太小看主任的心脏承受能力了，梁靖川的成绩再差，也不至于跌破最低纪录吧？”

许昭意倒是能猜出个大概。

估计他是被叫去复核卷子了，毕竟两次考试的成绩天差地别，换成谁也会觉得跌破眼镜。

不过她并不怀疑他成绩的真实性。他们各科成绩根本不一样，而且他的总分都比她高，再者她跟梁靖川的考试位子就在临位，他压根儿就没瞄过别人，还是提前交卷，哪来的作弊机会？

细想一番，许昭意更心塞了。

许昭意的猜测当晚就得到了验证。

晚自习快结束时，梁靖川才被放回来。后面进来的老徐难得换了副表情，就跟中了彩票似的，满脸洋溢着喜悦。

“临放学，我们先公布一下考试成绩。”老徐乐呵呵地拿着成绩单走上讲台，“学习委员过来投一下屏。”

学习委员还在上面倒腾，底下渐渐开始骚动，议论的、装死的，还有临时念念有词、求神祷告的。

梁靖川无声地看了许昭意半晌，突然压低嗓音道：“你是不是有话想说？”

许昭意忍了一晚上，早就装不下去了，当即冷笑出声：“有什么好说的？”

她一眨不眨地看着他："需要我提前恭喜吗？"

果然，这一晚的不对劲正是为此。

梁靖川的确心虚，虽然他自始至终没刻意引导或是骗过她，但补习的事他确实打过成绩差的幌子。

"我其实……"

他还没想好措辞，许昭意就冷淡地截断了他的话头："你其实想听我讲'教会徒弟饿死师父'的故事？"

"呃……"

"或是'前浪被拍死在沙滩上'的故事？"许昭意面无表情地看着他。

"我不是。"梁靖川的太阳穴狂跳。

"哦，对，你本来成绩就挺好，不算我的徒弟。"许昭意微微一笑，"那我们应该谈谈《狼来了》的故事，探讨一下诚信与友善。"

"我没打算骗你。"梁靖川微微蹙眉。

"没打算骗我？"许昭意将罪名给他安得飞快，"那你的意思是，找我补习是为了戏弄我？"

"我也没这个意思。"梁靖川完全想象不出来，话题走向是怎么拐到这里来的。

不仅跑偏了，他的"罪行"听上去还越来越严重了。

"那行，要不你挑一个吧，"许昭意特别善解人意地退让了一毫米，"骗我，还是戏弄我？"

梁靖川沉默了。

许昭意的角度太刁钻，他不回答就意味着心虚和默认，回答得不好那他们可能就没以后了，横竖都是一死。

试卷题送分，她提问送命。

梁靖川侧着身子向后靠去，刻意压低的嗓音低缓悦耳："我和你一起学习效率会更高。"

大概是跟他处久了，许昭意被刺激出了免疫能力。她不吃这一套，忍不住瞪他一眼："话留着去糊弄别人吧。"

终止诡异氛围的是老徐。

“成绩单已经投在屏幕上了，花几分钟简单说一下情况。”老徐看了一眼大屏幕，手指点了点桌面的成绩单，“这次阶段考试咱们班表现不错，年级前十占了四个，其中年级第一和第二都是咱们班的。”

随着他的动作，所有人的注意力聚集在成绩单前两行，教室内的窃窃私语声戛然而止。

“这次的试题不简单，年级第三才刚够一千分，咱们班许昭意同学总分一千零二十二,位列第二。”老徐抱着万年不变的土里土气小水杯，难得露出欣慰的老父亲般的笑容，“梁靖川同学总分一千零二十三，年级第一。”

教室里陷入一片死寂，就跟从头到脚被雷劈了似的，难以置信。

“我的天。”不知道谁没忍住惊叹了一句，底下夹杂着倒吸冷气声和几个女生的悄声交谈。

“别人五年高考，三年模拟；梁靖川五年装样子，三年摸鱼，人生不易，在线叹气。”

“我还每天氪肝学习呢，居然不如他随随便便，我真的服了。”

“别说了，我等来人间一趟，可能只是为了充数。”

老实说，梁靖川平时就很打眼。

但谁也没想过他会是年级第一。

毕竟这是个把“不务正业”挂在脸上的主儿：上课踏着铃声来，下课经常不见人影，家里有权有势，平时摆着一张“别挨着我”的脸。他实在不像学霸那块料。

结果他还要抢“学霸”的饭碗。

众人的视线齐刷刷地聚集在靠窗的角落里，许昭意莫名觉得像置身马戏团正中央。只不过有老徐在，大家都安静着呢。

直到下课铃声响起，教室内的声音彻底沸腾。

“你们的成绩也太变态了吧？跟隔壁颜宴简直一个路数。”宋野扭过头来说道，“要不是他这次缺考，年级前三神仙打架。”

两个人都没多少反应，倒是赵观良眼观鼻鼻观心，忍不住想笑：“川哥，就不应该突然做那么多题，循序渐进才能让人有个心理准备是不是？”

他幸灾乐祸：“我跟你说，关系崩了的时候没有一道题是无辜的。”

梁靖川眼皮子一抬，抬脚把他踹到地上。

宋野在一旁笑出了鹅叫。

许昭意压根儿不理解他兴奋的劲，收拾完东西，刚要起身，肩上陡然一沉。

梁靖川忽然按住她的肩膀，迫使她落座。在她来不及反应的情况下，他手上一带，将她连人带座椅拖回来。

距离顷刻间被拉近。

“你干吗？”许昭意扶了一下桌面，被他连贯的动作弄得有些蒙。

“哇哦。”前桌不约而同地转过身去。

许昭意无言半晌，又问了一遍：“你到底想干吗？”

“说完再走。”梁靖川抬了抬眼皮，“不然你明天还生气怎么办？”

“独裁专制不可取。”许昭意忍不住白了他一眼，“我生不生气你管得着吗？”

没等他搭腔，她的视线在梁靖川和自己之间扫了个来回，突然说道：“要不你赶紧回家睡一觉，说不定问题就全解决了。”

“嗯？”挺没头没尾的一句，他反应了两秒也没明白。

“做个梦我就原谅你了，”许昭意特真诚地看着他的眼睛，“梦里什么都有。”

梁靖川被气笑了。

“不过我还真有问题想问，”许昭意不解地看着他，“你摸底考的成绩是怎么回事？”

“懒得做。”梁靖川言简意赅。

“就这样？”许昭意难以置信地盯着他，很不理解。

“好学生不好当，成绩太高容易被期待，平时会被上纲上线，不自由了。”梁靖川懒洋洋地往后靠去，难得耐心地解释了一句，“所以我喜欢低调点儿。”

“你这是在跟我炫耀。”许昭意捂住胸口冷声说道。

他的成绩哪里低调？

梁靖川默了两秒，从善如流：“那我下次考低一点儿？”

“你这是看不起我。”许昭意面无表情道，“我不需要你放水。”

“过分了啊。”梁靖川的视线下移，“死刑犯都有申请死缓的可能呢，你就一点儿机会都不给？”

“我们学渣的玻璃心都是很脆弱的。”许昭意皮笑肉不笑道，“体谅一下，学神。”

梁靖川眼睛一眨不眨地凝视着她，懒散地勾了勾嘴角，不知道是不是被气的。

“我错了，许昭意。”他的嗓音突然低下来，无奈又挫败。

许昭意的睫毛微微颤抖一下，声音戛然而止。

教室里的人走得差不多了，周遭沉寂中透着点儿诡异。

在他微微倾身，打算再重复一遍的时候，许昭意蓦地反应过来：“打住。”

她轻咳一声，站起身来后退了几步：“我没生气。”

梁靖川的视线无声地落在她的脸上，随着她的动作上移。

“反正我没生气，”许昭意无端地感到心虚，半点儿停留的意思都没了，“就这样吧，翻篇了。”

她转身就走。

早起推开窗，邂逅一场薄雾。

楼下有点儿吵，下楼时许昭意附近就有女生在雀跃和激动，压低了声音拽着同伴下楼。

她也没在意，直到出了学生公寓，才朝关注的焦点看去。视线刚漫不经心地掠过，就飞快地收回。

许昭意定在原地，盯着梁靖川反应了好几秒：“你怎么在这儿？”

梁靖川微拢了眉，浑身笼罩着“生人勿近”的气息，很不耐烦。

听到她的声音，他抬了抬眼皮，懒散地将纸袋朝她递过去：“给你带早餐。”

许昭意瞬间清醒了。

她也没接东西，拽着他的手腕就往僻静处带，着急的模样像是乡下的穷亲戚到访。

梁靖川的视线在她的手上停留了几秒，慢悠悠地往上移。

“我很见不得人？”

“你想什么呢，哥？”许昭意稍愣，反应过来时都快无语了，“宿管嘴特别碎，一准儿跟老徐打小报告，到时候说都说不清楚。”

梁靖川微微颔首：“道理我都懂，但是这环境……”

他环视四周，看着这犄角旮旯的环境，无端生笑：“你不觉得更说不清吗？”

许昭意被噎了一下，梗着脖子瞪他一眼：“那你要是不在乎，下次咱们直接到老徐的办公室晃悠。”

“也不是不可以。”他还真挺认真地思索了两秒，要笑不笑。

许昭意被刺激得失语了。

她突然抬手，捏着钥匙链上的绒毛球，轻轻地戳了一下他的脸颊。

梁靖川稍愣：“怎么了？”

“我就好奇你的脸还在吗？你还要脸吗，梁靖川？”

梁靖川沉默地看了她几秒，修长的手指一拨，掉转了她手里的东西，指向她的胸口。

许昭意缩了缩肩膀，下意识地往后躲：“你干吗？”

“我也好奇，你还有良心吗，许昭意？”梁靖川漆黑的瞳孔攫住她，没什么表情，“店门没开，我在外面等了半个小时。”

许昭意突然很想笑，低低地“哦”了一声：“那太可惜了，你今天出门没看天气预报。”

料到他不解其意，她指了指天空：“如果下点儿雨，再配上悲情的音乐，可能更让人心疼。”

“你还挺绝情啊。”梁靖川被气笑了，将纸袋递到她手里。

看她不吭声，他以为她这半天的沉默是在压抑情绪，试探道：“还生气吗？”

其实许昭意并没往心里去。

“没有，昨天就说了，我没生气。”她偏过头，歪了歪脑袋，“我就是一直想不通，你整天不学习怎么成绩还那么好？”

“谁说我没学习？”梁靖川无奈地看着她，“我上课有认真听讲，就是作业做得不太积极，但涉及的题型我都会做。”

“行吧，甘拜下风。”许昭意拆开纸袋，毕竟吃人嘴软，她也没继续呛他，“下次别给我带了，愿赌服输，明天我给你带早餐。”

梁靖川懒洋洋地“嗯”了一声。

学校里小道消息传得飞快，八卦大概是人类的通性，中午梁靖川不在，钟婷按捺不住好奇心，问了一路。

“就是一份早餐，你不也送过吗？到底有什么稀奇的？我还打赌输给他一个月呢。”

许昭意看着她“求瓜若渴”的眼神，表情一言难尽。

“我就是想不通他干吗忽悠我补习。”许昭意耐心地解释道，“设身处地想想，你不会介意？”

“我为什么要介意啊？梁靖川长得那么好看。”钟婷不假思索地反驳。

“这两者之间有什么必然联系吗？”

“有啊，”钟婷理所当然地拍了一下桌面，“我大天秤就是看脸，像这种无关紧要的错误，完全可以忽略不计。”

“你能不能别老看脸？”许昭意在心底翻了个白眼。

“也行，”钟婷点了点头，“就看对方爱心够不够了。”

她伸出手，食指和拇指捏在一起，拼出一个心形。

“比心算什么奇葩要求？”许昭意稍愣。

“想什么呢？比心多庸俗啊。”钟婷捻了捻手指，做出个数钞票的动作，“我是说向‘钱’看啊。”

“谈钱更庸俗好吧？”

“反正我不管，一谋财、二谋色，这就是我人生的两大乐趣。”钟婷咧嘴笑了笑，露出一颗小虎牙。

“你别代表所有女孩子，我有点儿想吐。”许昭意微笑着捂着胃。

“行吧，”钟婷嗤她，“要回去吗？”

“我不困，你自己回去吧，”许昭意坐在秋千架上，“我要在这儿透透气。”

操场的角落里没什么人来，蝉鸣渐起，附近的铁丝网上攀爬着野蔷薇，微风掠过时幽香袭人。

许昭意脚尖在地面轻轻一点，秋千慢慢悠悠地晃动起来。

“你别跟着我。”

铁丝网被篮球砸得发出一声巨响，许昭意被吓了一跳，回头看了一眼，稍稍愣住。

梁靖川刚打完球，润湿的碎发下目光沉郁，周身笼罩着不耐烦的感觉。

附近停了辆白色跑车，一个中年女人下了车，叫住已经走了几步的梁靖川："靖川。"

校外车辆驶入本身就很罕见，这女人又通身不俗，岁月没在她身上留下多少痕迹。

"你爸早上只是在气头上，并没有别的意思，你不该跟他置气。"

"这不是正如你的意吗？"梁靖川勾了一下嘴角，笑意未达眼底。

"我只是希望你别误会。"中年女人对他话里的讽刺置若罔闻，也没恼，淡淡地笑了笑。

"管好你自己的儿子吧，我不需要你在这里虚情假意。"梁靖川的嗓音里没多少情绪，抬头看她一眼，"你以为自己算个什么东西，有什么资格教育我？"

这一眼冷淡而阴鸷，像尖顶的冰凌滚落在皮肤上，冻得人肌骨皆寒。

八点档豪门恩怨？

许昭意直觉留下来没什么好事，很想走，可惜想离开这里，就只能从他面前晃过去。

进退两难。

许昭意深吸一口气，重新把耳机戴回去，坐在这里等他们离开。

不快的局面结束得很快，车子终于驶离，但梁靖川并没有走。

许昭意有些恍惚，没见过他沉郁的样子。

她耐着性子陪他耗在这里。

嗡嗡——

插着耳机的手机突然振动了一下，在寂静的空间里格外清晰。

梁靖川的动作微顿，偏过头来。

坏了。

她来不及找地方躲起来，梁靖川黑白分明的双眸微眯了一下，已然落在了她身上。他眼底的寒意来不及收敛，像是在冰雪里浸过似的。

许昭意满脑子就两句话——

我现在跑还来得及吗？

他是不是想动手？

周遭陷入沉寂，氛围微妙间透着点儿诡异的凝重和尴尬。

他没说话。

她也没有。

良久，许昭意终于受不了这样的对视，解释道："我没打算偷听，我是之前就在这里的。"

她摊开手心："而且我戴了耳机。"

梁靖川依旧沉默地看着她，也不知道在想些什么。

听着太扯，毫无说服力，气氛非但没有缓解，反而更加沉闷了。

"算了，说这些好像没意义。"许昭意弯腰捞起地上的篮球，"单挑一局怎么样？"

"什么？"梁靖川有些意外。

"你现在不是挺不痛快吗？给你一个宣泄情绪的机会。"

人类的悲欢并不相通，没有一个人能真正做到感同身受。许昭意不想过问，却没办法说服自己一走了之。

所以她只能换种方式。

许昭意平静地看着他，纤细的手指在两个人之间来回比了下："单挑，就你和我。"

第10章
浪漫心跳

梁靖川下颌线紧绷，平静地看着她，什么表情也没有。

“快上课了，下次吧。”他不着痕迹地拒绝，两只手抄进校服口袋里，想要离开。

春日的气候宜人，微风徐徐，阳光和暖却不刺眼。篮球场附近人依旧不多，三三两两地回教室。

许昭意不为所动：“你不敢？”

“我不跟女生单挑。”梁靖川半敛着视线，柔和地看着她，“激将法对我没用。”

许昭意轻笑出声，眸底含讥带俏，声音里透着点儿不爽，狠狠地将篮球砸过去：“你看不起谁呢？”

砸过来的篮球打着旋儿，力道着实不轻。

梁靖川侧身躲开，稳稳地截在手里。他修长的手指轻拨了一下球面，看着篮球立在指尖打转。

“你下手挺狠啊。行，陪你玩玩可以，比赛就算了吧，球场上没有怜香惜玉。”

“废话真多。”许昭意毫不领情，抬手将发丝一拢，扎高了马尾，简单扼要地说好规则，“第一轮你守我攻，换发球，先得二十分为胜。”

“太麻烦了，”梁靖川勾了勾嘴角，态度轻慢，“你要是能进三个，我就算你赢。”

许昭意觉得自己受到了侮辱。

“我还是觉得做人低调点儿比较好，梁同学。”她凝视着他。

梁靖川不以为意地笑笑，击地传球给她，嘴里吐出两个字：“开始。”

尾音还没有落下，许昭意已经从他身边闪身，过球的动作漂亮又干净。

梁靖川稍稍愣住，没有动。

她从他身边擦肩而过时，发丝被风吹散在空气中，掠过他的耳侧。

短短几秒，篮球进圈。

“你放水都是这么明目张胆的吗？”许昭意勾了勾嘴角，轻嘲道，“按你的方式，比赛还没开始就要结束了。”

不是放水，是他没有反应过来。

自始至终，梁靖川都没料到许昭意不是在开玩笑，她远比他想象中的要好。

许昭意从一开始就绝非寻他的开心，她会打篮球，甚至比大多数男生的实力都强。

刚接触篮球的时候，她纯粹是看不惯以前男同学挑衅的样子，没多少兴趣。后来是基于她的好胜心，她这个人有十足的耐心和毅力，既然学了，就努力做到更好。

如果不是男女体力和身高有差距，她的水平远超不止。

不过她此刻的水准，已经足够碾压许多人了。

许昭意的视线在他脸上停留了几秒：“事实证明，话说太满的人容易被打脸。”

“那就与君共勉。”梁靖川的目光沉下来。

短短几分钟的试探后，梁靖川已经摸到了她的路数，精准地抓住时机疾速回身，起跳、断球，稳稳当当地将篮球截入手中。

攻防已换。

梁靖川推动身形闪掠过她，紧扣着球面猛地发力起跳，驱力后跃时拨球推动。

哐当一声，一切都如预料那般，篮球砸入篮圈中。

“还是按我的规矩吧，我并不期待在球场上虐你。”梁靖川饶有兴味地审视着她，勾唇的样子漂亮得像只狐狸。

“少为我操心，你还是担心一下比分吧。”许昭意反唇相讥。

换发球后，篮球重新落入许昭意的手里。她做了个虚晃而过的假动作，篮球已经脱手，却没有像梁靖川预料般向左切球。

她起跳，拨球送出。

这并不是投篮的绝佳时机，也算不上绝佳位置，许昭意自然也没打算险中取胜。

她狠狠地将篮球砸向篮板。

“砰”的一声，反弹后的篮球打着旋儿砸向她预估的位置。

借着他为自己分神的微小时机，许昭意推动身形将篮球夺入手中，没有任何思考地压腕、投篮。

很漂亮，也很出人意料的假动作。

梁靖川意外地挑了挑眉。

一连串的动作干净利落，半点儿不拖泥带水。她的准头很好，在他回防前，篮球进了圈。

“这就是你虐我的方式？”许昭意就站在他对面，漂亮的眸子潋滟着水光，眼尾微微上挑，稠艳流丹。

梁靖川忽然低笑出声。

他微微眯了眯眼，没有搭腔。

胜负欲成功地被她点燃，他这才真正认真起来。

梁靖川抄球从身后转过，在许昭意下意识地倾身时，抓准时机切开她的防线，狠狠地砸向篮板。

篮球撞出一声巨响，猛然反弹。

接到球的瞬间，他后仰跃起，将手中的篮球送了出去，一连串的动作让人没有丝毫反应的时间。

同样的招数，他缩短了将近一半的时间。

许昭意的瞳孔蓦地缩了一瞬。

梁靖川无声地看着她，似笑非笑：“真的想赢？”

“也不是。”许昭意的目光淡淡的，“但我的确好奇你输给我的样子。”

“这话可以留到你赢了再说。”梁靖川挑了挑眉。

许昭意感觉自己被冒犯了。

不知从何时起，秒针挪动的每一下都格外漫长，这场篮球赛彻底演变成了拉锯战。

没有围观群众、没有裁判、没有计分、没有尖叫呐喊，输赢早已变得不再重要，争夺的永远是下一个球而已。

她很少这样认真地对待打篮球。

他也很少感觉这样畅快。

结束这一局是因为梁靖川的失误。

攻防互换的瞬间，梁靖川轻而易举地截过篮球，放低了重心。在他打算纵身起跳时，许昭意着急断球，先他一步高高跃起。

梁靖川下意识地避让。

没什么思考的过程，迟疑的那一瞬他就错过了所有时机。

篮球陡然脱手，梁靖川却没有跟着球跃起。他看着许昭意从地面轻巧地起跳，将篮球举高，压腕，拨球，扣篮。

“哐当”一声，篮球投进篮圈。

胜负已定。

完全没料想到会如此轻易，最后的得分过程甚至都没有先前任何一球激烈、出彩，竟然就这么平淡地结束了。

许昭意微微蹙眉。

她刚刚来不及思索，待尘埃落定后，忍不住回头，奇怪地看他一眼：“你干吗停下来？”

“脱手了。”梁靖川轻描淡写地勾了勾嘴角，“输给你了。”

上篮脱手，太过低级的错误，也是他根本不会犯的错误。所以话一出口，许昭意就意识到了——他在让她。

球场上磕磕碰碰本就是寻常事，其实许昭意未必会被撞到。但他一直拿捏着分寸，甚至无所谓结果。

他刚刚是怕自己跃起后撞到她。

仅此而已。

“行了，不用诓我，知道你放水了。”许昭意垂眸笑了，“本来也没想过赢你，是我不会安慰人，实在不知道该怎么分散你的注意力。”

她抬头看了他一眼，歪了一下头：“我总觉得用这种方式你的心情会放松一点儿。”

梁靖川稍稍愣住。

周遭突然沉寂下来，许昭意有些奇怪：“怎么了？”

“我很开心。”梁靖川低沉的嗓音在她的耳侧响起，“真的很开心。”

他面上没什么情绪，眸子里一片清明。

许昭意轻咳一声，下意识地移开了视线：“既然心情好点儿了，那就快滚回去上课。”

“嗯？”梁靖川没跟上她陡然转变的思路。

“你看看时间，第一节课已经快过去了，逃的还是化学老师的课，回去指不定怎么挨训呢。”许昭意的眉心突突地跳，“抢救完你，我还想再抢救一下自己。”

舍命陪君子是出于真心，后怕得牙疼也是真情实感。

在旷课方面，老师根本不可能给人特权，不准备好合情合理的说辞，她真有可能收获检讨和罚跑。

“这么害怕？”梁靖川好笑地看着她。

“拜你所赐，我人生中第一次逃课，紧张，行不行？”许昭意面无表情地抬了抬头。

“那你刚刚还非要留下？”梁靖川漆黑的瞳孔暗了暗。

“没办法，你同桌心软。”许昭意微叹一口气，“我分比你低，居然还有耐心出来陪你浪，我能有这种无私奉献的精神，实在太令人感动了。”

她蹲在地上，抬手擦了一下没有泪水的眼角：“昭昭的心可真大。”

“许昭意。”他忽然唤了一声她的名字。

“嗯？”许昭意抬头。

他伸出的手僵在半空中，转而落在她的肩上，轻轻地拍了拍：“谢谢你。”

许昭意温和地垂下眼睑，嘴角不由自主地勾起一个微小的弧度：“不客气。”

体育馆附近寂寥，视野里是穿透枝叶缝隙的光线，在眼前落下斑驳错落的树影。

许昭意一动不动地看着他的眼睛，嘀咕道：“母猪会上树了。”

“什么？”梁靖川的嗓音很低。

“我是说，你居然会夸奖人。”许昭意忍不住笑道。

有种说不清道不明的感觉，她觉得心里像是有个小气球在无声无息地充气。她的小气球不仅会膨胀，还能带她上天。

梁靖川目光自然地望进她的眼底：“你很好。”

“你很有眼光。”许昭意嘴角的笑意加深。

徐来的风将她耳畔的发丝吹到眼前，起身时他喊他一起回教室。

没走出几步，许昭意突然扭过头来，眯了一下眼睛，道："等等，你还是先别回去了。"

"嗯？"梁靖川抬头。

"咱们一块儿回去，我睡过头的理由听起来就不可信了啊。"许昭意说得理所当然，"而且你比我旷课时间长，我看上去也就没那么可恨了。"

"死道友不死贫道？"梁靖川觉得好笑。

"怎么的，我都陪你旷课了，还没个不约罚站检讨的权利了？"许昭意理直气壮地指责他，"你成绩比我好，让我一节课天经地义。"

她越说越觉得有道理，还勾了勾嘴角，骄傲得像只小孔雀。

"你不是说成绩的事翻篇了吗？"

"那只能说明我大度，客气两句你还真顺竿爬啊？"许昭意面无表情地睨他，"你能不能有点儿自觉？"

梁靖川挑了挑眉："我只对老弱病残一向有自觉，比如智商不够的。"

许昭意冷笑出声："我对老弱病残也挺有自觉啊，比如脑子不好的。"

去他的小气球，她心底膨胀的小气球被他无情地戳烂了。

"那我去哪儿？"梁靖川拿她没辙，嗓音里有些无可奈何。

许昭意往教学楼的方向跑，不是很想搭理他："你自己看着办，反正别回来太早。"

到教室时，许昭意刚好赶上这节课的尾巴。

她打着睡过头的幌子进了教室，可能有"好学生"这张护身符，老师居然也没为难她。

刚一落座，许昭意就发现脚边有东西。一个不小的包裹堆在脚边，上面贴着一张便利贴，龙飞凤舞地写着几个大字——

没找到你，你生日再见。你最帅的小沈。

就这熟悉的字迹，许昭意不用猜也知道是谁。

沈嘉彦，她发小。

许昭意偷偷地摸出手机确认，果不其然，列表里躺着七个未接来电，还有几十条信息——

"老大，你居然学会逃课了？我跟老吕比赛完就得回去了，登机前能留一个小时。时间紧迫，快出来接驾。

“我辛辛苦苦翻墙送礼，面没见着，连电话都不接，你可真是够可以的。”

再往下全是对方的骚话，满屏的琼瑶言情画风，看得许昭意浑身不舒服。

“许昭意，你还记得大明湖畔的小弟吗？”

“许昭意,你接电话啊！你有本事留号码,怎么没本事接电话啊？！”

许昭意无语地将消息拖到最后——

“算了，礼物在你桌洞里，你生日我来找你。”

跟沈嘉彦的认识经历不算愉快。他家里有钱有势，又是独苗苗，典型的被惯坏了的祖宗，平时特喜欢仗势欺人。

小学一年级，在某次学校课间发牛奶时，沈嘉彦把欺负人的念头打到了许昭意身上——

然后他被许昭意按着，往死里揍了一顿。

结果这个人不但没琢磨怎么报复，反而天天跟在她屁股后面叫“老大”，跟块狗皮膏药似的，甩都甩不掉。

自那以后，学校里的画风都变得格外诡异——一堆小弟跟在沈嘉彦后面喊“老大”，沈嘉彦追着许昭意喊“老大”。

许昭意就当这个人有病，保不准还是斯德哥尔摩资深患者。

说起来许昭意人缘还行，以前在临城也有不少朋友。沈嘉彦算是关系最铁的，所以突然到访也不奇怪。

她只好奇他送了什么。

好不容易下课铃响，化学老师终于结束拖堂，许昭意在桌洞里回消息。

“哎，川哥人呢？”宋野扭过头来，好奇地问道，“也睡过头了？”

“我哪儿知道？”许昭意脸不红心不跳，弯腰捞起包裹。

她正低着头，钟婷从后门溜进来玩，扬声道：“你跟梁靖川逃课打篮球了？”

打脸来得猝不及防，前排齐刷刷地回头。

徐洋：“你会逃课？”

宋野：“你会打球？”

赵观良：“你跟川哥逃课打篮球？”

这下全班同学都知道了。

许昭意手微抖，差点儿砸了手机。她皱着眉抬头：“你是从哪儿听说的？”

“你们好歹是被关注的焦点啊，哦，不对，主要是梁靖川阶段考一战成名。”钟婷拖了把凳子坐下，“像这种有颜值、有家世、有成绩的男神，有点儿风吹草动就上表白墙。”

听着虽然不爽，不过阶段考后，梁靖川确实收割了一批芳心。

他这人平时脾气还行，跟传说中的很不一样。

本来绝大多数同学就没想站在他的对立面，篮球赛就对他有点儿改观，成绩出来后彻底倒戈了。

“老师应该不逛表白墙吧？”许昭意听得头疼。

“姐，你应该关心的不是这个。”钟婷神秘兮兮地凑过去，“我问问你，你就没想过改变一下你们的关系吗？比如说——”

“不做同桌，收他当小弟？”许昭意冷不丁截断了她的话头。

钟婷满头雾水地“啊”了一声。

“那我真的努力过，”许昭意单手支颐，歪了一下头，“但我每次提议收他当小弟，都被他无情地拒绝了。”

“呃……”

钟婷彻底沉默了。她就不该跟许昭意聊这种深奥的话题。

当上帝给你开了一扇窗，就必然会给你关上门。看看她表姐，这就是块木头，典型智商太高导致情商下降的代表。

钟婷想到这儿，用一种老母亲般的慈爱眼神看着许昭意：“路漫漫其修远兮，梁靖川命真苦。”

许昭意无语地看了一会儿她抽风，指指门口：“有病去治，没事快滚。”

“有事，有事，我本来是想跟你吐槽一下的。”钟婷抱紧了她的桌面，“我有一个朋友，她……”

“无中生‘友’？”许昭意低下头来拆包裹，“那我建议你换个新开头，‘我有一个朋友’系列太扯了。”

“行吧，就是我自己。”钟婷放弃抵抗，大方地承认，“我中午看到一个特帅的小哥哥，被他那张脸惊艳到了。”

许昭意的内心毫无波动，甚至还堆出一个假笑：“这话你说了一百零八遍了，上次你偷拍梁靖川也是这句，连台词都不改的吗？”

“可是他长在我的审美点上了，妥妥的从漫画里走出来的美少年。”钟婷激动地捂了捂胸口，“就是不太科学，我居然没听说过他，表白墙都发一上午了也没人认领。”

许昭意顺着她的手指看了一眼表白墙的标题——五分钟，我要他全部的资料。

“人在对面你不撩，现在要人海底捞。”许昭意“啧”了一声，“你也是人才。”

“长得太好看了，我一激动就给忘了，没缓过神对方就没影儿了。”钟婷痛苦地捂了捂脸，“我有悔。”

“无所谓，反正你‘海王’人设不倒，遇到下一个就忘了。”许昭意嗤她。

“这次真不一样！”钟婷后悔得牙疼。

许昭意被她聒噪得耳朵疼，无奈地朝她招招手：“行，行，行！我教你一个办法。”

“什么办法？”钟婷兴奋了两秒，狐疑地看着她，“你能有什么办法？”

“没吃过猪肉，我还没见过猪跑吗？”许昭意瞪她一眼。

“快说，快说。”钟婷搬着小板凳挪了挪。

许昭意也没故弄玄虚，开门见山道：“其实很简单，以后你每次想到他的时候，就做一道物理题。”

“嗯？”钟婷其实没怎么听懂，所以自己发散了一下思维，“你是想说，我应该先走上学习巅峰，才能有个美好的未来？”

“没你脑补的那么多。你没看网上有人说吗？按你目前的做题水平分析……”许昭意的声音戛然而止，上下打量着她，忍不住想笑，“题做着做着，你可能这辈子就都不想见到他了。”

钟婷感觉自己的智商被狠狠地侮辱了。

她无声地咬了咬牙，勉强扯出温柔的笑：“没关系，未来总会有个人在等着我。”

“谁会等你，阎王爷吗？”许昭意头也不抬地反问道。

“你！”钟婷拍桌而起，抄起课本就想揍她。

她忍了一下午了。

许昭意偏头躲了躲，终于拆掉了层层包装，将礼盒里的JK制服和汉服分别抖开。

左手是刺绣精致的水手服，少女感十足。

右手是明制织金的高定，满绣的绛朱、玄朱间色裙，暗纹花印在其间，灼灼其华。

钟婷停下手中的动作，忍不住多看了几眼：“谁送你的？明华堂这套有价无市啊，不是绝版了吗？”

“我发小。”许昭意略微思量了几秒，“小时候你们还见过。”

“哦，沈嘉彦那个死胖子？”钟婷瞬间兴致缺缺，“不过他人还挺大方的。”

“人家现在不胖了好吧？别老管人叫死胖子，多难听。”

沈嘉彦小时候确实是个“重量级人物”，不过他小升初之后就不胖了，一个假期脱胎换骨。

学校里每天都有小姑娘给他塞字条，也算是对他颜值的肯定和证明。虽然因为他太聒噪、太烦人了，许昭意自始至终没领悟到他的帅。

“沈嘉彦那个垃圾，就应了一句话，丑人多作怪。”钟婷冷笑着，白眼都快翻到天上去了，“别跟我提他，一提他我就来气。”

钟婷打小跟许昭意关系好，在许昭意多了个跟班后，就觉得自己的地位受到了威胁。小时候跟沈嘉彦三天一大吵，两天一小撑，势同水火，梁子早就结下了。

明明这么多年没见，他们的关系还是没能缓和。

许昭意懒得当和事佬，也没替沈嘉彦说好话。

梁靖川够意思，许昭意说不让他来，他就真旷过去两节课。路上遇到巡视的教导主任，还挨了好一通怼。

他进教室的时候，许昭意正将小裙子小心翼翼地叠回去，格外认真和专注。

梁靖川难得看到许昭意从课本上分神，略微诧异地多看了一眼。

许昭意的心情的确好，她这个人钟情于“破产三姐妹”多年，对剁手收集小裙子有种戒不掉的痴迷。

顾及男生的鉴赏能力，她只抖开了JK制服，目光灼灼地看着他：“好看吗？”

见她兴致好，梁靖川本想从善如流地夸几句，结果一眼扫到她丢在桌子上的卡片，视线在落款几个字上停留了三秒。

梁靖川嘴角的笑意微敛，薄唇紧抿：“丑。”

许昭意的脑袋里缓缓打出一个问号：“你说什么？”

“我说丑，丑死了。”梁靖川上下嘴唇一碰，冷淡地看着她，“别穿。”

许昭意对小裙子的兴致瞬间被浇熄一大半。

她难以置信地看了两眼水手服，总觉得自己跟梁靖川的审美有差异。

前一秒还相亲相爱好伙伴，这一秒友谊的小船说翻就翻，他们的关系可太脆弱了。

薛定谔的友谊。

“我发现你这个人，真的太欠了。”许昭意忍不住瞪了他一眼，“好歹朝夕相处，你的嘴就不能有甜一点儿的时候吗？再说我发小又没得罪你，大家都是炎黄子孙，四海皆兄弟……”

梁靖川懒散地抬了抬眼皮：“他日必诛之。”

“呃……”

周遭的气氛变得诡异而微妙，附近一小片热闹的声音戛然而止。上一秒还动如疯兔的学生，这一秒安静得像被扼住命运喉咙的小鸡崽。

视线齐刷刷地挪过去。

“梁靖川，你哪天要是死了，那也是被自己活活贱死的。”许昭意忍无可忍地剜了梁靖川一眼，低下头装无事发生。

前桌的宋野拿课本挡住脸，激动地撞了一下赵观良的手肘。

“哎呀，你听到没有，这是学生该办的事吗？”他压低了嗓音，“啧啧”两声，“太明目张胆了吧？”

“岂止是明目张胆啊，简直是胆大包天！”赵观良配合地拍了一下桌面，“而且你换个人看看，换个人川哥头都能给你拧掉。”

“盲生，你好像发现了华点。”宋野忍不住笑出鹅叫，朝他抱了抱拳，“厉害，厉害。”

“哪里，哪里？”

“佩服，佩服。”

“不敢，不敢。”

两个人越说越起劲，肩膀也越来越低，宛若两只脑子不好的虾仁。

许昭意在后面听得一清二楚，十分无语地看着突然兴奋到抽风的两个人。

梁靖川不动声色地将袖子一点点地挽上去：“挑个地方，我给你们上上课？”

“别，别，别！”他们拖着课桌往前挪了挪，极大地发扬了不怕死的精神，笑得肩膀都在抖。

“生命本就短暂，你们何必走捷径呢？”英语课代表正在发作业，边“吃瓜”边同情地摇头。

好在临近周末，徐培林抱着一摞成绩单反馈表晃悠进教室：“班长过来发一下，大家带回去签名，别忘记提醒家长准时来学校参加家长会。”

围绕着家长会和考试成绩分析，徐培林说了大半节课，底下考得不好的学生大多跟霜打的茄子似的，死气沉沉。

捕捉到“家长会”三个字，许昭意的心情突然更差了。她看着成绩回执单，抿了抿唇。

又要找人代签。

她不怎么想看到别人好奇问询然后安慰她的样子。

在她恍神之间，老徐提到运动会，底下集体回血。家长会这种不愉快的话题被自动略过，讨论声基本围绕着运动会报名。

“老胡，你给我过来，运动会口号你报了什么啊？”徐洋拿着一沓材料从门外进来，“教导主任说不符合社会主义核心价值观，逮着我好一通骂。”

“他上次急着统计，咱们班同学就随口扯了一个。”体育委员耸了耸肩，挠挠头，“也没什么吧，就十六个字，顺我者昌，逆我者亡，千秋万载，我界最强。”

“可别跟他犟，”徐洋无奈地摆摆手，“他说咱们班再敢瞎报口号，就给改成‘好好改造，重新做人’。”

班里有男生忍不住抗议：“教导主任要求真多，非得填个‘精忠报国，为中华之崛起而读书’才能表明决心？”

“我觉得行。”宋野摆摆手，“你还想跟他叫板啊，报效祖国总比发配牢房有排面吧？”

徐洋刚将报名表格送到手，文娱委员和体育委员就跟闻到腥味的猫一样，围到许昭意桌边来，异口同声道——

“开场舞了解一下？”

“运动项目挑一挑？”

话音一落，文娱委员和体育委员不爽地瞪了对方一眼。

“抢人啊你，没看我们许妹跳舞好吗？女孩儿就应该负责貌美如花。”文娱委员对踏青时的斗舞印象深刻，满怀希望。

“大姐，你又不是拉不到人。”体育委员逛过许昭意打篮球的帖子，烦躁地摆摆手，“你们女生参加运动会比赛都不积极，好不容易有棵独苗苗，你心里没点儿数吗？”

“我不管，反正许妹只要进校队，就一定是中间位，哪里轮得到你一个妖怪反对？”文娱委员冷笑出声。

许昭意其实更想坐在观众席上，吃零食、打打盹、看比赛。不过架不住两个人轮番轰炸，她还是要了两张报名表考虑一下。

“那什么，再帮帮忙。”体育委员临走前，往她手里多塞了一张报名表，紧张地咽了口口水。

“嗯？”许昭意没反应过来。

体育委员递了个眼神，暗示许昭意问问梁靖川是否愿意报名。也不等她说拒绝，自己就溜之大吉了。

许昭意的眉心跳了跳，实在不理解这群人为什么这么怵他。

她懒得跟梁靖川搭腔，直接将报名表拍在了他的桌面上，连一个标点符号都欠奉。

梁靖川抬头看她，神色平静而散漫。

隔着几个座位，体育委员双手合十，目光灼灼地看着她，一个劲儿地使眼色，还做了个口型——为了集体，为了荣誉。

许昭意无语地跟体育委员对视几秒，实在受不了对方一大老爷们儿努力装可怜，勉强对梁靖川开口："你自己填一下。"

除此，许昭意一下午没搭理他，一直僵持到放学。

说实话，梁靖川的耐性不算好，也没体谅过谁的情绪，从来只有别人顺他意的份儿，所以他真理解不过来她为一条裙子介意。

没想到她会记仇，更没想到她记仇的时间还不短，明明考试的事她都一笑而过了。

两个人好不容易才建立起的微薄友谊，居然被一件水手服打败了。

"你真生气了？"他侧了侧身，无奈又挫败。

许昭意收拾好东西，缓慢地站起来，面无表情地看了他一眼："没有，你不用管我。"

梁靖川沉默了，非常不能理解："我就是随口一说，你穿什么都好看。"

"哦，谢谢你。"许昭意勾了勾嘴角以示礼貌，然后将上扬的弧度冷淡地拉平。

就算很不能理解她的心思，梁靖川也看出来了，她的心情很差。

许昭意确实不太高兴，却也不全是为了他。她因为回执单心烦，实在没什么心情解释和敷衍人，转身就走。

教室门外，钟婷正等着跟她一起回家。扫到她家长回执单的签名，钟婷迟疑了一下："你不准备打电话问了？"

许昭意淡淡地"嗯"了一声。

钟文秀十有八九赶不回来。前段时间她的团队在芬马克郡——挪威北部的一个郡的北角拍摄极光，结束后就赶往肯尼亚马赛马拉地区的边界线，几十万只牛羚正浩浩荡荡地迁徙，是取材的好去处。

她不可能因为一个家长会跑回来，问了也白问。

"其实，不来就说明你太优秀了，很省心啊。"钟婷戳了戳她，"你别不高兴了。"

"我哪儿能啊？早就习惯了。"许昭意踢了一下脚边的小石子，"我可太清楚了，我爸的命根子是他的科研工作，我妈的命根子是她的摄影爱好。"

她勾起嘴角："组合起来，他们的亲闺女应该是一部拍摄完美的科研纪录片。"

"其实自由自在挺好啊，你自己又那么争气，反正我打小就羡慕你。"钟婷背着手，倒转着身体走在她身边，"我不用猜也知道，今晚肯定是腥风血雨。"

"嗯？"

"我爸妈一定会抢着给你开家长会，然后吵起来，把不争气的我凶一顿。"钟婷微微叹了口气，"你这么想一想，心情会不会好很多？换过来也是很痛苦的。"

"不，不会。"许昭意十分认真地反驳她，"换过来我也不会因为成绩被嫌弃。"

"太过分了！"钟婷倒吸一口气，抄起背包要抽她，"拔刀吧，许昭意，我今天就要手刃了你这个学生公敌。"

"别闹，"许昭意侧身躲了躲，"你们班主任来了！"

"你还不如说教导主任来了。"钟婷轻嗤一声，根本没中计。

见许昭意终于有心情开玩笑，她转移了话题："对了，运动会你报名了吗？"

"报了。"许昭意无可奈何地应声，"本来是懒得动的，不过我们班班委太有毅力了，就打算报个长跑。"

钟婷十分诧异："你为什么不报名啦啦队啊？运动会的匕首操和开场舞又拉风又带感，多好的出风头机会啊。"

"还得加班加点训练，我才懒得去。"许昭意言简意赅。

"行吧，我看何芊芊报名了，你要是不上我就上了。"钟婷点点头，"我绝不允许这种铁观音占着中间位出风头。"

"铁观音？"许昭意抬头。

"她就是杯绿茶，我没见过比她还铁的绿茶。"钟婷冷笑出声。

"铁观音是乌龙茶吧，仇恨蒙蔽了你的智商？"许昭意抬头。

钟婷被噎了一下，不满地抱怨道："你可是我姐，能不能别拆我台啊？"

"那你也得带点儿常识啊。"许昭意笑着摇摇头。

傍晚时分外面就飘起了雨，雨势不大却连绵不绝，搅得人心烦意乱。许昭意在房间里泡完澡，看了一眼手机。

白天的事梁靖川似乎当了真，居然在锲而不舍地给她发消息。

许昭意懒得看一长串内容，擦拭着湿漉漉的长发，面无表情地挑了张“我的手机瞎了，你发什么我看不见”的表情图，点击发送。

她的心情实在太糟了，其实挺想找个人说话的。不过梁靖川大概也没哄过人，很快就耗光了耐心，聊天页面那边安静了很久。

许昭意看着屏幕，突然觉得有些空。

她正要放下手机，又一条消息弹出来，就四个字——你开一下窗。

许昭意有些诧异，也没被他牵着鼻子走，低头打了一行字：“怎么，难道你过来了？打算在雨中表演苦肉计？”

这种荒谬的念头刚冒了冒头，就被她掐灭了。她飞快地删掉了这一行，起身朝着窗边走去。

她漫不经心地推开窗，身前突然落下一道阴影。

许昭意差点儿喊出声。

只是惊恐并未来得及化成声音钻出喉咙，面前的人动作快了一步。

修长而骨节分明的手横过来，他紧紧地捏住她的脸颊，把她的声音堵回去。

“别喊。”梁靖川低沉的嗓音紧随而至，“是我。”

许昭意搭在窗沿的手指微顿，僵在了原地，也忘记要推开他。

梁靖川利落地翻窗而入。

“你……”许昭意抵了一下牙关，惊得半晌说不出话来。

窗外夜色如墨，细雨迷蒙，料峭的夜风捎带着微冷的湿意和冷杉木的气息灌了进来。

有个复杂的字眼，已经不足以用来形容她的心情。

“你有病吧？这可是二楼！”说完许昭意又觉得这不是重点，“不是，你什么意思啊？这是我的房间！”

梁靖川也没搭腔，半垂着视线从她身侧绕开，朝房门的位置走去。他半张脸隐匿在阴影里，紧绷的下颌线条流畅而漂亮。

“吧嗒”一声，房门在她身后被反锁。

“你做什么？”许昭意的声音微扬。

梁靖川听得出她嗓音里的戒备和警惕，懒散地偏头，淡淡地勾了勾嘴角：“万一有人进来了，我怎么解释为什么在这儿？”

“你也知道不好解释，”许昭意头疼地看着他，没好气地抱怨，“你是怎么想的，大半夜的翻窗？”

这举动也太……太……

她已经找不到合适的形容词了。

“来跟你道歉啊，我觉得你很不高兴。”梁靖川微微蹙眉，“面对面显得有诚意。”

“诚意什么？！你确定是道歉不是碰瓷？”许昭意被气笑，“你刚刚要是受伤了，我还怕你讹钱呢。”

“你在担心？”

“你可醒醒吧，”许昭意像看傻子似的看着他，“你现在应该感谢天、感谢地、感谢别墅楼层不高、感谢钟婷家没养藏獒。”

梁靖川突然想笑，勾了勾嘴角。

“你还有脸笑。”许昭意气不打一处来，视线掠过他手边的东西，停顿了几秒，“这是什么？”

梁靖川将盒子放在她的桌上，双眸幽深：“赔礼。”

“我觉得你真的有病，还病得不轻啊，梁同学。”许昭意难以置信地看着他，“你说一声我下去不行吗？”

梁靖川视线下移，目光暗沉：“你肯下来吗？”

这个问题问得好。

其实极大的概率是，她看热闹不嫌事大，趴在阳台看他淋雨。

许昭意张了张嘴，有些心虚地低了声音：“会吧。”

她轻咳一声：“其实我下午也不是因为生你的气，就是赶上了心情不好，不想说话。”

梁靖川还想说些什么，门外突然传来声响。刚刚的动静实在不小，有人拾级而上。

“昭昭，怎么了？”

“没事，我在换衣服。”许昭意拔高音量回了一句。

她转而看了一眼梁靖川，推了推他：“行了，我刚刚都说了不关你的事了，要不你赶紧回家吧。”

“我怎么走？”梁靖川缓声问道。

许昭意愣了一下，倒吸一口冷气：“废话，当然是从哪儿来就从哪儿走了。”

“这么绝情，我摔了怎么办？”梁靖川挑了挑眉。

“你活该！”许昭意面无表情地看着他，“是我逼着你翻窗的吗？”

“行，我的错。”梁靖川勾了勾嘴角，转身推开窗。

许昭意在他身后抿了抿唇，还是忍不住提醒道：“你小心点儿。”

“晚安。”他的尾音微扬。

“快滚。”许昭意轻声骂了一句，将玻璃窗合拢。

许昭意做了个深呼吸，这才转身去给钟婷开门。

卧室外的钟婷进来时，忍不住叫出声，十分诧异地绕着她转了几个圈。

“你这是什么情况，遭贼了还是遭了强盗？”

许昭意这才想起窗沿和地板上的水迹。她面无表情地抬头，淡定而从容地道：“遭了梁靖川了。”

第11章 快意相逢

视野内夜色浓稠，星星点点的灯火晕开朦胧的光圈，错落在雨幕里，独特又奇异。许昭意边说边拉上窗帘，将细雨和凌乱的思绪隔绝在外。

“啊？”钟婷茫然地看着她，大脑空白了几秒。

许昭意突然不想解释。

她大脑转得飞快，睁眼说瞎话的时候照样脸不红心不跳。

“没事。”许昭意垂了垂眼睑，轻声笑了笑，“就是被我同桌搞得烦，开窗通了通风，结果有野猫溜进来了。”

钟婷没瞧出什么端倪，也没多想，随手将果盘放在床头柜上，说：“跟你商量一件事。”

“嗯？”许昭意抬头。

“我妈刚看了我的成绩单，正气得发抖，我怕她半夜想不开。”钟婷抱着她的被子眨眨眼，“您最亲爱的妹妹正值危难之际，你是不是该施以援手收留她？”

“不好意思，我这里不收垃圾。”许昭意无动于衷。

钟婷瞪她一眼，缩进她的被子里，对她的冷酷无情完全免疫。

“我不管，要是我不好过，我就到你床前高歌一曲《今夜无人入眠》。”

“你跟我斗智斗勇的心思要是用在学习上，成绩肯定突飞猛进。”许昭意轻声嗤笑，扯了一下被子，“你回去抱被褥过来。”

“爱你！”钟婷朝她比了个心，利落地从床上爬起来。

卧室里安静下来。

许昭意的视线落在梁靖川留下的盒子上，停留几秒，上前拆了包装。

盒子里装着蛇腹线关西襟的暗红色水手服、明黄色格裙和西式制服，还有一些设计精巧的小物。

许昭意愣了一下。

风格杂乱，不过……

梁靖川大概是直接按价格买的，什么贵买什么。简单粗暴，却也没踩雷。

许昭意不一样，她刚入坑的时候，就照着网上攻略买经典款，像山吹黄格、卡曼尼猪肝格一类的，直接买齐全了。

“不行，不合适，不能收。”许昭意面无表情地把东西原样装回去，平静而冷淡地说道。

理智告诉她不能要，无功不受禄，收了算什么事啊？

但是她有收集欲望，就跟女孩儿永远缺一支口红一样，她的衣柜里永远缺 JK。自我催眠了几个回合后，她闭了闭眼睛，难受又心疼地捂了捂胸口。

“为什么我年纪轻轻就要经受这样的诱惑？”她的自制力不像大风刮来的，倒像是被大风刮走的。

春末夏初的雨连绵多日，气温跟着降下来，风中捎带着寒意。

小礼堂内交流会散了场，各班自行组织家长会。学生大多聚在报告厅里，吵得人心烦意乱。许昭意昨晚睡得不太好，早饭也没来得及吃，在座位上昏昏欲睡了好一会儿，拎着伞朝场外走去。

刚转过拐角，许昭意就撞见了一个人，长身玉立，背影也熟悉。

她稍稍顿住脚步，困意散了一大半。

电梯已然到达，梁靖川似乎并没注意。他正背对着她，修长的手指划了一下手机屏幕，垂眸专注地看着。

“你不进去吗？”许昭意忍不住提醒道。

有首诗是怎么背的来着？

——你站在电梯口看风景，看风景的人正在等电梯，甚至想暴躁地推开你。

梁靖川抬了抬眼皮，踏进电梯时偏头看向她，手机在掌心打了个转：“早上的转账是什么意思？”

“嗯？”许昭意差点儿没跟上他跳脱的思路，“哦，昨天的礼物我挺喜欢的，不太想还给你，但我不能白拿你东西吧，所以我就想，干脆把钱转给你好了。”

梁靖川没有搭腔，目光淡淡的，说不出是什么情绪。

许昭意被他盯得毛骨悚然，又摸不到他的心思，不太自在地轻咳道：“怎么了？”

“为什么别人送你就收？”梁靖川不答反问。

“啊？”许昭意反应了好几秒，才意识到他是在说沈嘉彦，“就是……”她一时之间不知道怎么说，“那不太一样。”

“怎么不一样？”梁靖川漆黑的瞳仁攫住她，眸子里暗色沉降，“那是因为关系好？”梁靖川的嗓音淡淡的，像是捎带着细雨中的寒意，“我们关系不好吗？”

他眼中波澜不惊，问得顺理成章且自然，又在无形中逼得人步步退让。

许昭意被噎了一下，也没意识到哪里不对，连忙摆手：“我没这个意思。”

“我不差这点儿钱。”梁靖川的视线在她身上停留了两秒，“你不想收扔了就行。”

许昭意沉默又费解了好几秒，无端想笑：“你不高兴了？”

他哪儿像是送礼的啊，这气势倒像杀人劫舍的。

梁靖川平静而冷淡地移开视线，按下开门键。

许昭意绕到他面前，拉着他的袖子轻轻地扯了两下：“我这也算担心你吃亏，为你着想好吧，这也要计较？”

她的声音轻柔悦耳，她这样轻声细语的时候不多，格外婉转动人。

她总让人回绝不了。

梁靖川沉默地看了她几秒，无奈地勾了一下嘴角，看着很挫败：“没有。”

“要出去吗？”他的目光从她身上扫过，接着说，“外面冷，你要是出去最好多穿点。”

“嗯？”许昭意稍愣，真就顺着他的话点头折返，“哦，哦，那你等我一下。”

电梯门闭合的时候，许昭意突然反应过来有些不太对，有些无语地回头看了一眼。

见鬼。

她为什么要这么听话？

而且她让他等着自己做什么？

直到她的身影消失在楼梯口，梁靖川才将手机凑到耳边，嗓音沉而冷：“你接着说。”

手机屏幕还停留在通话界面，九分三十四秒。

另一端早已绷不住了，听到这边没动静了，放肆地大笑出声，逮着机会幸灾乐祸：“怎么回事，我没听错吧？哥，您送东西都被妹子退回来了？”

“闭嘴。”

“还有什么‘我们关系不好吗’，跟谁啊？什么关系啊？改天带出来看看呗。”对方乐不可支地调侃。

“你想死。”梁靖川眉头微皱。

“行了，说正事。”对方“求生欲”极强地收敛住笑意，转了话锋，“姚磊那个垃圾又活蹦乱跳地回来了，我看他不服气啊，还想寻机会把场子给找回来。”

梁靖川的目光淡了一点，不紧不慢地说道：“用不着你掺和。”

对方沉默了几秒：“那你自己提防着点，这家伙就一小人，玩不过就耍阴招。”

“我知道。”梁靖川视线下移，嗓音沉静。

许昭意刚拎起外套，教导主任就进来了，乱糟糟的报告厅里瞬间鸦雀无声，他逮着纪律不好的机会训斥了十多分钟。

她饿得有些心烦。

下楼后梁靖川还在，本来许昭意刚刚说的“等我一下”是顺嘴了，不过让人等了十几分钟，现在说实话可能会被捶死。

“我要找个地方吃饭，你要不要一起？附近有家新开的……”许昭意突然刹住了话头，“算了，这几天不能去美食街，咱们绕个路。”

梁靖川垂了垂视线：“怎么了，最近不安全？”

“对，女孩子不适合走那里，太危险了。”许昭意抱紧了手中的伞柄，

“万一遇到小吃摊就完了！”

“呃……”

“行吧，主要是我对小吃没什么抵抗力。”许昭意微叹一口气。

“你又不胖。”

“这话我爱听，不过不行，根本不是体重的事。”许昭意还在苦苦挣扎，“我想少吃点儿垃圾食品。”

说着，她轻拍了一下自己的脸颊。

梁靖川好笑地看着她：“怎么，打一巴掌就清醒了？”

“嗯，我想通了。”许昭意点点头，“想美食怎么能分心呢？咱们撸个烤串再走。”

“换个地方吧。”梁靖川淡淡地笑了笑，“我知道有个地方可以。”

雨滴砸在地面后迸裂开，水汽迷蒙了整个世界。他撑开伞，将伞朝她的方向倾了一下。

许昭意很随意，只想找个地方吃饭，也没拒绝他的提议。

只是目的地有点儿出人意料——

围栏外面是大片的丁香花，幽微的香气在雨中变得浓郁。这是一家别墅区改造的轰趴馆，影院、VR体验、桌球、棋牌室一应俱全，除了餐厅应有尽有。

手工制作厨房。

许昭意伸手拽了他一下：“等等，哥，你不会是指望我下厨吧？”

梁靖川偏头看她一眼。

“梁同学，别怪我没提醒你，你要是指望我，那摆在你面前的只有两条路——”许昭意的表情格外严肃认真，“要么被饿死，要么被毒死。”

对她过激的反应，梁靖川只觉有些好笑。借着挑眉的机会，他漫不经心地看过去：“没打算让你动手。”

“我不做难道你做？”许昭意一言难尽地打量了他几秒，怎么看都觉得他不像会自己动手的人，“你会做饭吗？”

“你可以报菜名。”

许昭意觉得他在公然装，随口报了个菜名：“我要是想吃松鼠鳜鱼和响油鳝糊，也可以？”

梁靖川无言地睨她一眼，将雨伞扔进置伞架，径直朝柜台走去。

许昭意紧跟其后，看到他在备菜单上勾选材料，还是觉得不可思议，试图打消他的念头。

“你要是觉得为难你胖虎了，咱们就换个地方，我觉得没必要饿着肚子轰炸厨房。”

可惜梁靖川很有她当年在轰趴馆下厨房的风范——

一腔孤勇，不炸厨房不回头。

许昭意对这个人的执拗和盲目乐观无言以对，虽然他挽袖子的样子的确赏心悦目，但是她不乐意以身试毒。

北欧的装修风格有种冷淡的感觉，订了个三小时的房间，有配备完整的厨房、客厅和休息室。二楼的房间刚刚换过新鲜的花束，店员拉开窗帘，推着小推车进来送食材。

许昭意百无聊赖地陷在沙发里，一边感慨一边折纸玩。

“你说我是有多想不开，才会留下来舍命陪君子？有没有被你同桌感动？”

“你的舍命陪君子，就是偷偷给自己订了份外卖？”梁靖川自下而上打量了她一眼，语气轻嘲。

“怎么说话呢？梁同学，你同桌还是很仗义的，”许昭意轻咳一声，心虚地缩了缩手，转而反驳道，“我怕你被自己毒死，订的外卖是双份好吗？！”

说着，她将第一个折纸朝他的方向推了推：“来，这是送你的。”

“什么玩意儿？”梁靖川的视线在折纸上停留了几秒。

“玫瑰星指南针啊。”许昭意将下巴搭在手臂上，一本正经地看着他，“我觉得你很有必要随身带一个，免得你自信得找不到北。”

梁靖川半垂着视线勾了一下嘴角，没反唇相讥，似乎懒得搭理她。

隔了大半个小时，许昭意出去取了一趟外卖，回来时厨房里就有香气飘出来。

许昭意看了一会儿他娴熟的动作和还算正常的厨房，好奇地凑过去：“你该不会真能做浙菜吧？”

成菜后的鱼肉鲜嫩，形如松鼠。

她手里的外卖突然不香了。

许昭意其实吃不太惯北方菜，不过住在钟婷家已经挺麻烦人了，她不可能在饮食上挑，更不可能整天去菜馆。

许昭意忍不住抄起筷子，手背突然被敲了一下。她一脸问号地抬头："干吗？"

"还没做完。"梁靖川果断地端走她面前那碟鱼，"你还是一边待着去吧。"

许昭意不情不愿地轻哼出声，虽然挺想放狠话的，但衡量过后还是把外卖随手撂到一边。

"行吧，劳动人民最光荣，你说了算。"

以前在临城，许昭意跟朋友去轰趴馆，也尝试过自己动手。结果别人叫尝试做菜，她叫尝试下毒。

沈嘉彦对着她的黑暗料理笑到脸疼，劝她练个手再出来丢人现眼，要做个十全十美的小仙女。

许昭意面无表情地反驳他："有缺点的战士终究是战士，宝贵的苍蝇也终究不过是苍蝇。"

临了还不忘捶他一顿泄愤，让他滚。

现在她只想把沈嘉彦那货叫过来，激动地告诉他："老沈啊，原来这个世上真有这种人，我同桌十项全能啊！"

嗯，然后再捶他一顿，缓缓自己微酸的心情。

许昭意坐在旁边，叠那种简单的翅膀飞行筒，边折纸边胡思乱想。

梁靖川分了分神，捡起落在脚边的折纸，微微蹙眉："这都是些什么乱七八糟的？"

"太乙真人的飞猪啊，你没看过《哪吒》吗？"许昭意凑到他身边，朝另一侧瞄准，随手一丢，"你看，它是可以飞起来的。"

似乎感觉到了她殷切的期待，翅膀飞行筒脱手后就掉在了地上。它没飞起来，但它完美地表演了什么是"坠机"。

"其实，我这只飞猪可能有点儿沉。"许昭意一本正经地给自己挽尊。

"真蠢。"梁靖川半垂着视线，毫不留情地取笑她。

"说谁呢？"许昭意不满地瞪他一眼，"梁靖川你会不会说话？！"

她恶作剧心起，偷偷揩了一把残留的面粉，就往他身上招呼。

偏巧梁靖川在此时低头，许昭意猝不及防，来不及收手。

“啪”的一声——

梁靖川的脸颊多出来一道白色的手掌印。

原本会落在他肩膀上的巴掌，不偏不倚地落在了他的下巴上。许昭意的手劲并不大，只是和着面粉扇过去的效果实在“卓越”。

周遭陷入死一般的沉寂。

许昭意缩回手，连忙道歉：“对不住，对不住，我不是故意的，我不知道你刚刚会低头。”

梁靖川抬了抬眼皮，额角狠狠地抽了抽，面无表情地看着她。

他脸上还挂着那个白色掌印，很滑稽。

“真对不起，真的。”许昭意边笑边往后退了退，嗓音里笑意清晰，“我这就给你找毛巾。”

“用不着。”梁靖川微眯了一下眼睛，嗓音里透着点儿不爽。

许昭意难得看到他的狼狈样，明知道这个时候该严肃地道歉，可还是忍不住朝着作死的方向策马奔腾。

在她笑弯了腰的同时，梁靖川沉默着放下手上的东西。

他半垂着视线，压下所有的情绪，将袖子一点一点地挽上去，似笑非笑：“来，你过来。”

梁靖川微微眯了眯眼，低沉的嗓音里透着点儿不快，微抿的薄唇唇线渐渐被拉平，脸色看上去很差。

能不差吗？

他刚挨了她一巴掌。

许昭意看他懒洋洋的样子，总有种不太好的预感。

“梁靖川。”她突然扬声唤他的名字，颇有点儿气势不够声音凑的意思。

梁靖川似笑非笑地抬头，喉结上下滚动，语气还是淡淡的：“你还有什么想说的吗？”

这态度，仿佛是让她交代遗言啊。

许昭意虽然心里九曲十八弯，但过完脑子她还是觉得做人要看清形势，积极向组织靠拢。

“梁同学，你这样就没意思了，我又不是故意的。”她往后挪了几步，笑得很勉强，“我们有话好好说行吗？”

梁靖川没搭腔，同样不动声色地揩了把面粉，半垂着视线朝她走过来，意态轻慢。

一步。

两步。

三步。

社交安全距离在逐渐缩短，他在踏入她的领域。她心里警钟大作，撂下毛巾就从厨房夺门而出。

梁靖川抬手，精准无误地截住了朝自己砸过来的东西。

他的动作比她快，只是手刚搭上她的肩膀，她反扣着他的手肘卸力，一拉一扯间，寸劲震得他虎口疼。

许昭意下手是真的狠。

他还没见过哪个女生动手是这做派。

梁靖川意外地挑了挑眉，卸掉了那份冲力。在她回肘时，左手裹住了她，单手将她按在沙发背沿。

“你跑什么？”他的目光沉下来，拇指擦过脸颊的面粉，劲瘦有力的手腕隐隐能看到青色的血管。

他整个人看上去很危险。

“废话，”许昭意气笑了，只想骂人，“你追我还不允许跑吗？”

怎么，难道她该停下来鼓个掌，顺便夸他好棒吗？

“你撒手，我的手腕好疼啊。”她自始至终挣不开他，只能自暴自弃地瞪他一眼。

梁靖川手下的力道并不重，但他还是不由自主地随着她的话松掉手劲。

下一秒，许昭意反手去掠他的喉咙。

梁靖川利落地翻腕，侧身闪避时牢牢地卡住了她的后脖颈，轻而易举地将人拎回，从她身后将人按了回去。

“梁靖川，你要脸吗？”许昭意快无语了，“你居然对一个弱小的女孩子动手？”

这种丧失掌控权的感觉让人很不爽。

“你拿东西往我脸上抡的时候，看着一点儿都不弱小。”梁靖川挑了挑眉，摊开满是面粉的掌心，“而且这才叫不要脸。”

“你放开我。”许昭意“啊”地惊叫一声，“有话好好说，别动手动脚！”

他的手一倾，她的脸颊同样被抹了一下。面粉散入空气里，呛得她连咳了几声，闭着眼睛后退时，边挣扎边骂他。

“小气死你算了！梁靖川！啊——”她脚下忽然绊到东西，猝不及防间，慌乱地抓了一把梁靖川的衣服，但还是不可抑制地向后仰去。

她摔到了沙发上。

“这是什么玩意儿？”许昭意被沙发上的东西硌到，蹙着眉去摸自己的后背。

梁靖川脸上的表情有些松动，伸手撑了一下沙发，低头查看了一下，问：“摔到哪儿了？”

许昭意摸到遥控器，还疼得直抽气。

“您好，这是您点的果饮和……”店员敲了敲门，话说到一半愣在了原地。

刚刚摔那一下是狠的，许昭意疼得有些发蒙，根本没意识到画面有多微妙。

许昭意张了张嘴，觉得很有必要为自己的清白正正名。

结果话还没出口，店员连着说了两次“不好意思”，就连忙转身退出去，并贴心地带上了门。

两个人无声地对视。

场面一度让人很窒息。

许昭意无端地感到心虚。

很奇怪，明明什么也没发生，她只是不小心拽了他一把。而且刚刚他们简直幼稚得像小学生，拿面粉打架。

然后许昭意忽然想到，这根本不是她该关注的重点，她该关注的是他们现在的情况——

非常，非常不妥当！

砰！

坠地的一声闷响，梁靖川直接被许昭意从沙发上踹了下去。

刚被她拽着摔了跤，现在又被她一脚踹下去，梁靖川栽在地上的时候还有些蒙，太阳穴直跳。

旁边就是矮茶几，他的额头还好，就是撑了一下地面缓冲的手臂，直接起了一小块瘀青。

许昭意看着他，心说这个人是不是铆着劲儿想还手。然后她又想到，她的同桌应该是不打女的，好吃亏也好憋屈。

“疼吗？”许昭意忽然就笑了。

好欠揍，而且她真觉得挺对不起他的，但这场景太滑稽了，她实在没忍住。

梁靖川睨她一眼，下颌线条紧绷，表情很不爽，就是意外地没生气。

许昭意沉痛地叹了一口气，抬手作发誓状：“我对您的遭遇深表同情，我罪孽深重，为表歉意，我以后自动离您两米以上，先去药店买喷雾您看成吗？”

她刚起身，手腕就被牢牢地扣住。

梁靖川抓住她的手腕，将她拽回来。

许昭意跌坐回地毯上。

“你做什么？”许昭意抬头。

梁靖川的视线下移，起身时淡淡地说道：“先吃饭吧，不然凉了。”

许昭意轻轻地“哦”了一声，从地毯上爬起来。

她夹下一小块鱼肉尝了尝，外酥里嫩，酸甜适口，对美食并不吝啬夸奖：“你做菜还挺好吃。”

他做的浙菜意外地好吃。

许昭意在没认识梁靖川之前，认为像他那样风云事迹传遍全校的学生肯定是学习成绩不好，装酷、耍帅，仗势欺人一流。

但他不是。

梁靖川的自律性很高，近乎在各个领域天赋异禀，好像也没什么不良嗜好。他平时的言行举止，一看就是那种家风严明的家庭教出来的。

如果不算那手难以辨认的字迹，她的同桌完美到十项全能。当然，最主要还是他做菜这么好吃。

“别太感动，你同桌就是如此优秀。”

许昭意一时失语。

“你怎么了？”梁靖川低低地笑出声，饶有兴味地看着她。

许昭意安静地偏过头，没什么表情地看了他半晌，答非所问：“我给你讲一个故事吧。”

“嗯？”

“从前，有两个人在吃饭，其中一个人说个没完，然后他被打了。”许昭意在半空中比了两下巧克力棒，挥舞刀剑似的指向他，“说，能好好吃个饭了吗，梁靖川？”

“你在影射我？”梁靖川挑了挑眉。

“是威胁。”许昭意面无表情地抬头，“我告诉你，你别逼我在心情最好的时候抽你。”

“你打得过我吗？”梁靖川自下而上打量她一眼，嘴角勾起若有似无的笑。

许昭意“啪”的一声放下筷子：“梁靖川，别逼我！”

梁靖川无声一哂。

窗外细雨停歇，阳光穿透密布的阴云，从绚烂璀璨的彩绘玻璃跌进室内，在原木餐桌上洒下斑驳的痕迹。

光影浮动处，像一片颠簸起伏的海。

回去时家长会还没散场，报告厅门口有人在放哨，班里同学趁着教导主任不在，扎堆玩游戏。

“我说你也太菜了吧，没听网上都吐槽你这种人吗？在屏幕上撒一把米，可能鸡的走位都比你强。”

“滚！那人家还是靠本事拿一血，你凭啥指责我送人头？”

这票人做贼心虚，听到一点儿风吹草动就要弹起来。许昭意和梁靖川刚回到班级区域，几个人一惊一乍地回头。

“哟，川哥，您的脸怎么了？”赵观良一扭头就乐了。

梁靖川看了一眼许昭意，微哑的嗓音里带了些戏谑：“你该问问她。”

他手臂上的瘀青被校服遮住，没伤着骨头，就是看着挺唬人的。本来额发附近那块并不明显，现在看着也有点儿泛青。

“没事，就打了一架。”许昭意面不改色地挪开背包，坐回了原位。

“打架？你们？”宋野在旁边扭头，难以置信地看过来，脸上全是输牌被贴的白色字条。

年级第一和年级第二打架，梁靖川还输了，这可是能载入“北城一中历史”的名场面。

“我懂了。”赵观良开始脑补，语气意味深长。

许昭意勾起嘴角：“我说你就信？他是自个儿摔的。”

梁靖川懒散地垂着视线，完全是“她说什么就是什么”的态度。鉴于他平时“莫挨老子”那股不耐烦劲儿，也没人打算刨根究底。

她才刚落座，前排体育委员就拿着报名表凑过来。

“姐，姐姐，可亲可敬的许姐姐，要不您再报一项吧？”他被不爱运动的女同胞逼到走投无路，已经卑微到喊许昭意“姐”了。

“大哥，跳远、八百米、一千五百米全是我报的名。”许昭意一言难尽地看了一眼报名表，“剩下的也让我上，你觉得合适吗？”

“是不太合适。”体育委员欲哭无泪，“可是女生运动短板不积极，人数不够会扣道德风尚分。但凡可以，要我穿女装上都行。”

许昭意被他央求得头疼，看了一眼报名表上的空缺：“只能让女生够数？”

“那倒不是，”体育委员挠挠头，“就是咱们班男生报名的已经不少了，剩下的没多少胜算了，都不乐意报名。”

说着，他往许昭意身旁看了一眼。

得，许昭意算是看懂了。

其实这段时间相处下来，20班的同学基本觉得梁靖川跟传闻中不一样，至少脾气还行，但还是没人敢主动跟他套近乎。

许昭意抽过报名表，偏头递给梁靖川：“来，哥，碾压别人的机会到了，您要不要上场表现一下？”

“没兴趣。”梁靖川眼皮子都没抬一下，直接把她酝酿好的台词堵了回去，“我既不乐于助人，也没集体荣誉感，而且……”

他似笑非笑地勾了一下嘴角：“我只对碾压你感兴趣。”

无耻啊。

许昭意无声地咬了咬牙，扭头看了一眼体育委员："你们学校的长跑纪录是多少？"

"啊？"体育委员被突然的提问弄得发蒙，而后反应过来，"哦，哦，别的我记不住，不过一千五百米记录还是以前体育特长生的，四分十三秒。"

"那成。"许昭意点了点头，眼风掠过梁靖川："你不是特喜欢赢我吗，敢不敢继续赌？就赌谁破的纪录多。"

"你确定？"梁靖川挑了挑眉。

"当然，"许昭意面无表情地看着他，"谁让我看你不爽很久了。"

梁靖川双手交叉叠在脑后，闲散地向后靠去。

"那就欢迎你踏上挑衅我的这条不归路，我一定虐到你哭。"

还未反唇相讥，许昭意的头顶压下一道阴影。

薄薄的日光里，梁靖川朝她的方向靠过来，饶有兴味地勾起嘴角："万一你又输了，暑假就陪我玩一天吧。"

许昭意目光复杂。

戳在前排的宋野专注地偷听了半天，压根儿没有想象中的劲爆剧情，忍不住地插了一句："啧，你们怎么能把时间浪费在比赛上呢？组织对你们十分失望。"

许昭意跟梁靖川相处画风突变，动不动"给我死"。他对这两个人的奇怪情趣实在欣赏不来。

学霸的脑回路果然跟常人不一样，除了学习，还是学习。

"而且你们也太嚣张了，怎么学渣的风头也要掺一脚？"赵观良关了游戏界面，加入声讨阵营，"身为学霸就要有学霸的自觉，非得走别人的路，让人无路可走吗？"

不搞体育可能觉得长跑短跑都是跑，其实大多数运动员只专注一个项目，因为不同项目在冲刺时间、体力分配、呼吸频率各个方面都有区别，技巧更是不同。全方位碾压哪有那么容易，一中风云人物果然名不虚传。

许昭意根本没把这话往心上放，毕竟他们经常间歇性抽风。

第12章
鲜衣怒马

雨后初霁，空气清冽。家长会终于散场，各班在组织打扫卫生，校园内熙熙攘攘。

钟婷从教室后门探了一下头，见到她时笑得意味深长：“你不是溜了吗？我还以为你不回来了呢。”

“你是怎么知道的？”许昭意诧异地抬头。

“今天帖子里实时播报。”钟婷眨了眨眼。

许昭意无语了。

钟婷懒得跟许昭意继续探讨：“你单反呢？借我用一下。”

“背包里吧，上次春游带来就没动过。”许昭意在背包里探了探，拿出来递给她。

钟婷晃了晃手里的单反：“没什么我不能看的吧？没有我可就拿走了。”

“当然没——”许昭意不太在意，只是话说到一半，话锋陡然逆转，“等一下！”

她猛然想起来上次春游的照片，都是风景照，但有好几张把梁靖川拍进去了。

鬼使神差，她当时没舍得删。

即使许昭意的反应速度够快，也比不过钟婷的手快。

钟婷像是发现了新大陆似的，惊呼出声：“你怎么拍了这么多你同桌的照片？”

她这一嗓子不低，引得周围一圈人侧目。

许昭意恨不能直接堵住她的嘴，本来没什么特别想法的，搞得自己都有点儿心虚了。

只是她刚想夺回，有人先她一步将单反从钟婷手中抽走。

梁靖川不知何时站在了教室门口，劫走单反后斜靠着门框，好整以暇地翻看了几张，意外地挑了挑眉。

“看不出来啊，许同学。”他几乎把“我拿你当同桌，你却想对我图谋不轨”挂在脸上了。

“你还给我。”许昭意倒吸了一口冷气。

“注意影响，现在还在学校呢。”梁靖川的目光忽然淡下来，自下而上打量她，“你看你现在的行为合适吗，许同学？”

他突然扭转的老干部口吻严肃又冷淡，和现下无耻的行径格格不入。

不过确实不妥，为了抢单反，她就差挂在他身上了。

“你这么欺负人就合适吗，梁同学？”许昭意反唇相讥。

“你们当我是空气的态度更不合适好吧？”钟婷快无语了。

许昭意懒得跟他虚与委蛇，反手就去抢他手中的东西。

结果刚扯住他的手腕，就被他长臂一捞。

“你没觉得自己特不要脸吗？”许昭意抬手捂住额头，忍无可忍地瞪了他一眼。

她的额头磕在了他校服的拉链上，冷不丁一下，疼得直抽气，眼眶都红了，低声抱怨了一句“疼”。

梁靖川身形微顿，低头挪开她遮挡额头的手：“撞到了？”

许昭意浪费了两滴鳄鱼的眼泪，借着他分神的工夫，伸手就夺。

可惜梁靖川的反应总比她预想中快一步，他的手一拢，轻而易举地抓住她的手腕，紧紧地箍住。

“这就没意思了，你说句好听的我就还给你了。”梁靖川嗓音里带着点儿笑意，举高了相机继续翻看照片。

“我刀呢？”许昭意的眼皮跳了跳，后槽牙咬合，“我看你今天五行缺打，命里欠揍，到底还不还给我？”

士可杀不可辱，至于打不打得过则另当别论。

她刚挣扎了一下，梁靖川忽然松了手劲。他按着她的肩膀，降低了嗓音：“别闹，我妈过来了。”

“我信你个鬼。”许昭意冷笑一声，伸手将单反夺回，“你这么喜欢戏弄人，迟早被揍得亲妈都不认识。”

许昭意没当真，直到毫无存在感的钟婷结束了看戏，很乖巧地站定。

许昭意才后知后觉地扭过头去。

她身后不远处有个贵气的女人，并非上次篮球场附近遇到的长辈。岁月对她格外偏爱，她看着很年轻，穿着素气又干练，举手投足都是压不住的气场。

“妈。”梁靖川淡淡地喊道。

许昭意没转过弯来，脑子一抽跟着轻唤一声：“妈？”

周遭忽然沉寂下来，钟婷僵硬地扭过头，震惊又佩服地比了个大拇指。

“你叫什么？”梁靖川借着挑眉的痕迹，好笑又意外地看了许昭意一眼。

空气沉闷中透着一丝尴尬。

许昭意耳边“轰隆”一声，像是有什么东西炸开了，脸颊后知后觉地烧起来，恨不得找个坑把头埋进去。

要命。

这绝对可以载入她人生十大败笔之一了。

“阿姨好。”她匆忙改口。

梁母淡笑着颔首，倒也没说什么。

简单地打过招呼，许昭意暗暗顶了一下钟婷的胳膊，片刻都不想在此地停留，拉着人折回了教室。

“那小姑娘是谁啊？”梁母问道。

“我同桌。”梁靖川目光平静，低沉的嗓音听起来很平淡，没多少情绪。

梁母也没在意，沉静的目光落入他的眼底：“我听说你又跟你爸闹僵了？老爷子对你期望高，你爸又一直是这个脾性，找个时间说句软话，别闹得这么难看。”

“难看？”梁靖川的态度散漫又冷淡，“拜谁所赐？”

“你这气性随了谁啊？”梁母无可奈何地摇摇头。

“您脾气好，怎么不去修复一下你们的关系？”梁靖川半垂着视线反问。

“这孩子，怎么跟你妈说话呢？”梁母嗔怪了一句。

她嘴角依旧泛着柔软的弧度，意外地疏冷，也意外地没什么火气。

等人一走远，钟婷彻底绷不住了，笑出鹅叫声。

“你能不能闭嘴？”许昭意面无表情地挪开挡住脸颊的手，“你不喊那一声，会有这么多乱七八糟的吗？”

“说什么了？”宋野行走在八卦的最前沿，兴奋地冒头。

许昭意的眉心一个劲儿地跳，威胁性地凝视着钟婷。

“没事，没事。”钟婷笑到快要岔气，弯着腰摆手，仅存的“求生欲”让她三缄其口。

“到底发生了什么？”没得到第一手资料的宋野还不死心。

“看许妹脸色这么差，一定是结果不如人意了。”前排男生一拍大腿。

“有道理，川哥家里好像很有钱，按照你们女生钟爱的八点档狗血言情套路来说，阿姨可能告诉许妹——”劳动委员扒着擦干的玻璃，清了清嗓子，“给你一千万，离开我儿子。”

许昭意折服于这票人的想象力，无语地抬头。

“白得一千万不香吗？我的人生梦想就是能一夜暴富。”宋野摸了摸下巴。

“庸俗，”赵观良嗤之以鼻，“小仙女不是你这种市侩的人，对不对？”

许昭意趴在桌面上，还有点儿郁闷，完全不想搭腔。

云淡风轻，惠风和畅，一年一度的运动会如期而至。

连绵不绝的细雨终于停歇，北城近几日昼夜温差大，晨起的风清凉而舒爽，吹散了夏日的闷热。

体育场内有些嘈杂，各班在往划分的区域走。梁靖川难得提前到，隔了老远，许昭意就瞟到了他手里大袋的零食。

“我记得你不吃零食的，是给我的吗？”不等他回答，许昭意就利落地将一大袋零食抱到怀里，“谢谢。”

“你跟我还真不客气。”梁靖川似笑非笑道。

“识‘食物’者为俊杰。”许昭意理直气壮地回了一句，“不过我也有东西给你。”

“嗯？”梁靖川抬头。

“你不收转账，我也不想无功受禄，所以就回个礼吧。”许昭意递过去一个袋子，“不过我实在研究不出来你喜欢什么，所以是盲选的。”

是一双鞋。

G 家刚发布的系列，八十年代复古风的老爹鞋。

许昭意半天没得到回应，还以为自己踩了什么雷。

毕竟她只知道男生似乎都执着鞋，但对钟情的牌子和喜好没什么概念。

“拒绝吐槽，我这个人比较脆弱，经受不起一点儿打击。”她面无表情地看着他，“你敢说不好，我就敢打你。”

“喜欢。”梁靖川勾了勾嘴角，单手撑在她身侧，缓声说道，“不过女孩子别上赶着花钱。”

许昭意沉默地推开他，无言以对。

“上万块的鞋，还要什么自行车啊？”赵观良嘴角微抖。

“对不起，打扰了。”宋野自暴自弃地摔了外套。

这一年的学生会主席比较野，入场仪式在学生会的据理力争下，比往年炸裂得多。开场是抽烟舞和韩国唱跳组合 Blackpink 的《DDU-DU DDU-DU》，紧跟而来的是匕首操，又欲又飒，点燃全场。

钟婷作为中间位出尽了风头。

各班和运动员方队入场后，主席台上开始了冗长的演讲。

钟婷在许昭意面前晃了两圈，羡慕地打量着她：“你还能穿小裙子啊？早知道我就留下举牌了。”

哥特风的黑色洛丽塔裙，许昭意走方队举牌时几乎万众瞩目。

不是所有人都会欣赏洛丽塔风格，但没有一个人会否认她颜值高。她长得漂亮，抓眼的漂亮，就算套个麻袋，也能让全场的视线胶着在她身上。

“我没办法，你是没见到我们班的方队队服有多丑。”许昭意手托着下巴感叹道。

举牌的女生默认是“全班最靓的崽”，只是许昭意“佛系”得很，对此没多少兴趣。

可再“佛系”，她也架不住运动员要走方队。而方队队服在老徐的整改下，土里土气，奇丑无比。别的班炸翻全场，20 班也就举牌成员能随便穿。

“无所谓了，”钟婷左手一袋零食，右手一把太阳伞，“我已经准备好两天的吃喝睡时刻了。”

“你就懒死吧。”

“你不懂，我每次看运动会时都这样想，”钟婷突然拿腔拿调地说道，“优胜者固然可敬，但那虽然落后而仍跑至终点的竞技者，和见了这样的竞技者而肃然不笑的看客——乃正是中国将来之脊梁。”

铿锵有力，字字珠玑。

但许昭意对钟婷“碰瓷”名人名言的行为嗤之以鼻，果断拆台：“你没报名，算什么竞技者？”

“不，我是看客。”钟婷微微一笑。

说话间，文娱委员抱着一摞稿纸回来：“这两天不参加比赛的同学要写加油稿，每人二十份。”

班内同学默契地拖长音“啊”了一声，抱怨和抗议连成片，瞬间沸腾了。

“又来，强制写加油稿是不是所有学校的传统？”

“我不反对强制写加油稿，我反对逆天的任务量——全校每人二十份，确定播音员能读完？”

“说实话，写加油稿跟微博底下粉丝控评没什么两样，无聊。”

“每个班都得写，我也没办法，大家辛苦点儿。”文娱委员双手合十，无奈地说道。

许昭意看她下不来台：“没事，帮你分担点儿。”

梁靖川套了一件单薄的黑色卫衣，袖子挽到手肘，懒洋洋的模样充满了少年感。

“会写给我吗？”大概是没睡醒，梁靖川低哑的嗓音颗粒感分明。

许昭意对他的突然要求有些诧异，奇怪地看他一眼，心想他是不是吃错药了。

“行啊，”她轻笑出声，随口瞎扯道，“你比较想听笨鸟先飞，虽败犹荣；还是尽人事听天命，安心上路？”

要是这种加油稿他乐意，她分分钟可以扯几百份，毕竟跟他唱反调不需要动力。

“你敢写敢交，也不是不可以。”梁靖川微微一哂。

“懒得搭理你。”

“麻烦后排把稿纸传一下。”前排栅栏外文娱委员还在发稿纸，许昭意不想起身，无声地望了一眼梁靖川，朝他伸出手。

梁靖川垂了垂眼睑，视线不动声色地下移，停留了几秒。

许昭意以为让梁靖川递张稿纸不需要多言，毕竟同桌半学期，这点儿默契还是该有的。

然而并没有，他只是把手握成拳放在了她的掌心上。

许昭意眨了眨眼。

文娱委员僵了僵，递稿纸的手微微颤抖，陷入了两难的境地。

递也不是，走也不是。

“搞什么啊？我是让你把稿纸递给我。”许昭意莫名觉得好笑，翻转手掌拍了一下他的手背，“算了，我自己来吧。”

目睹一切的文娱委员再也忍不了了，果断地撂下几张稿纸，跟个没事人似的飞快逃离现场。

她生怕知道得过多，后果会不堪设想。

“走了。”少年修长的手指在她眼前一晃，打了个响指，“别忘了给我的加油稿。”

运动会举行两天，田赛和径赛同时进行。除此，最后还会有一小段趣味运动会。

主席台演讲接近尾声，男子一百米最先开始，梁靖川该去检录了。

“许昭意。”

许昭意恍神间，看台围栏外的他忽然唤她。她抬头的瞬间，他的手机不偏不倚地落在她的手里：“帮我拿着。”

梁靖川脱卫衣时，无意间掀起底下的队服，露出一小截腰线和腹肌，线条紧绷而流畅。

只短短一瞬，便成功地在附近看台掀起一片尖叫声。

许昭意收回视线，将稿纸垫在书本上，工工整整地誊抄加油稿。

大概真是被梁靖川折腾服了，许昭意还真给他写了篇一加油稿，才离开班级区域，去女子一百米检录处做准备。

沉默了一早晨的宋野终于忍不住行动了，主动承担了送加油稿的重任，路上顺便扒拉了一下。

“我说你别太过分啊，小心川哥抽你。”赵观良懒洋洋地伸了个懒腰，“你说你自己作死，干吗拽上我啊？”

“有‘瓜’吃是要分享的，我给你读一段啊。”宋野清了清嗓子，拿着许昭意的加油稿声情并茂地朗读道，“你栖于九月苍茫的洪流上，理想长于跑道一万丈。你梦中胜利的……”

他的声音戛然而止。

“怎么不读了，宋大才子？”

“还读个什么啊。”宋野一言难尽地折好稿纸，“许妹太一本正经了，没意思。”

赵观良“啧”了一声。

“没事。”宋野手上的折扇潇洒地一打，“嘿嘿”一笑，“热心市民小宋竭诚为民服务，我给她改改。”

五分钟后，不远处的检录即将结束，主席台播音员的声音如约响起：“他来了，他来了，他带着冠军走来了！”

底下看台的学生听到第一句，就敏感地嗅到了非同寻常的气息。果然，下一句就炸裂全场——

“俯瞰废铜烂铁，坐视全场菜鸡，谁能横刀立马？唯我川哥降临！”

“你比狮猛，你比虎强，你像太阳放光芒！赢了为你痴，输也为你狂，昭昭为你撞大墙！”

看台上爆出一阵哄笑声，不少人笑得前仰后合。

“天哪，主席台疯了吗？不对，写稿的人疯了吗？还撞大墙，哈哈哈——哈哈哈——”

“牛啊！仇恨拉到满，操作骚上天啊！”

临近班级的同学忍不住凑过来扒料，然而 20 班的同学也一头雾水。

“这是什么情况，你们班加油稿这么骚吗？”

“这是咱们班同学写的吗？到底是哪位勇士冒着被教导主任咬死的危险？”

“等等，昭昭是谁？”

检录处的许昭意抬头，莫名其妙有种不好的预感。

还没结束，主席台播音员的第二段加油稿朗读再次清晰地传来。

“我的意中人是个盖世运动员，总有一天，他会披着23号外衣，用尽毕生力气，冒着被狗追的风险全力奔跑，只为装×。”

全场除了播音员，几乎笑得都癫狂了。而播音员的声音依旧不疾不徐，洪亮有力——

“读稿来源：高一20班，许昭意。”

全场哗然。

正好好走路的许昭意，差点儿一脚崴进旁边的沙坑里，错愕地抬头环视一周。

——什么鬼？是哪个刁民在害朕？

原本无动于衷的梁靖川意外地挑了挑眉。他懒洋洋地掠过全场，幽深的目光落在了许昭意身上，勾了勾嘴角。

相隔太远，看不到彼此的神色，但许昭意不用猜也知道他现在是怎样的表情。

许昭意深吸一口气，仅存的理智阻止了她在校内施暴。

“你们班学霸牛啊，趁着教导主任反应不过来花式作死，小心他回来会暴走。”隔壁班班长叹服。

“这肯定不是许妹干的。”徐洋笑着摆摆手，“谁干的？小心许妹回来会暴走。”

宋野原本打算深藏功与名——主要是怕死——结果赵观良毫不犹豫地出卖了他。

“瞎搞。”徐洋“啧”了一声，“阁下何不乘风起，扶摇直上九万里，偕日于天齐？”

“说人话。”

“你咋不上天，和太阳肩并肩？”

“我不管啊，谁让他们在比赛场上这么炫技？”暴露后的宋野视死如归，分析得头头是道，“你看看川哥，都快把校运会搞成奥运会马拉松的水准了，完全不给我们这些没才艺的人活路。”

“啧，没用，妹子也在场上。”班内同学半开玩笑地接了一句，“说不定许妹也有本事把校运会当马拉松玩。”

随口胡扯，但一语中的。

女子一百米预备中，看台席上的人才从加油稿事件回过神来，注意力拉回到场上。

老徐在看台围栏附近，抱着土里土气的水杯，跟5班班主任闲聊，无奈地笑笑：“我们班女同学好像不太积极，没多少体育精神，估计要垫底。”

5班是体育特长生和艺术生聚集地，全然不需要担心此类问题。5班班主任笑眯眯地谦虚道：“哎，瞧你这话说的，你们班阶段考成绩那么出众，哪需要在这方面浪费时间？”

“平常心，平常心。”老徐笑着喝了一口枸杞茶，“佛系”得像个老大爷。

说话间，发令枪已响。

“什么情况？许妹好快啊！那是许妹吧？”

“这是要第一的节……啊啊啊——真的冲线了？！”

身后的质疑声突然拔高到变调，拐了一百八十度变成惊叹。

老徐慢悠悠地抬头，扶了扶眼镜，后知后觉地望了一眼场上：“跑完了？”

“第一名，十秒二三！”徐洋从终点线计时处一路跑回来，“咱们班许昭意真绝了，差一点儿破纪录了，居然比5班……”

他兴奋过了头，这才反应过来5班班主任在旁边，紧急改口：“老师好。”

冠军爆了冷门。

短短十来秒，场下还没反应过来，场上许昭意已经冲线了。足够轻而易举，也跌破了全场人的眼镜。

“假的吧，川哥我不意外，许妹柔柔弱弱的，居然这么快？”

“实不相瞒，我还没开始看，就已经结束了。”

按理说，运动会是特长班大放光彩的场子，偏偏这年撞上了梁靖川和许昭意，冲刺阶段被他们绝杀了。

还是双杀。

老徐像个老父亲一般指着许昭意，跟5班班主任说：“就是那个

95 号，我们班许昭意，平时看不出来，原来小姑娘还挺能跑的。”

平时也没人能想到，成绩考了年级第一和第二的，体育项目也能拿第一。

会心一击。

5 班班主任面子上其实有点儿挂不住，但他爱才，越看越觉得惋惜——可惜了成绩这么好，十有八九挖不走。

等到他一走，二 20 班的欢呼放肆了许多。

“我觉得 5 班班主任的背影一瞬间沧桑了许多。”

“咱们这样不太好吧？万一其他奖项也包圆了，5 班得多尴尬啊。”有同学摇了摇头。

“拉倒吧，装什么善解人意？我都看到你发朋友圈炫耀了。”徐洋笑骂一句，顺手转发照片加标题——

廿班出征，寸草不生。

对手不死，圣战不止。

“虽然 5 班平时嚣张跋扈不是人，但你们班是真的狗。”隔壁班的语气微酸，“妹子怎么没分给我们？”

比起班里同学的兴奋，许昭意对结果没多少反应。她这一刻满脑子都是该死的加油稿，都快在她耳边单曲循环了。

“之前是谁干的？出来聊聊吧。”

看台上的一票人看热闹不嫌事大，笑个没完：“我举报，是宋野。敢做不敢认，早没影儿了。”

宋野能作能浪，敢在作死的边缘蹦迪，不代表他会站在原地挨打。被人拆穿后，他就拎着包蹿去别班的看台，远远地躲开了。

“那就劝他别回来了，”许昭意拎着一瓶水靠在围栏上，微微一笑，“不然我这里有张天堂单程票，祝他旅程愉快。”

坐在隔壁班的钟婷本来都止住笑了，一见到许昭意又忍不住笑出声：“讲真的，姐，你的加油稿比百米冲刺还优秀。”

在如此高压状态下，钟婷哪壶不开提哪壶的本事还是登峰造极。

“钟婷，你以后有事别求我。”许昭意面无表情地抬头。

钟婷一边说“我错了”，一边绕过看台跑过来，见到座位上的纸袋：“哎，袋子有点儿眼熟啊。”

“许妹送川哥的，是不是觉得比加油稿更打动人？”赵观良“啧啧”两声。

“我昨天陪你逛街，还以为你是买给自己的。昭昭，”钟婷意味深长地“哦”了一声，“我的心好痛。”

“还个礼，至于吗？”许昭意一言难尽地看着钟婷，“难道你平时坑少我的钱了？”

“不过寓意不太好吧？送鞋子的潜台词是让对方离自己远一点儿。”钟婷若有所思道。

“有这种说法吗？”许昭意稍稍愣住。

“你真不知道啊？”钟婷好奇地看着她。

“你们女生讲究可真多，不要给我啊。”赵观良快无语了，“找个地方扔了，我去捡。”

许昭意其实没想那么多。

恍神间，许昭意手中一空。

梁靖川抽走她手中的矿泉水，在她眼前摆了摆手：“想什么呢？”

许昭意抬头凝视他，沉默两秒，移开了视线：“没事。”

许昭意放低声音，闷闷地又含混不清地暗示了一句：“我听说，送那什么，不太好。”

“嗯？”梁靖川抬头。

“就是送鞋子不太好。”许昭意咬了一下唇，声音越来越低，细弱蚊蚋。

她忍不住去看他的反应，怕他调侃自己。不过他好像没太当回事，只微微一哂：“能有什么不太好？”

“就是……”

正不知从何说起，梁靖川拧开瓶盖，照旧懒洋洋的，意态轻慢。

许昭意旋即反应过来，扭头诧异地看过去，视线掠过他精致的侧脸，紧绷的下颌线条，一直到他骨节分明的手。

“哥，你喝的是我的水。”

“不就是喝个水，”梁靖川挑挑眉，“这你也要计较？”

“闭嘴吧，梁靖川！”许昭意倒吸一口冷气，脚尖轻轻地踢了踢他，“你还能不能好好说话了？”

梁靖川也没躲，垂眸时低声笑了笑，喉结微滚。

“你笑什么？”许昭意莫名其妙。

“我在想刚刚的加油稿。”梁靖川双手交错，懒散地搭在围栏上。

“梁靖川！”许昭意瞪他一眼，像被踩到了尾巴的猫，差点儿要奓毛。

“开个玩笑。”梁靖川勾起嘴角，“你现在热吗？”

没头没尾的一句。

“还好。”许昭意忍不住好奇：“怎么了？”

梁靖川手臂随意地搭在围栏上，微微倾身与她对视。

“我在想，如果不是因为热的，”他的嗓音低沉，“那你现在是真的脸红了。”

许昭意大脑空白了几秒，猛然后退几步，移开了视线，低声没好气地骂了他一句。

她就不该待在这儿跟他瞎扯。

回应她的，是身侧他的一声轻笑。

夺冠容易，但破短跑纪录并不容易，毕竟术业有专攻，破纪录的学长、学姐也不是吃素的。所以许昭意跟梁靖川打赌默认的，是第二日的一千五百米、三千米和五千米。

检录结束，许昭意跟钟婷往起跑线走。正说着话，忽然有人冒冒失失地撞了她一下。

许昭意眼明手快地扶了一把栏杆，膝盖还是随着惯性一弯，磕到了一角，低呼出声。

“小心！”梁靖川拨开聚在周围的人，将她转过来，“撞到哪儿了？”

许昭意的膝盖青了一块。

她的皮肤白皙，修长的腿上半点儿瑕疵都没有，膝盖上的痕迹虽然小，却被衬得越发明显，触目惊心。

梁靖川的视线在她的膝盖处停留了几秒，微微蹙眉。

一旁的钟婷率先炸了，几步上前扯住对方：“你有病吧！不会走路吗？”

“对不起。”罪魁祸首是78号女生，不情愿地挥开手，语气有些不善，“我又不是故意的，这么娇气吗？”

“娇气个鬼！我撞你一下，也赔你一句‘对不起’怎么样？”钟婷冷笑一声，挡住了她的去路，“你什么态度？”

那女生还想回嘴，声音却突然卡在了喉咙里。

梁靖川抬了抬眼皮，无声地睨了她一眼。他的目光可以说是平静的，却让人无端生出一种刺骨的冷意。

那女生到底犯怵，视线刚一接触就移开，态度下意识地好了不少，心虚地再次道歉：“对不起，等比赛结束了，我带她去医院行吗，同学？”

话音刚落，广播通知一千五百米准备，裁判员和发令员已经到位，那女生飞快地跑了。

“那个 78 号是何芊芊的朋友，天天混在一块儿，输不起吧？这么低级！”钟婷翻了个白眼，“果然物以类聚，真让人无语。”

“等比赛结束了再说。”许昭意踢了踢腿，活动了一下，“好像也没太大的事，就是看着唬人。”

“还能跑吗？”梁靖川的眉毛微拢，神色有些沉。

“当然。”许昭意嗓音平静，“从小到大，只有我碾压别人的时候，就算是输，也没有别人让我狼狈的份儿。”

只要她认定了，她就总有本事做到。不仅让人输，搞不好对方还得哭。

梁靖川无声地勾起嘴角，手抄进外套口袋里，站在原地不动。

许昭意略微讶异地瞟她一眼，忽然猜到了他的心思。

他大概是想陪跑。

“事先说明，我用不着你可怜，更不需要人陪跑。”她歪了一下脑袋，轻笑出声，“你不如省点儿力气，想想怎么赢我吧。输了岂不是很难看？”

跑道上开始清人，他们错开身子，梁靖川微微挑了挑眉，道：“拭目以待。”

发令枪响，信号烟飘出来，跑道上的运动员瞬间冲出起跑线。

夏风掠过耳畔，他低沉的嗓音淹没在场上喧嚣的声音里：“我在终点等你。”

不知道她是否听见了。

也不知她是否回答了。

第二圈时，就出了点儿小插曲。

长跑过程一直很顺利，许昭意没料到这个人没完没了，有意无意地往她身上靠。

又想故技重施。

许昭意微微抿了一下唇，心底欲燃欲灭的火星被彻底撩拨起来。

她避开容易，但她闪躲的同时，78号借机超了过去。

看台上看不清，也不会太计较这样的小动作，不过留神的人能看出猫腻。

“什么毛病？小姑娘怎么这么不要脸？”赵观良骂了一句。

梁靖川的目光沉了沉，蓦地起身。

其实他不太想掺和这种破事，放在往常，他也不跟女生计较。毕竟在他的印象里，小女生为了点鸡毛蒜皮的小事弯弯绕绕一大堆，似乎稀松平常。

但他现在特别想把这女生扯过来，按着她的头给许昭意道歉。

他跟许昭意待在一起时的好脾性，似乎被一把锉刀锉得起了刺，毛毛躁躁的。

“许妹提速了！”

“我头一回见女生这么秀。”体育委员突然拔高了嗓音，大吼一声，“意姐高！意姐牛！”

20班的男生突然跟打了鸡血似的，激动得要命。

之前各项目在梁靖川和许底昭意手下接连夺冠，他们都没这反应。

许昭意的外表极具欺骗性，她长得漂亮，勾人的那种漂亮。但她就是能给人一种单纯的感觉，特能引起人的保护欲。

还有什么是比看娇软妹子赛场发飙，吊打别人更刺激的呢？

那可能只剩妹子打架了。

长跑考验的是耐力和持久力，中途就加速并非明智之举，但她的状态出人意料地好。

台上彻底亢奋了。

事实证明，许昭意不是为了赌一时之气。78号跟她的差距，从她第一圈刚过就开始提速，再也没追回来，甚至还越来越大。

微热的夏风掠过耳畔，许昭意的呼吸微促，她不断调节呼吸和状态，速度也在不断地加快。

原本没打算这么拼命，不过有些人真的让她不爽。

她捏了一下掌心，脚下像生了风一般冲向终点。

四分八秒三六，快了记录五秒。

场上的尖叫声、欢呼声、道贺声连成一片，直往许昭意的耳朵里灌。急剧奔跑后的放松极易让人脱力，她微喘着气，酸意从脚底侵袭。

她低骂一句，带着点儿微促的气音："本来没想跑这么快的。"

"别急着坐，站着缓一会儿。"梁靖川轻轻地拍了拍她的后背。

围上来的人很多，梁靖川伸手扶她时，她并未多想。她"嗯"了一声，拽着梁靖川的衣角，扶住他的手臂。

"我没事了。"片刻之后，许昭意拨开梁靖川，扬声对78号说道："第一给你吧。"

"什么？"那女生敌意未减，因为输了脸色并不好看。可她没反应过来许昭意的意思，还有些诧异。

"你不是想赢我吗？那我可以让你赢。"许昭意勾了勾唇，笑吟吟地说道。

那女生的脸色又难看了三分："不必了。"

碍于旁边人多，她强忍着，才没气急败坏地冲上来骂许昭意。

如果真的想成全别人，许昭意怎么会赢得这么漂亮，这么不留余地，又怎么会在出尽风头后，才轻描淡写地让出奖项。

这无异于施舍和羞辱，也不亚于一记耳光。

许昭意本来就不是个善类。她没加倍奉还就不错了，更何况以德报怨，想都不用想。

见对方急着要走，她声音温和地叫住她："哦，对了，忘了跟你说。"

那女生扭过头来，脸色青白交加，视线中的敌意掩饰不住。

"你有句话说得挺对的，某些时候，我就是爱出风头，就是喜欢胜人一筹。"许昭意歪了一下脑袋，轻轻地吐出一句话，"你也记好了，离我远点儿，少招惹我。"

在对方实在称不上好看的脸色里，许昭意勾唇笑了笑："我这个人不喜欢平分秋色，只乐意独占鳌头。"

第13章
樱桃汽水

围过来看热闹的人越来越多，那女生窘迫又不爽，可惜不好发作，掐着掌心忍了又忍，想离开。

“站住。”钟婷上前几步，再次挡住了她的去路，“你还挺潇洒啊，都把人撞成这样了，说走就走。忘了自己赛前是怎么保证的了？”

78号剜了她一眼。

“哟，你瞪我干吗？”钟婷完全不怵她，拔高了音量讽刺道，“别以为输了比赛就是弱势群体，怪搞笑的。”

她自上而下打量了一眼对面，语带轻嘲：“再说了，现在也不流行你弱你有理那一套了。”

“我道歉了，她不也没事，你故意找碴儿是不是？”那女生特不耐烦地回了一句，“别以为我不敢——”

“你挺厉害啊。”梁靖川抬了抬眼皮。

这话说得厉害，乍一听跟夸奖似的，就是听着瘆得慌。

仗着旁边人多，出不了大事，78号有了点儿底气。但她看着梁靖川心里还是发虚，“我”了好半天，僵持着下不来台。

“你想怎么样？”她梗着脖子说道。

“我对女生下不去手，要不你自己也磕一下。”梁靖川的嗓音沉了沉，似笑非笑，“跟她一样严重，这件事就算了。”

他嘴角的弧度柔软，语气甚至算得上温和，偏偏呈现出一种不好相处的姿态。

这是一种微小到难以言述，又切实可感、足以扭转全盘的变化。

硬要形容，只能说梁靖川跟许昭意相处的时候脾性太好，教养也太好了，她完全想象不出来他会有疏冷阴沉的样子。

听着不像玩笑话，他这是发火的前兆了。

那女生脸都白了。

“梁靖川。”许昭意忽然扯了一下他的校服。

许昭意倒不是“圣母心”发作，她是瞟到了不远处的年级主任正往这边走过来，也不太想梁靖川插手。

对方到底是一个女生，怎么收场都不太好看。

教导主任正板着脸往这边走，他的嗓门大，厉喝声十分清晰地传过来：“怎么回事？都堵在这里干什么？瞎折腾！”

教导主任一靠近，聚在附近的人瞬间就作鸟兽散。见到人过来，那女生正要开口，许昭意先发制人。

“没事，老师。”许昭意眨了眨眼，慢悠悠地瞟了一眼膝盖，用极度轻松也极度宽松的口吻说道，“可能因为比赛比较急，她不小心把我的膝盖撞伤了，非要拉着我去医务室看看。”

她说着朝梁靖川伸手。

梁靖川意外地挑了挑眉，还是默契又配合地一把搀扶住她。

78 号彻底蒙了。

所有人的视线都随着她的动作聚集在那块瘀青上。大概是长跑刚结束的缘故，阳光底下，那块瘀青看着似乎更显眼了。

那女生被堵得哑口无言。她看着很着急，憋屈得半死，偏偏又挑不出许昭意的不是。

许昭意确实没添油加醋，她就是特懂“说话的艺术”，愣是把自己这个受害者的可怜程度放大了好几倍。

“先去医务室看看吧。”对着许昭意，主任的态度罕见地好了不少，说完看了旁边的 5 班班主任一眼。

后者的脸色瞬间不好了，转身劈头盖脸地呵斥了几句：“你怎么回事？平时看着就不上心，走路还冒冒失失的？”

本来他们班是特长班，这一年已经输得够丢人现眼了。现在好了，班里的同学还净整幺蛾子。

“老师，她应该不是故意的。”许昭意弱弱地替她说了句好话，“我也没什么问题。”

落井下石，会心一击。

“其实友谊第一，比赛第二，冠军谁拿都是可以的。”许昭意笑吟吟地继续说道。

又是一刀。

78号真的很想让许昭意赶紧闭嘴，甚至乐意叫她“祖宗”，给她一笔“封口费”。她的每一句话都精准到位，步步踩雷，直挑得5班的班主任火冒三丈。

凉了，凉透了。

任谁也想不到，这场不愉快是以这种方式收场。在教导主任的监督下，78号再三道歉，跟个孙子似的求着许昭意去医务室。

等陪人演完这场戏，许昭意手托着下巴，优哉游哉地坐在看台上，活动了一下膝盖。

“意姐，请收下我的膝盖，我今天才明白，我真是上帝造出来充数的。”

“您是真的牛，5班平时特跩，今天脸都紫了，哈哈哈——报应啊。”

周围的夸赞和惊叹她悉数收下，按惯例谦虚了几句，听得有些麻木。

而钟婷笑得都快抽筋了：“看得我好爽啊！姐，这下好了，人品和比赛她全输干净了。”

“她要是没那么跩，我根本懒得搭理她。”许昭意懒洋洋地拆了一包薯片，“毕竟我这么善良，是吧，同桌？”

梁靖川无声地勾了勾嘴角，没附和也没反驳。

许昭意对他的反应不太满意，冷哼一声，低着头玩游戏。

屏幕最上方的电量快要告罄，许昭意搜寻了一圈都没借到充电宝。眼前突然横过来一部手机，梁靖川的嗓音低沉：“没密码。”

许昭意也没跟他客气。

梁靖川的手机不仅没密码，还异常干净。

“你手机上怎么什么游戏都没有？”许昭意翻了翻页面，“不说游戏了，居然连社交软件都没有。”

她略微讶异地抬头：“你是活在旧石器时代的山顶洞人吗？”

“你自己下。”梁靖川偏头睨她一眼。

许昭意低低地“哦”了一声。

隔了几秒，梁靖川起身去检录处。

许昭意趴在栏杆上，看着他的背影，终于忍不住再次吐槽：“我能不能再过分点儿，把你的屏保壁纸也换了？山顶洞人都不一定是这种审美。”

“你随意。”梁靖川头也没回，懒散地摆了摆手。

男子五千米是径赛的最后一项。

五千米要跑十二圈半，20班的地理位置优越，对面不偏不倚是终点，所以许昭意也不着急看比赛情况。

她刚要戴上耳机，趴在前面栏杆围观的同学中有人惊呼出声：“一上来就这么猛吗？”

许昭意诧异地抬头。

比赛才刚刚开始，梁靖川的速度就很逆天。除了紧跟的特长生，其他人被远远地甩开了。

“川哥真的太快了！”

“这样虽然很爽、很拉风，但是不太好吧？万一之后体力不支就麻烦了。”有人忍不住说了一句。

许昭意同样好奇。

她敢在第二圈加速，是因为一千五百米不到四圈，跑得再快她也不担心体力不支的问题。但五千米拼的不仅是体力和耐力，也是战术，是呼吸的调整、速度的控制和体力的分配。一般而言，最后一千米才步入冲刺阶段。

这样的质疑随着时间的流逝，慢慢地淡去。

因为整整五圈过去了，他压根儿没受影响，而且后面的人跟他的差距越来越大。

很稳。

稳得不合常理，也不可思议。

“我真想去采访采访川哥，他真的不累吗？”

“恕我直言，川哥今天秀的程度像只孔雀，开屏开到十里地外都能瞧见。”

许昭意深以为然。

她也没多少心思玩游戏了，趴在栏杆上围观比赛，忽然想起之前的打赌，有些恍神。

输赢毫无悬念，但在最后一圈出了点儿意外。

冲线的前一刻，梁靖川突然倒转过身，面朝着后面停了下来。

“川哥要干吗？”

场上场下的人都蒙了，除了主席台正专注读稿的播音员。

毕竟第二名都被他甩开了大半圈，此时不冲线不是闹吗？

夏日骄阳似火，运动场的跑道上聚集了全场的视线。梁靖川面对着身后追赶自己的长跑选手，单手握拳，像古罗马角斗场上的角斗士一样，以拇指作刀刃，从喉管划过。

是致敬，也是挑衅。

少年漫不经心的姿态震慑全场，在绝对实力的加持下，他的轻狂，光芒万丈。

场下看台的人瞬间癫狂了。

“川哥今年封神了！”

“这么嚣张的吗？场上的选手怎么能忍？这是赤裸裸的侮辱啊！”

“想太多，场上的选手可能只是跑不动了。”

在铺天盖地的喝彩声和尖叫声里，梁靖川张开双臂，倒退着撞上终点线。

绝对碾压式的胜利。

不仅仅是20班，这操作成功掀起了女生的尖叫声和男生的喝彩声，直震得人耳膜疼。

梁靖川比赛时浪得飞起，回了看台跟脱了力似的，倒在了许昭意旁边的座位上。

距离过近，许昭意愣了一下。

“你干吗？”许昭意看着他，声音里还带着点儿震惊和不自在，“你赶紧回自己位子去。”

也不知道她同桌最近吃错什么药了。

“我没力气了。”梁靖川嗓音低哑。

许昭意快无语了。

她维持着最后一点儿耐心和好脾性，面无表情地推了推他的肩膀：“哥，拜托你专业点儿好不好？”她微叹一口气，“你场上跑完都能活蹦乱跳，现在装虚弱真的很假。”

“可能是刚发作的后遗症。”梁靖川睁着眼睛瞎扯。

他的手肘搭在她身后的座椅上，握着她手里的太阳伞往下拉低。

“许昭意，我真的很——”

话没说完，伞外突然传来一声：“川哥呢？”

梁靖川动作微顿。

“川哥，您当时不能冲个线再搞吗？”体育委员毫不知情，看着五千米成绩，比当事人还要痛心疾首，“您居然有十五六秒浪费在最后那操作上。”

十五分零九秒一三。

仅次于2016年体育特长生的记录不到一秒，还是在他最后的骚操作，在场上浪费时间装的前提下。

梁靖川对成绩倒不太关心，只是一眨不眨地看着许昭意。

“打赌都输给你了，你也不安慰安慰我？”

“输了只能证明是废物，关我什么事？”许昭意轻声嗤他，“当然，你的情况比较特殊，你是被自己骚断腿的。”

梁靖川半垂着视线，无声一哂，十分无可奈何，也十分挫败。

“除了川哥和许妹，算上其他同学的辉煌成绩，咱们这次排名不会低。”徐洋站在前方笑道，“老徐说了，比赛后有惊喜。”

班级区域炸开一阵欢呼，体育委员拔高音量道：“各位同僚，有没有一种运动会是为咱们班开的感觉？”

“醒醒吧，同志，准确来讲，运动会是替川哥和意姐开的。咱们班今年真是躺赢啊。”

过于优秀的成绩，导致体育老师直接找过来，拉着梁靖川和许昭意聊了很长时间。

许昭意被先行放了回来。

钟婷趴在栏杆外，挥了挥手机给她看：“你们今天过于优秀了，校园线上平台都快成为你们的贴吧了。”

许昭意看了一眼。

首页几乎已经沦陷，十个帖子有七八个是讲她和梁靖川。

虽然许昭意对线上的恶意很反感，但她还真的挺佩服这群人取标题的水平——将装进行到底、老大是怎样炼成的、绝世超神梁靖川，天下无双许昭意……

许昭意轻嗤：“请不要跟谦虚的我混为一谈。”

“你可要点儿脸吧，在秀操作这方面，你们可真是天生绝配。”钟婷翻了个白眼，“赶紧锁死算了，钥匙被我吃了。”

“希望你的话像你的分一样少。”许昭意微微一笑。

钟婷隔着栏杆都想捶她。

“不过我得恭喜你，你在运动会上的表现太逆天，实在不符合往常被抹黑的娇弱做作的形象。”钟婷又翻了个帖子给她看，“所以校园贴吧论坛表白墙，已经全线逆风翻盘。”

帖子标题很长，楼层盖得已经很高了，主楼里说的无非是她长跑的事，还有长跑后怼78号的精彩场面，以及一带而过的梁靖川。

本来没什么好看的，但后续楼层统统歪了，而且是朝着一个诡异的方向——

2L：“等等，她居然敢撑梁靖川，还说人家是山顶洞人，骂完他土，还说他输了垃圾？！”

3L：“大哥发现了一个小细节。”

4L：“按你们猜测的逻辑，她不应该嘤嘤嘤撒娇卖萌求抱抱吗？怎么会直接撑梁靖川？还句句带刀，刀刀见血。”

5L：“我的心情有些微妙，长久以来猜错了？”

…………

58L：“楼上洗白的消停会儿，关键不应该是‘梁靖川很吃这一套’吗？说不定她是故意的。”

59L：“虽然但是，58L有胆量去‘故意’一个试试？梁靖川，一个制冷的‘生人勿近’的年轻死神，你不一定有命活着回来。”

许昭意手指微抖，飞快地划拉了几下屏幕，没多少心思再看，关掉了帖子。

夏日午间的蝉鸣聒噪，炙热的阳光着实扰人，塑胶跑道上拖着长长短短的影子。

钟婷就站在许昭意对面，看她明显心不在焉，有些奇怪地问：“你想什么呢？”

许昭意敷衍地应了声：“没事。”

钟婷嫌弃许昭意嫌弃得没边儿：“你每天坚持在作死的边缘反复横跳，怎么就没被梁靖川打死呢？”

“你们这么怕他才莫名其妙好吧？”许昭意好笑地看着她，“说实话，我都跟他同桌这么久了，他脾气还行。”

钟婷若有所思地点点头：“从你至今没被梁靖川打死的角度来看，他脾气确实还行。”

许昭意懒得争辩。

偏头时她的眼风掠过向看台走来的梁靖川，朝他伸了一下手。

梁靖川睨她一眼，疏懒地靠在围栏外。

他单手捞起一听樱桃汽水，修长而骨节分明的食指钩动拉环，冒着气泡的汽水泛着虚白的雾气。

“吧嗒”一声。

他递给许昭意，动作顺手又自然。

钟婷被这两个人无言的默契看直了眼。

虽然知道他们并非盛传中王不见王的死对头，但是他们什么时候混得这么熟了？

偏偏许昭意没察觉到有什么不寻常，还拉着她说得兴起。

此地不宜久留。

钟婷在心底咬牙切齿地默念了两遍，心说算了，还能忍忍。

梁靖川忽然顿住，拇指抵上许昭意的眼尾，轻轻地擦了一下：“这是什么？”

她眼尾稠艳流丹的印记晕开，像打翻了的胭脂。

许昭意愣了愣。

“这是眼尾花钿，你有点儿常识行不行？”回神后，许昭意反手一巴掌打在他的手背上，“我画了十几分钟。”

她奓毛的样子像被踩到尾巴的猫。

“它不对称。”梁靖川微微蹙眉。

“残破美不行吗？异形美不行吗？”许昭意快无语了。

“我错了，”梁靖川失笑道，“我错了，昭昭。”

大概是气得上头，许昭意对他的行为自动免疫，摸出小镜子试图修一下，躲都懒得躲。

就是这称呼听得她浑身不自在，嫌弃地“啧”了一声：“别这么叫我，你不觉得别扭吗？”

她对“昭昭”这个称呼特敏感，几乎有PTSD（创伤后应激障碍）了。只要一听到，满脑子都是魔性的加油稿。

一旁的钟婷越看越感到惊恐。她的视线在两个人身上不断来回打量，往后退了两步，一溜烟地逃离现场。

“她跑什么？”

“没事，”许昭意侧身时耸了耸肩，“她这人平时喜欢逞口舌之快，可能纯粹怕待久了会挨打。”

“嗯？”梁靖川抬头。

“谁让开学这么久，也没见你做啥出格的事啊？”许昭意接着先前的玩笑话，歪着脑袋调侃道。

梁靖川被气笑了。

“那不是以前不认识你。”许昭意越想越觉得心理不平衡，“请问您现在的工作，是专注于逼好学生失业吗？”

一个曾经对什么都不感兴趣的少年，现在专门截和第一名抢奖学金和三好学生，还要在运动会上大鹏展翅。

这是人干的事吗？

简直是闻所未闻，令人发指，丧心病狂。

接受了许昭意安的人设，梁靖川挑眉看向她，懒洋洋地应了一句：“我也想做社会主义的接班人，所以从早到晚只爱学习，积极向上，奋发图强。”

他微微一顿，同情又怜悯：“让你失望了。”

“善良点儿，别抢人台词。”许昭意一本正经地纠正他，“你的台词应该是‘放学后别走’。”

“那你对我了解得不彻底。”梁靖川抬了抬眼皮，嘴角漾开笑意。

许昭意有点恍惚。

初夏、蝉鸣，操场上迎面吹来炙热微醺的风，冒着虚白冷气的樱桃汽水，构成了他们的青春记忆。

运动会田赛和径赛已经结束，剩下的就是趣味活动、颁奖礼和闭幕式。午休时间校园内太吵，大多数学生选择在校内外闲逛。

“运动员的伙食，大家绝对不用操心。”体育委员毫不客气地拍着胸口保证，“当然是班长负责了。”

徐洋踹了他一脚：“你坑你爹呢，这么理直气壮？”

学校街尾新开了一家科技主题餐厅，大厅里有个人工智能机器人，在陪客人玩虚拟的叠叠乐游戏。组合好的积木凭电子触控，每抽掉一条后会得到相应的分数，塌陷后会自行重组。

许昭意闲着无聊，路过时轻轻地抽了一下。

面前的虚拟积木轰然倒塌。

许昭意还僵持着刚刚的动作，微微抿了唇，想给自己挽尊：“我的手，可能有自己的想法。”

“姐姐，上一个还没抽掉半个就塌掉的是七十二岁的老爷爷。”机器人的显示屏变了又变，“他有阿尔兹海默症。”

虽然料到了会被揪着反复嘲笑，但她万万没想到是人工智能率先落井下石。

“小仙女，它骂你手抖。”赵观良一拍大腿，毫不客气地跟着嘲笑。

“阿尔兹海默是肢体僵硬、记忆力不好，”梁靖川微微一哂，“手抖那是帕金森。”

“你找揍呢？”许昭意瞪了他一眼，怎么想都意难平，“你非得学人工智能侮辱我吗，梁靖川？”

机器人不是真的人，但梁靖川是真的狗。

“其实你可以在游戏体验里写个差评，让它感受一下人间疾苦。”体育委员耸了耸肩。

“我只是说了句实话，你们人类是不是玩不起？”机器人的面部显示屏电流变动，蹦出一个鄙夷的表情。

“哼！”赵观良的嘴角微微抽动，“别的不说，这玩意儿的毒舌水准，让我一度怀疑后台有人操纵。”

“走了。”梁靖川在许昭意眼前打了个响指，招魂似的，“就一破游戏，有什么好看的？”

“不行，我从未受过如此奇耻大辱，”许昭意没好气地拍开梁靖川的手，“游戏也不行。”

她顿了顿：“你不是还跟着它嘲笑我吗？我气饱了。”

“我随口一提，”梁靖川对她较真的态度有些莫名，“我陪你输一局不就完了吗？”

积木刚刚重组，他随手抽掉一块。本想演示一下失手，结果抽掉的那块积木好巧不巧地在平衡支撑点外，可有可无。

该配合演出的虚拟模型纹丝不动。

周围几个人彻底忍不住，放声大笑，还笑得很大声。

“许妹，‘非洲人’就是手气黑了点，什么好丢人的。”赵观良看不下去了，“人各有命，咱们别跟‘欧皇’对标。”

“滚！”梁靖川低骂一声。

许昭意僵硬地扭过头：“你在羞辱我？”

“我错了成吗？”梁靖川拿她没辙，微叹一口气。

“他们是不是看不到我们？”徐洋简直惊呆了，压低了声音。

“我也受不了了。”体育委员的肩膀抖了抖，生无可恋地捂住眼睛。

赵观良见怪不怪地上去一只手拽一个：“快走，快走，饭不好吃吗？何必在这儿碍眼？”

“真不走？”梁靖川快没脾气了，嗓音听着挫败又无奈。

许昭意面无表情地睨他一眼，连个标点符号都欠奉。

梁靖川不擅长哄人，被磨得快没耐性了。他直起身时，无可奈何地按了按眉心：“隔壁有家苏州糕点，海棠糕和松子黄千糕要吗？”

许昭意微顿，忍不住小声道：“还要薄荷糕和拿铁可可。”

她热爱美食的人设倒是始终不倒。

梁靖川微微挑了挑眉，心情复杂到想笑：“你小时候没被人拿零食骗走？”

“那你小时候有没有因为说话挨过揍呢？”许昭意皮笑肉不笑地反问。

互相伤害呗，谁刺激谁呢。

梁靖川无声一哂，姿态懒散地掉转了一下手机。他单手抄进口袋里时，清瘦的手腕露出一截，转身出了店门。

许昭意还留在原地，继续跟这台人工智能斗智斗勇。

这局玩得特顺，分数节节攀升。

许昭意心情稍缓时，忽然听到语气不善的一声：“刚刚跟梁靖川说话的人是你吧，他人呢？”

对面几个男生流里流气的，其中一个瘦高个可能是个小弟，吊儿郎当地打量了她一眼。

来者不善。

眼看一雪前耻的希望就在前方，许昭意十分不乐意被打扰。所以她回头看了对方一眼，语气有些烦躁：“你谁啊？”

北城最出名的几所高中是嘉博、一中和京附，三所学校距离其实很近，就在附近两条街错开坐落着。

嘉博专培养艺术生和特长生，一中最不缺的是成绩，而京附确实算得上权贵子女聚集地，父辈基本都背景深厚。因此早些年论坛里就有“嘉博颜值逆天，一中学霸遍地，京附非富即贵预备役”的说法。

看对面这几个人的穿着和态度，也不难猜出他们是附中的，梁靖川的老同学。

寻仇的。

找梁靖川寻仇的。

明确了最关键的两点，许昭意觉得跟自己没多大关系，完全可以袖手旁观。

“你要找他？”许昭意难得分给对方几秒精力，特冷淡无情地回复了一句：“出门右拐，快回来了，建议你去门口堵他。”

“你是他朋友吗？跟他有仇吗？”瘦高个阴阳怪气地调侃了一声。

“还行，没什么血海深仇。”许昭意平静地说，“不过你要是有本事收拾他一顿，我肯定是会给你鼓掌的。”

毕竟看梁靖川失手的时候不多，要格外珍惜。

要是放在往日，她一定会八卦看戏——梁靖川的前尘往事，听着就很有爆点——可惜她这天只想跟人工智能决一死战，没多少心情。

“你什么……”

“嘘。”

许昭意做了个噤声的动作，不耐烦地朝对方摆摆手：“路我都给你指了，能不能别吵，你是BB（传呼）机吗？”

“你态度还挺跩啊？”瘦高个被下了脸面，有些不爽地按住了许昭意的肩膀。

被猝不及防地一拍，许昭意的手指微抖。

面前的虚拟模型晃了晃，才维持住平衡。好在她稳得住，不然她玩了十几分钟才有的成果，很有可能会毁于一旦。

许昭意深吸一口气，勉强克制住自己岌岌可危的好脾气，慢悠悠地转过身。

她环视一圈，在心底衡量了一下：这地方有监控，而且高科技的东西应该都挺贵的，尤其是那台爱撑人的“人工智障”。

赔不起。

“同学，你有没有听过一个词，叫事不过三？”她笑了笑，“这是第一次。”

“哟，小妹妹，您还挺厉害，这是在威胁我啊？”

“是。”许昭意诚实地点点头，目光淡淡的，“你再不滚，你拍我的这只手可能要被物理性损害成帕金森了。”

周遭一片哄笑声。

也不是他们喜欢以貌取人，实在是这种长相清纯、声音清软，还带着点儿南方口音的妹子——从头到脚没一点跟“不好惹”搭边。

瘦高个正在气头上，被她言语一刺激，伸手一挥：“我还真就不信了，梁靖川身边的人是不是都这么欠教育？”

虚拟积木带着她的好脾气轰然倒塌。

“游戏结束。”

这下真的一切归零了。

许昭意看着分数值归零，仅剩的耐心告罄：“行，有话换个地方聊。”

过了拐角，步入监控盲区。

……

“他身边的人欠不欠教育我不知道，你倒是挺欠教育的。”她卡着对方的后脖颈，将人扯起来，“看别人玩游戏，没点眼力见儿吗？”

瘦高个蜷在一旁，稀里糊涂地吼了一句：“不是说事不过三吗？”

“是啊。”许昭意纤眉一挑，“可惜我连等到第二次的耐心都没有。”

他吼道：“你们都在干吗？还不快过来帮我？”

“行。”许昭意一脚踢飞了撂过来的杂物，眉眼冷淡，“要么滚，要么一起。”

第 14 章
白桃青栀

剑拔弩张的氛围下，硝烟味一触即燃。主题餐厅二楼的位置微妙，将巷子里的情形尽收眼底。有人无意间掠了一眼，错愕地骂了一声。

所有目光全聚集在了楼下，落地窗前齐刷刷一排脑袋。

通话接通时，赵观良吹了声跑调的口哨，“啧啧”两声：“川哥，你在哪儿呢？快回来看看，雨中劲爆啊！”

别的女孩子常规操作是撒娇、卖萌、装可爱，而许昭意和外面的妖艳女孩儿很不一样，她气场强大，在那帮人面前一点不落下风。

多么令人窒息的操作。

路数太野了！

“你什么毛病？”梁靖川按了按眉心。

“姚磊那帮孙子没堵到你，堵到小仙女了。”

“你说什么？”梁靖川微微蹙眉。

“我在楼上看着呢。”赵观良出乎意料地淡定，“反正已经坏菜了。”

梁靖川没听出他的反常，神色有些阴沉，目光淡下来，放下东西转身就走。

玻璃门被震得一声响。

店员吓了一跳，骂骂咧咧地探了头：“哎，结账啊，你东西不要了？什么人呢？”

旁边的赵观良不满地“啧”了一声：“川哥的脾气越来越急了，居然把电话给我挂了。”

“要不你再给宋野打个电话吧？”有人忽然提议。

“给他打电话干吗？”赵观良诧异道，“喊他这个战五渣过来，当啦啦队给意姐加油？”

“不，劝劝他吧，别回来了。”那哥们儿唏嘘不已，“就意姐那脾气，万一还记着加油稿的仇，小宋躲一两天恐怕没用。”

他一拍栏杆，痛心疾首地说道：“他最好这辈子都别回来了。”

一群人幸灾乐祸，就体育委员还像模像样地叹了口气。

“就看小宋想当杨过，还是段延庆了。让我们为小宋点蜡，默哀三分钟。”

巷子里混杂的气味刺鼻，带着潮湿的雨意，梁靖川赶到的时候，许昭意刚出来。

梁靖川无言以对了半晌，惊呆了。

他其实对许昭意的情况有所了解，也知道她远没有看上去那么好欺负。

但他还是被震撼到了。

许昭意猝不及防地撞见他，明显被吓了一跳，有点儿反应不过来。

按常理说，她身为一个女孩子，一副受惊模样比较合理。

可惜她都被抓了现行了，乖乖女的马甲也被彻底拆穿，好像就没有捉乖扮巧的必要了。

许昭意直勾勾地回视他，欲言又止。

细雨坠落，无声无息地迷茫了整个世界。

两人沉默了两秒，许昭意轻咳了一声，声音轻柔又平和：“我没什么事，走吧。”

下一秒，梁靖川抬起头。

她的眸底清晰地映出他的轮廓，他眼角眉梢还浸润着冷意。情绪分明很差，却在看向她时缓和了些许。

“看我做什么？”许昭意还抓着他的手腕，有些莫名。

他捏得发白的手指骨节微松，手背上的青筋隐了下去，任由她拽出去。

夏日的雨来得急，梁靖川半垂着视线，单手撑在她身侧，将她往广告牌的雨檐下拢。

许昭意下意识地伸手想推开他，又看着渐急的雨势，硬生生地顿在半空中。

其实再跑几米就是店门，结果现在躲在了广告牌底下，外面暴雨如注。

“等一下，我能不能问一问，我们刚才怎么不多跑两步呢？”许昭意环视一圈，实在没忍住，“为什么要躲在这个鬼地方避雨？”

“没注意。”梁靖川的语气淡淡的，还有些漫不经心。

许昭意一言难尽地叹了口气，抬头时稍稍愣住。

他正一眨不眨地凝视她。

她越想越头疼，觉得有必要换个话题，顺便抢救一下自己岌岌可危的形象。

“你别这么看着我，”她轻咳一声，“我那是怕你做事没分寸，才没告诉你。”

许昭意说完，十分忐忑不安地偷偷瞄他一眼。

没来由地，梁靖川压低嗓音笑了笑。

许昭意沉默了。忍了几秒，她面无表情地看着他：“梁靖川，你没毛病吧？”

他却像是笑得脱力一样。

许昭意脑子里乱得很，恼得就差没跺脚了：“你能不能正常点儿？我要生气了！”

“嗯。”梁靖川从善如流地应了声，嗓音里隐约有笑意。

周遭陷入一片沉寂，只有淅淅沥沥的雨声，搅乱了繁杂而凌乱的思绪。梁靖川忽然伸手拉了一下衣领，校服盖在她的头顶，遮挡住她的视线。

突如其来的黑暗压下来。

“你干吗？”

“你别动。”他嗓音压低了一些。

许昭意撇开脸道：“要不你挑一个吧。”

没头没脑的一句，搅乱了此刻的氛围。

“嗯？”

“一顿毒打，或者冰冷的雨水。”许昭意声音凉凉的，“哪个能让你清醒点儿？”

话音刚落，她提膝撞了过去。

没有丝毫缓冲的机会，膝击的瞬间，她的膝盖被力道一顶，狠狠地按了回去。他锁着她的腕骨往上折，压在冰凉的广告立牌上。

命门拿捏得挺准的，她半点儿力气都提不上来。

好的，她还是太年轻了。

“你还挺下得去手。”梁靖川微微眯了眯眼。

许昭意的脑海里缓缓打出一个问号，没好气地瞪他。

“你先把手松开。”许昭意忍无可忍地挣扎了一下，几乎要炸，“梁靖川，你做个人吧！”

梁靖川半垂着眼睑，被她这副视死如归的语气愉悦到。

刚拉扯间，梁靖川的脸被许昭意打到，嘴角破了。

周遭陷入沉默，诡异而微妙。许昭意薄唇微动，缩了缩肩膀，多少有些心虚。她低头摸了摸口袋，欲言又止地抬头。

没有创可贴和纸巾，就孤零零的一块糖。

梁靖川看了眼她的手心，用拇指擦了一下嘴角：“你这是准备打一巴掌，再给颗糖吗？”

许昭意想说失手。

但梁靖川抬了抬眼皮，目光沉下来，微哑着嗓音先发制人：“打一巴掌，不能给点儿别的表示吗？”

她是失手，但他是真活该。

“你今天就不能好好说话了是吗？”许昭意面无表情地看着他，“善良点儿吧，梁靖川。”

梁靖川停下动作，黑白分明的双眸一眨不眨地攫住她，轻慢的态度全然收敛：“许昭意，我不是在跟你开玩笑，我其实是想告诉你，我……”

话没来得及说完，有人趴在窗口喊了两个人一声。

梁靖川微微蹙眉。

“先回去吧，待会儿再说。”许昭意扯了扯他的袖口，“万一待会儿又下雨了呢？”

骤雨稍稍停歇，远处暗金色勾勒云边，晴光乍泄，天地骤亮。

“现场的观众们请注意，附中这群小垃圾正是‘金风未动蝉先觉，暗送无常死不知’。”体育委员趴在玻璃上激情澎湃地解说道，“在被爆捶一顿后，咱们的男女主角——看不到了？”

二楼那几个人行走在八卦最前线，全然没了吃饭的心情，目光直追着两个人的身影，直到被广告立牌挡住了视线。

“关键时刻居然看不到了？”体育委员不死心地跳了两下脚，“有没有人牺牲一下，去雨中现场近距离手机播报？我相信收视率一定第一。”

“我看是‘收尸率’。”徐洋一言难尽地看着他们，“你们正常点儿行不行？”

“不行，我太好奇了。”体育委员摆摆手，兴致盎然地脑补道，“你们说他们拿的什么剧本啊？”

他越说越烦躁：“这该死的广告立牌，挡住了我探究真相的眼睛。”

徐洋做了个反胃的动作。

众人叽叽喳喳地讨论了半天，热闹而快活的气息持续到两个人回来。所有人齐刷刷地站起来，视线不约而同地聚集在他们身上。

一左一右，夹道欢迎。

“你们干吗？”许昭意欲言又止半晌，实在忍不住了，“我觉得我像出来勒索保护费的。”

“我们在讨论故事。”徐洋耸了耸肩。

“我们在讨论这是个什么样的故事。”体育委员的视线往梁靖川的嘴角瞟，意味深长地“哦”了一声。

赵观良坏笑道：“透露一下？”

梁靖川替许昭意拉开座椅，自下而上打量了许昭意一眼，语气轻嘲。

“这是个碰瓷的故事。”

众人：“呃……”

许昭意只觉眼前一黑。

她突然后悔堵他嘴的时候没下狠手。

“你们先吃，我去洗手间。”怕他再说出什么“狗言狗语”，她轻咳一声，没落座。

“到底什么情况啊，川哥？”借着许昭意不在的间隙，赵观良撺了一下梁靖川的手肘，“我一定保密。”

梁靖川嫌他烦，毫不留情：“滚蛋。”

“那说点儿正事，你别忘了善后。”赵观良难得严肃正经，压低嗓音道，“而且姚磊那狗平时太损了，他小心眼，仗着家里作，万一记恨许妹怎么办？”

半晌没听到动静，赵观良绷不住了：“川哥，说正事的时候，能不能给个面子？”

梁靖川漫不经心地应了声：“无所谓。”

他不太走心，但眼底的情绪沉下来，有种难以言说的寒意。

“仗势欺人，我也会。”

赵观良“啧”了一声，正要调侃什么，见许昭意回了房间，他开始慢悠悠地喝茶。

“饿不饿？”梁靖川淡淡地笑道，“这家饭后甜点有你喜欢的红石榴雪葩，要点吗？”

“当然要。”许昭意接过菜谱，兴致明显高了不少，“我看看还有没有别的。”

先前的局促和微妙忽然被一扫而空，其他人看得面面相觑，瞠目结舌。

赵观良觉得自己之前的担心可真多余。

梁靖川太知道怎样哄她了。

许昭意在菜单上勾了几下，忽然偏头看了他一眼：“等等，你买的糕点呢？”

行，她还是那个容易被骗的女高中生。

梁靖川顿了一下，才想起糕点这回事：“不小心落店里了。”

许昭意不太乐意，嘀咕了一句：“成事不足，败事有余。”

梁靖川缓慢地拨过许昭意的小脑袋，目光淡淡的：“说什么呢？”

“害你担心，真过意不去。”许昭意微笑着说完，拍开了他的手。

梁靖川无声地勾了勾嘴角。

下午是运动会最后阶段的趣味活动，同样有竞争分数，但花样繁多，射箭、飞镖、真人CS（射击类游戏）、障碍赛等应有尽有，趣味性更高。

场上正进行四百米障碍赛加真人CS，看台上的尖叫声和喝彩声都快掀翻天了。

“什么情况？”许昭意晃悠回教室的时候，有些诧异。

“颜宴，看到没？”钟婷抱着她的手臂激动地晃了晃，“他前段时间请假，今天下午刚返校。这是咱们学校的另一个传说。”

钟婷指的是蓝方穿迷彩服的少年，袖子挽到手肘，姿态散漫，单手一撑从障碍物上翻过去，端枪的姿势标准又迷人。

百发百中，格外抓眼。

“我只看到你特别激动。”许昭意被她吵得脑袋疼，一言难尽地看着她。

钟婷捂了一下胸口，一本正经道：“自从上次遇到了我的真命小哥哥，我就已经心有所属了。”

“认真的吗？你都不知道人家是谁。”许昭意忍不住笑。

“要是能让我再见到他，我乐意堵上其他桃花运。”钟婷举手发了个毒誓。

许昭意简直惊呆了。

“反正你们学霸是不会懂的。”钟婷托了一下脸颊，郁闷道，“你说我会不会再偶遇他一次？”

许昭意没搭腔，视线无意识地往看台上看。

炙热的阳光暖烘烘地洒落看台，晒得地面发烫。周围同学坚持不懈地催答案，许昭意被聒噪得不胜其烦，窝在看台上，撑了把伞奋笔疾书，做了一会儿物理卷子。

作业很快被分赃。

许昭意环顾四周，放下发圈重新拢起，边扎高马尾边往外走。

从出口楼道下去，拐角有台自动贩卖机。这两日运动会，饮料供不应求，就掉下几瓶孤零零的矿泉水。

许昭意塞了几枚硬币，抱着矿泉水，边拧盖边朝避风口走过去。

“嗨！”

梁靖川顿了一下，修长的手在身侧微微一拢，抬手遮挡的动作像是慢镜头，缓了半拍。

水汽喷了他一身。

梁靖川抬了抬头，水珠浸润了他漂亮的眉眼和清俊的轮廓，顺着流畅好看的下颌线条滴落，喉结上下滚动。

“怎么了？”他淡然地笑笑，也没恼。

“你不还手？”许昭意好整以暇地看着他，略微讶异。

“那能怎么办？”梁靖川挑眉看她。

许昭意不以为意地笑出声，将另一瓶水递到他手边：“你站在这里做什么？”

“没事。”梁靖川低了低头，还是那副闲散的模样。

听不到风声，远处葱葱茏茏的树影虚晃，影影绰绰。午后的阳光发烫，被水汽一喷，浇熄了炙热的躁意。

许昭意忽然偏头，唤了他一声：“梁靖川。”她格外认真地看着他的眼睛，“你是不是心情不好？”

“没有。”梁靖川微顿，似乎是安抚性的，勾起嘴角。

许昭意没说话。

她记得在巷口，他身上那种微冷而沉郁的戾气，近乎尖锐的感觉。她很清楚，他不可能不在意，尽管他跟自己相处时掩饰得很好，淡然又平和。

也许她不该过问，毕竟没人能真正做到感同身受。情绪这种东西，根本无法分担。但她忽略不掉，无论如何都没办法假装不知道。

“我可能不太会说话，也不知道该做点儿什么，但是你心情不好的时候，需要我做什么的话，我肯定在。”许昭意说着说着，总觉得不太自在，轻咳一声掩饰尴尬，“反正就是，你能听明白就行。”

“我知道。”梁靖川无声地笑了笑。

回到看台，班里不少人在扎堆玩游戏，正乱成一锅粥。

运动会难得放松，各班后排都很堕落。前排放哨防风纪，后排各类游戏轮番上线，闹哄哄一片。20班同样放飞自我。

“一点儿都不给我留？人都是我杀的，包都被你们舔了，要脸吗？”

“别叨叨了，赶紧跑啊！毒来了，我可没药啊！”

“一群菜鸟，叫爸爸我都不想带你们。”赵观良打游戏打到暴躁，四下环视，“川哥、小仙女，玩游戏吗？”

“不玩。”

“不会。”

两个人同样言简意赅。

“不会没关系啊，我带你。”赵观良纯粹闲着无聊，继续怂恿许昭意，“哥技术一流，一定带你体验虐人的快感！”

梁靖川清冷的眸子里透着点儿不悦。

许昭意也没搭腔，目光触及赵观良身后，轻咳一声，一言不发地低头看试卷。

“怎么了？”赵观良正觉得莫名其妙，头顶传来一声断喝。

“我看你是想体验写检讨的快感！”年级主任威严的声音猝不及防地响起，“你跟我出来！”

垂死病中惊坐起。

后排的手机很快被收缴干净，几个人低声抱怨：“这么大一个活人，放风的居然没看到？”

神出鬼没的年级主任和晚自习贴在玻璃窗上的脸，绝对是学校怪谈之二。

“来，拿上爱的号码牌。”体育委员抓壮丁似的，登记扣分的同学，“在接下来的比赛里戴罪立功吧。”

“太缺德了，我水平不行啊，上去就是被虐的啊，”抽中障碍赛的何帆号了一嗓子，“我上有老父老母，下有儿孙成群，你怎么忍心啊？”

何帆是个小胖子，成绩优异，但实在不是运动场挥洒汗水的料，更何况是障碍赛和终点射击。

“三局两胜，一人就一轮，还有我跟老赵两个王者，不要害怕。”体育委员拍了拍他的肩膀。

何帆并不想上场丢人，此刻能屈能伸，扭头就抱梁靖川的大腿：“川哥救命，你看我这体型，我真不是对手。”

“不是一个人上一场吗？你上去跟最厉害的杠就能赢。”梁靖川无动于衷地抬了抬头。

“扛不住，扛不住，我真扛不住。”何帆没理解过来他的脑回路，摆了摆自己的小肉手。

“你是不是没听过《田忌赛马》的故事？”许昭意忍不住轻笑。

“啊？”他挠了挠后脑勺。

“他们的意思是让你以下克上，”刚从别班回来的宋野听了一耳朵，看热闹不嫌事大，“然后咱们班中对下、上对中，一负两胜也能赢。”

他拍着何帆的肩膀，笑得前仰后合：“明白了吗，兄弟？”

“你就是那匹下等马。”

“我幼小的心灵受到了伤害。”何帆捏了捏拳头，手上的肉颤抖一下，“宋野你就是想找抽。”

“哎，注意点儿行为。”宋野侧身闪躲，胡扯道，“两方交战，不斩翻译。”

他正幸灾乐祸，左肩忽地一沉。

“这位兄台看着好生眼熟啊，你可让我好找。”许昭意锁着宋野的肩膀，似笑非笑。

东窗事发。

宋野笑容凝固：“许妹，你听我解释啊，其实加油稿——嗷！”

“殴打也许会迟到，但从不缺席。”何帆落井下石，“活该！”

疼痛硬是让语调拔高了几个音，20班区域瞬间鸡飞狗跳，不时传来凄惨的痛呼声。

等到钟婷过来串班的时候，宋野已经下场悲凉，正站在栏杆边写检讨。她举了举单反：“姐，快看看我拍的照片。”

网宣部捕捉的运动会精彩瞬间，照片里最抓眼的无疑是梁靖川和颜宴。侧脸轮廓分明，身形俊朗，透着点儿少年感，不笑的人清冷，笑的人邪气。

许昭意看了一眼，总觉得钟婷有贪图美色，以权谋私的嫌疑。

“有没有感觉怦然心动、心跳加快，或者小心脏骤停了一拍？”钟婷勾了勾嘴角。

“醒醒，如果真有以上反应，那叫心律不齐。”许昭意面无表情地泼了盆冷水，“这是病情的症状。”

钟婷听着想打人。

许昭意怕她缠着自己不放，随便划拉了一张照片，象征性地夸奖了一句：“不过我喜欢这张，角度抓得不错。”

“是吧，”钟婷满意地露出笑容，“我就说颜宴很帅吧，我那会儿还指给你看呢。”

说着，她诧异地抬头：“不过你怎么不夸梁靖川呢？”

其实许昭意是闭着眼睛敷衍，但她随口一夸，所有人都没有随便一听。

视线忽然而至，穿过重重人群和愉悦的交谈声，无声地落在她身上。

只是当她朝梁靖川的方向望过去时，他已经从看台起身，留下个清俊挺拔的背影。

“不用我上了？”被抽走号牌的何帆跟突然中奖了似的，“爱您啊！”

运动会的障碍赛是前两年军训检验后留下的项目，难度较正规障碍赛相应降低。

一百米跑后绕过标志旗，跨越三步桩，而后便是壕沟、矮墙和高板跳台，攀过云梯、越高墙，还有独木桥和低桩网，后续基本是原样返回。终点处拆解组装枪械，瞄准射击。

专业的上场赏心悦目，业余的上场乌龟竞速。

这一年的记录已经被颜宴压缩到了一分三十七秒，军训检验也很难达到的逆天成绩，场上场下都没再期待后续。

所以电子屏幕刷新一分三十秒时，全场骇然。

“刚刚谁在场上？”

“有录像吗？我居然因为‘开黑’错过了，蹲一个回放。”

绝大多数人都没反应过来，比赛已经结束了，装的本事登峰造极。

“川哥！”何帆捞起扩音器，声嘶力竭地吼了一声，“川哥牛，川哥天下第一，川哥永远无敌！”

等许昭意后知后觉地抬头，梁靖川已经在终点了。

他捞起枪支，修长的手指轻轻地挑动几下，动作行云流水，拆解过程一气呵成。

单手拆解。

零件稀里哗啦散了一桌，只剩了个扳机在他手里。

而后他开始飞快地组装，机匣、弹簧、弹夹、枪管扣入套筒，同样迅速且有条不紊的操作，直看得人眼花缭乱。

梁靖川端枪平举，整个人的气场似乎逆转了。

这是一种细微但足以颠覆全部的变化，轻慢和倦怠荡然无存。他专注冷漠的那股劲，似乎更能撩拨人心。

许昭意还坐在看台上，耳侧的喧嚣似乎在淡去。

砰！

场上是他清瘦挺拔的侧影，在夏日光线下长身玉立，清冷而淡然，一如二十世纪末和弦润色的蓝调。

“十环。”

终点处报靶员的声音通过扩音器清晰地传来。

看台上重新沸腾起来。

这年运动会不知道第几次掀起尖叫和喝彩的浪潮，梁靖川似乎对这些不以为意，径直走向班级区域。

“每年运动会都会有几个牲畜，把集体快乐活动玩成个人的表演会。只是没想到啊，今年的风头不在艺体班。”宋野趴在围栏上感慨，“艺体班怕是只能在铁人三项上找回面子了。”

“拉倒吧，你看看川哥、许妹，再看看隔壁颜宴，玩什么他们都只有被虐的份儿。”体育委员笑得异常得意，“铁狗三项还差不多。”

“啥？”

“甩毛、坐下、举前爪——铁狗三项，你值得拥有。”

许昭意恍神的时候，面前落下一片阴影。

炽热的阳光从他的头顶劈落，映照着他线条流畅、棱角分明的侧脸和紧抿成线的薄唇。他的目光疏离，没多少情绪，但不痛快，像是沾染了点儿夏日的躁意。

“你不该说点儿什么吗？”梁靖川一眨不眨地看着她。

“嗯？”许昭意其实没跟上他的思路，试探性地道贺，“啊……那我是应该恭喜你赢了。”

“就没别的了吗？”梁靖川微微蹙眉，截断了她的话。

他朝她微微倾身：“你怎么不夸我呢？”

许昭意的大脑“嗡”了一下。

他参赛，居然只是为了她无心的一句话。

“你幼不幼稚？”许昭意偏开头，忍不住嘀咕道，“无聊。”

她若无其事地拎起背包和折伞，落荒而逃。

回应她的，是身后低沉的一声笑。

第15章

青青子衿

闭幕式接近尾声，夕阳的余晖暖暖地落在身上。许昭意领完奖，靠着看台座椅假寐。她压了一下帽檐，将光线隔绝在外，昏昏欲睡。

梁靖川从主席台回来的时候，她已经睡熟了。

黑色帽檐压得很低，盖住了她大半张脸，素净漂亮的面容，下巴很尖，唇很红。

“怎么睡在这里？”梁靖川半垂着视线，“醒醒，马上散场了。”

半梦半醒之间，许昭意听到了他的声音。只是她浑身像脱力了一样，提不起劲，瓮声瓮气地“嗯”了一声，实在没多少精神搭理他。

“不舒服吗？”梁靖川察觉到不对劲，探了一下她额头的温度，微微蹙眉。

大概是先前淋雨的缘故，与预料的别无二致——她发烧了。

许昭意眼皮很沉，被他聒噪得有些心烦，推开他搭在自己额头上的手：“你真的好吵啊。”

她整个人不安地挪动了一下，背对着他，很抗拒。

梁靖川没有多言，握住她的手肘，将她从座椅上捞起来：“过会儿再睡。”

散场后的体育场熙熙攘攘，各班在清理区域卫生，周围吵得很，几个出口浩浩荡荡都是人潮。

“没事，我自己能走。”许昭意被折腾得清醒了点儿，怏怏地推开他，甩了甩脑袋。

梁靖川一言不发地站在原地，看着她倦怠地起身，脚下还有些发虚，目光沉下来。

在她走到楼梯口的时候，他忽然上前一步，锁住了她的腕骨。

许昭意抬头。

梁靖川捂住她的后背，不由分说地将她扶住。

"哎，你不用这样。"许昭意微愣，想推开他，也是真没什么力气挣扎。

20班地理位置优越，两个人的位置离西侧出口只有几米，此刻又到处人头攒动，没引起太多人的注意。但下楼时还是引起了一小片范围躁动，各色视线落在两个人身上。

刚从楼梯口上来的徐洋无意间看了一眼，也被吓到了："怎么回事？"

"发烧了，我送她去医务室。"梁靖川言简意赅。

他扶着许昭意，快步从徐洋身侧错身而过，顺着楼梯口下去。

医务室。

夕阳温暾地挪至地平线下，将最后一寸余晖从窗帘缝隙折进来，捎带着夏日的微风，和这个时节少有的三色堇的香气。

许昭意在打点滴，昏昏欲睡的状态持续了很久，终于熬不住困意，沉沉睡去。

哗啦！

隔帘忽然被人拉开，钟婷刚从外面走进来，朝病床上看了一眼，轻声问道："昭昭睡着了吗？她——"

话音未落，她就被打断了。

梁靖川竖起食指凑到嘴边，做了个噤声的动作。他腾出的一只手，指了一下桌面上的手机。

钟婷闭了嘴，站在原地都没好意思挪动一下。

钟婷翻了翻群，申请了加好友，在手机上噼里啪啦输了一长段话，诸如"需不需要帮你们带饭""行李要不要我帮忙拿""你们要是有安排我就走了"等一系列关心。

然而加好友申请被梁靖川自动忽略，反而"来自群的陌生人"消息框弹出来一条，就极其简单也极其冷漠的几个字——我送她回去，你走吧。

梁靖川一言不发地看着她，似乎在无声地问询。他不笑的时候目光冷淡，初冬雾气一样透着寒意，无端地带着一种压迫感。

"好的。"

"求生欲"使然，钟婷觉得自己可以多活两年，友好地吞下吐槽的话，离开了这个是非之地。

——卑微婷崽，明天就告状。

仿佛有意不让人安生似的，钟婷前脚刚走，敲门声便不期而至："谁是梁靖川？外面有人找。"

"稍等。"梁靖川压低嗓音应了声，按了按太阳穴，没再停留。

空气中传来很轻的声响。

梁靖川低头，许昭意轻轻地扯住他的衣角边缘，无声地看他。

她被吵醒了。

"我不走。"梁靖川的嗓音低下来，"我马上回来。"

许昭意默不作声地看着他，没搭腔也没松手，似乎没反应过来，又像在判断他的话是真是假。

梁靖川鲜少见到她现在的模样，温和的、柔弱的，态度比任何时候都软。她睡得很不安稳，大概人在生病时没有安全感，情绪敏感而脆弱，才会习惯性地依赖身边的人。

他也不催促。

室内冷气开得足，许昭意低了低头，也不知道在想什么，缓缓地松开他的衣角，将手缩回了薄毯里。

"睡吧，我很快回来。"

许昭意的睫毛一抖，拢着薄毯缩了一下，呼吸渐渐平稳。

梁靖川向外走去。

暮色四合，夏日的蝉鸣在傍晚将歇，气若游丝地在枝叶间低吟，林荫道树影幢幢。房门在他身后应声闭合，将声音隔绝在外。

啪！

姚磊赔着笑脸站在梁靖川对面，自己先动手扇了自己一耳光："对不起。您别跟我这种人计较……"

先前那股嚣张气焰荡然无存，估计是被家里训了一通，按着头过来赔礼道歉了。

很讽刺。

梁靖川并不意外。

其实后辈鸡毛蒜皮的小事，家里往往不会掺和，长辈一旦插手，小打小闹就变了性质。圈子里也基本没人会跟家里提，很跌份儿，说出去没面子。但不得不说，仗势欺人是以恶制恶最简单有效的途径。

他不知道自己家里人是如何施压的，但他料到了结果，所以没多少兴致地站在外面，看一出讽刺的滑稽戏。

“我没时间听你废话。”梁靖川轻嘲，不耐烦地截断了他的话，“就一件事，上次那姑娘是因为我，所以有什么歪心思都算我头上。”

梁靖川把人扯过来，手指攥着他的衣领骤然收紧：“我是不稀罕搞仗势欺人那一套，但要是你非跟块狗皮膏药似的没完没了，我一定奉陪到底。”

姚磊的脸涨得通红，却连动都不敢动一下。

“我不介意再教训你一顿。我可以明确地告诉你，就算我哪天被梁家扫地出门了，也能让你全家跪着来求我。但只要有下一回，你连求我的机会都没有。听明白了吗？”

梁靖川的目光平静，嗓音沉而冷，带着轻描淡写的阴鸷，全然没了往日懒散轻慢的气息，就像在打量一个不入流的物件。

松手时姚磊一个趔趄，话都说不利索：“明白，明白了。”

梁靖川像个没事人似的收回视线，神情淡然，近乎温和。

离开的时间不长，不过梁靖川回来时，许昭意闭着双眸，裹着薄毯静静地睡熟了。

梁靖川看着她，无声地勾起嘴角。

“嗡嗡——”

室内太过安静，细微的声响都会显得格外清晰，手机在她身下的外套口袋里没完没了地振动。梁靖川看了一眼，起身想要关掉。

怕吵醒她，他的动作很轻。

他一只手撑在她身侧，俯身去够压在她身下的外套。刚摸索了一下口袋，就听到一个细微的声响。

梁靖川低头，身形微顿。

许昭意眨了眨眼，漂亮的双眸泛着清澈的雾气，似乎根本没从困倦中醒过神来。

四目相对，视线相接。

没人想到会是这样的光景，两个人明显都愣了一下。

三秒后，许昭意清醒过来。万千种情绪直往上涌，惊恐、错愕、羞恼……她睁大了眼睛，心情极度复杂，偏偏嗓子又干又疼，质问不出来。

这一幕实在是太惊悚了。

怎么看都像是——他趁她睡得熟想图谋不轨。

许昭意几乎是下意识地，扬手一巴掌扇过去。

梁靖川撑在她身侧的手锁住了她的腕骨，膝盖向下一压，将她挣扎的动作按回去，施加的力道压得她陷入柔软的被褥里。

挣扎果然是徒劳的。

她那点儿力气和微末功夫在他面前根本不够看，更何况她正发着烧，根本使不上劲儿。

许昭意差点儿发出尖叫。

但梁靖川另一只手捏住了她的脸颊，将她全部的声音堵在了唇齿间。

“别叫。”梁靖川压低了嗓音，言简意赅地说明情况，“我拿东西，手机一直在外套里响。”

许昭意会意地眨了眨眼，视线忍不住往下挪了几寸。

分不清是羞的、恼的，还是憋的，烧灼感从她的脸颊蔓延到耳垂。

梁靖川松了力道，目光暗了暗。

她的皮肤白皙，被他拇指捏过的地方留下一个很淡的印迹，眼尾还泛着红，眸子里氤氲着折腾后的雾气，像是真的被欺负了一样。

许昭意飞快地偏过头，微微喘着气，想装成若无其事，却还是不太自在地闭上眼睛。

阴影还压在头顶，身侧传来窸窸窣窣的声响。

“凉吗？”

胡思乱想之际，微冷带沉的嗓音淡淡地从头顶传来，钻进她的耳朵里。

“嗯？”许昭意睁开眼，茫然地看向他，嗓音干得有些沙哑。

不是没听清，是没听懂。

“手凉吗？”梁靖川微敛了眉，视线下移，起身替她倒了一杯水，递到她手边。

“还好。”许昭意低低地应声，抱着热气氤氲的玻璃杯，将输液的手挪回薄毯下，“反正就剩下一点儿了。”

输液袋里的药液已经快见底了。

只是她话音刚落，梁靖川撩开薄毯一角，在她诧异的视线里，将手探了进去。

“你干吗？”许昭意稍愣，端着玻璃杯的手微抖，水差点儿洒出来。

“别动，”梁靖川将热水袋垫在她的手底下，话听着像诱哄，语调却不容置喙，“再动几下，你的手背该肿了。”

许昭意瞪了他一眼。

送个热水袋就不能提前说一声？吓她一跳。

梁靖川却笑了，照旧闲散地靠在座椅上，坦然地回视她。他面不改色又好整以暇，眸中一派清明。

反倒像她在无理取闹，计较一件稀松平常的小事。

“你怎么……就是不讲理啊？”许昭意闷闷地抱怨了一句。

大概是生病的缘故，她的态度没有往日强硬，声音越来越低，气势也弱了下来。到底遂了他的意，由着他去了。

梁靖川微微勾起嘴角。

许昭意简直是数学卷子的最后一道大题——不讲道理。

许昭意脑子里一片糨糊，靠着床头没有说话。她的视线落在输液滴斗上，一整个下午凌乱的心思终于有了转移。

“你先别回家了。”梁靖川看了一眼时间。

“那我应该去哪儿？”许昭意难以置信地抬头。

——瞧这话说的，不回我家难道去你家？

她错愕的模样像是对他理直气壮的态度和得寸进尺的做派有了全新的认识。

梁靖川想说她会错了意。

但许昭意复杂地打量他一眼，忍不住凉凉地说道：“我现在只是没力气，懒得动，你别逼我拖着病体抽你。”

“我的意思是，现在也不是很晚，吃完晚饭再送你回去。”梁靖川的嗓音淡淡的，听着特无可奈何，“你整天胡思乱想什么呢？”

许昭意一只手拉着薄毯边缘，缩了缩脑袋，低低地“哦”了一声。

“你们学霸的想象力是不是一直挺丰富？”梁靖川要笑不笑地瞥她一眼，没打算放过她。

"学霸"这两个字听着就特戏谑。

"你说话是不是一直挺欠抽的？"许昭意不爽地在蹬了两下薄毯，反唇相讥，"哎，不对啊，你的分不是比我高吗？"

她瞪他："非在我身上找成就感，你变态吧，梁靖川？"

"错了，错了。"梁靖川忍着笑低声道，"你想吃什么？"

送佛送到西，还算有修养。

但许昭意此刻没胃口，难得对美食兴致缺缺："算了吧，我好像也不是很饿。"

"是我饿。"梁靖川抬了抬眼皮。

许昭意愣了一下，反应过来他跟自己待在医务室一下午，很自觉也很干脆地问他："那我请你吃饭？"

"不用你请，你陪我就行。"梁靖川勾了一下嘴角。

其实去的是她喜欢的店，点的是她喜欢的菜。这哪里是她陪他啊，大抵是他怕她生病了没胃口，才找了这么一个听上去还算顺理成章的借口，看着她吃完。

梁靖川什么用意，许昭意就算是个傻子，现下也门清了。

她低声说了句"谢谢"，他好脾气地答了句"不客气"。

回去时，浓重的夜色拢上来，别墅区灯火通明，四周静悄悄的。

许昭意摸了摸自己的额头，懒洋洋地靠在门厅换鞋子，听到一声断喝："堂下何人，报上名来！"

"我发烧，把你给烧傻了？"她一言难尽地抬头。

"我代表组织，现在给你一个坦白从宽的机会。"钟婷戳了戳她的手臂，语气意味深长，"我有一句话，不知当讲不当讲。"

"知道不该讲，那就不要讲了。"许昭意懒得理她。

"不行，我必须要问！你们是怎么回事啊？你现在居然背着我有小秘密了。"钟婷幽怨地看她一眼，"我们不是姐妹了吗？"

"表的。"许昭意无动于衷。

钟婷满不在意地轻哼出声，笑得不怀好意。

其实她没在钟婷面前表现的那般淡定平静，打点滴又睡到饱，她辗转反侧了一夜。

在失眠这种节骨眼儿上，许昭意突然觉得自己可能真的烧傻了。

周末返校时感冒已经差不好了，许昭意还没进教室，走廊里就盘旋着 20 班闹哄哄的声音，听着像在聚众斗地主。

“跳远、跳高、标枪、铅球、接力赛，”体育委员摸出五张获奖证书，中气十足地拍在讲台上，“连顺。”

徐洋“啧”了一声，十分配合：“要不起，过。”

“一对长跑冠军。”

“道德文明风尚奖，炸了。”徐洋拍上一张班级奖状。

“你们够无聊的。”许昭意摇摇头，她对这个班的娱乐精神有了新的认识。

体育委员抬头看看她，又瞅瞅后脚进来的梁靖川，笑眯眯地翻了翻获奖证书：“我的一对长跑冠军来了。”

没给许昭意提出反对的机会，老徐抱着课本，踩着晚自习的铃声进了教室：“今年运动会，咱们班的成绩格外突出。班主任是有奖金的，我也不贪你们的便宜，周末带大家聚餐，算是这学期的最后一次活动。”

底下的欢呼声刚掀起，老徐不冷不热的打击紧跟而至。

“但是，还有不到一个月就期末考了。既然运动会结束了就该收收心，千万别等到出了成绩，乐极生悲。”老徐推了推眼镜，温暾地开始了例行教育，“我刚进教室的时候，有些同学还在复制粘贴别人的答案，你们这种……”

许昭意默不作声地低下头，在桌洞里窸窸窣窣地摸了一会儿，拿出不知何时搞来的三炷香：“来，同桌，提前祭奠一下咱们养了好几个月，但即将死去的小火苗。”

梁靖川靠墙跷着腿，偏过头时，转笔的手微微一顿：“什么玩意儿？”

“你知道 QQ 坚持聊天可以养火苗吗？”许昭意一本正经地看着他，“我觉得跟你同桌这么久，多少是有些情分的，所以咱们也有友谊的小火花。”

梁靖川无动于衷。

她这口吻怎么听都像是在铺垫，不出意外的话，后面会紧跟着一个转折。

果不其然，许昭意敛了笑意：“但是，很快就到期末了。”

她将课桌拉开一条缝，态度很坚决：“好不容易养起来的小火苗，估计又要因为考试成绩熄灭了。”

“你这是对自己不自信？还搞分桌那一套。”梁靖川看了一眼桌子之间那条缝，不爽地笑出声。

“我这是提醒你，认清我们之间的竞争关系。”许昭意面无表情地抬头，“考场如战场，严格意义来说，你是我的敌人。”

“呃……”

看这势头，出成绩后许昭意要是不如意，分桌怕是要升级成绝交了。

许昭意低头继续写卷子，总觉得梁靖川的视线如影随形。但她没按套路出牌，没头没尾地问了一句：“怎么，看到这一幕，你是不是觉得很感动？”

梁靖川低头，手臂搭在桌面上，看她继续表演。

“你的同桌小许同学，刚与病魔顽强斗争，又要专注复习备考，与黑恶势力对抗。”许昭意不负他望，骄傲得像只小孔雀，轻声眉飞色舞地说道，“这是怎样的拼搏精神啊！”

梁靖川微微一哂，往后靠时长腿一撂，姿态懒散：“精神不精神我没看出来，不过戏精我看出来了。”

不等她反唇相讥，他手背忽然贴上她的额头，探了探温度。

“好利索了？”梁靖川漆黑的双眸一眨不眨地凝视她，嗓音格外勾人，“这么伶牙俐齿，嗯？”

“闭嘴吧。”许昭意拍掉他的手，拖着座椅挪了挪。

本来以为班级聚餐是去吃烤鱼烤肉，或者海底捞之类的，结果老徐带着大家直奔私房菜。

四合院外悬挂着两个大红灯笼，拨开了浓重的夜色。翠屏胡同本身就是寸土寸金的地段，私密性和服务性都没得挑。修葺完善的小院里放着不少古屋，猛一看还以为是文化保护单位，挺有格调的销金之地，就是消费价格可能并不美妙。

许昭意顿住脚步。

“怎么了？”梁靖川偏头。

“我就是在想，”许昭意扯了一下他的袖子，“吃完这顿，我会不会被老徐押在这儿洗盘子？”

梁靖川愣了愣，有点儿好笑：“你整天在想什么？当然不会。”

“那就只能押你了。”许昭意看了他一眼，喃喃自语完就心安理得地踏进院子里。

赵观良“啧”了一声，同样忍不住质疑：“说真的，老徐穿得那么朴素，天天捧着个又土又丑的破杯子，看着就挺抠门的。没想到他真敢下血本，班主任那点儿奖金不够吧？”

“庸俗，以貌取人要不得。”宋野凑过去，揽着赵观良的肩膀，好一顿科普，“老徐家财万贯，自己家里就三进四合院，有跑车的好吧？”

“扯呢吧？他今天还骑着一辆破自行车。”小胖子何帆难以置信，嘴角的肉都在抖，“不对，他天天骑着自行车。”

“真事。老徐的儿子也特有出息，国外顶尖大学MBA华尔街精英。要不他也不会天天说，‘你们是我带过的最垃圾的一届’。”徐洋声音清朗地笑了笑，“不信你们问川哥，老徐好像还跟他住一个别墅区。”

梁靖川眼皮都没抬，懒散地应了一声。

许昭意略感诧异。

20班学生默默地扭过头，朝后面清风瘦骨的老徐行了个注目礼。

“怎么了？”老徐推了推眼镜，抱着他泡着枸杞的小水杯，一路小跑过来。

“没事，老师，我们唱歌呢。”宋野左手搂着赵观良，右手搭着徐洋，清了清嗓子，“我左手一只鸡，右手一只鸭，身后跟着个胖蛤蟆。”

身后的小胖子何帆先怒了：“别逼我在大喜的日子抽你。”

宋野“嗷”了一声，改口：“说错了，是背诗……背诗——老夫聊发少年狂，左牵黄，右擒苍。”

“宋野，你今日将命丧于此。”赵观良和徐洋捏了捏拳头。

一路嘻哈打闹，饭局还没开始气氛就热烈起来。

体育委员先倒了个满杯茶：“意姐，老徐不让喝酒，那我以茶代酒，这杯我得先敬你。”

没料到会被点名，许昭意抬头。

“不止为了运动会救急，主要为了你。”体育委员端起茶杯，“我真没见过哪个姑娘在长得漂亮、学习好的情况下，还能在体育、舞蹈等一系列碾压别人，你的人格魅力彻底征服了我。”

这“彩虹屁”听着很爽，但“为了你”这句，怎么就那么像表白呢？

一桌人陷入沉寂，像看烈士一样看着体育委员。

后者挠了挠头，忽然反应过来，忙摆着手：“不，不，不！我就是想说，我从小到大还真没这么佩服过一个女孩子，意姐绝对是头一个。”

“那行，借这个机会，我也以茶代酒，”许昭意微微笑了笑，也没拿乔，很干脆地倒了一杯，“敬你们，不管打篮球替我出气，还是后来护着我，还有……”

她略微顿了顿，飞快地切了话题：“我都记着呢，我在这里的几个月很开心。”

饭局上的人都很动容，经过一学期的相处，大家有目共睹。

杯子碰在一起。

“那我得敬川哥，您真的跟我想的不一样。”小胖子何帆的茶杯又被满上，“本来大家挺怕你的——当然现在我也有点儿怕，不过感谢您为运动会解围。”

梁靖川笑而不语。

“光聊天多没劲啊？玩真心话大冒险吧？”宋野抽过一沓指令牌，“我看这边好像还有唱歌房和私人影院。”

每逢饭局必有游戏，每逢游戏必有玩骰子、真心话大冒险一类的庸俗游戏。高中生大多爱玩爱闹腾，老徐睁一只眼闭一只眼，嘱咐了一句也没管。许昭意手气还算不错，基本上轮不到她，抽中她的时候桌上的人都中过一圈了。

大冒险的内容也老套得很，向左手边第一位真情告白一分钟。

许昭意看了一眼手写告白卡片——

川哥的脸不是脸，是芳心纵火的加冕；

川哥的腰不是腰，是销魂夺命刮骨刀；

川哥的腿不是腿，是莱茵河畔的春水；

…………

这告白小论文真是对仗工整、韵脚分明，一看就是熟悉的味道，熟悉的配方。最主要是——卡片是早就写好的。

许昭意不用猜都知道是哪个王八羔子干的。

“宋野，你过来，这乱七八糟的玩意儿是不是又是你写的？是不是又憋着坏想馊主意呢？”

“意姐，冷静点。”宋野被打出条件反射，爬起来边跑边矢口否认，“怎么一有坏事就想到我呢？这样不好。”

“我今天非得让你知道，”许昭意微笑着挽了挽袖子，“你的头也可以不是头，是巴塞罗那的足球。”

“哎，愿赌服输啊，玩不起就要认罚。”赵观良看热闹不嫌事大，起哄道。

“点到为止，”梁靖川漫不经心地敲了敲桌面，“别太欺负人。”

他话说得轻描淡写，但周遭没人再继续调侃，许昭意面前的惩罚卡被换成易拉罐装的饮料。

饭桌上重新热络起来。

快散场时，徐洋拿着花名册清点人数，安排人几个一组安全送回去。

许昭意手托着下巴，安安静静地坐在椅子上。

“困了？”梁靖川撑着她身后的椅背俯身，压低嗓音。

许昭意敷衍地“嗯”了一声，不想挪动。

徐洋眼尖，看一眼就看出了问题：“许妹喝的是饮料吧，我怎么看着像醉了？”

梁靖川微微蹙眉。

他拿起易拉罐转了转，扫了一眼上面的日语，再看了一眼桌上空掉的四五个罐子，眉心突突地跳：“赵观良，你没看到上面有酒精度数？”

虽然是果酒，但许昭意是一点酒精都碰不得的体质。而且这果酒味道甜，容易贪杯。

赵观良骂了一句：“我这可真不是故意的，包装挺粉红少女心，没注意是果酒啊。”

“昭昭，我们得回去了。”同寝室的女生过来叫她。

许昭意闷声说了句什么，抱着椅子不肯撒手。

“发生了什么？”室友愕然。

“这就说来话长了，失误，失误。”赵观良干笑两声。

梁靖川的薄唇紧抿成一条线，单膝蹲在许昭意面前：“该回去了，等到了车上再睡？”

“可是好困啊，我不想走路。”许昭意揉了揉眼睛，再次搂紧了椅子。

梁靖川拿她没辙，正考虑要不要直接把椅子一并搬走时，她忽然朝他伸出双手。

梁靖川身形微顿。

“你要带昭昭走吗？”许昭意小声地说，声音清软得像是在撒娇，“昭昭不想走路。”

梁靖川幽深的眸子里光暗下来：“好。”

他转头看了一眼她的室友，淡淡地道：“你先走吧，我送她回去，让钟婷等着她回去。”

室友犹豫了一下，看到手机号码是真的打给了钟婷，这才安心走人。

许昭意像只小猫一样，乖巧地跟在他后面，心满意足。

“回家吧？”

许昭意其实很老实，不哭不闹，甚至吐字都很清晰，除了逻辑思路似乎有点儿奇怪。不得不说，现在的她真的十分特别。

特别可爱。

第 16 章
限定夏日

“好软啊。”许昭意摸了摸他的头发，似乎很惊喜，嘴里还念念有词，“比我想象中的软。”

“你别乱动。”梁靖川腾不出手来制止她，微微叹了口气。

“为什么？”许昭意迷惑地抬头，“为什么不可以？”

她对他说的话，倒是比往常多了许多。

梁靖川没回答她莫名其妙的问题，只是问她：“许昭意，你还知道自己是谁吗？”

“当然知道啊，你不要告诉别人哟。”许昭意一只手扯着他，一只手兴奋地挥了挥，“我是卖女孩儿的小火柴。”

她的思路过于离谱。

大概是他的沉默让她意识到说错话了，忙又改口道：“不对，昭昭不是人贩子，昭昭是一个心地善良的小女孩儿。”

她兴高采烈地一举手臂：“我是卖火柴的小女孩。”

还是很离谱。

梁靖川感到十分无力，在她的手戳自己时，他顺着她的思路问了一句：“那你这是在擦火柴吗，小女孩儿？”

“对哟，你是我的小火柴。”许昭意歪了歪脑袋，“我可以开始许愿了吗，火柴先生？”

梁靖川沉默了。

“怎么没反应啊？再点一根吗？”许昭意喃喃自语。

“你别说话了。”他顿住脚步，站在原地心烦意乱地闭了闭眼睛，嗓音里透着点儿烦躁。

许昭意“哦”了一声，似乎有些委屈：“你是不是讨厌昭昭了？”

她的声音低了一些，脑袋往掌心里埋：“你觉得昭昭烦，你嫌昭昭吵。”

即使逻辑乱得一塌糊涂，也没影响她伶牙俐齿。

“没有，”梁靖川啼笑皆非，深觉自己不该跟她较真，“我没这个意思，怕你累到了成吗，小祖宗？”

灯笼的红晕拨开浓重的夜色，翠屏胡同只能步行来去，他背着她平稳地往外走。胡同口附近是聿公馆，盛开着大片的玫瑰，微风从巷口拂面而来，捎带着丝丝热意和淡淡的幽香。

才乖巧了一小会儿的许昭意不安地挪动了一下，抬起头：“等等。”

“怎么了？”

许昭意没回答，只是扯了扯他的衣角，重复着“我要去那边”。

跟现在的许昭意很难讲通道理，梁靖川无可奈何地停下来。

许昭意刚一站稳，就朝着花圃小跑过去，晃晃悠悠又迫不及待。她及踝的裙摆随风卷起，在脚边摇曳生姿。

“你慢点儿，别跑。”梁靖川紧跟其后，见她伸手去折玫瑰，眼明手快地去拦，“小心！”

差点没拉住她。

梁靖川轻而易举地拦住她：“说了让你别乱动，扎手。”

“你干吗啊？”许昭意还试图挣扎，“我要玫瑰花！”

刚出了巷口的赵观良被眼前这一幕炸得不轻：“小仙女还挺特立独行，这是表演‘采花大盗’吗？”

疯了，疯了。

“帮个忙，”梁靖川一只手抓着许昭意，一只手抽出一张卡递过去，“你进去赔钱，密码六个零。”

赵观良眼睛都瞪圆了，看着梁靖川有些语无伦次：“不是，小仙女不清醒，把你也给传染了？”

“你哪儿来那么多废话？”梁靖川压根儿不在乎别人怎么想，眼风都没掠过他。

好嘛，疯了两个。

“想要哪朵？”梁靖川低头温和地问她，近乎诱哄，“我给你摘好不好？”

“我要自己摘。”许昭意不领情，语气生硬地回绝，情绪还有些低落。

他没松手。

她就直勾勾地盯着他。

僵持不到半分钟，梁靖川让步了。他松了手劲，无奈道："你小心点儿，只准摘一朵，其他的我来。"

"我知道了。"许昭意心满意足地勾了勾嘴角，伸手去折半开半掩的那朵。是香槟色的朱丽叶玫瑰，花心泛着杏色，古典淡雅，幽微的香气沁人心脾。

下一秒，她将那朵玫瑰递给他。

"送给我吗？"梁靖川稍愣，略感意外地接过来。

"嗯。"许昭意微扬起头，睫毛轻轻一颤，折入眼底的光像熠熠生辉的碎芒。

梁靖川哑然失笑，漆黑的瞳仁一眨不眨地凝视她。

"以后这种吃力不讨好的活可千万别找我。"赵观良回来时，笑着骂了一句，"你们摘花，我感觉人家把我当成了神经病。"

这边司机等了有一会儿，许昭意终于消停，被梁靖川单手捞起，放到了车上。

不过那玫瑰花被糟蹋了一小片，几乎被薅没了。

车门闭合前，横过来一只手。

"要不我跟你们一起回去吧？"赵观良手臂搭在车门上，就卡在那儿一动不动。

"滚。"梁靖川懒得搭理他，上下嘴唇一碰，带上了车门。

刚被放下来的许昭意环视四周，不乐意地坐在后座跺脚，像奄奄一息的蝴蝶似的扑腾了两下，"我不要坐在这里。"

难得她热情，可惜她这天说的话，只适合编成《十万个为什么》。

梁靖川微叹一口气："你老实坐会儿。"

许昭意侧了侧身，脸颊贴着后座，像只小猫似的蜷缩了一下身体，靠着软座困顿地闭上了眼睛。

像是折腾累了，她想睡了。

"许昭意？"梁靖川微微蹙眉，试探性地唤了她一声，有些难以置信。

没有回应。

“真睡了？”梁靖川不死心，轻轻地戳了戳她。

逼仄而昏暗的空间里格外安静，细微的声音似乎都被放大，依稀能听到她的呼吸声，平稳而匀称。

“哼。”梁靖川半垂着眼睑看着她，低哑的嗓音里透着点儿无可奈何。

第二天许昭意醒来时，整个人如坠了铅似的昏昏沉沉，喉咙里火烧火燎，干得厉害，也疼得厉害。她按了按太阳穴，靠着床头枯坐许久，终于接受了一个事实。

她昨夜喝了果酒，后来发生的事都不记得了。

这其实并不算糟糕，真正糟糕的是，她身上还盖着一件外套，很眼熟的外套。

许昭意有种很不好的预感。

恍神间，虚掩的房门外，敲门声和说话声同时响起。

砰砰砰！

“终于舍得醒了？”只见钟婷懒懒地靠在门框边，“这可都快晌午了，你再睡午饭都要错过了。”

许昭意微抿了一下唇，拎起身上的外套，也没兜圈子：“这个是……怎么回事？”

“不会吧，”钟婷看着她一脸茫然的表情，幸灾乐祸地“啧”了一声，“你该不会不记得了吧？”

许昭意忍辱负重地“嗯”了一声。

“这么精彩的一晚都能忘，你可真是个人才。”钟婷一听就乐了，笑够了才解释道，“你昨晚到家后被吵醒了，然后就拉着梁靖川死活不肯撒手。总不可能真让人睡这里吧？最后梁靖川拿你没辙，就把外套撂这里了。”

许昭意的嘴角微微抽动。

她做了几个深呼吸后，又举起掉落的创可贴，笑得很勉强：“那我的手是怎么回事？”

“这也得问你啊，昨晚心血来潮表演‘采花大盗’。看到桌上那一堆玫瑰花了吗？”钟婷伸手指了一下她的书桌，“是你拉着梁靖川采的。”

书桌上放着一打凌乱的花枝，玫瑰或含苞待放，或娇嫩欲滴，枝叶上甚至还挂着露水，唯独底下的茎断得很不美观。

确实是掐断的。

许昭意笑不出来了。

“我听你们班赵观良说，聿公馆前的玫瑰花都快被你薅没了。”钟婷笑眯眯地补了一刀，“梁靖川拉不住你，还花钱赔偿了整条花巷。”

“不用说了。”许昭意缓缓地躺了回去，像条失去生命力的咸鱼，“我可能只是没睡醒。”

“你要不要拿那把玫瑰用刺扎一下自己，清醒清醒？”钟婷靠着门框毫不留情地嘲笑，“我可以无偿扮演容嬷嬷。”

“滚！”许昭意被刺激了，抄起抱枕狠狠地砸过去，然后拉着薄毯盖住了脸，一副无颜面对江东父老的生无可恋。

简直是见了鬼了，她昨晚疯了吗？

正郁闷间，钟婷突然伸手去扯她的被子：“哎，昭昭，快起来。”

“起开，别烦我！”许昭意抱着被子扑腾了两下，声音哽咽，不愿面对现实，“让我就此长眠算了。”

钟婷没搭腔，一道微冷的女声从头顶传来：“昭昭，怎么了？”

许昭意稍愣，视线触及钟婷身后的人影，几乎瞬间满血复活，从床上爬起来就去抱她：“妈，你是什么时候回来的？”

钟女士不知何时站在了门口，换了偏好的旗袍，气质内敛淑娴。她低了低头，面容宁静温和：“今早刚到，处理一点事情。你都多大了，像什么话？”

许昭意不想撒手，听到“处理事情”四个字，闷声问道：“又是很快要走吗？”

“不走了，今年陪你过生日。”钟女士眸子里细微的情绪淡淡的，不着痕迹。

“真的吗？”许昭意抬头。她心底那点儿小雀跃藏都藏不住，惊喜都快溢出来了。

“当然。”钟女士失笑，轻轻地拍了拍她的肩膀，“快起来换衣服，这都几点了？”

照理说，东非的拍摄任务还未结束，钟女士不可能撂下团队。不过许昭意的一切困惑都被欣喜冲淡了。

可惜喜悦只维持了短暂的一天。

一想到返校，许昭意就头皮发麻。晚自习拖到最后一秒，她才踩着铃声进教室，安安静静地坐下，视线都不敢往旁边瞟。

她如坐针毡。

难得这天梁靖川做个人，她不说话，他也没拿这件事调侃她。

许昭意心不在焉地翻着历史课本，悲凉地想着老子的“无为而治”还是有道理的。就比如说昨晚这事，她就该顺其自然，把这些丢人现眼的行为忘干净。

她恨不能掐死问钟婷的自己。

前排的宋野奋笔疾书了一会儿，甩了甩手，扭头借作业：“川哥，试卷借我抄抄吧。”

“你自己翻。”梁靖川冷淡地应了声，头也不抬。

“谢谢哥！”宋野抽走试卷，扫到他立起来的校服衣领，忍不住多瞟了几眼，瞪圆了眼睛，“川哥，你脖子那块是怎么回事？”

梁靖川懒洋洋地靠着墙壁，面不改色地说道：“蚊子咬的。”

许昭意其实已经意识到发生了什么，脑袋里“嗡”了一下。

不自觉地，许昭意的脑袋越埋越低，几乎要磕进桌子里。

梁靖川偏头睨她一眼。

视线才落过来，许昭意飞快地回眸，警觉得像只竖起耳朵聆听敌情的兔子。

大眼瞪小眼。

“我昨天……昨天……那什么……”大概是受不了此刻的氛围，僵持不过几秒，许昭意咬了一下唇，欲言又止，“反正就是那什么，你？”

她的声音低到都快听不清了。

“其实也没什么，”梁靖川挑了挑眉，轻描淡写道，“你昨天就是话多了点儿，抱着椅子死活不肯走路。”

“这样啊。”许昭意略微松了口气，心里安定了许多。

还行，还能接受，还不算太荒唐。

“当然不是。”梁靖川深邃的目光自上而下打量她一眼，朝她微微倾身，压低嗓音似笑非笑道，“后来你还抱着我不肯撒手。”

许昭意觉得难以置信。

“临走的时候，还动手扒我衣服。”梁靖川勾起嘴角，用只有彼此能听到的声音，不疾不徐地补充。

许昭意开始怀疑人生。

“还……”

救命，越来越离谱了！

“等一等，”在遭受更大的打击以前，许昭意及时叫停，目光凉凉地抬头，“说吧，梁同学，你喜欢被打成失忆吗？我现在就满足你。”

见她信以为真，梁靖川忽然说不下去了。他放下课本，半垂着视线，低声笑起来。

“你笑什么？”许昭意莫名其妙，目光复杂地看了他半晌，气不打一处来，“你神经病吧？梁靖川。”

“假的。”梁靖川的嗓音清朗沉缓，懒洋洋的，“你怎么什么都信？”

宋野已经几笔写完选择题，为难地转过头来，话说得很委婉：“意姐，卷子给我看看呗。川哥这字写得，我等凡夫俗子真欣赏不了。”

说完他就顿住了，视线在两个人之间转了几个来回，“哎，你们怎么了？川哥，你笑什么？意姐，你的脸怎么这么红啊？”

被人戳穿的羞恼掀起躁意，许昭意闭了闭眼睛，而后对着宋野微微一笑：“风乍起，吹皱一江春水。”

“啊？”话有点儿没头没脑，听得宋野一头雾水。

“这句话的意思是——干卿何事。”许昭意温温柔柔地解释完，面色骤然冷下来，“趁着我不想骂人，滚！”

无辜踩雷的宋野一脸蒙，委屈地转过头去，跟赵观良窃窃私语：“不是，他们什么情况啊？城门失火，我是那条鱼？”

“想开点儿，他们是不按套路出牌的。”赵观良习以为常，“上次他们去图书馆，这两位跟陌生人似的复习了一天。”他“啧”了一声，“要是在论坛开赌贴猜他们的想法，保准你输到倾家荡产、一无所有。”

眼见着他肩膀还抖个没完，许昭意气得想骂脏话。

刚偏了一下头，教导主任的嗓门就响彻整条走廊，唠叨个没完：“这才刚返校，又炸锅了？整栋教学楼就你们楼层最吵！还有几天就期末考试了，再不收心是想被送回初中回炉重造吗……”

许昭意忍了又忍，才面无表情地收回视线继续读题，书页翻得哗啦啦响，眼不见心不烦。

“行了，逗你的。”梁靖川背靠着墙，嗓音低沉，很漫不经心。

许昭意完全懒得搭腔。

即将考试，学期的最后几天都在系统地复习，他也没招惹她，两个人相安无事。期末考试前夕，全校都在清理教室，布置考场，整个校园热闹非凡。许昭意和梁靖川被分到高二教学楼贴考号。

钟婷拎着包找过来的时候，许昭意分神看了一眼：“你今天不是要去看林辰的演唱会，没时间跟我一块儿吗？”

临考试作死是钟婷的惯例。不过她成绩虽然不拔尖，也一直稳定偏上，许昭意又拉不住她，索性随她去。

“哦，我不小心把门票给弄丢了。”钟婷笑吟吟地解释道。

“票丢了你还很高兴？”许昭意略微诧异。

“那不是，我有别的开心事。”钟婷摆摆手，不胜娇羞地捂了一下脸，“可能是我的虔诚感动了上天，我今天居然又遇见那个小哥哥了，还成功地留了联系方式。”

“您可真成。”许昭意在心底翻了个白眼，忍不住摇头。

钟婷摆摆手道：“赶紧收拾完，我们一块儿回家吧。”

一直默不作声的梁靖川忽然抬起头：“演唱会还想去吗？”

“嗯？”钟婷稍愣。

她万万没想到，自己还有不被无视的一天。

“他是我朋友公司的艺人，我打声招呼，让他给你安排内场贵宾座位。”手机在掌心掉转了个方向，梁靖川淡淡地说道，“你现在过去，说不定还能在后台看到他。”

“真的吗？真的吗！”钟婷闻言，眼睛都亮了，激动得差点儿化身“尖叫鸡”，“您可真是凌风出尘、风流倜傥、文质彬彬、仪表堂堂、温润如玉、气宇轩昂啊。”

一口气不带喘地恭维完，她还不忘画龙点睛地加上一句：“谢谢川哥。”

许昭意差点儿被呛死，抬头时皮笑肉不笑：“钟婷，我还在旁边喘气呢。”

梁靖川眉眼间的凌厉和不耐烦缓了下来：“招呼我已经打过了，你去到西侧门就会有人接你。”

钟婷完全不在乎许昭意的死亡凝视，将“塑料姐妹情”发扬光大，在线“卖姐求荣”。

“不是，”许昭意被无视得彻底，好气又好笑，“我就这么廉价吗？”

她居然只值一张演唱会门票。

出了校门，直到钟婷没影儿了，许昭意还是觉得心里不爽，愤愤不平地指控道：“你还挺会讨人开心？”

“没想讨她开心。”梁靖川目光微微一哂，不太在意，“我只是觉得吵，不想被打扰。”

“那正好，我就不讨人嫌了。”许昭意摆摆手就想作别，“明天考场见。”

才刚转身，她的手肘就被牢牢扣住。

“走什么？”梁靖川勾起嘴角笑了笑，朝靠在路边的车子招招手，“你要回家吗？送你吧。”

“不回，我得去一趟画展。”许昭意想说不麻烦了。

不过梁靖川已经打开了车门，替她拎过背包：“走吧，怎么今天想到去看画展？”

“成。”许昭意也洒脱，简单地解释了两句，“送人的礼物，不好让画展送到家。而且给我打了好久的电话，平时在学校又去不了。”

两个人有一搭没一搭地说着话，少有的平静时刻。

“许昭意。”梁靖川忽然叫她。

“嗯？”她刚一抬头，手机忽然在背包里振动起来。她看了梁靖川一眼，说了句“不好意思”。

是沈嘉彦的电话。

接通的瞬间，对面连问候都省了，先抱怨了一长串：“许昭意，你人呢？我本来打算给你一个惊喜的，结果去你教室等到现在，又没堵到。”

“惊喜什么？！今天下午整理考场贴考号，我根本就没回教室，都快到精品廊了。”许昭意无动于衷地听完，快无语了，“来之前不能打个招呼吗？你真当自己皇帝微服私访，这么爱突击到场？”

沈嘉彦没当回事，要了个地址，三两句话就把这件事翻篇，挂断了电话。

“谁啊？”梁靖川抬了抬眼皮。

“我发小，”许昭意没当回事，习惯性脱口而出，“不用管他，反正就是一傻子。”

梁靖川应了声，嗓音低低的，周身笼罩一种冷淡的感觉。

许昭意微讶，不知道哪儿招惹到了他：“你要是有急事，放下我就行，不用等我了。”

“没事。”梁靖川敛了敛眉，懒洋洋地靠在后座，不知道在回谁的消息。

画展在精品廊附近，极负盛誉的购物廊里汇聚各种名店，透明坠地的玻璃窗光影浮动，折射出来的色彩有一种奇异的效果。外面的喧闹和画展里的安静形成强烈的反差。本来没打算在这里待多久的，被沈嘉彦一搅和，两个人又在附近闲逛了一会儿，直到沈嘉彦终于把电话打来。

梁靖川在里面等她，许昭意出去接电话。

“我在附近呢，你现在直接往右，走到底，再往北折一下……”许昭意刚说了几句，对面突然没了动静。

没电了。

只有不到百米的路，该说的她其实都说完了，正常人爬也该爬过来了，可惜她这位发小是个路痴。她在原地等了足足十分钟也没见到人影，心说还不如直接折回去充电。

刚一转身，周遭忽然传来低呼声，小范围地骚动起来。

许昭意回头。

夜色阑珊，华灯初上，映照着熙熙攘攘的街道和一地的纸醉金迷。外面数百只装着玫瑰的透明氢气球，忽然在身后放飞。喷泉高矮不一的水柱恰到好处地冲起，晶莹剔透的水珠洋洋洒洒。巨大的电子显示屏切掉了广告，开始滚动字幕——

我跨过千山万水，穿过茫茫人海，只为在人群中拥抱你。只因纵使洞察万千，也抵不上与你对望的一眼。

这晚是有什么活动吗？

哪家粉丝又烧钱应援了？

周围有人低呼浪漫，有人在寻觅这晚的主角，所有人的视线聚焦在附近。电子显示屏上的字还在变换，就是跟应援文案不太搭边，甚至有些蠢——

可万万没想到，紧要关头你的朋友我迷路了。你在哪儿？借个充电宝给我回电话……

哦，不是什么大型应援活动。

这竟然是一则寻人启事？

许昭意隐隐感觉不太对劲。

像是在印证她不好的预感，广播里的女声声情并茂，同时清晰地传来：“下面播报一通寻人启事——昭昭小朋友在吗？昭昭小朋友在吗？您的爸爸在二楼服务区等你。”

哼。

神的昭昭小朋友，神的寻人启事。

许昭意怎么也没想到，自己竟是这出傻瓜剧的主角。

这应该是临时想到的主意，但的确符合沈嘉彦的做派。她这位发小从小就过得跟只孔雀似的，特喜欢折腾这些花里胡哨的东西。他的人生准则就是怎么张扬怎么来，怎么嚣张怎么搞，从来没有奉行过“低调”两个字。

刚认识沈嘉彦那会儿，许昭意觉得这就是家里被养坏了的小孩儿，性格恶劣、为非作歹，标准的“二世祖”。认识久了她就发现自己错了，沈嘉彦其实挺单纯的，用一个词就能概括。

他就是一傻子。

电子显示屏和广播还不算什么，主要是平时“饭圈”粉丝应援必备的鲜花告白气球不知道玩的是哪一出。

正面是没来得及清理的土味煽情语录和中二段子，全是各家明星粉丝的杰作。

“你愿意入我家祖坟吗？”

“只许州官放火，不许你离开我。”

“你是心，你是肝，你是我的四分之三。”

背面则是刚替换的另类寻人启事，一看就是沈嘉彦的手笔——

“日照香炉生紫烟，爸爸找你很困难。”

“万水千山总是情，回个电话行不行？”

“洛阳亲友如相问，爸爸永远等着你。”

身边还有人窃窃私语。

“居然是寻人启事，我刚刚还以为哪个粉丝包给明星的应援呢。”

“谁的女儿丢了？介不介意多个女儿？”

“地主家的傻儿子没地方烧钱吗？寻个人租广告屏，今晚太魔幻了。”

“说什么呢！家父这叫‘凭亿近人’。”

许昭意的脑袋嗡嗡的，只想远离这些傻瓜玩意儿，朝着服务区一路跑过去。

沈嘉彦闲散地瘫在沙发上，没多少坐相，跟个少爷似的候在服务区。他眉眼清俊，侧脸线条利落、棱角分明，生了一副干净清冽的长相，不过那双桃花眼内勾外翘，总让人有种深情的错觉。

她一推门，他似有所察地抬头。

“好玩吗，朋友？”沈嘉彦挑挑眉，“我的寻人启事是不是特有创意？见到我有没有很开心？”

这邀功似的口吻，听得许昭意脑子疼。

“来，沈嘉彦。”她一个深呼吸，努力维持着仅剩的平静和友善，朝他招了招手，“沈嘉彦，你过来。”

“怎么了？”沈嘉彦日常觉不出危险，懒洋洋地起身，“我迷路了，没报警都能找到你，是不是觉得我特机智，特可靠，特聪明？”

“聪明，您的确很聪明。”许昭意附和了几句，面容温和，甚至还带着微笑。直到沈嘉彦靠近，她一下子变了脸色，“聪明你个大头鬼！我今天就手刃了你这个不肖子孙。”

她右手疾速掠过，手臂死死地卡着沈嘉彦的脖颈，这一手干净利落也够狠。

“居然敢自称我爸爸，沈嘉彦！”许昭意掐死他的心都有，“我是手机没电，又不是失踪！总共不到一百米，你是废物吗，还有脸迷路？搞那么大动静是想死吗？”

沈嘉彦只是笑，既没躲也没还手，从“老大我错了”一路喊到“祖宗饶命”，最后还硬生生地挨了一下。

“这不是好久没见你了吗？”沈嘉彦伸手想来个拥抱，“久别重逢，还是跟老大你，怎么能这么无趣呢？”

还没碰到她，他忽地落了空。

肩上有人一揽，许昭意硬是被这股力道带着后退了几步，直到离沈嘉彦有一米远。

“你近几天心情很好，就是因为这个？”梁靖川的嗓音在她耳畔响起。

对面沈嘉彦脸上的笑意尚未收敛，就肉眼可见地凝固了。他那双幽深漂亮的桃花眼，自下而上打量过梁靖川。

剑拔弩张的氛围里，硝烟味迅速弥漫，一触即燃。

“什么？”许昭意有些发蒙，反应了两秒才意识到是梁靖川误会了。不管三七二十一，先解释了一通，“你先等等，你是不是误会了？”

然而没人理会她的话。

“朋友，你谁啊？”沈嘉彦微微眯了眯眼，冷笑一声。

“你怎么把我都忘了？”梁靖川勾唇轻嘲，嗓音里的笑意格外刺耳。他挑衅人的水平实在是好，一句话就把仇恨值直接拉满。

沈嘉彦低骂出声。

话不投机半句多，这下连针锋相对的废话都省了，沈嘉彦突然挪移身形，右手刁钻地劈出，直取梁靖川肩膀的位置，劈落时化掌为拳，强劲又凶狠地砸向他的脸颊。

他的身手委实快，动作干净利落，毫不拖泥带水。

挟着劲风的一拳虽然快，却在意料之中。梁靖川侧身避开的同时，将许昭意拽向身后。他抬手格挡开袭来的拳头，屈肘结结实实地撞上去。

砰！

拳风掠过耳畔，肌肉骨骼相撞的声音十分沉闷。

“把手给我挪开。”沈嘉彦嗓音里的不痛快都要溢出来了。

“你做梦。”梁靖川的上下嘴唇一碰，淡淡地吐出三个字，右手还抓着许昭意的腕骨。

他的目光是沉郁的，薄唇是微抿的，漂亮的下颌线条紧绷，面上淬着丝丝缕缕的冷意，挺不耐烦的，还过分沉郁。

气氛跌至冰点。

许昭意被拽得趔趄了一下，才在梁靖川身后站稳，然后看着眼前的一幕头皮发麻。

她现在快被烦得没边儿了。

她知道这两个人的水平，都是动起手来狠得没边儿的主儿。这些年沈嘉彦虽然一直追在自己身后喊老大，但他其实只是拿自己当朋友，处处让着，没打算也没真动过手。

她就是没想到，以这两个人的心性，居然能跟小孩子似的，一言不合就打起来。

见了鬼的幼稚。

力道和速度相差无几，两个人交手后就能觉察得出。刚缓下攻势，沈嘉彦的手掌掠向对方的喉咙时，梁靖川出手如闪电，抬手提拳朝着他的面门抡过去。

照这架势，怕是要不死不休了。

“怎么回事？怎么打起来了？”服务区的管理才分了神，这边就动起了手。她看着闹得不可开交的一幕，出声制止，“再胡闹我要叫保安了！”

“行了，别胡闹了。”许昭意同样忍无可忍。

许昭意贴身上前，强行制止这两个人的动作，出手干净利落，硬是卸掉了沈嘉彦强劲的拳风，点住了梁靖川顶撞过来的膝盖。

动作的确够帅够拉风，但她制止后的滋味很不好受——

后发的寸劲震得她的虎口和膝盖疼，麻意蔓延了半条手臂和小腿。

真疼。

这两个人下手也太狠了。

梁靖川和沈嘉彦身形微僵，几乎同时停下动作，对着许昭意异口同声：“你没事吧？”

“没事什么！我给你们一人一下试试？”许昭意忍不住想骂人，“你们想干吗？决战校园之巅吗？”

许昭意有一万句脏话要脱口而出。她心说招谁惹谁了啊，居然为了两个神经病牺牲这么多。

她揉了揉微酸的手腕，面无表情地瞟了两人一眼：“要不现在去天台痛痛快快地打一架吧，那儿地方空旷，都不用给你们腾地方了。我就坐旁边，给你们鼓鼓掌。”

这下彻底消停了。

一场闹剧莫名其妙地开始，无声无息地结束。

好不容易缓和了气氛，互相介绍完也算认识了，三个人顺道去吃了火锅。

挑的地方特有老北京的味道，一应物件都是老的。主色调是暖的，悬顶挂着灯笼和油纸伞。地道的铜锅涮肉，“清水一盏，姜葱二三”，羊肉手切立盘。

许昭意再三交代别闹事，才起身去调蘸酱。

“嘿，朋友，”不知道是想找碴儿，还是单纯闲不住，沈嘉彦忽然莫名其妙地夸了梁靖川一句，“我看你身手不错啊。”

梁靖川眼皮都懒得抬一下。

沈嘉彦勾了勾嘴角，手臂搭在桌边，微微倾身：“她跟你提过我的事吗？我算是她发小，打小一块儿玩的，关系特别铁。”

“你？”梁靖川不着痕迹地打量了他一眼，像是听到什么笑话似的，轻飘飘地吐出几个字，“没有，只字未提。”

沈嘉彦就算是傻子，也知道梁靖川对自己有敌意。但他没想到，这个人连基本的社交礼仪式的敷衍都省了，半点儿面子也不给。

他意味深长地“哦”了一声，一双桃花眼里漾着不明的情绪，似笑非笑道：“看来你们关系不怎么样啊，要是跟我在一块儿，她肯定无话不说。”

“也可能是因为你不重要，”梁靖川懒洋洋地向后靠去，态度轻慢，“不值一提。”

沈嘉彦被他激得微微皱眉，脸色直落三千尺，微拢的手掌在桌下紧攥成拳，隐隐能看到手背淡青色的血脉。

这个人可以啊。

是跟他比谁会的成语多吗？

“随便你怎么说，”沈嘉彦不还对方一刀就不痛快，用一种足够平静的语气，把意味不明的话说完，“反正她的篮球是我教的，她上下学是我接的，她从小到大就给我做过饭，我们朝夕相处、形影不离，可能没有比我跟她更亲密的人了。”

梁靖川轻扣桌面的手忽然顿住，面无表情地抬头。

沈嘉彦挑了挑眉，心想这哥们儿是不是打算翻脸掀桌，再打一架。

氛围僵硬时，面前多了一份调好的蘸酱。

刚回来的许昭意莫名其妙地看着两个人：“你们又在聊什么？”

“没什么，”沈嘉彦这次学乖了，勾起嘴角道，“我就是想给你同桌讲一讲先来后到的故事。”

许昭意：“呃……”

“先来后到？我只听过先撩者贱。”梁靖川慢条斯理地抿了一口茶，轻哂，“不过我可以抽时间给你讲讲后来者居上的故事。”

太找揍了。

三言两语又要把人撩到上火。

“停！”眼看历史又要重演，许昭意一言难尽地看着两个人，“你们有完没完？能不能好好吃饭？好不容易消停会儿，又打算组团去成语大会对决吗？”

如果能重来一次，她就算脑子坏了也不会再心存侥幸，以为一起吃顿饭就能缓和关系。

一顿饭吃得无比坎坷。

许昭意十分怀疑，自己以前并不了解这两个人，居然能把氛围搞僵到这个份儿上，过完两招还要呛对方两句。现在终于没什么反应了，就冷着脸垂着眼，周身上下笼罩着难以言说的气场，沉郁的、不耐烦的、冷淡的。

挺压迫人。

许昭意有生之年是不打算再跟他们共处一室了。

月朗星稀，风疏夜浓。

熬到分开后，时间也不早了。沈嘉彦为这一天的所作所为口头检讨了一路。

“我真不是故意的，老大，氢气球、玫瑰花和喷泉那是附加服务，我就租了个广告屏，用了个广播。”沈嘉彦话题越扯越偏，完全意识不到自己的错误，“你要是不喜欢玫瑰花，不喜欢氢气球，咱们下回换一种。”

下回？居然还敢想下回。

他是觉得这一连串骚操作和掀起的轩然大波还不够吗？

“行，行，行！别说了。”许昭意听得脑袋疼，转开话题，“你怎么现在就过来了？我周末要复习，下周前两天考试，最近没时间搭理你。”

“我这不是想你吗？”沈嘉彦懒洋洋地把手臂搭在许昭意身上，“反正学校放假早，我可以多待一段时间。”

“有住的地方吗？”

沈嘉彦本来想说“不用你操心”，但又突然改口：“没呢，我一下飞机就来找你了，你家还有空客房吗？”

空客房的确有，钟女士一回来，许昭意就回家住了。但她一点儿都不想跟沈嘉彦处在一个屋檐下，太折腾了，他时时刻刻能让人过得“多姿多彩”。

“一下飞机就过来，那你的行李呢？”许昭意轻嗤，不遗余力地拆穿他的谎言，“跟脑子一起落在飞机场了是吗？”

不等沈嘉彦辩解，她面无表情地说道：“没地方就滚去酒店睡，没钱就滚去睡长椅。”

“说好不记仇的，你就这么绝情啊，许昭意？”

“你今天不是创意挺多吗？完全可以给无家可归的自己搞搞创意。”许昭意反唇相讥。

沈嘉彦不爽了足足半分钟，拨过许昭意的脑袋：“我看你是有了新欢忘了旧爱，今天下午那个人是怎么回事？”

“想太多。”

“我想太多？”沈嘉彦微微眯了眯眼，轻笑出声。

“我是说，新欢随时可以有，”许昭意面不改色地拨开他的手，“你什么时候是我旧爱了？”

“哼。”

第17章

心之所向

期末考当天，第一考场的氛围很糟糕。

第一考场汇聚着各班名列前茅的同学。他们刚一进考场就嗅到了不同寻常的气息，然后在未来几场考试中，莫名感到不爽——算不上被羞辱，也算不上打击，但的的确确被冒犯了。

因为他们的年级第一和年级第二，这天不知道抽了什么风。似乎不满足于成绩拖开距离了，开始在考场在线较量做题时间了。

当晚论坛里就有人愤而开帖——整天开帖屠版的出来看看，是谁说梁靖川和昭姐关系好的？眼睛不要就捐了吧。

ZL：“我都不想描述情况了，今天第一考场的火药味超标了。他们今天的架势恨不能秒杀全场，置对方于死地好吗？”

1L：“活的第一考场？”

2L：“话说具体点儿行不行？”

…………

65L：“我替楼主说，今天他们在考场上跟吃了枪子似的，一句话都没跟对方说。

“这还不算什么，可能他们是无聊，等不到出成绩，非要跟对方在时间上一决高下。理化生考试都是九十分钟的题，刚过半这两个人就检查交卷了。”

底下回复的都是“厉害”。

66L：“45L说得太绝对了，数学考试他们就挺正常的，是跟着大家一起交卷的。”

97L：“他们正常？那是因为数学卷不正常好吗？！”

98L：“本来就做不完啊，今年的题是备课组组长出的，大题出得要多变态就有多变态，我同桌第二考场都写不到附加题，时间不够了。”

99L：“我是第一考场的，也没写完卷子，感觉被冒犯了。”

…………

195L：“所以运动会是谁带的节奏？这分明是死对头好吗？”

327L：“弱弱地说一句，一开始谈论的的确是死对头，后来画风才越来越怪。”

许昭意刷到帖子的时候，正泡着牛奶浴生闷气。她其实也不知道怎么就演变成这样了，明明之前还好好的。她这晚对着聊天框输完了删，删完了再输，反反复复好几次，绞尽脑汁才发送了一条不那么在意，像是随口一问的话——你这两天是不是心情不好？

然后半个小时过去了，梁靖川没回复。

烦，很烦。

放假的愉悦分毫不剩，许昭意郁闷地扑腾了两下，牛奶卷着花瓣往外溅，泛起一小片涟漪，在下巴处漾了漾。

她还是觉得委屈，非常委屈。

胡思乱想间，手机响了一声，一条消息弹出来，没有字，没有语音，也没有表情包。

是一个定位。

梁靖川其实没看到消息。

暮色四合，车子一路开进西城区，穿过重檐卷棚歇山顶的抬梁式建筑，上面细致地勾绘着彩画，覆盖着绿琉璃瓦和明黄的边，金龙和玺。湖水在暮色里静静流淌，像一块上好的天然璞玉。

这个时候家里很安静。

一个十五六岁的少年抱着游戏机在沙发上玩得兴起，听到有动静，警惕又敏锐地关了屏幕，装腔作势地拿着书本学习。他偷偷地瞄了一眼门厅，稍稍愣住，然后化为欣喜：“哥，你回来了。”

“嗯。”梁靖川淡淡地应了声，半垂着眼睑回了房间。

梁博撂下书，紧跟着他到了门口，似乎很想跟他说些什么。最后站在卧室前一声不吭地看着他哥收拾东西，眼底的欣喜一点点地退去。

“哥，”在梁靖川准备下楼时，梁博才拽住了他，迟疑了好半晌，“你能不能不走？”

梁靖川微微蹙眉，刚要说什么，梁博攥着他不肯撒手，似乎很着急：“哥，你不该走的，是我们该走。”他磕磕绊绊地说着，声音低了些，“你是不是……还讨厌我跟妈妈？”

说话间，楼下传来一声断喝：“你还有脸回来？”

梁定远刚进来，手里正拿着文件翻看，锐利的目光扫过他，嗓音里透着几分威严。他不像是在看自己的儿子，更像是在看一个做错事的下属。

本来只有他这个同父异母的弟弟在，闹不出什么动静，但这个时候撞上他的父亲，注定不愉快。

梁靖川没搭腔，神色冷淡又平静，拎起行李箱往下走。

“你现在对我是什么态度？！”梁定远的脸色瞬间沉了下来。

他那位继母也不知道是真心劝解，还是想煽风点火，温温柔柔地说了一句：“靖川难得回来一趟，你能不能少说两句？”

话一说完，梁定远彻底被激怒，捞起手边的杯子掷了过来。

“荒唐！”

梁靖川侧了一下身子，青花描金茶杯擦着他的脸掠过，在身后摔得支离破碎，滚水溅了一地。

“爸，你们能不能要不这样？！”梁博脸上血色全无，着急又气恼地往前一步：“妈，你少说两句行不行？这本来就是哥哥的家……”

梁靖川轻轻地拍了拍他的肩膀，伸手拨开他，头也不回地走了出去。

身后的指责声、劝解声、砸碎东西的声音全搅和在一起，被一扇门隔绝得十分彻底。

朋友正在外面等着，旁边停着一辆车，车上坐着司机。见梁靖川神色沉郁地拎着行李箱出来，他笑得有点儿幸灾乐祸：“哟，您还真跟家里闹翻了，放假第一天就给赶出来了？”

梁靖川抬手擦了一把脸颊上的茶渍，心烦意乱：“你少说两句能死？”

“那你这两天住哪儿？要回阿姨那儿吗？”朋友问。

“不去。”梁靖川轻嘲，“我妈更让人不安生。”

“要我说何必呢，反正我觉得阿姨说得对。”朋友笑了笑，“梁叔就是那个脾性，你就学个乖、服个软，只要老爷子还属意你，谁能跟你争？”

梁靖川面上没多少情绪：“你今晚非得跟我讲道理当说客是吧？”

“成，您洒脱，您牛，您不稀罕，算哥们儿我多嘴了。”朋友笑骂一句，“换个场子玩总可以吧？”

……

荣公馆里黑压压一堆人，都是游手好闲的各种二代，什么妖魔鬼怪都有。地下赛车场上两辆车像离弦的箭一样冲了出去，上面的观景台在下注、摸牌、玩桌球。梁靖川其实不太想跟这帮人厮混，很烦也很吵。但他这会儿也没什么想去的地方，就在这儿消磨了一晚上。

嗡嗡——

隐约听到手机振动了一下，梁靖川抬了抬眼皮，腾不开手。

朋友就坐在低矮的茶几旁边，捞起他的手机后低头扫了一眼，也没递给他，点了两下，勾唇笑了笑：“垃圾信息，删了。”

梁靖川也没当回事。

荣公馆的景致奇绝独到，假山重叠，流水淙淙，环绕着民国风格建筑的是茂密葱茏的树影。脚下是松软的草地，人工湖里豢养着一尾尾锦鲤，不时跃出水面。

许昭意也不清楚自己是怎么想的，居然真的因为一个连只言片语都没附赠的定位，大晚上的跑到这里。

不过见到她时，梁靖川明显愣了一下，拎起外套起身。

“这是谁啊？”有人偏头看了一眼，似笑非笑地问了一句。

“我朋友。”梁靖川淡淡地道，微冷的语气阻绝了所有猜想和调侃，反手关上了包间门。

一切探究的视线和喧杂的声音都隔绝在身后。

长廊里冷气开得十足，各种香水味和花香酒香混杂，飘荡在空气里。许昭意穿得单薄，只一条及踝的湖蓝色长裙。

她肩上一沉，梁靖川将外套裹在了她身上，在领口处微微一拢。

“你怎么在这里？”他微微蹙眉，“你一个女孩子，大晚上的怎么出来乱跑？”

他太担心了，口吻反而有些冰冷，像是在训斥小孩子。

“不是你给我发的定位吗？”许昭意莫名其妙地看着他。

她觉得他语气太冲，那种郁闷的感觉跟柠檬气泡水似的，发酵得微酸，那点小委屈就跟泡泡似的炸开，恨不能直接将手机拍到他脸上。

梁靖川蓦地想起之前那条所谓的“垃圾短信”，才意识到自己被摆了一道。

也是凑巧，结果刚刚好。

看他有些走神，许昭意也不想在这儿继续待下去，语气变得有些生硬：“你要是没事，我就走了。”

梁靖川嗓音淡淡的：“那你等我一会儿，我手机落下了，跟你一块儿走。”

“嗯。”

聿公馆靠近郊区，有大片的山林掩映，偶有林间的清风吹开夏日的燥热。等梁靖川出来的时候，许昭意已经不知不觉地走到长廊尽头，在两栋楼从露天的衔接处俯瞰下方靶场。

“你感兴趣？”梁靖川见她看得兴起，笑着问了一句，“要去试试吗？”

“嗯，我会一点儿。”许昭意看着靶场上的情况，轻声道，“以前假期去夏威夷，闲着没事的时候学过。本来是想秀给我爸妈看的，难得他们有空一起出来，结果我练好了，他们又没影儿了。”

她说话时乖巧又恬淡，声音细软清甜，总给人一种温温柔柔、怡然自得的感觉。

梁靖川喜看着她的侧脸，无声地勾起嘴角。

就是这个笑，一不小心落入许昭意的眼底。不过她会错了意，直到去了靶场还耿耿于怀，甚至越想越气。

“你刚刚到底在笑什么？”许昭意不爽地拿脚尖碰了碰他，像被踩到尾巴的猫，“你是不是觉得我水平不行，偷偷嘲笑我？”

“我没有，”梁靖川凝眸看她，低了嗓音，“我在想我同桌怎么这么厉害。”

“谁信你的鬼话？”许昭意低着头调瞄准镜，冷哼出声。

梁靖川慵懒地垂着视线，靠在桌边，从善如流地闭了嘴。

靶场里灯火通明，远处的锦标旗贴着旗杆，偶尔被微风卷起。夏日的夜晚，四周还算静谧，空旷而开阔的环境下，枪声消散得快，只有蛐蛐在歇斯底里。

许昭意其实很谦虚了，但凡她说“学过”“会一点儿”的东西，基本都能做到拔尖，她在靶场上发发命中十环。本来就是证明给梁靖川看的，又觉得顺利到没什么乐趣。

所以最后一颗子弹，她抬了一下手腕，角度稍微调整。

砰！

新靶纸干干净净，积分器上的成绩毫无变动，看上去特像是失误。许昭意面不改色地摘了眼镜和耳机，似乎并不觉得遗憾。

报靶员刚要惋惜地提醒“脱靶”，视线移到前方，惊得声音都卡在了喉咙里。

枪靶后方一百米处，锦标旗的细线被子弹精准击断，慢悠悠地飘落到地上。

优秀得过分了。

如果说这是失误，那这个失误未免太有水平和难度了，概率小到可以去买彩票了。

与此同时，靶场内的画面被尽收眼底。二楼房间的地板是单向可视玻璃，几乎能将楼下的情况一览无余。其中一整面墙壁藏匿着电子屏，能调取附近马场、赛车场、靶场等一切地点的监控。

“这一手玩得牛啊，他这个小同桌挺厉害啊，刚刚就不该让他们走。”朋友笑眯眯地向后靠去。

“留下来干吗，找不痛快吗？”边上有人轻哂，“你小心他要是知道了，这事没完。”

画面中，许昭意抬了一下空枪的枪柄，隔空点了一下梁靖川的下巴。她的嘴角勾了勾，像只主动开屏的小孔雀。

“你要试试吗，小同学？姐姐刚刚是不是特别酷？”

“不玩了，”梁靖川垂眸笑笑，修长的手指拨开抵在喉咙的枪口，“我甘拜下风。”

许昭意也觉得没意思，正要提议走，梁靖川忽然握住她手中的枪，“吧嗒”一声换掉了弹夹，然后掉转枪口。

“不过我刚想起来一点儿事，临走前解决一下。”

靶场的冷光旋落，映照着他清俊的侧脸。他端枪的姿势标准，手腕劲瘦清绝，勾着点儿少年气和清澈感，格外招眼。

砰！

他瞄准的也不是靶纸，但不同于许昭意最后那一枪，周围似乎没什么变化。

脱靶了？

对他难得的失手，许昭意诧异又困惑，偏头看向他。

“没事，”梁靖川懒散地撂下枪，莫名其妙说了一句，“我只是讨厌在这种时候被人盯。”

许昭意显然没明白过来发生了什么，却也懒得去深究。

二楼观景台的电子屏幕突然被切掉一块，杂乱的雪花占据了满屏，最好的观测画面消失，其他的监控用处不大。

“居然把摄像头给狙了。”朋友笑着骂了一句，“真小气，我就是好奇，又没恶意，看一眼都不行？”

“你也不看看他有多在意，真要比一场，十拿九稳也得故意输给她。”有人看破也说破。

狙主控摄像头比锦标旗更刁钻，但他依旧命中得轻而易举，实力不言而喻。不过看他在意的那股劲儿，输了也心甘情愿。

回去的路上安安静静的，气氛变得格外微妙。

许昭意坐在长椅上，咬完一小口章鱼小丸子，把三根竹签插到身侧花坛的泥土里，整整齐齐地排列好。

“你做什么？”梁靖川拿着炒酸奶和冰激凌，慢悠悠地踱步回来。

“我提前替你哀悼一下。”许昭意面无表情地抬头，“你今晚挺会欺负人啊。”

梁靖川心说她反应弧长得离奇，过于后知后觉，嗓音挫败又无可奈何：“开个玩笑，我也没怎么着好吧？”

“可我是女孩子！”许昭意瞪他，手撑在身侧的长椅上，小腿往前踢了两下空气。

“在这种事情上，你还搞性别歧视？”梁靖川好笑地垂眸，将东西放在一旁。

话题还没讨论出什么结果，身侧的手机屏幕亮了，弹出一条消息：“你今年生日打算怎么过啊？”

许昭意刚解锁了屏幕，还来不及输入，手机忽然被抽走了。屏幕在梁靖川手中掉转了一个方向，按着语音键回了句“不劳费心”，而后关机丢回来。

动作干净利落，一气呵成。

“不是，”许昭意被他搞得发蒙，莫名其妙地看着他，“你要干吗？”

“大晚上的，他凭什么给你发消息？”梁靖川的语气淡淡的，毫无悔过之心。

按照他的说法，那大晚上的，她不是还跟他在一起吗？

“梁同学，你这就不讲理了，现在才不到九点。”许昭意回忆了一下时间，好气又好笑，“说实话，你这样我都怀疑你们有仇，你小时候《论语》是怎么学的？有朋自远方来——”

“虽远必诛。”梁靖川眼皮都没抬一下。

许昭意当晚就不争气地失眠了。

夜色浓重，万籁俱寂。室内的冷气开得十足，空气中弥漫着清香，是白日里的新鲜花束留下的香味。皎皎月色从窗帘缝隙里漏进来，切割了房间内浓稠的黑暗。

许昭意抱着薄毯辗转反侧了大半宿，直到折腾得有点儿饿了，她才蹑手蹑脚地下楼。

客厅里有亮光。

水晶吊灯是关着的，但沙发旁开了一盏暖色调的落地灯。电视机的声音调得很小，随着画面镜头的切换，四周忽明忽暗。

她的母亲坐在沙发上，不知道在翻看什么东西。

“妈，您怎么还没睡？”许昭意穿着拖鞋，踢踢踏踏地下来，“都这么晚了。”

钟女士刚注意到她，不动声色地合上了文件夹：“没事，半夜睡不着，看一会儿电视剧。”

她偏头时，许昭意留神到她微红的眼眶，稍稍愣住：“您怎么哭了？”

钟女士笑着把女儿拉到身边：“不是跟你说追剧吗？可能是因为不年轻了，看不了一点儿虐的东西。”

分不清楚是否过于敏感，许昭意心中隐隐不安，但也没看出什么异样来，似乎一切是她多想了。她靠过去，下巴搭在母亲的肩膀上，低声说道："我还以为出什么事了。"

"傻孩子，整天在想些什么呢？"钟女士垂了垂眼睑，轻轻拍了拍她的后背，温柔地转了话题，"你今年生日想怎么过？"

"我都行，"许昭意的声音闷闷的，"什么都没有也无所谓，我其实就想跟你和爸爸一起过。"

钟女士的手微微顿了一下，敛去了眸子里的情绪，声音依旧平静："那怎么行？不过你要是不想搞得太正式，可以请同学和朋友出去玩，妈妈白天再陪你。"

"行，"许昭意点点头，"刚好我过生日前还要回学校拿成绩单，可以叫上他们。对了，沈嘉彦这几天也在，也叫上他一起。"

"你怎么不叫他来家里吃饭？"钟女士笑了笑，"我记得你们以前关系就很好，小时候形影不离。"

"也不算吧，真的跟我形影不离的应该是三个男人。"许昭意忍不住笑，"薛金星、曲一线和王后雄。"

"嗯？"

钟女士显然不了解"教辅界三大传奇人物"的梗，许昭意摆摆手。

"我是想算了吧，他太能折腾了，又不是没房子，用不着我操心。"她嫌弃得真情实感，"再说了，万一不小心撞上钟婷过来，这两个人说不准能掐起来。"

沈嘉彦和钟婷互相看不顺眼也不是一天两天的事了，仇恨和不满不仅没随着时间淡去，反而变本加厉。本来许昭意还打算把两个人一起叫出来聚一聚的，结果被他们不约而同地拒绝了——讨厌对方可能是他们仅剩的默契吧。

话匣子一敞开，许昭意忍不住说了好久。钟女士竟然真的在听，也没赶她去睡觉，直到她有些困了。

很不真实的感觉，许昭意总怀疑自己是在做梦。

放假一周后，各班同学陆续返校，回班拿期末成绩单。

北城近日多雨，空气中带着潮湿和清新之意，偶有细风清凉，驱散了夏日的闷热。校园内的花坛和空地上有一些大大小小的水坑，听取蛙声一片。

教室内有些嘈杂，学生三三两两聚在一起，兴致勃勃地讨论着这几天的趣事。

梁靖川懒散地靠着墙，抱着一台笔记本，修长的手指敲得飞快，也不知道在折腾什么。

赵观良无意间看了一眼，瞥见他桌上压着的报名表和策划书，感觉很新奇："梁老板，你假期很闲吗？居然参加什么虚拟金融大赛？还有科技杯设计大赛？"

"有奖金。"梁靖川冷淡地抽走他手里的文件，塞进了背包里。

赵观良"哦"了一声，几秒后更诧异了。

"不是，你最近很缺钱吗？一等奖才五百美金，这点儿钱翻个一百倍，都不够你的零花钱吧。"他越想越觉得离奇，脑补了一连串豪门大戏，"难道梁叔把你的银行卡冻结了？"

梁靖川抬了抬眼皮，眸子里的冷淡和不耐烦都快溢出来了。

赵观良识时务地闭嘴，扭头朝刚走进来的许昭意招了招手："小仙女，一星期没见了，想我吗？"

"要是'想打你'也算想你，那我也是挺想你的。"宋野日常拆同桌台，"来，同桌，来个兄弟之间的拥抱。"

"我只想给你一个敌人之间的窝心脚。"

许昭意垂了垂眼睑，拉开座椅。

梁靖川蓦地抬头，合上笔记本的瞬间，握着她的手肘抬了一下："先别坐，很脏。"

梁靖川的目光淡淡的，擦了擦她的座椅，微垂的额发下双眸幽深，清瘦的手腕处隐隐能看到淡青色的血脉。就这么一个简单的动作，他依旧赏心悦目。

"行了，坐吧。"他抬手将方帕扔进垃圾桶。

前排已经坐下的赵观良心里骂了一句脏话，从座椅上弹起来："太过分了吧？川哥，为什么我享受不到这种待遇？就算没好的待遇，好歹也给个提示吧？"

"下次我踹你一脚？"梁靖川懒洋洋地向后靠去，似笑非笑道，像玩笑，更像威胁。

“算了，算了，我消受不起。”赵观良忍辱负重地转回去。

宋野在一旁笑出鹅叫声。

嬉闹间，老徐抱着一沓成绩反馈回执单进了教室，教室里瞬间安静下来。

“这次考试难度不小，但咱们班考得不错，大家看一下投影，年级前两名依旧在咱们班，这两位同学的成绩实在值得表扬。

“梁靖川一千零二十分，年级第二。

“许昭意一千零二十一分，年级第一。”

也是一分之差，不过这次她在上。

许昭意的心里微松。

鼓掌声噼里啪啦地响起，班上的同学唏嘘不已。这次参与出考卷的基本都是备课组组长，试题要多变态有多变态，年级第三直接跌出一千分数线，结果这两个人愣是没受多少影响。

这是什么逆天的牲口啊。

老徐的心情很不错，大致说了一下成绩，话锋忽然一转：“但是，今天我还是要严肃批评一下梁靖川同学。本来梁靖川同学今年可以成为唯一的英语满分的，只可惜……”

许昭意以为老徐要说“只可惜，梁靖川同学实在太马虎了，在细节处扣了分”之类，甚至考虑过要不要安慰他一下。她斟酌着用词，在纸上写了几个字。

结果老徐惋惜地叹了一口气：“只可惜梁靖川同学的卷面实在太差，跟英语老师商量了一下，趁着还有时间补救，我们决定给你一个教训——扣你五分卷面分。”

全班再次哗然。

梁靖川的字确实让人见之不忘，见之不忘地潦草，行之若萦春蚓，字字如绾秋蛇。但没人想到他会在这方面扣分。

宛如将一枚重磅炸弹丢入深海，掀起了惊涛骇浪。许昭意心底有一万句脏话要脱口而出。

拿到的名次仿佛瞬间失去了灵魂，亏她心地善良，出了成绩后还想安慰他。结果他的逆天程度再创新高——丢了五分卷面分后，总成绩仅输她一分。

原本不算太关心成绩的梁靖川眼皮跳了跳，看了许昭意一眼，微微地叹了口气："我的字是真的差，许昭意，书写也是实力的一部分，所以我是真输给你了。"

"如果不算书面分，你就比我高四分了。"许昭意面无表情地抬头，没什么情绪地说道。

完了，在绝交的边缘试探。

梁靖川的太阳穴一跳一跳地疼，他开始往死里贬低自己的书写："本来就算书面分，我这个字就是潦草还歪歪扭扭的，很难不被扣分。"

这年头年级第二还要安慰年级第一，简直是欺人太甚。

"我其实是想说，"许昭意一眨不眨地看着他，忍不住轻笑出声，"既然你也承认字不好，那我监督你练字吧？"

梁靖川的动作微顿，沉默下来。

"怎么了，你不会是在心里质疑我的水平不够吧？"许昭意还以为他不领情，道："我是监督又不是教你，再说我书法练了好多年，你别太过分啊。"

"不是。"梁靖川懒洋洋地靠着墙，垂眸笑了笑，"我就是觉得你现在的样子很难得，除了非要摘花的那次。"

难得的认真，难得的温柔。

讲台上老徐已经大致分析完成绩，完全不给人防备地加了作业，然后大手一挥，在黑板上龙飞凤舞地写下几个大字——平时付出少，迟早去乞讨。

教室里唉声叹气连成一片，老徐面不改色地拍了拍手，捧着小水杯优哉游哉地离开了。

老徐一走，两个人压低音量的交谈到此为止。

许昭意会错了意，低着头从背包里找作业记录本："梁同学，你注意一下自己的措辞，我平时对你明明也还行，少挑三拣四的。"

说了两句，她又忍不住瞪他："而且你非得提我的丢脸时刻吗？"

历史老师在门口探了探头，扫到黑板上的几个大字，笑眯眯地抱着卷子走进来："同学们，加几张卷子，大家回去做一做。"在此起彼伏的抗议声里，历史老师在老徐的粉笔字下画了条横杠，以红色批注——符合历史发展规律，顺应历史发展的潮流和趋势。

“别吧，老师，我们可是九门作业啊，您把自己的作业乘个九看看，真的不少了！”

沉重的打击一波未平，一波又起，不苟言笑的数学老师走了进来。他连安慰学生情绪的话都懒得讲，几笔写下作业，顺便加粗批注——在一般情况下，努力和成绩成正比例关系（记作努力∝成绩）。

教室里彻底炸锅了。

“生气了？”梁靖川敛眸，低了嗓音，“不打算理我了？”

许昭意没心思搭腔，低着头飞快地抄布置的作业。

笔尖摩擦纸页，沙沙沙的书写声让人心烦意乱。梁靖川也不恼，无声地一哂。

就在他坐正的一瞬间，许昭意低声说了句“没有”。

梁靖川稍愣，抬了抬头。

许昭意还是没看他，面上依旧神色自若，抄写的字迹工整秀气，似乎没受什么影响。但她心里其实紧张得要命。

不过只维持了几分钟，在期末考里狠心扣卷面分的英语老师就站在门口，恨铁不成钢地把梁靖川给叫了出去。

“梁靖川，拿着你的卷子来我的办公室，今天咱们好好聊聊你的卷面问题。”她的表情极其痛惜，语气格外悲愤，仿佛她才是被扣分的人。

作业和成绩回执单到手，教室里的同学陆续离开。

许昭意低头给他发消息，考虑了一下练字的事，想约着一起去图书馆。

赵观良眼尖，扭头扫到她在打字：“小仙女，你明天要跟川哥去图书馆啊？”

“嗯，去附近图书馆的自习室写作业。”许昭意顿了顿，“你要是想学，明天八点可以一起过来。”

“算了吧。”赵观良摆摆手。

说着，他好心提醒道：“不过时间有点儿早吧？梁老板好像有拖延症。”

许昭意闻言，删掉了输入框里的“明早八点到××图书馆”，将时间改成七点半。

半个小时总该够他拖延的了。

“还有，还有，我怀疑梁老板有起床气。”赵观良忍不住补充道，“之前早上想约他打游戏，话还没说两句，就被他骂了个狗血淋头，你说凶残不凶残？”

“是有点儿过分了。”许昭意点点头，礼貌又敷衍地安慰了赵观良两句，自觉地把时间改成七点二十分。

等人走远了，她沉吟再三，发送了最终版本消息：“明早七点我在 ×× 图书馆门口等你。”

足足一个小时供他挥霍的，这下总该万无一失了吧？

第18章
星河入梦

事实证明，赵观良真情实感的忠告和声泪俱下的控诉可能都是造谣。

当许昭意第二天七点睡到自然醒的时候，手机屏幕上亮着五分钟前弹出来的消息框：“我到了，你在哪儿？”

赵观良是个骗子吧？！

许昭意几乎从床上弹起来，正准备装死，收拾一下火速赶到，电话紧跟而来。

“你现在到哪儿了？”梁靖川似乎并不太着急，沉缓的嗓音淡淡地传来。

许昭意轻咳一声，欲言又止好半晌才磨出来几个字：“到洗漱了。”

电话那头陷入一片静默。

就在许昭意以为对方要怒挂电话的时候，梁靖川的嗓音依旧平静，温声笑了笑：“没事，不着急，你慢慢来。”

许昭意被他笑得毛骨悚然。

毕竟是迟到，她分不清他是真脾气好，还是怒极反笑。这下早饭她都没心情吃了，仓促地洗漱完毕，火速赶到图书馆。

时间不算太晚。

万里无云，夏日晴朗的天气里鲜少有风，连空气都有些沉闷。炽热的阳光炙烤着大地，地面被晒得发烫。

梁靖川好整以暇地站在台阶上，低着头懒散地玩着手机。他敛眸不笑的时候，深邃的眉眼清俊疏离，莫名有种生人勿近的感觉，但格外招眼。

偶尔有从旁边经过的小姑娘，忍不住偏头看他，小声地跟同伴议论。

“你没吃饭？”许昭意看了一眼他手里还拎着的早餐。

“刚去给你买的。”梁靖川抬了抬头，将纸袋递给她，似乎一早料到了她不好意思耽误时间。

许昭意“哦”了一声，也没跟他矫情，伸手接过来，感动的小火苗在心底冒头。心说不管他的字有多丑，她都负责到底了。

不过这份情真意切到了练字时间就动摇了，书法老师小许对着他不忍直视的字迹沉默了许久。她实在忍不住了，问道：“你以前假期为什么不好好练字？我看你自己的名字写得就挺好的，说明不是练不出来。”

他写自己的名字格外逆天，标准的瘦金体，笔锋劲瘦爽利，断金割玉一般，绰约灵动。可他写别的字真心不敢恭维。

“当时觉得没用，卷面分扣得起，就懒得花时间。”梁靖川一边临摹字帖，一边无奈地说道，“未来又用不着我写字，也就签个名而已。”

“以你目前嚣张的说话方式，我跟你分分钟聊不下去。”许昭意微笑着合上面前的笔记本，压低声音，“要不你回家继承皇位吧，老师我不伺候了。”

“别闹，我的字又不是一天两天这样，短期内纠正不过来很正常。”梁靖川按住了她的手，笑了笑，“再说大行不顾细谨，大礼不辞小让，就字写不好也没什么吧？”

“你这是资本主义的陋习，”许昭意忍不住反驳，对他的态度非常不赞同，“要改。”

“你记错了吧？说这话的人是樊哙，跟刘邦一伙的。”梁靖川顿了一下，懒懒地偏头，“失败的是项羽。”

许昭意无言以对。

“而且故事发生在公元前206年的秦末，还是封建社会。”梁靖川补了一句，“资本主义都没萌芽。”

行，学神就是记性好。

但是她说这话的重点不是提醒他注重细节，好好写字吗？

许昭意拿笔敲了一下他的手背，面无表情地看着他：“你见过高速公路收费站的道闸吗？我看你就跟拦车的升降杆一样，就喜欢抬杠。”

梁靖川也没躲，嘴角微微勾起，低头继续一笔一画地练习。

许昭意的生日很快来临。

生日聚会约在了郊外新开的轰趴馆，是拿依山傍水的别墅区改造出来的，环境优越，里面唱歌房、桌球、棋牌室、私人影院等基础设施一应俱全。许昭意不想搞得很隆重，没想正式邀请，就返校取成绩单时在班里提了一句，不过来的同学不少。

“你怎么杵在这儿发呆？”沈嘉彦抬手在她眼前打了个响指，“来，来，来！看我一眼，不知道的还以为我今天过生日呢。”

沈嘉彦这个人的社交能力出人意料地拔尖，凭借着出色的颜值和性格，在任何地方都能如鱼得水，左右逢源。他这种人，扔在酒吧就是气氛组，扔在敬老院就是乖孩子，所以短短半个小时，他已经跟许昭意的 20 班同学迅速混熟，仿佛成了其中一员。

宋野隔老远就举着球杆喊他：“老沈，快过来，咱们再杀一局。”

此情此景，只能称赞一句“牛”。

“等我一会儿。”沈嘉彦笑着挥挥手，扭头继续问道：“你是不是等那哥们儿呢？我千里迢迢来看你，你居然爱上了别人。”

“没有，我在给钟婷发消息。”许昭意头也不抬地解释，“她方向感比你强不到哪儿去，好像找错地方了。”

梁靖川昨天跟她打过招呼，会有事晚来，所以她并不着急。

“哦，那只小孔雀。”沈嘉彦瞬间失了兴致，桃花眼微微一眯，话说得有些刻薄，“走丢了正好，为人民除害。”

“你说话能不能温柔点儿？”许昭意诧异地抬头，“你们好歹多年不见，也没什么深仇大恨，小时候那些鸡毛蒜皮的事不用这么斤斤计较吧？”

“话不能这么说，”沈嘉彦懒洋洋地往墙上一靠，跟没骨头似的，“钟婷那只小孔雀给我的童年留下了阴影，甚至让我误以为北方妹子都是她那种类型的，你说她是不是罪大恶极？”

许昭意正要反驳，沈嘉彦施施然道：“但我这两天认识了一个小姐姐，人美声甜温柔有礼，这就说明……”他拖长了声音，似笑非笑道，“只有钟婷一个人不招人待见。”

话音刚落，外面传来格外不爽的女声。

“哪个浑蛋在背地里说我坏话，出来咱们谈谈？”钟婷人未到声先到，冷笑着抄起手边的钓鱼竿，“咻咻”地在半空中甩了几下，“我今天就让你知道知道，我受的是伤，你丢的是命。”

沈嘉彦觉得声音有些耳熟，微微蹙眉，却也没多想，懒懒地抬头，轻慢的视线与推门而入的钟婷相撞。

四目相对。

两个人不约而同地僵住动作，表情肉眼可见地凝固在脸上，然后异口同声，也是难以置信地问道：“你怎么在这里？”

沉默在空气中游走，微妙和诡异的情绪蔓延。

两位当事人不约而同的问话从“你怎么在这儿”到“怎么会是你”。就他们这始终难以接受的表情，仿佛对方是个坑蒙拐骗的绝世人渣，骗走了自己毕生的怦然心动，和几天几夜的芳心暗许。

场面一度很尴尬。

许昭意心里跟明镜似的，都不用问就猜了个七七八八，看热闹不嫌事大：“那什么，要不要我给你们重新互相介绍一下？”

“不必了。”两个人冷着脸，再次异口同声，难得的默契全浪费在了这里。

许昭意实在忍不住想笑，勾起嘴角：“沈嘉彦你绅士一点儿，你刚刚不还说嘛，最近遇到的小姐姐人美声甜温柔有礼。”

“我眼瞎。”沈嘉彦漂亮的桃花眼十分清冷，上下嘴唇一碰，掉落毫无感情的字眼，转身撂下一个背影。

许昭意偏头看向钟婷：“我记得你之前还说，你乐意拿毕生的桃花运换一次重逢。愿望成真了，高兴点儿。”

“我心盲。”钟婷冷哼一声，眼角眉梢全是不加掩饰的厌烦和冷意，“砰”的一声扔下钓鱼竿，利落地走人。

刚进门的小胖子何帆跳了一下脚，猝不及防被吓到了：“什么情况？”

“体谅一下，他们今天心情都不太好。”许昭意对这阵仗司空见惯，轻声笑出声，“估计心已经碎成一瓣瓣的了，脾气不好很正常。”

不能再继续刺激这两个人了。

邀请的同学陆陆续续都赶到了，凑在一起闲聊嬉闹。桌球、电子游戏、VR（虚拟现实）体验，玩什么的都有，甚至还有组队去附近摸鱼、捉螃蟹的，最后都被保安轰了回来。

许昭意百无聊赖，趴在桌子上把礼物拆了一遍。

她忍不住给他发消息——我同桌呢？你看到我同桌了吗？这么大一个同桌。

她对着屏幕发了半分钟的呆，越看越觉得口吻过于娇嗔，肉麻得自己的肩膀都抖了抖，按着消息想要撤回。

撤回的前一秒，屏幕上弹出来一条新消息，言简意赅——

你去顶楼露台。

许昭意微顿，也没追着问原因，二话不说就朝顶楼跑去。

露台上也有不少人在，格外喧闹。她刚推门而入，先听到“哇”的一声，随即周遭响起一阵惊叹：“好漂亮啊，这里居然有热气球。”

许昭意抬头，稍稍愣住。

天色已晚，暮色四合，天边橘红和绛紫沉降，聚拢着大片绮丽艳绝的火烧云。远处葱郁的山林如黛，覆盖了层缥缈的雾气。五彩斑斓的热气球，载着满满当当的向日葵，如火灼灼，飘浮在附近空旷的原野上。

还没从眼前的惊喜中回过神，又有同学低呼出声，指了指附近的流水：“你们快看下面，居然还有河灯！”

河流上有光影浮动，五颜六色的烛火朦胧地摇曳在幽深的水面上，影影绰绰地朝远处蜿蜒。河灯的烛光连缀成一条水中光带，皎皎如遗落的明珠，璀璨若坠落的星河。

特意的安排和自然的壮丽相得益彰，也更震撼人心。一种形容不出来的美，让人脑海里只有一句：漂亮，惊心动魄的漂亮。

周围的同学并不清楚这是一个惊喜，误以为是巧合，都凑在露台边，齐刷刷地围了一排。

“天哪，哪儿来这么多河灯？好壮观！”

“那上面是向日葵吧？我本来还觉得向日葵丑，我现在‘真香’了，在夕阳底下居然这么美。”

“这地方好浪漫啊，我下次过生日也要来这里！”

夜色笼罩，热气球隐匿在浓稠的夜色中，缤纷零碎的光影浮动在水面上，平静地顺着淙淙流水流淌，是一种独特而奇异的景象。

许昭意愣了很久。

“你那个同桌挺不错啊。”沈嘉彦是明眼人，看一眼就知道是谁的手笔，招魂似的在许昭意眼前晃了晃，“嘿，老大，失魂了？”

许昭意没搭腔。她看着消隐的热气球和摇曳的河灯，有些出神。

“你堕落了，许昭意。”沈嘉彦漂亮的桃花眼微微眯起，伸手贴了贴许昭意的额头。

“你什么毛病？”许昭意拍开他的手，像看傻子似的看着他。

这时一旁优哉游哉剥荔枝的钟婷先嗤笑出声：“昭昭就配得上这样的美景，哪里轮得到你一个妖怪在这里酸？！”

沈嘉彦皱了皱眉，压了一下午的烦躁被撩拨起来：“你说谁呢，小孔雀？”

“你叫谁孔雀，叫谁孔雀？！”钟婷没好气地拿桌边的荔枝丢他，“你是不是想挑事啊！沈嘉彦？长这么大，说话怎么还是欠！”

沈嘉彦侧身躲闪了一下，抓了大把的荔枝还击：“孔雀还嫌被你碰瓷了呢，小土鹅。”

身后的声音着实有些吵，许昭意无奈地按了按太阳穴。

“喜欢吗？”

许昭意想得出神，听到声音后，下意识地跟着点了点头。

然后她蓦地反应过来，愣怔地回头看向他。

梁靖川不知何时站在了她身后，语气认真道：“生日快乐。”

她捏了捏掌心，不由自主地移开视线，莫名其妙说了一句：“你花了不少钱吧？”

“嗯？”梁靖川微顿，没料到她神奇的关注点。

“我就是觉得这礼物太铺张浪——不对，是太贵重了。”许昭意换了个委婉的措辞，“虽然我好喜欢，但它有着我们这个年龄不该承受的价格。”

她无限担忧地看着他：“我要是家长，看到这么一出，可能想打断我儿子的腿。”

梁靖川听得出她的言外之意，忽然很想笑，也当真勾起嘴角：“你放心，这不是我爸妈的钱。”

这次换许昭意愣住。她眨了眨眼，嘀咕道：“那借钱也不是好习惯。”

“你整天瞎琢磨些什么呢？这是我自己赚的钱，就是一些比赛和策划的奖金。”梁靖川无奈地解释道，“要不然也不会这么寒酸。”

许昭意有点儿震惊了。

她不太理解梁靖川定义里的“不寒酸”是什么。但不得不承认，她这个同桌是真的有点儿优秀，也有点儿牛。

换个人她可能就要问对方是不是卖肾了。

“那……”许昭意消化了一下信息量，放低声音，提出一个之前就很想问的困惑，“为什么是向日葵？”

“你要听真话还是假话？”梁靖川答非所问。

许昭意稍愣，歪了一下脑袋，轻声笑道：“假话是什么？”

“假话是，我觉得向日葵特别，我喜欢向日葵的花语。”梁靖川的目光平静温淡。

“那真话呢？”

“真话是，”梁靖川微微皱眉，嗓音里带着点儿无奈，“时间太短，经费不够，我搞不来空运的其他品种的鲜花了。”

“真是难为你了，”许昭意扑哧笑出声，“但我真的很喜欢，这应该是我收到过的最惊喜的礼物了。”她伸手拉了一下他的手肘，“我们先去吃饭吧，我可以把第一块蛋糕留给你。”

梁靖川无声地一哂。

生日流程基本都差不多，不过这帮人闲不住，搞事情的本事一流。在宋野的一顿瞎指挥下，生日歌变调成进行曲般的快节奏。

许昭意闭着眼睛许愿，吹灭了蜡烛。

对蛋糕下刀之前，她觉得自己有必要跟这群人约法三章：“先说好啊，怎么玩怎么闹都行，今晚我就一个要求，不准往我脸上……”

警告还没来得及说完，她下巴处就被飞快地抹了一道奶油，毫无美感，要多粗暴有多粗暴。

许昭意面无表情地抬了抬头。

“你们别听她瞎说，过个生日还立什么规矩，要的就是气氛。”罪魁祸首沈嘉彦毫无愧疚之意，单手一撑，帅气又利落地翻过沙发。

“你完了，我今晚就让你回炉重造。”许昭意勾了勾嘴角，笑意未达眼底。她放下手里的东西起身，“你有种别跑啊！”

沈嘉彦身手好，动作足够迅敏，根本追不上人。

“意姐，拿汽水淋他，让他感受一下人间疾苦！”小胖子何帆兴致盎然地提醒道。

许昭意瞄了一眼桌上的橘子汽水，抄起汽水瓶，剧烈地晃了几下。她连开瓶器都懒得拿，扬起手刀，对着瓶口劈下去。

瓶盖弹开，汽水冲了出来。

不过方向把控得不到位，汽水浇错了人。

梁靖川嘴角微压，棱角分明线条利落的侧脸清冷，冷得像块冰。他擦了一下脸上的汽水，没什么情绪地抬头，睨了许昭意一眼。

玩脱了。

“失手，失手，哥，我这是误伤。”许昭意心虚地抬了一下手，无端地想后退，情急之下她连“哥”都喊了，身为寿星的气势彻底弱了下来。

赵观良看热闹不嫌事大，将礼花彩带筒递到梁靖川手边：“梁老板，您请。”

梁靖川无声地勾了勾唇，加入战局。

许昭意在他抬手时侧身躲闪，闭着眼睛挡了一下。不过预想中铺天盖地的彩带没有如约而至，倒是她身侧传来痛苦的一声。

“川哥，你没有心。”被糊了一脸的体育委员蒙了，从座位上弹起来，“不喷许妹你就放下武器，何必伤及无辜呢？”

“看开点儿。”徐洋优哉游哉地剥虾。

说实话的后果是，悲痛欲绝的体育委员不敢对梁靖川发作，就将目标瞄准了他——祸从天降的徐洋想打人。

许昭意隔着几米，朝梁靖川丢了一盒纸巾，极度心虚造成中气不足：“不好意思啊。”

“我说你怎么那么屃呢，老大，打我的气势和狠心呢？”那边躲过一劫的沈嘉彦靠着墙，笑得有些欠。

他风凉话还没说完，宋野晃了晃手里的彩带筒，朝着沈嘉彦一顿猛喷：“怎么跟我们意姐说话呢，兄弟？我今天就为了川哥和意姐，跟你割袍断义。”

“哼。”沈嘉彦笑着低骂一声，转身从架子上拎起两听可乐，“我今天就让你们这帮人跪下来求我。”

钟婷莫名其妙被误伤，被惹毛了：“沈嘉彦，你要死啊！”

战役在所难免。

不断有人中招，也不断有人加入战局。彩带礼花、蛋糕奶油、可乐，各种“武器”不可控制地被带入战场，手起刀落，幼稚的玩闹进入白热化的状态。

房间里还放着音乐，凯尔特风格的西班牙民谣，风笛声质朴优美，伴随着温柔低沉的男声。

似乎跟热闹的夜晚格格不入，又相得益彰。

里面实在太乱，许昭意后退几步，悄悄地溜了出去。

天边星子低垂，夏夜的闷热在郊外淡去许多，露台上的空气清新，混杂着泥土和树叶的香气，蛐蛐声和蛙鸣响成一片。

她正为自己的明智感到欣慰，抬起头时，正对上一双幽深的眸子。

梁靖川朝着她走过来。

“等等，”许昭意下意识想避开他，“你不会因为误伤，就想在这里跟我动手吧？”

“别乱动，”梁靖川嗓音里平白添了几分无奈，“你的脸没擦干净。”

许昭意低低地“哦”了一声。

梁靖川半垂着眼睑，神色平静，伸手递给她一张纸巾。

京郊远离繁华，但在露台上能清晰地看到漆黑的夜幕，月色朦胧，繁星低垂。

“对了，你生日是什么时候？”许昭意突然推了推他。

“二月初二。”梁靖川的嗓音懒洋洋的，“你想给我送礼物？”

许昭意点点头，提早给他打预防针：“我没什么丰富的想象力，可能给不了你多少惊喜，所以别太期待。”

说着她想到什么，忍不住笑了：“不过你的生日挺绝的，再纵观我认识你的种种，你简直是活的坂本。”

“什么？”梁靖川蹙眉。

“坂本，一个把装发挥到淋漓尽致的二次元风云人物。”许昭意一本正经地科普，“和你很像。”

“呃……”

没在外面停留太久，许昭意理了理头发就回了房间。

梁靖川紧跟其后。

饭局上才刚刚消停。许昭意分了蛋糕，大家围着桌子开始玩转骰子的游戏，有人受罚唱歌，有人玩各种奇怪的大冒险。

林深人静，月色洒遍天幕，淙淙流水在身边流淌，周围的枝叶和树丛发出窸窸窣窣的响声，混在渐歇的蛐蛐声和蝉鸣里。轰趴馆毕竟在郊外，大家也不敢折腾到很晚，九点半就散场了，各自结伴回家。

宋野平时就是个BB（传呼）机，这天格外聒噪，从“黄河之水天上来，奔流到海不复回”背到“南村群童欺我老无力，忍能对面为盗贼”。旁边的“同桌搬运工”赵观良连拖带拽，骂骂咧咧地把他往车里塞，然后踹上了车门。

“他怎么那么吵，我都分不清他是范闲上身，还是范进中举了。”许昭意被吵得难受，按了按太阳穴，“太可怕了。”

“其实还好。”梁靖川轻轻一哂。

你发疯的时候就挺好。

“什么？”许昭意抬头。

梁靖川懒散地垂着视线，也没解释的意思：“你明天有时间吗？”

“我明天要跟我妈出去，她难得回来一趟，不过之后就没什么事了。”许昭意眨了眨眼。

梁靖川问得很随意：“你生日就没有想去的地方？”

许昭意很认真地思考了一下：“哪里都行，我往年好像也没刻意出去玩，生日都是随便过的。”

梁靖川半垂着眼睑，笑了笑：“你要是没啥特别感兴趣的地方，我可以带你去野营，叫上咱们班几个同学一起报夏令营。”

“野营？”许昭意抬头。

许昭意其实有些意外。

虽然从某种程度来讲，梁靖川确实比她还要了解她自己。比起平淡的日常，新鲜感和刺激感更能吸引她，比如极限运动，各类挑战，或是野外旅行。

许昭意没想好，便道：“下次再说吧，我得回家了。”

“我送你回去，晚上不安全。”

许昭意沉默半晌，有点儿无语，又莫名想笑。

花繁叶茂的时节，密影清疏，不知名的香气散在空气里。

梁靖川家的车就停在附近。两人上车后，司机平稳地驾驶着，公路两旁的风景飞快地隐没其后。

许昭意窝在后座，安静地刷了一会儿消息。

梁靖川就在她身侧，半垂着视线笑了笑，神情显得懒散又漫不经心。

晚风携着夏日难得的清凉，顺着车窗灌进来。

困意渐渐涌上来，许昭意靠在椅背上闭目养神。她差点儿睡着时，司机将车子停稳在别墅附近。路灯柔和的光线从外面透进来，不需要他唤醒，她自己睁开了眼睛。

“你先别走，等我一会儿。”她撂下一句话，不等他问询就推开了车门。

别墅内外灯火通明，但客厅里很安静，钟女士还没回来，只有阿姨在忙活。在阿姨诧异的注视下，许昭意直接动手，拆开了摆在客厅茶几上的蛋糕盒子。

三分钟后，她端着一块蛋糕来出来，朝梁靖川递过去：“给。”

梁靖川的视线直勾勾地落在她的手上，一言不发，也纹丝不动。

“我说了，第一块蛋糕要给你吃。”许昭意还僵持着这个动作，静静地看着他。

梁靖川心念微动，眸子里却波澜不惊：“这不是第一块。”

这晚的第一块蛋糕还没分，就已经在轰趴馆里壮烈牺牲了。

他的语调很淡，分明是一句挺较真、挺在意的话，却听不出多少情绪来，恍若裹了深秋的雾气，清冷而微寒。

“那不算，过了零点才是我的生日。”许昭意很认真地看着他，“今天提前出来是跟你们聚一聚，这才是正式的生日蛋糕。”

梁靖川接过来，劲瘦修长的手臂搭在窗边，干净的眉眼映在车内的暗色里，好看得不行。

“就这样？”

“嗯？”许昭意抬起头来，陷入他渐深的眸子里。

梁靖川的嘴角微妙地勾了一下。

“少来，”许昭意彻底服气，“不吃算了。”

许昭意懒得继续搭理他，转身就走，背后是他懒洋洋的嗓音：“收下了。”

许昭意无声地勾了勾嘴角，没良心地头也不回。

晚风荡漾，夏月温柔。

在客厅看了一会儿电影，许昭意先前的困意散了个干净。住在家里，钟婷也不会跟自己不停地聊、闹腾，她实在是闷得慌。最后一个人坐在别墅后的秋千上，无聊地荡了一会儿。

漆黑的车子从白色栅栏外驶入，朝着车库方向滑进去。

看样子是钟女士回来了。

许昭意的脚尖在地上点了一下，晃晃悠悠的秋千架就顿住了。她懒得动弹，视线紧随着车子到车库，然后安静地等着母亲出来。

从车上下来两个人。

车库离秋千架有段距离，依稀能听到有人在交谈，语气还算平静，不像是争执，但氛围不太好。

听不清具体内容，直到两个人走近。

“够了，已经到家了，许崇礼，你能不能少说两句？我没打算现在就把这件事情告诉昭……”

话没说完，钟女士的视线扫到秋千架上的许昭意，微微一顿：“昭昭。”

许昭意从秋千架上跳下来：“爸、妈。”

她并不知道父亲回来了，更不知道他是什么时候回来的。但在这个节骨眼儿上，无关紧要的小事她都没心情问。

“怎么坐在这儿也没让人开灯？”钟女士抬了抬手，在许昭意走过来时搂住了她，“外面太热，花园里蚊子又多，赶紧回去吧。”

许崇礼话向来不多，沉默地接过妻子手里的东西，把许昭意从头看到脚，确实高兴，却也没表现出来多少亲昵。

“你们……”许昭意欲言又止，最后停下了脚步，也没兜圈子，“你们刚才是不是吵架了？”

“想什么呢？我跟你爸谈事情的时候就那样。”钟女士的目光温柔沉静，笑了笑，“你爸是什么较真脾气你又不是不知道。”

许昭意没搭腔，偏过头来一眨不眨地看着两个人，完全不肯信，半点儿都笑不出来。

她从小就过于省心，以至于父母基本不过问她的生活。不像别人家，会关心一下成绩怎么样，在学校过得好不好，有没有闯祸等琐事，毕竟她向来能自己处理好。

事实上，许昭意也没觉察出来过。直到某次打电话，室友咬着苹果说："听你们打电话这么平和，真的好奇妙哎，换成我妈能絮叨很久。"

她当时愣了一会儿，后来还偷偷听过别人的家长数落人，莫名有点儿失落和羡慕。

那时候她还在上小学，说白了再聪明也是个敏感的小女生。等到她再接到家里电话的时候，又是短暂的两分钟就要结束，她突然开始掉眼泪，还掉个没完。一开始没声，后来她边哭边问是不是不喜欢她了。

然后许崇礼和钟文秀夫妇俩停了手头的工作，连夜赶回来，陪她玩了一个星期。因为这件事，她母亲丢了个奖项，而她父亲当时还没有团队，实验是有周期性的，三个多月的数据付诸东流。

她这才意识到，她的父母也是爱她的，尽管没有长久的陪伴。

所以说，尽管许昭意总在心里抱怨两个人忙，她的要求其实也不高——只要家里安稳和睦就好。

但她的接受范围也就到此为止了。

不等许昭意继续刨根究底似的猜测现状，许崇礼不疾不徐道："你不是一直对生科感兴趣吗？我替你提前留意了伯克莱和麻省理工，你妈嫌我自作主张。就这么点儿事，跟我闹了一路。"

"什么？"许昭意一时半会儿反应不过来。

钟女士自然而然地接了话："你之前不是跟着你爸学过写论文吗？再加上你平时成绩和各种比赛奖项，挺符合相关国外院校的标准。所以你爸招呼都没跟我打一声，就替你规划好了未来。"她冷笑出声，"你一个女孩子，不能考虑点儿轻松的行业，非得学你爸搞科研吗？！"

"许太太，你注意一下自己的措辞。"许崇礼眉头止不住地蹙起来，"我好像从来没侮辱过你的兴趣和专业。"

眼见两个人语气不太好，许昭意的心却放了下来。

"这样啊，我还以为你们……"许昭意顿了一下，没再继续说下去，"算了，你们没事就行。"

不知道是她最近太敏感，还是突如其来的陪伴让她不适应，也不敢相信，她差点儿以为父母的感情出问题了。

钟女士的语气软下来："你别胡思乱想，替我们瞎操心。再说了，不管爸爸妈妈关系怎样，也不会影响到你。"

"会影响。"许昭意忍不住小声地反驳。

"行了。"许崇礼看了妻子一眼，淡淡地转了话题，"应试教育在论文方面滞后，你现在水个二流期刊没问题，但达不到招考要求的含金量。你要是还感兴趣，就早点下功夫。不过你妈妈的意思是，不希望你现在那么累，你自己好好考量一下。"

"我知道，我自己有分寸的。"许昭意点点头，"如果有余力，我并不想浪费好几年工夫在学业研修上。"

许崇礼不置可否，只是突然提了一句："家里阿姨做饭了吗？你妈刚刚置气，出门到现在什么东西都没吃。"

"我去看看。"许昭意笑了笑，拎起秋千架上的小风扇，朝别墅后门的门厅跑回去。

许崇礼和钟文秀就在她身后，沉默而平静地对视一眼，什么也没再说。

周遭的空气闷热而沉寂。

许昭意被这段插曲彻底搅散了困意，翻来覆去睡不着，干脆趴在桌子上做了两套卷子。

嗡嗡——

屏幕突然亮起，手机振动着在桌面打了个转。

许昭意实在好奇梁靖川半夜三更打来，边读题边接通电话："你是梦游了，还是被人绑架了？需要我去救你就吱个声。"

对面没回应，长久的沉默。

许昭意填了个选项，继续笑着问道："怎么不说话，难道你真的梦游了？"

就在她认真考虑是否报个警的时候，他终于有了动静，却是在倒数。

相较于平时音色更为喑哑沉缓的嗓音传过来，从十七开始，卡着秒针走过的速度，不疾不徐道："十七、十六……"

“你在做什么？”许昭意稍愣，“失眠了就直播数羊吗？”

梁靖川没有中断，低沉的嗓音温温柔柔地钻入她的耳朵里，直到“三、二、一”，他的尾音落下：“生日快乐，许昭意。”

不偏不倚，在钟表的指针走过零点的瞬间，在这一岁的最后一秒，和新一岁的第一秒。

第19章

光芒万丈

生日过后，许昭意和梁靖川再见面已经是三天以后了。

店内冷气开得十足，复古风的装修恍若穿梭回二十世纪的港城街道，粤语歌缠绵入耳，周围有些吵闹，牛肉在热气扑腾的油锅里翻滚。

许昭意吃完最后一口冻梨，见沈嘉彦要走，略感诧异："不是说今天休息吗，你又要回去训练？"

沈嘉彦这段时间其实有正事，不然也不会在北城待这么久。击剑比赛全国集训，不断地在抽查成绩，淘汰换人。他最近几乎是夜以继日，除了吃饭睡觉，基本都在跟其他队员训练。

"说是七天一轮休，不过哪有人真心大到不练习啊？"沈嘉彦勾了勾嘴角，意味深长地看了梁靖川一眼，"而且三人行，必有一人尴尬。我坐得住，你身边那位可能坐不住。"

梁靖川冷淡地看他一眼，懒散地向后靠去，没有搭腔。

许昭意却忍不住打断他的话："说什么呢？"

沈嘉彦被气笑，起身走了。

附近有家密室逃脱，相关主题都是与同名小说、电视剧或者电影挂钩的，沉浸式的实景场地，道具比较精致，甚至还有剧本和换装。来来往往的客人不少，看样子口碑不错。

梁靖川看许昭意似乎感兴趣，叫住她往里走："想玩哪个？"

"我有选择恐惧症，你自己挑吧，"许昭意抱着热可可，低头刷着手机消息，"难度系数别太低就行。"

梁靖川"嗯"了一声，浏览了一遍主题，嗓音十分温柔："就选最后一个《热血青年》吧。"

"梁同学，你什么眼光？"许昭意差点儿被呛到，诧异地抬头，"太土了吧？听着还特别'中二'。"

梁靖川意味不明地看着她，奇怪地沉默了两秒，才道："那你来挑。"

许昭意当仁不让地接过主题菜单，看了一眼其他主题：《蛇沼鬼域》《死亡图书馆》《巫蛊娃娃》……反正从头到尾，除了刚刚的《热血青年》，都是恐怖主题。

"好的，就要《热血青年》了。"许昭意合上菜单，怕黑人设不倒。

对面落下他的一声低笑。

听得出来毫不留情的嘲笑意味，许昭意也忍了，拿脚尖轻轻地碰了碰他："笑什么笑？快去买票。"

寄存好手机等随身物品后，店员便分发剧本，耐心细致地叙述了一遍游戏规则，又把对讲机的使用方法简述完毕，才将手电筒递过去："每一关卡都有提示铃，有问题可以通过对讲机联系，祝您游戏愉快。"

可惜愉快只持续到进门。

许昭意刚踏入主题区域，就"啊"地尖叫出声："有鬼啊！"

"怎么了？"梁靖川伸手，及时把她扶稳。

入口区域的门已经在梁靖川的身后关闭。民国风的装修和布局，第一关卡就在门厅处，光线很暗，没什么照明，周围残留着血迹，半空中飘着白衣假人，营造出一种诡异的氛围。

梁靖川看了一眼四周，总觉得好笑："假得不能再假了，许昭意，有点儿出息。"

"谁让你买恐怖主题的？我就是怕这个。"许昭意眼睛都不敢睁，直接缩成一团，整个人像只树袋熊。

可梁靖川还真不是故意的。就算再来一次，他也想不通《热血青年》居然会是恐怖主题。

难道因为过于担惊受怕，所以才热血？

梁靖川沉默了片刻，轻轻地拍了拍她的后背，低声说道："实在不行就按个铃，不玩了吧？"

"不行！"许昭意抬头，非常坚决地反对，"就这么出去了，那我多丢人啊？"

"你确定敢在这里待着？"梁靖川垂眼看着她，嗓音挫败又无可奈何。

"是你买的票，梁同学，你还好意思问我？"许昭意视线触及梁靖川身后的吊死鬼，没骨气地缩回去，哽咽了，“反正你快点儿通关，我不要待在这里。”

过了半分钟还没听到动静，许昭意忍不住问道:“你怎么还不动啊？”

“怎么动？”梁靖川漫不经心地低头，似笑非笑，“我现在除了走路，什么也做不了。”

许昭意“哦”了一声，委委屈屈地下来。

“实在害怕就闭上眼睛。”梁靖川轻拍了一下她的肩膀，嗓音沉静，“我在。”

到底安心了些，许昭意淡定地“嗯”了一声，身体却非常诚实地紧张，忍不住揪住了他的袖口。

梁靖川拿着手灯照了一下，目光平静，对照着剧本的提示，看了一眼墙壁上的字。

入口处的题目并不难，搜寻完线索后，就是一个简单的拆字组合游戏。只是对许昭意而言，所处的环境过于糟糕，像是在滚烫的油锅里，每分每秒似乎都被无限拉长。

实在太煎熬了。

许昭意每隔一会儿就忍不住问他，从“好了没”到“你行不行啊”，梁靖川倒是好耐性，自始至终很温和。

“还不可以吗？”

许昭意问到第十四遍，梁靖川偏过头来，没多少情绪地看着她，黑沉的视线下移几寸，微微眯了眯眼。

“怎么了？”许昭意眨了眨眼，有些紧张。

梁靖川没说话，直接去捞她，手一带，把她放在了旁边的柜子上。

许昭意有些蒙，直觉不太对劲。

对鬼的惊恐瞬间转化为对他的警惕，她的手往后撑了一下柜子，几乎条件反射地抬腿，侧踢向他的下巴。

梁靖川偏了一下头，精准无误地握住她的脚踝，膝盖一顶将她按回去，把她整个人控制得死死的。

他周身笼罩着阴影，轮廓更加分明。

“你，”许昭意下意识地往后仰了仰，紧张地攥紧拳头，“你想干吗？”

梁靖川无声地勾了勾嘴角，顺势倾身，手撑在她的身侧。他喉结微滚，幽深的双眸上下打量她，意味不明地说："你说我想做什么？"

对视避无可避，许昭意的睫毛轻颤。

"你是不是想找打啊？梁靖……"话还没说完，刚刚她站过的地方缓缓升起一块瓷砖，下方的柜子弹出来，露出一把钥匙。

哦，居然是个暗格。

她想多了。

许昭意实在掩饰不住自己的尴尬，轻咳一声，窘迫地挪开视线，恨不能把自己的存在感降到最低。

梁靖川轻轻地笑了："保持住现在的战斗力，鬼应该比你更害怕。"

许昭意想了想，选择了闭嘴，毕竟后半段还指望着他走出去。

梁靖川单手罩住她，轻而易举地把她捞起来，微哑的嗓音在她耳边响起："走了，小树袋熊。"

梁靖川的嗓音慵懒又散漫，哑得不行。

许昭意莫名觉得很羞耻。她很轻地"哦"了一声，紧张和恐惧的感觉缓和下来。

羞耻的错觉仅仅持续了短暂几秒。

第二关卡入口处的柜子上摆放着水果和零食，标签上写着客人自取，吸引了她全部的注意力。许昭意一探手捏到一块糕点，心情大好："这家推理馆真人性化，居然还有点心吃。"

"你刚才还骂这家店畜生呢。"梁靖川漫不经心地拆她的台。

"我没说错啊，只有畜生才会被形容有人性。"许昭意轻声嗤他，玩文字游戏时理直气壮，"不过方糕是真的挺好吃的，你不尝尝吗？"

梁靖川正一目十行地过墙上的信息，也没走心，随口应承了一句："腾不开手。"

许昭意轻笑一声，正要说些什么，梁靖川忽然偏过头来，平静地看着她身后，淡淡地说了一句："先别回头。"

这家推理馆的设计处处暗藏心机，桌上提供的点心其实是能触发机关的"意外惊喜"。许昭意身后有个人偶道具，不知从何时开始，慢吞吞地立了起来，笑容诡异，面目狰狞。虽然很假，但十有八九能吓到她。

"嗯？"许昭意没反应过来，茫然地眨了眨眼，还是下意识地扭头看。

视线才刚触及，梁靖川修长的手指已经搭上它的脖颈，骤然收紧。他微沉眸，反手一拧，人偶直接身首分离，骨碌碌地滚落到脚边。

他面不改色地踢开了残破的人偶。

拧断了？

这是石膏的吧，就这么拧断了？

差点脱口而出的尖叫声，直接卡在了她的喉咙里。

许昭意沉默了，有点儿缓不过劲儿，甚至觉得自个儿脖子疼。她直勾勾地看着地上“横死的尸体”，脑子里还在不断地回想。好半晌，她才小心翼翼地叫了一声：“梁靖川。”

梁靖川抬了抬眼皮。

“你这样，”许昭意欲言又止，实在没忍住，“你这样不太好吧？”

梁靖川挑了挑眉，嗓音懒洋洋的：“那你打算给她叫一辆救护车抢救，还是做一场法事超度？”

“我是想提醒你，这是道具。”许昭意面无表情地看着他，“你现在损坏一时爽，出去可是得赔钱的。”

“我知道。”梁靖川幽深的双眸上下打量她，似笑非笑，“要不是你叫得那么痛苦，我也不会想到破财免灾。”

许昭意被噎了一下，气短地伸手推他：“你听听自己说的是人话吗？”

闹了这么一出，许昭意倒是适应了一点儿这里的氛围。毕竟比起涂着红颜料的人偶道具，有个能拧断石膏的朋友好像更恐怖。

两个人玩游戏时很专注，解谜题的速度也快，十多分钟就刷到最后的关卡。地点像教堂，光线折过彩绘玻璃窗，落下五彩斑斓的影子，满地铺陈着玫瑰花瓣，中间横着一口水晶棺材。布置得还算人性，至少比先前的环境要顺眼得多。

许昭意拿着手电筒环视了一圈，发现这里照旧没灯光，不过好歹提供了蜡烛。

火苗引燃了蜡烛。

“过来搭把手，解决一下照明问题。”许昭意点燃两支，递给他稍稍愣住，“你这么看我做什么？”

她就站在读经台下，面容素净漂亮，睫毛纤长弯翘，扑闪扑闪的。

烛火在她身上镀下一层毛茸茸的光圈，落下鸦青色的影子，有种说不出来的温柔。

梁靖川没有搭腔，敛回视线，懒洋洋地接了过来。

“你该不会是看上这里了吧？”许昭意眨了眨眼，有些莫名其妙，“难道想我躺进去，表演睡美人吗？”

话音一落，两个人不约而同地陷入沉默。

本来是随口瞎扯，但许昭意忍不住考量：如果睡美人的经典桥段在铺满玫瑰的教堂发生该有多么浪漫和刺激。

梁靖川朝她迈近一步。

“等一下，”许昭意后退一步，试图把他荒谬的念头扼杀在摇篮里，“你先冷静点儿，哥，这可是一口棺材，你不能对你的同桌这么过分。”

就算是水晶做的道具，本质也还是一口棺材啊！

“你们学霸的脑补能力真是非同凡响，”梁靖川懒散地睨她一眼，从她身侧走过，抬手敲她的额头，“少想点儿乱七八糟的，找线索。”

许昭意捂着额头，低低地“哦”了一声。

他们轻而易举地解完西洋棋局和浮雕密码，各种感应机关被触发得七七八八，结果最后卡在了油画后的谜题上。

“你我相望，但我无眼。你我攀谈，但我无声，空有嘴唇张合。”许昭意念了一遍谜题，不假思索道，“说的是镜子吧？题目好傻啊。”她环视一圈，“不过这儿哪来的镜子？”

两个人翻来覆去转了好几圈，依旧毫无线索。许昭意有点儿焦躁，念叨着镜子，自顾自地嘀咕了好久。

“根本没有镜子，是不是漏题了？

“设计者故意的吧？本来是个脑力劳动，结果谜题低级，道具不好找。

“你找没找到？”

话还没说完，忽然横过来一只手，牢牢地捏住她的脸颊。

她的声音戛然而止。

梁靖川捏着她的下巴，嗓音微哑：“别吵。”

微润的额发下，他的目光沉下来，眼睛一眨不眨地凝视她，瞳孔漆黑。过分平静，却也暗流汹涌。

许昭意稍愣。

她轻咳一声，不自在地移开视线，缓了好几秒，才后知后觉地反应过来。她脑子里冒出一长串问号，实在不爽："你在嫌弃我？"

说话间，许昭意不安分地动了一下，凑巧撞到了什么东西。她被硌得生疼，闷哼出声。

梁靖川松开了她，视线低垂，嗓音还有些沙哑："怎么了？"

激光感应机关无意间被启动，伴随着八音盒的曲调，红外线从水晶棺材里射出来。不过突如其来的恐怖音乐在黑暗的环境里格外骇人。

"什么东西？"许昭意下意识地闭上眼睛，完全不敢看。

"别怕，"梁靖川眼底的暗色略略退去，微勾了一下嘴角，伸手捞她起来，"误打误撞了。"

墙壁上浮现出特殊的字迹，大概是最后的通关密码。他懒懒地做了个简单转换，输入完成后，门应声而开。

许昭意忍不住捂了捂眼睛，又慢悠悠地放下来，有些恍惚地回想他刚刚的模样：沉静幽深的眼，利落分明的下颌线条，还有微滚的喉结。

"想什么呢？该走了。"梁靖川似笑非笑。

许昭意冷下脸先发制人："你离我远点儿，还说我吵，你这个人没有心。"

梁靖川愣了一下，无辜又无奈："我没那个意思。"

"你没有心。"许昭意面无表情地看了他一眼，直接走出房间。

"我没有。"

"你没有心。"许昭意头也不回地重复道。

来来回回几遍，梁靖川没了耐性，直接将她往身前拽回。他低头看她："你是复读机吗，许昭意？"

所有主题的密室逃脱结束后，客人都会来到同一间休息室聚集。布置得像星空馆，头顶悬着变换奇异的灯帘，脚下是各种毛绒玩具和五颜六色的气球。从休息室出去需要唱歌，另外一组人正浩浩荡荡地堵在门口，在感应器附近唱《忐忑》，跑调程度不忍评判。

在密室逃脱游戏里已经耗得筋疲力尽，出了推理馆，许昭意格外安静。她握着饮料，坐在外面的空椅上，一边等梁靖川去买各种小零食，一边浏览了一遍软件里最新的电影评论，偶尔会被底下的神评论逗得发笑。

梁靖川走了过来，懒洋洋地抽走她的手机：“你找的什么电影？”

“随便选的，最近好像没什么好看的。”

国外的小众电影，没看到什么差评。

可惜她进了影院才发现，没差评只是因为评论的人少。虽然男女主角的长相没得挑，但除了长相一无是处，内容更是乏善可陈。

放映室内的光线随着镜头变动，忽明忽暗。大概是人不多，四下很安静，除了电影里的声音，只有前排嚼爆米花发出的细碎声响。许昭意实在觉得无聊，不过可惜是她自个儿挑的电影。

梁靖川将手中的小零食递给她。

许昭意抱着爆米花往后靠了靠，紧绷的神经，似乎在一瞬间松散了。

很安静。

足够让人安宁的静。

时间还很早，晚上他们是掐着点回去的。数学老师下午在群里发了题，许昭意刷完题后，离对答案还剩五分钟，她立刻进群打卡，拍照上传。

数学老师老刘就是教研组组长，以前是江苏的，来一中时还给同学们带来了江苏的特产——江苏卷。他每天最大的乐趣就是跟其他老师出各种变态的题目，然后看着学生抓耳挠腮做不出来。

离开学不到半个月，老刘就开始在群里发题目，预热开学氛围。他每晚连麦解疑，带领大家复习回顾知识点。20班的同学多次抗议无效，亲切地称他“催命三郎”。老刘无所谓，甚至为自己的举动美其名曰——现在不玩命，将来命玩你。

在老刘的强制实行和家长的全力支持下，20班的同学差不多也习惯了。就是老刘总拿梁靖川和许昭意当“能否接受作业量”的标准这一点，很让人窒息。

果不其然，这天对完答案，老刘又雷打不动地问梁靖川题目难度，他挺无所谓地说道：“比较简单，没什么问题。”

数学老师深感欣慰：“那行，下次咱们出几道有难度的，开学后检查。”

连麦里哀号声和抗议声此起彼伏，连成一片。

“不行啊，老师，你清醒一点儿，是他都会不是我们都会啊！”

“老师，您这是自欺欺人，掩耳盗铃，他是个例不是普遍现象，根本代表不了芸芸众生。”

“川哥，求您少说两句。就算要打击我们，也请委婉一点儿。”

“很委婉了。”梁靖川淡淡地说道，漠然得像个无情的杀手，“都是学过的内容，除非脑子进水，不然一做就会。”

不知道谁起头开了个匿名，群里的聊天内容瞬间大胆直白了不少，几乎都在说平时不敢说的话，作平时不敢作的死。

“太过分了，重金求一对没听过川哥嘲讽的耳朵。”

“来，川哥，跟我念一遍群名——数学答疑群。它存在的意义是你这种学神不理解的。”

“退群吧，老大，您不适合这里。咱们班管理员太尿了，一人血书禁言川哥。”

“两人血书。”

“三人血书。”

…………

“百人血书，班长别尿。”

“安静点儿，安静点儿，”老刘卷着书敲了敲自己的桌子，“选择题还有需要讲的吗？要不浪费点儿时间给大家顺一遍？”

“什么？”许昭意的网速不好，有点没听清，梁靖川以为她没听懂。

“讲吧。”梁靖川的嗓音轻飘飘的。

“我的天啊，我没听错吧，学神主动要求讲题了？”

“呵，有些人太‘双标’，过分。”

“哼，馋人家的长相，下贱。”

“不馋的应该是太监吧？”

“不是，我房间的网速不好，换个地方就可以了。”许昭意解释了一句，“题确实挺简单的，量也不大，再加几道也完全可以。”

她话音一落，群内弹出一条消息：许昭意已被群主禁言 10 分钟。

“班长欺负妹子。”

“川哥嘲讽开得那么狠，班长都不敢禁言，居然只禁言许妹，好过分啊！”

徐洋：“对不起了，姐（抱拳）让我挨骂可以，加作业绝对不行。”

底下齐刷刷一排“人间真实”和几个屏的“哈哈哈”落井下石。

许昭意无可奈何地笑了，也没当回事。

这两天家里的网不太稳定，她也忘了说，直接抱着电脑，就近去了父母的卧室。

素瓶里插着这一早换过的花束，重瓣翘角的香槟玫瑰，清香弥漫了整个房间。许昭意按了一下遥控器，窗帘自动闭合，扫地机器人绕着她的脚边转了一圈，电流声静音下来，旋转着转了出去。她将桌面的各种文件码齐，堆到一旁，无意间翻到一沓文件。

她视线微顿，眼皮跳了跳。

这是一份财产整理明细，包括婚前协议和相关的财产所有权证明，从动产到不动产，罗列得详细又有条理。

第20章
夏夜月色

周围的温度迅速降到冰点，许昭意面上的表情渐消，只觉得有些冷，周身的血液似乎都凝固了。

她翻文件的手变得僵硬，大脑一片空白，心脏和喉咙像是被人攥紧了，几乎无法呼吸。

桌上的电脑还开着群通话，群聊氛围正热闹，老刘正在动员大家积极回答问题：“咱们从第一道开始吧，还用以前的课堂模式啊，找个同学起来讲讲，我给你们指正。有哪位同学主动一点？”

但许昭意已全然听不进去。她反复确认过文件内容，扫到右下角标注着半月前的打印日期，终于绷不住情绪，按下电话朝着卧室外走去。

振铃声无形消磨了等待的耐心和理智，过去被忽略掉的细枝末节被放大，越来越清晰。她父母平时忙得分身乏术，最近却忽然回国；上次半夜她撞见母亲情绪不对；车库里起过争执；还有这些文件……即使她再迟钝，再不愿意去联想揣测，也该明白：这些日子的陪伴和百依百顺，也许根本就不是惊喜。

“喂，昭昭。”接通的一瞬间，对面聒噪的杂音先挤了进来。这两日她的父母不着急走，基本都在跟国内的朋友出去聚聚，隐约还能听到别人的交谈声。

钟女士似乎换了个地方，周围的音量小了不少，她温和的声音传来：“能听到吗？”

许昭意艰难地张了张嘴，质问卡在了喉咙里，一时之间竟什么也没说出口。

“昭昭，怎么了？”钟女士又问了一遍。

在对方觉出异样前，许昭意先开了口：“没事，妈，我不小心按错了。”

钟女士和颜悦色地交代了几句，又问她需不需要带什么东西。

许昭意像往常一样应声，直到挂断电话后有“嘟”声响起。她在原地站了一会儿，揉了揉干涩的眼睛，近乎麻木地走回了房间。

卧室内静谧无声，只剩下老刘不满的声音。

“怎么一提问就不吭声了？再没人吱声，我可就点名了。”

正巧数学群内不知道谁在偷偷摸摸地玩游戏，现场翻了车。像是在配合他一样，话音刚落，就传来熟悉的游戏开场声：“全军出击。”

群内各种声音戛然而止。有人骂了一句，手忙脚乱地静音。三秒后，通话里的同学都绷不住了，爆发一阵哄笑。

“谁干的？！你看看自己的正确率，成绩不怎么样，回答问题也不主动，玩游戏倒是挺积极的。你以为老师很乐意听你起来瞎编乱造吗？”老刘反应过来，声色俱厉地开始了一通教育，“不珍惜机会，那就留给爱学习的同学——许昭意呢？许昭意同学讲。”

“我在。”许昭意垂着视线，似乎没受什么影响，声音清晰又平静，“第一题根据茎叶图计算方差……”

数学群里除了许昭意，所有人都安静了下来，班级群里倒是炸开了锅，匿名闲聊刷得飞起——

“这是想气死老刘啊，预感今晚又要加作业。”

“啧啧，有事钟无艳，无事夏迎春。前面都把人许妹禁言了，关键时刻还不是要让人救场。”

“我又不是故意的，但它侧面印证了当代学生对加作业的强烈抗议，和我不畏强权的气场。”

“什么气场？元素周期表五十一号元素的气场？”

“科普一下，五十一号元素锑，元素符号 Sb，一看就是川哥在开嘲讽。”

许昭意也不清楚自己是如何冷静下来的，明明心里乱得很，但她不想吵也不想闹。

群通话结束了，周遭彻底安静下来。许昭意关掉卧室里的灯，垂着眼，周身笼在阴影里。她突然发觉，原来她根本不敢问，不敢拆穿现下的平静，即使只是假象。

许昭意一个人根本待不住，也不想闲下来。她将文件原封不动地放回去，再把所有东西归回原位，才拿着手机下了楼。

阿姨刚端着精致的菜肴出来，诧异地叫住她：“该吃饭了，昭昭，要出去吗？”

“我不饿，你自己吃吧。”许昭意头也没回。

晚星晴极，夜色黛蓝。

别墅区附近就有俱乐部，设施配备齐全，涉及方方面面，诸如摩托、潜水、滑雪、现代搏击，各种项目应有尽有。她压抑的情绪全部转为力气，发泄在沙袋上。热身完，她解开手上的绑带，上了擂台。

猝不及防，身后有人拍了一下她的肩膀。

许昭意条件反射地回旋身体，身体反应快过思维一步，侧踢向对方的颈部。

对面的人抬起手臂撞了一下，她顺势砸向他的肩膀，力道压着他向下跪去。

梁靖川身体倾斜，抬起手臂格挡，左手锁住她的肩轴，抱持后几秒便拆散。他贴身上前，绊住她的右脚。

许昭意以攻对攻，破招时看清他的脸，动作不自主地慢了半秒，也没去挡。

力敛三分，一拳击空。

袭来的拳头悬停在她面门前两寸，寸劲后发，破空时细微的风掠过她额前的碎发。

她撤力的同时，他同样留了手，点到为止。

周遭似乎沉寂了几秒，许昭意微屏住呼吸：“你怎么在这儿？”

梁靖川的手略松，冰凉的手指贴上她的额头，轻碰了两下，答非所问：“下手挺狠。”

“我又没看到你。”许昭意笑着摇摇头，“再说了，也不见得伤得到你。”她还是很好奇，“不过你是怎么找过来的？”

“可能是种默契吧。”梁靖川要笑不笑地打量着她，语气稀松平常。

许昭意没搭腔，明显不信邪。

“我感觉你今晚的状态不对，就稍微下了点儿功夫。”梁靖川微眯了一下眼，承认得直截了当，“查了一下你的定位。”

许昭意倒吸一口冷气，一言难尽地看着他：“我怎么没瞧出来您还有这种潜质？”

“过奖。”梁靖川微微挑了挑眉。

“我这是反讽啊，朋友。”许昭意没忍住，轻声嗤他，“你这是侵犯隐私权，真跟你上纲上线，那就是坐牢的潜质。”

梁靖川也不恼，凝视着她：“心情不好？”

许昭意低低地“嗯”了一声。

她没继续说，他也就不再问。

两个人之间陷入一种诡异而微妙的气氛，还没等许昭意聊点儿什么打破僵局，梁靖川伸手，将她的发圈摘了下来。

“你干吗？”许昭意略微讶异地抬头，意识到他要帮自己绑头发，哑然失笑，“你会吗？”

“会不会不是问题，问题是能不能看。”梁靖川轻轻地敲了一下她的额头，目光深邃，“别乱动。”

“哦。”许昭意一眨不眨地凝视他，无声地勾了勾嘴角。

他的手指修长而骨节分明，钩住她的长发大致理了理，拢着扎高。

许昭意心里的躁意似乎散了点儿，任由他摆布，像只漂亮慵懒的波斯猫，温顺地被主人梳理皮毛，仿佛随时会伸出小爪子互动。

恍若伦勃朗式高反差的打光，周遭的一切都变成灰暗的画面，只掉下他们两个人，处在最明亮的中心处，温柔且美好，莫名让人觉出一种岁月静好的感觉。

只是此刻越安恬，她心里的落差就越大。

许昭意挪开视线，轻声说道：“我怀疑，我爸妈要离婚了。”

梁靖川的身形微顿。

“也可能已经离了吧，只是我不知道而已。”许昭意倒是很平静，面上没有多少情绪，“他们连材料都整理好了。”

梁靖川微沉着眸子凝视她，忽然不知该说些什么，一言不发也纹丝不动。

“别这样看着我，本来我挺难过的，但现在其实也还好。”许昭意眨了眨眼，伸手推了推他，“算了，不提这个了。要不你下去坐会儿吧，我这场还没结束呢。”

她很平静，过分平静，甚至几句话就将糟糕的境况带过，态度潦草又轻描淡写，似乎并未放在心上。

梁靖川看着她冷静得反常，有点儿不太敢随便搭腔。

“快走，”许昭意若无其事地笑了笑，催促他，“你就算站在这儿，我也不跟你打。对手是你总觉得怪怪的，而且你也不舍得下狠手，没意思。”

本来不太想她在这里逗留，毕竟擂台上磕磕碰碰十分寻常。但她的情绪明显不佳，他也就没阻拦。

“小心点儿。”梁靖川的目光暗了暗。

“知道啦。”许昭意无奈地摆摆手，“好啰唆啊，朋友。”

担心的确多余，许昭意在擂台上几乎是压着人打。

陪练是个年轻小伙子，刚来这家俱乐部两天，看上去比她大不了几岁。

俱乐部以为许昭意是好奇才来的，就分给了他，让他带着玩玩。他也没当一回事，前面还跟她讲了一堆有的没的，比了个架势，想从零开始教。

结果她上来便下了狠手。

陪练被一个漂亮的背摔撂在地上时，还蒙了几秒，后知后觉地意识到跟他预想的不太一样。

散打里的摔法无非投和绊，破坏平衡后佐以巧力。许昭意身手干净利落，没有花里胡哨的招式，但比别人都要狠。寸劲带来的疼痛和麻意，直接顺着他的皮肤传到骨头里。

“小丫头专业的啊！”底下有人看得兴起，吹了声口哨。

陪练原本“陪玩”的打算，被她在擂台上压制得烟消云散，直蹬腿后从地上掀起，踢向她的下巴。

许昭意身体后屈，避开了这一击。双方左直拳接右勾拳，攻防过招后，她一个很简单的右手直拳，狠狠地撞向对方的腹部。在他疼到弯腰时，紧接着屈肘上抬，撞向他的下巴。

一来一去，两个人错了身位，拉开了距离。侧步滑身后，许昭意侧踢压在了他的胸口，将人给踹了出去。

她收拾人的动作行云流水，一气呵成，半点儿反应机会都不给。

赢得毫无悬念，没什么意思。

场馆之内，耳边的喧嚣吵闹，全是裁判的哨声和围观人的惊叹，然而许昭意却感受不到半分喜悦。刻意压制的情绪根本压不下去，心理防线不知何时崩塌了，触底反弹。只要一停下来，躁意就席卷着上涌，抽空了她所有的力气。

许昭意后退一步，无声无息地蹲下来，双手环着膝盖埋下脸颊。

在地上缓解疼痛的陪练傻眼了。

本来遇到一个这么能打的，让他单方面挨揍已经很惨、很丢脸了，说不定还会成为他职业生涯的耻辱和阴影。这一刻又天降一口“黑锅”，砸得他的人生陷入一片漆黑。

这是碰瓷的吧？

难道挨打和碰瓷，他这天两者兼得？

虽然他没有好好念书，却也受过九年制义务教育，并不好骗。打完人突然倒下，还倒地不起，分明是想讹钱。

上一秒陪练还疼得半死，差点儿爬不起来，甚至考虑过放弃职业操守和这位客人的报酬，躺在地上装死拉倒。毕竟金钱诚可贵，生命价更高。

下一秒他忍着痛，利索地从地上爬起来，对许昭意退避三舍：“这可不是我动的手，很明显，我是单方面挨打的啊。”

他努力澄清，脸色十分苍白，语气诚惶诚恐：“我们这儿有监控，小姐姐，你要不要先起来看看啊？”

“没你的事。”梁靖川从擂台围绳外翻上来，绕开他快步走到许昭意身边：“找个地方休息一会儿？”

“你让我缓缓，”许昭意的声音很低，但还算平静，“我就是有点儿难受。”

梁靖川也不催她，半蹲下来，轻轻地拍了拍她的后背。

陪练片刻都不想多待，忍着痛爬起来就走，想尽快远离这个是非之地，生怕下一秒就被人抱住大腿，讹上一笔巨额赔偿。

很长时间的静默后，许昭意似乎才缓过来。

“我其实就是想不通，我想不通我爸跟我妈怎么了。”许昭意的声音闷闷的，“我真的想问问那沓文件是怎么回事，他们是准备办离婚手续了，还是已经离了？”

梁靖川的目光沉了沉，不知该怎么安慰，索性什么也没说。

“可我不敢，”许昭意咬了一下唇，摇了摇头，“我怕他们连表面的平和都不维持了。真到了那一步，我又能做什么呢？难道我真的哭一场、闹一次，学别人离家出走、绝食威胁？或者直接去求他们，为了我不要离婚，求他们别不要我？那万一……”

她的声音低了下去：“万一他们是真的过不下去了呢？我总不能因为自己，就自私地要求他们熬一辈子吧？”

“这不是自私，昭昭。”梁靖川摸了摸她的头发，微叹一口气，“这并不是你的错。”

“我知道。可我不能这样，梁靖川。”许昭意很小声地说道，“如果他们真的不想待在一起，就算我心里很想任性一点，很想闹一闹，我也不该这样。”

她苦笑一声：“我根本不知道他们为什么要离婚，他们根本没怎么吵，一声不吭就把手续文件给准备齐全了，好像片刻都等不及。你看，他们就是不想要我了。”

“没人不要你，他们也不会不要你。”梁靖川一眨不眨地凝视她，“你已经很好了，昭昭，大家都很喜欢你，没有人会不喜欢你。”

“可我还是好怕，”许昭意攥紧了他后背的衣服，喃喃道，“我什么都做不了，什么也都不能做，好像怎样都不对。”

没有歇斯底里，也没有失声痛哭，她自始至终声音很低，细弱蚊蚋，最后消散在空气里。

梁靖川不太会哄人，也不能完全感同身受。他父母是精致的利己主义者，最初就是家族联姻，没有感情基础，婚后也充满了权衡利弊，你来我往地算计，就像两个虚伪的政客。他没留恋过这样的亲情，所以他父母离婚的时候，他接受得很顺利。

可情绪大概会传染，她难受的时候，他心疼得避无可避。

“算了，没事了。”许昭意忽然轻声说，“我的心情好多了，走吧。”

梁靖川垂眼看着她，把她从地上捞起来，听着她忽然喊“麻了，麻了”，发出低低的轻笑声：“要我背你走吗？”

“太丢人了，还是算了吧。”许昭意在原地活动了一下，“毁我酷妹的人设。”

梁靖川其实很担心，从他见到她，到送她回家，她一下都没有哭，理智得有些不正常。似乎就差一个崩溃的触发点，可能她什么时候再想想，就会受不了了。但他没办法插手，他掺和不了她的家事。

路灯拖出长长的影子，拉扯得亲密，统共不到百米的路，即使刻意放缓了步行的速度，也还是分开得很快。

许昭意顿住脚，抬头看着他："时间不早了，我回去了。"

"嗯。"梁靖川直直地看着她，目光清冷而深沉。

告别了才走出没几步，许昭意的手机便振动着响了，是他的电话。

嗡嗡——

许昭意愣了一下，接通电话的瞬间扭过头来："你做什么？"

手机屏幕的冷光映亮了他的脸，漆黑的眼瞳在夜色里微微发亮，隐隐有情绪波动，又像只是映了夜晚柔和的光线。

很近的距离，听筒和现实的声音错开了微小的时差后叠在一起，像是回声。

"怕你待会儿处理正事就㞞了，胆小鬼。"梁靖川凝眸看着她，眸色渐深，"别挂断，就当我陪着你吧。"

他的嗓音低哑沉缓，淡淡地从听筒里钻进来。

"好。"

鸡零狗碎的感动和细节，在夏夜的月色里水乳交融，浑然一体，在她心底镀了一层釉质般的光。

她不会做胆小鬼。

不管是追梦途中的狂风骤雨，还是如戏人生中的一波三折，她都会勇敢面对。

青春的路上，有人为她呐喊助威。

（未完待续）

番外
浪漫秘密

京大附中和一中中间的涂鸦墙上，刻着“梁靖川许昭意”六个字。

许昭意发现时，已经是很久以后了，久到她大学毕业五年了。一中校庆，赶上两个人都在北城，就回去看了一眼，一路瞎逛到多年前翻墙头的地方。

瞟到那行字，许昭意一眼便认出。

“这是你刻的？”她愣了一下，摸了摸墙上快被岁月抚平的刻痕，一边确信是梁靖川的字迹，一边怀疑梁靖川根本不会这么幼稚，“你是什么时候刻在这儿的？”

梁靖川睨了一眼，眉眼清冷，似乎不太在意这件事：“忘了。”

许昭意却像是一只正得意的猫，好不容易揪到别的猫的小尾巴，不肯撒手。她对着涂鸦墙一顿拍，又调滤镜又哼歌的，心情大好，浑身都快冒粉红泡泡了。

梁靖川莫名想笑。

“幼稚。”明亮的天光之下，男人清俊的面容一览无余，有点儿无奈。

听着挺嫌弃的，但她把照片换成他的朋友圈背景图时，他也没反抗。

许昭意换完背景图，忽然很轻地“啊”了一声：“我想起来了，是八校联赛前吧？”

八校联赛前夕，各学校都在开动员大会，教导主任强调了近一小时的校规后，又是一大段冗长的领导讲话。

20班的一小伙人，趁着教导主任安排搬桌子，逃掉了动员大会。

梁靖川本来是不打算去的，可许昭意一向秉持着“识食物者为俊杰”的原则，根本架不住美食的诱惑。她一开始还说“我们学霸从不逃课”，听完赵观良报菜名，就改口了：“行吧，士为投喂者死。”

“就是，听什么动员大会啊？每年台词都不变，多无聊，不如一起去吃烧烤。”赵观良把大家怂恿到学校后墙，“我跟你们说，我都跟老板说好了，点了……”

“停！”许昭意被他忽悠到后墙了，才察觉到不对劲：“学校有后门吗？”

“没有。”

“那你想让我们怎么出去？”班长徐洋抢先问道。他难得跟他们胡闹一回，越看越觉得这帮人不靠谱。

赵观良拨开一侧的草丛，指了指：“这儿，墙坏了个洞，学校还没发现。”

周遭诡异地陷入沉寂之中。

宋野看了一眼，摇头晃脑地改编了一段《晏子使楚》，文绉绉地说：“使狗国者，从狗门入。吾等高贵人，不当从此门入。”

“说人话！”赵观良最烦文言文了。

“爬狗洞，亏你想得出来。”宋野翻了个白眼，强烈地抗议，“我们都是有身份的人好吧？要爬你爬！”

“宋野你事怎么那么多？”赵观良不耐烦地道，“我还特意给你点了焰爆大虾，你爱吃不吃。”

宋野，眼珠子一转，忍不住为五斗米折腰：“妥了，君子能屈能伸。”

见宋野一猫腰出去了，班里几个同学也跟着陆陆续续地钻出去。

只有赵观良憋着笑，一直没动——

他根本不打算爬狗洞，他可是一个酷哥，酷哥都是翻墙的。

不过赵观良坑谁也不敢坑梁靖川，骗完其他人还是要提醒两个人的。只是他一扭头，旁边的许昭意已经拍了拍梁靖川的肩膀，一脸单纯又无辜地看着后者，眨了眨眼：“同桌，商量一件事呗？”

梁靖川知道她的小心思，拒绝的话刚到嘴边，后者扯着他的校服衣角摇了摇。

“同桌，”许昭意看着他，揉了揉没有眼泪的眼角，语气又卑微又可怜，“你忍心让一个仙女钻狗洞吗？”

换个人说这话，梁靖川根本懒得搭理，甚至可能无情地撑上一句：“你们仙女不都是用飞的吗？”

不过看着许昭意卖力地装可怜，眼尾都揉红了，他拿她没辙，无奈地俯下身："来。"

赵观良看着这诡异的一幕，突然觉得此地不宜久留，假装什么也没看到。他把校服一系，利落地翻了出去。

墙外的同学们愣了一下，怒了。

"赵观良，你这个骗子，今天就让你命丧于此！"宋野是第一个忍不了的。

"老赵的嘴，骗人的鬼！"

"我就说赵观良这种狡猾之人怎么可能钻狗洞呢？太缺德了！"

班里的几个学生一拥而上。

墙外鸡飞狗跳，墙内许昭意如愿踩上梁靖川的肩膀，被他送到高处。

"哎，慢点儿，慢点儿！"许昭意刚得逞，就丢掉了柔弱小白花的伪装，"你别随便挪动，要听我号令，不然我站不稳。"

梁靖川沉默了。

"哎呀，果然站得高就看得远啊。"许昭意趴在墙头，眯眼笑了笑，忍不住感慨了一句，"此时此刻，我只想吟诗一首，会当凌绝顶，一览众山小啊。"

她现在根本不像一个手无缚鸡之力的小可怜，更像一个得意忘形的指挥官。

"此时此刻，我也想起一句诗。"梁靖川冷笑，"狭巷短兵相接处，杀人如草不闻声。"

许昭意听完一个激灵："同桌，别闹，杀人犯法，我这就出去。"

"您可真是我的祖宗，许昭意。"梁靖川咬了一下后槽牙。

"不敢当，不敢当，"许昭意留恋地摸摸墙头，心情大好，"不就是踩一下肩膀吗？不要小气。同桌，我以前跟沈嘉彦爬墙的时候，他从来不跟我计较。"

梁靖川的目光沉了沉，忽然伸手锁住了她，语气有点儿不爽："你说跟谁？"

许昭意被吓一跳，没忍住骂了一句，惊魂未定地抱住墙头，话都说不利索："你……你……你干什么？谋杀啊？"

"谁小气了？"梁靖川挑了挑眉。

"沈嘉彦小气。"许昭意想都不想就把沈嘉彦给卖了，又胡扯了一堆，“您宽容大度有爱心，善良热情第一人，让我们向梁靖川同学学习！”

“呃……”梁靖川无话可说，看她顺顺利利、稳稳当当地翻出去，手一撑也利落地翻过。

墙外的同班同学等了一会儿，以为许昭意翻墙不容易，没当一回事，也没注意到她上勾的嘴角压都压不下去。

一群人浩浩荡荡来到烧烤店。

夏日的傍晚格外长，天幕从澄澈的薄荷色慢慢降低饱和度，喧闹的街道上人来人往、川流不息，易拉罐打开的瞬间，冰镇汽水的泡泡化为滚落的水珠。

隔壁桌是京附的学生，有几个熟人在，两边凑了一个大包间。

“光吃东西多没劲啊，”赵观良给烤肉翻了个面，“真心话大冒险？”

“真俗，”京大附中的一个小姑娘虞沅嗤之以鼻，“还不如讲恐怖故事。”

学生聚餐最喜欢的项目无非两种——八卦和猎奇。许昭意拉着梁靖川去拿小甜品的空当，包间里已经玩起了“筷仙”——笔仙和碟仙的升级版。

许昭意整个人都不好了。

她停在包间门口，扯了扯梁靖川的校服衣角，暗示性地看向他。

也不知道梁靖川是没领会到她求助的眼神，还是故意捉弄她，他懒洋洋地仰了仰头，斜靠着门框，说道：“你们收敛一点儿，我同桌胆小。”

冷不丁被他直接拆台，许昭意面无表情地踹了他一脚。

“谁说我屄了？”她不爽地走进去。

“妹子，害怕不是正常的吗？没什么不好承认的。”附中的学生爽朗一笑，很羡慕，“这才是一个妹子该有的反应，”

“就是！小芋圆你能不能收敛一点儿，看看人家妹子，多像个小仙女。”旁边的人叹了一口气，“你去恐怖屋一趟都像领导下乡，把恐怖屋的NPC（非玩家角色）都吓傻了。”

“别，别，别！别夸了。”宋野听不下去，止不住地摇头，“那是你们没见过我们小仙女，那身手怪兽都得喊她一声爹。”

“朋友，这个人世的美好已经吸引不到你了，是吗？”

许昭意和虞沅微微一笑。

包间内调侃的几个人一个激灵，若无其事地扯开话题：“要不我们玩点儿别的吧？”

“玩了一半中断，好像很晦气。”

“可是提问万一实现了，也很晦气。”

附中的江怀宴轻眯了眯眼，嫌这群人的“中二”行为没完没了，有点儿不耐烦地说道：“那就提个目前解决不了的问题吧。”

“比如？”

“比如，”梁靖川微斜过头，轻描淡写道，“问它曲率引擎怎么设计。”

少年不太端正地坐在那儿，眉眼清冷，五官立体，浑身透着一股散漫的劲，姿态张扬、轻慢，实在太招眼了。

众人沉默了。

“啊，有道理。”许昭意悟了，很轻地感慨了一句，举一反三，“也可以问它怎么才能实现可控性核聚变。”

“我看可以直接来一个根本实现不了的问题，”虞沅听完来兴趣了，“问问它怎么治疗肝纤维化。”

包间内的人听得一个愣一个愣的，完全掺和不进去，抗议声此起彼伏。

“受不了了，吃个饭还要被打击。”

“太无语了，你们学霸能不能收敛点儿？不要时刻侮辱我们普通人的智商！”

聚餐在暮色和喧闹声中结束。

小店对面有一段涂鸦墙，介于京大附中和一中之间，据说许愿很灵。结账后几个人都跑到涂鸦墙上写下愿望，许昭意扫了一眼赵观良的“逢考必过”，理性地说道：“我觉得你在这儿许愿，不如回去背题实际。”

赵观良不死心道：“善良一点儿，许妹，愿望还是要许的，万一实现了呢？”

许昭意有点儿想笑，却也没打击人。

她扭头看了看，瞥见梁靖川还在街对面，朝他摆了摆手：“同桌，你不写吗？”

那个时候，梁靖川轻挑了一下眉，也是说她“幼稚”，站在原地没有动。

原来他事后还是在涂鸦墙许愿了。

那些年的暗恋成真，那些年的青涩心事其实也是双向奔赴。

回忆至此，许昭意牵了一下梁靖川的手：“走了，再迟就赶不上校庆庆典了。”

梁靖川没有动。

“许昭意。”一道低沉的声音从身后传来，他唤了她一声。

“嗯？”许昭意回头。

盛夏蝉鸣不止，明光万丈，燥热的风吹过街道，掀起一阵淡淡的薄荷味。

一如多年前。

少年眉眼清俊，五官轮廓落拓凌厉，懒洋洋地站在她面前，仿佛处在最中心、最耀眼处，聚焦了全世界的光。

那时的他只是勾起嘴角，什么也没说。

但这一刻，他黑白分明的双眸一眨不眨地凝视着她，一字一顿，无比认真——

“我爱你。”

我爱你，只爱你。

年少多轻狂，任凭天高地阔又何妄，但一瞬的心动往往会热爱到永远。我爱你，炙热也纯粹，从青春到迟暮，过沧海历桑田。